이승우

1959년 전남 장흥에서 태어났다. 1981년 《한국문학》 신인상을 받으며 등단했다. 소설집으로 『구평목씨의 바퀴벌레』 『일식에 대하여』 『미궁에 대한 추측』 『목련공원』 『사람들은 자기 집에 무엇이 있는지도 모른다』 『나는 아주 오래 살 것이다』 『심인 광고』 『신중한 사람』 등이 있고, 장편소설 『에리직톤의 초상』 『생의 이면』 『식물들의 사생활』 『그곳이 어디든』 『캉탕』 등이 있으며, 『당신은 이미 소설을 쓰기 시작했다』 『소설을 살다』 『소설가의 귓속말』 등의 산문집이 있다. 『생의 이면』 『미궁에 대한 추측』 등이 유럽과 미국에 번역, 소개되었고 특히 프랑스 문단과 언론으로부터 찬사를 받고 있다. 2009년에는 『식물들의 사생활』이 한국 소설 최초로 프랑스 갈리마르 출판사의 폴리오 시리즈 목록에 올랐다. 대산문학상, 현대문학상, 동서문학상, 황순원문학상 등을 수상했다. 현재 조선대 문창과 교수로 재직 중이다.

지상의 노래

지상의 노래

이승우
장편소설

오늘의
작가 총서

31

민음사

차례

1장

천산 벽서

I

천산 수도원의 벽서(壁書)는 우연한 경로를 통해 세상에 알려졌다. 그 벽서에 의지가 있다면 결코 그렇게 알려지길 원하지 않았을 거라는 뜻에서 하는 말이지만, 그렇게 알려지는 것이 그 벽서의 운명이었다고 말하지 못할 이유도 없다. 그 수도원의 벽서가 세상에 알려질, 우연하지 않은 다른 경로를 상정하기가 쉽지 않기 때문이다. 어떤 경로든 우연한 경로일 수밖에 없다. 어떤 우연한 경로도 다른 경로보다 더 우연하거나 덜 우연하다고 말할 수 없다. 어떤 우연도 우연히 일어나지는 않는다. 운명을 만드는 것은 누군가의 욕망이다. 그렇다면 그 벽서가 어떤 경로로든 알려지게 되기를 간절히 원했다고 말하지 못할 이유도 없다.

일부러 마음먹고 나서지 않으면 갈 수 없는, 그러나 일부러 찾아갈 마음을 굳이 먹을 이유가 있을 것 같지 않은 험하고 가파른 산꼭대기에 폐허가 된 채 버려진 건물이 있었는데, 그 건물은 한때 독특한 믿음을 가진 한 무리의 종교인들이 공동체를 이루고 살았던 일종의 수도원으로 밝혀졌다. 천산 수도원이라는 이름을 붙인 것은 편의적이다. 이 수도원을 세상에 알린 한 여행 작가의 메모에 적힌 것을 사람들이 그대로 쓴 것이다. 메모에는 헤브론성과 하늘 집이라는 이름도 보였다. 그러나 폐허가 되기 전에 산 아래 마을 사람들은 그곳에 사는 사람들을 그냥 산사람들이라고 불렀다.

그곳을 세상에 알린 여행 작가의 이름은 강영호이다. 그는 『당신이 아직 가 보지 않은, 가 볼 만한』이라는 책의 저자이다. 그리고 천산 수도원은 그가 소개한 열다섯 군데의 잘 알려지지 않은 한국의 오지 가운데 하나로 그의 책맨 마지막 장에 소개되어 있다. 엄밀히 말하면, 마지막 장의 원고는 그가 쓴 것이 아니다. 그렇다고 그 책을 강영호의 책이 아니라고 할 수도 없다. 여기에는 그럴 만한 사연이 있다.

일부러 마음먹고 나서지 않으면 갈 수 없는, 그러나 일부러 찾아갈 마음을 굳이 먹을 이유가 있을 것 같지 않은 그 산꼭대기를 마음먹고 찾아간 사람은 외국계 회사에서 10년째 일하고 있는 마흔여덟 살의 강상호였다. 그는 1년 전에 죽은 그의 형 강영호의 유고집을 준비하고 있었다. 남미의 한 도시에서 그는 자신의 형이 갑자기 세상을 떠났다는 소식을 들었다. 그가 주재원으로 2년째 근무하고 있을 때였다. 그의 형은 폐암 진단을 받은 지 7개월 만에 숨졌다. 수술이 성공적이라고 했던 의사는 수술 후 정밀 검사를 하고 나서 다른 부위에 암세포가 또 생겼다고 말했다. 암세포의 성장 속도가 너무 빨라 2차 수술은 불가능할 것 같다고, 수술을 하면 암세포와 숨바꼭질을 하게 될 거라고, 열었다 닫았다를 반복하며 무의미한 숨바꼭질을 할 수는 없다고 했다. 의사의 판단과 권유에 따라 수술 대신 강도 높은 약물 치료를 받았지만 체력이 급격히 떨어진 강영호는 독한 화학요법을 이겨 내지 못했다. 자주 무균실을 드나들던 그는 급기야 모르핀을 맞으며 고통을 견디다 55세 생일을 사흘 앞두고 숨졌다. 강상호는 형이 암 진단을 받았으며 수술이 잘되었고 곧 회복될 거라는 소식을 지구 반대편에서 들었다. 누구보다 활기차고 건강하던 형이, 거기다가 이제 쉰넷이 아닌가, 암에 걸린 것은 충격이었지만, 수술이 잘되었고 곧 회복할 거라는 희망적인 말에 안도했다. 그러면서도 혹시 나쁜 이야기를 듣게 될까 봐 자주 전화하지 못했다. 형이 몸속의 암세포와, 그 암세포와 싸우느라 기진맥진하게 만드는 독한 약과 싸우며 고통스러운 시간을 보내는 동안 그는 일부러 일을 만들어 남미의 여러 도시를 헤집고 다녔다. 그는 투병 중인 형을 생각할 겨를이 없을 정도로 바쁘기를 원했고, 실제로 그렇게 지냈다. 그리하여 정작 그의 형이 이 세상을 떠났다는 소식을 들었을 때는 슬픔이 아니라 너무 바쁜 일정 때문에 한국행 비행기를 타지 못했다.

해외 근무를 마치고 돌아온 후 그가 맨 먼저 한 일은 형의 유품들을 정리하는 것이었다. 다행이라고 해야 할지, 그의 형수는 형의 방을 그대로 보존하고 있었다. 형이 죽은 후 형수는 대학교와 고등학교에 다니는 두 아들의 학비와 생활비를 벌기 위해 집에서 가까운 역 근처 상가에 샌드위치와 커피를 같이 파는 가게를 냈다. 손님이 많은 시간에만 아르바이트생을 쓰고 주방과 카운터와 홀을 도맡았다. 유동 인구가 많아서인지 손님이 제법 있는 편이었다. 형의 방을 손대지 않은 것은 고인의 흔적이 남아 있는 물건들을 치우는 게 께름칙해서이기도 하지만 경황이 없어서 더 그랬던 것 같다고 동생은 생각했다. 어쨌거나 그 때문에 형의 유품들을 만질 수 있게 된 강상호는 형에 대한 미안함을 조금이나마 덜 수 있는 기회가 주어진 것을 고맙게 생각했다.

형의 방에서 강상호는 여러 장의 사진이 제목에 따라 분류되어 있는 두툼한 파일북 한 권을 발견했다. 이를테면 "도경리역(강원도 삼척시 미로면 도경동)①", "정남진 앞

가슴앓이섬(전라남도 장흥군 관산읍 신동리)③" 하는 식이었다. 한 제목 아래 열 장 내외의 사진이 모여 있었고, 사진 설명이 붙어 있었다. 사진 설명은 대개 한두 문장이었지만 꽤 긴 것도 있었다. "독특한 종교적 신념을 가진 이들에 의해 천산 정상에 세워진 이 건물은 지금은 폐허가 되었다. 이들은 이곳을 헤브론성이라고 칭했다. 산 정상에 집을 짓고 살 생각을 하다니, 도대체 이들은 어떤 사람들이었을까?" 하는 식으로. 일반인들에게 잘 알려지지 않은 오지와, 세월과 함께 사라졌거나 사라져 가는 유적지가 스무 군데 가까이 정리되어 있었다. 그 가운데 강상호가 알 만한 곳은 하나도 없었다. 세상에 거의 소개되지 않은 특별한 여행지들을 모아 둔 것이 분명해 보였다. 그리고 형의 컴퓨터에 저장된 문서 속에서 사진과 같은 제목으로 분류된 한글 문서 파일을 발견했을 때 그는 형이 출판을 준비하고 있었다는 사실을 확신하게 되었다.

그는 형수에게 혹시 형이 출판 계획을 가지고 있었느냐고 물었다. 그의 형수는, 그 사람이 언제 나한테 그런 이야기하고 살았나요, 하고 심드렁하게 대꾸했다. 그는 늘 어딘가로 쏘다녔던 형에 대한 형수의 불만을 이해했다. 그가 알기에도 형은 가정적이거나 자상한 사람이 아니었다. 형은 서른 살 때부터 몇 군데 잡지사에 들어갔다 나왔다 하며 십수 년을 보냈고 나머지 10년은 프리랜서로 여기저기

에 글을 기고하며 살았다. 잡지사에 근무할 때나 프리랜
서일 때나 거의 집 밖에서 일했고, 자주 집을 비웠고, 집에
와서 자기가 하는 일에 대해 이야기하는 걸 좋아하지 않
았다. 그렇긴 하지만 지상에서 자신의 시간이 얼마 남지
않은 걸 예감했을 때는 주변을 정리할 마음을 먹었을 테
고, 그랬다면 아무리 과묵한 사람이라도 진행 중이거나 예
정된 일을 가족에게 알렸을 거라고 강상호는 생각했다.

강상호가 기억을 부추기자 그녀는 남편에게서 들은 건
없고, 장례식장에 온 문상객 가운데 어떤 사람이 그 비슷
한 이야기를 한 것 같긴 하다고 기억해 냈다. 자기들하고
무슨 일인가를 진행하고 있었는데, 이런 일이 생겨서 놀랍
고 아쉽고 마음 아프다는 말을 한 것 같다고 했다. 경황이
없기도 하고 인사로 하는 말이라고 생각해서 그녀는 그
말을 주의 깊게 듣지 않았고 마음에 담아 두지도 않았다.
당연히 그 사람이 누구인지 어디에 근무하는 사람인지도
알지 못했다. 혹시 명함이나 연락처 같은 걸 주지 않더냐
는 시동생의 질문을 받고서야 그녀는 문상 온 사람들에게
서 받은 몇 장의 명함을 떠올렸다. 방명록 사이에 끼워 둔
네 장의 명함 가운데 씨앗 출판사 편집 주간의 명함이 있
었다.

씨앗 출판사 편집 주간은 강상호의 추측이 맞다는 사실
을 확인해 주었다. 형의 방에서 나온 글과 사진들은 형이

죽지 않았다면 씨앗 출판사에서 책으로 만들어졌을 것들이었다. 주간은 '한국의 오지 여행' 정도로 콘셉트를 잡고 진행을 했노라고 했다. 한국에도 가 보지 않은 곳이 있다, 가 보지 않은 곳 가운데도 가 볼 만한 곳이 있다, 그런 깃발 아래 색다른 여행지를 개발하고 소개해 보려는 기획이었지요, 하고 그는 말했다. "작년 말까지 원고를 넘기기로 했어요. 워낙 약속을 잘 지키고 누구보다 전문가이고 책임감이 강한 사람이라 믿고 기다렸는데, 그런 일이 생길지 누가 알았겠어요? 정말 깜짝 놀랐어요. 하지만 뭐, 어쩔 수 없지요. 인명(人命)을 누가 어떻게 하겠어요. 그 책이 아직 세상에 나올 때가 아니었나 보지요." 강상호는 곧바로 그 책이 나올 준비가 되어 있다고 말했다. 그 말을 하는 순간 그는 가슴이 뭉클해지면서 무언가가 울컥 치미는 걸 느꼈는데 형의 원고들이 그 일을 맡기려고 자기를 기다리고 있었던 것 같은 생각이 들어서였다. 그는 문득 형이 곁에 있는 것처럼 여겨져서 형, 하고 가만히 불러 보았다. 출판사 주간은 무슨 뜻인지 몰라 침묵했다. 강상호는 형이 죽기 전에 정리해 둔 원고와 사진들에 대해 이야기했다. 출판사에서는 원고를 확인하고자 했고, 강상호는 원고 중 일부를 스캔한 사진과 함께 파일로 보냈다.

출판사에서는 신중을 기하기 위해 강영호가 취재한 여행지들을 답사하기로 하고 강상호에게 동행할 수 있는지 물었다. 강상호는 스무 군데 가까이 되는 지역을 모두 돌아볼 수는 없지만 사흘 정도 휴가를 내서 몇 군데 같이 가겠다고 했다. 형을 위해서도 그 정도는 해야 할 것 같았다. 일요일을 포함해서 3박 4일 동안 강상호는 출판사의 젊은 직원과 함께 형의 발자취를 따라 몇 군데를 돌아다녔다. 천산 수도원을 찾은 것은 마지막 날 정오 무렵이었다.

2

앞에서 언급한 대로 강영호는 천산 수도원에 대한 원고를 완성하지 못하고 죽었다. 사진 몇 장과 메모 몇 줄이 그가 남긴 전부였다. 출판사에서는 그 장을 빼도 원고 분량이 충분하다는 의견이었다. 유고집의 성격을 살려서 천산 수도원에 대한 강영호의 메모 몇 줄을 그대로 싣는 것도 의미 있겠다는 의견이 나왔다. 강상호에게 다른 견해가 있을 리 없었다. 자연의 일부인 것처럼 부서진 채 비와 바람과 햇빛 속에 방치되어 있는 돌집과 돌집 내부의 지하 공간과 지하방들에 가득 들어찬 글자들을 찍은 사진들, 그리고 메모에 적힌 내용들이 호기심을 불러일으킨 것은 사실이었지만, 답사 코스에 그 지역이 포함되지 않았다면 굳이 시간을 내서 그 높은 곳까지 올라가지는 않았을 것이다.

강상호의 호기심을 불러일으킨 강영호의 메모에는 다음과 같은 내용이 들어 있었다.

천산 수도원. 서해가 내려다보이는 해발 890미터의 천산 정상. 오르는 길은 가파르고 험하다. 여기에 집을 짓고 살 생각을 하다니. 도대체 이 사람들은 왜?

ㄹ 자를 두 개 이어 놓은 모양의 건물. 뱀처럼 꾸불꾸불 이어진 긴 복도. 수없이 많은 크고 작은 방들. 독방을 연상시키는 방도 있고 운동장만 한 크기의 방도 있다. 길을 잃을 염려는 없지만 미로 같다는 인상.

헤브론성 혹은 하늘집. 그러나 산 아래 사람들은 이곳 사람들을 그냥 산사람들이라고 불렀다.

많을 때는 1000명이 넘었다고 하는데, 건물 규모가 1000명을 수용할 정도가 될지 의심스럽다.

농사를 짓고 소와 닭을 치고 약초를 재배. 전기를 비롯해서 일체의 문명의 이기를 이용하지 않은 것으로도 유명하다.

1970년대 초까지는 건재한 것이 확실하다. 언제 어떻게 사라졌을까? 추측 — 1992년의 시한부 종말론 소동 이후 대거 이탈자가 생겼다? 시대의 변화를 고려하지 않은 근본주의적인 교리와 고루한 생활 방식이 사람들을 산에서 떠나게 했을 가능성은? 흔히 그렇듯 지도자의 사망 후 내분에 휩싸였을 수도. 정확한 내막은 알 수 없다. 새로 유입되는 사람이 없었다면, 최초의 수도사들은 나이가 들어 죽고, 그러면 자연히…… 알 길이 없다.

강영호의 메모에는 거기까지 가는 길이 표시되어 있었는데 오차 없이 정확했다. 천산은 해안 도로에서 내륙 쪽으로 5킬로미터쯤 들어간 곳에 위치했다. 바다로부터 제법 떨어져 있는 셈이다. 강상호 일행은 차가 올라갈 수 있는 곳까지 차를 타고 갔다. 출판사 직원의 2005년식 무쏘는 자갈들을 옆으로 튕겨 내며 가파르고 험한 산길을 웬만큼 올라가 주었다. 그러나 아무리 성능이 좋은 차라고 해도 바위를 부수고 나무를 자르며 올라갈 수는 없었다. 강상호와 출판사 직원은 배낭을 메고 두 시간 삼십 분 동안 산을 올랐다. 웃자란 풀과 잔가지들이 발길을 막았다. 어떤 구간에서는 경사가 거의 90도에 육박하는 길이 나타났다. 자주 멈춰 서서 숨을 골라야 했다.

산 밑에서는 깎아지른 바위들만 보이고 건물은 보이지 않았다. 올라가면서 가끔 올려다보았지만 마지막 순간까지 눈에 들어오지 않았다. 산을 잘못 찾은 게 아닌가 걱정했을 정도였다. 정상에 올라 보니 그 이유를 알 것 같았다. 터가 꽤 평평하고 넓었다. 주변을 뺑 둘러싼 기묘한 모양의 바위들이 자연 방벽이 되어 건물을 가려 주고 있었다. 절묘한 은둔처였다. 만일 세상을 피해 숨고자 한다면 이보다 나은 곳을 찾기 어려울 것이다. 저만치 멀리 펼쳐진 바다는 마침 쏟아진 햇살을 받아 비늘을 뒤척이고, 곳곳에 조개껍데기를 엎어 놓은 것 같은 모양의 섬들은 애써 몸을 뒤집기 위해 꿈틀거리는 것처럼 보였다.

ㄹ 자를 두 개 이어 붙인 모양의 건물은 낡고 부서져 볼품이 없었다. 심거나 뿌리지 않아도 저절로 나서 자라는 왕성한 생명력의 잡초들이 마당은 물론 담과 문지방까지 침범해 있었다. 사람이 살았던 흔적은 찾을 수 있었지만 그 흔적이 아주 오래전의 것이라는 사실 또한 확인할 수 있었다. ㄱ 자나 ㄴ 자로 꺾인 미로와도 같은 복도 양편으로 방들이 만들어져 있었고, 방들은 크거나 작았다. 대중 집회를 할 수 있을 만큼 큰 방도 있고, 혼자 살기에 좁을 것 같은 작은 방도 있었다. 귀퉁이 방 한쪽에 지하로 내려가는 계단이 있었다. 지하에도 복도를 따라 방들이 만들어져 있었다. 지하의 방들은 지상의 방들과 달리 크기가 일정했다. 지상에 만들어진 가장 작은 방보다 크지 않았다.

어둡고 습한 그 지하방에서 강상호는 자신의 형이 찍어놓은 사진 속의 그 벽, 위에서부터 아래까지 글자들로 가득한 벽을 보았다. 글자들은 가로세로 줄을 따라 반듯하게 늘어서 있었으며 대부분 검은색이었지만 군데군데 빨강과 초록, 노랑이 섞여 있었다. 색을 입히거나 장식을 해서 도드라지게 보이는 글자들도 있었다. 처음에 강상호는 그것이 독특한 디자인의 벽지라고 생각했다. 자세히 보니 벽지가 아니라 흙벽 위에 직접 글씨를 쓴 것이었다.

그는 여러 개의 방문을 열어 보았다. 모든 방의 벽이 글자들로 뒤덮여 있었다. 어떤 글자들은 벽에 촘촘히 박힌 화살촉 같고, 어떤 글자들은 양계장 철망에 갇힌 닭들 같았다. 화살촉들은 금방이라도 튀어나와 방 안에 들어온 사람을 찌를 것 같았고, 닭들은 철망을 부수고 뛰쳐나올 것 같았다. 그는 눈에 들어오는 대로 문장들을 읽었다. 훼손된 부분도 있고 흐릿한 부분도 있었지만 식별이 불가능하지는 않았다. 그는 "온전하여 흠이 없고 아직 멍에 메지 아니한 붉은 암송아지를 네게로 끌어오게 하고……"라는 문장을 읽었고, "나는 너희의 하나님이 되려고 너희를 애굽 땅에서 인도하여 낸 여호와라. 내가 거룩하니 너희도 거룩할지어다."라는 문장을 읽었고, "빠른 경주자라고 선착하는 것이 아니며 유력자라고 전쟁에 승리하는 것이 아니며 지혜자라고 식물을 얻는 것도 아니며 명철자라고 재물을 얻는 것이 아니며 기능자라고 은총을 입는 것이 아니니……"라는 문장을 읽었다. 강상호는 그것들이 성경에서 옮겨 적은 것임을 어렵지 않게 알아차렸다.

강상호는 벌린 입을 다물지 못했고, 동행한 출판사 직원도 마찬가지였다. "이게 뭐야, 도대체 누가 이런 일을 한 거야?" 카메라 셔터를 누르며 강상호는 자꾸만 감탄사를 늘어놓았다. 그러게요, 성당 벽화나 천장화 이야기는 들어 보았지만, 이런 건 처음인데요, 여기 말고는 없을 것 같은데요, 이걸 뭐라고 해요, 벽에 쓰인 글씨니까 벽화는 아니고 벽서? 하며 젊은 출판사 직원 역시 연방 카메라 셔터를 눌렀다.

답사에서 돌아온 후 강상호는 천산 수도원의 벽서에 대한 원고를 직접 썼다. 형이 그에게 그 일을 맡긴 것 같은 생각이 들었으므로 다른 사람에게 넘길 수 없었다. 자기들이 알아서 하겠다는 씨앗 출판사 주간의 호의를 받아들이지 않은 것은 그 때문이었다. 그 여행기의 마지막 장을 그가 쓰게 된 사연이 책 뒤에 덧붙었다.

물론 책은 거의 팔리지 않았다. 여름휴가를 위한 가이드북도 아니고 이름난 관광지가 소개되어 있는 것도 아닌 이런 유의 여행책을 사서 읽는 사람이 많을 리 없었다. 거의 읽히지 않았으므로 그 책 속에 실린 천산 수도원이 일반인들에게 알려지지 않은 것도 당연한 일이었다. 몇 명의 호사가들이 자신의 블로그에 이 책의 리뷰를 포스팅했지만 그들 역시 천산 수도원의 벽서에 주목하지는 않았다. 책을 읽은 후 천산을 찾아가 수도원의 벽서를 직접 확인한 사람이 몇 명이나 되는지는 말하기 어렵다. 몇 달이 지난 후 한 기독교 신문에 실린 기고문이 유일하게 언급할 만한 반응이었다. 경기도 부천에 소재한 한 신학대학에서 교회사를 강의하는 젊은 강사가 천산에서 발견된 벽서를 더블린의 트리니티 대학 도서관에 보관되어 있는 한 권의 책과 비교해서 소개했다.

3

'켈스의 책(The Book of Kells)'이라고 불리는 그 책은 장
식적인 서체로 필사된 라틴어 성경 원고이다. 사치스러울
정도로 화려하고 세밀한 그림이 곁들여져 세상에서 가장
아름다운 책으로 알려져 있다. 송아지 피지 위에 다양한
재료에서 추출한 여러 색의 물감으로 직접 복음서를 베껴
썼다. 이 아름답고 섬세한 책을 어떤 사람들이 무슨 이유
로 만들었는지는 정확하게 알려져 있지 않다. 그러나 대체
로 이오나의 한 수도원 수도사들에 의해 필사가 시작되었
을 거라고 추측한다. 이오나가 바이킹의 침략을 받자 수도
사들은 아일랜드와 스코틀랜드 등지로 흩어졌는데 그때
이 원고가 켈스의 수도원으로 옮겨졌으며, 거기서 다른 수
도사에 의해 채색이 더해지고 오늘날과 같은 책으로 완성

되었다는 설이 가장 큰 지지를 받고 있다. 원고의 필체를 연구한 학자들은 이 원고 작업에 최소한 세 명의 필경사가 참여했을 거라고 추정한다. 책의 이름인 '켈스의 책'은 이 책을 완성하고 바이킹의 잦은 침략에도 무사히 지켜 낸 켈스 수도원에서 유래했다. 한때 도난당하기도 했지만 최소한 1654년까지는 켈스에 있었다. 「마태복음」, 「마가복음」, 「누가복음」은 완전한 반면 네 번째 복음서인 「요한복음」이 일부밖에 없는 것은 도난당했을 때 훼손되었기 때문이라고 한다. 1661년부터는 더블린의 트리니티 대학 도서관에 영구 소장되어 있다. 화려하고 복잡한 기교의 알파벳들, 섬세하고 신비스러운 그림들과 상징적인 도안들, 그리고 정교하고 우아한 장정으로 세상에서 가장 아름다운 책이라는 영예를 안은 이 책은 현재 두 권이 일반인에게 공개되고 있다.

교회사를 전공한 젊은 강사는 한국의 한 외진 산속 건물 벽에 필사된 성경이 『켈스의 책』에 비견할 만하다는 의견을 내비쳤다. 비록 책의 형태를 갖추진 않았지만 제작 환경과 표현 방법, 제작자의 신분, 그리고 제작 동기 등에서 흥미로운 유사점을 찾을 수 있다는 분석이었다. 먼저 몇 가지 상이한 요소가 비교 대상으로 언급되었다. 『켈스의 책』은 송아지 피지에 기록되었고 천산 수도원 지하실의 벽서는 흙벽에 기록되었다. 『켈스의 책』은 최소한 세 사람 이상의 필경사가 쓴 것으로 알려져 있으나 천산의 벽서는, 앞으로 보다 세밀하고 심도 있는 분석과 연구가 필요하지만, 한 사람이 쓴 것으로 추정된다. 『켈스의 책』은 복음서 네 권만을 대상으로 삼았지만 천산의 벽서는 구약성서와 신약성서 예순여섯 권 전체를 포함하고 있다. 장식적인 면은 몰라도 규모 면에서는 천산에서 발견된 것이 월등하다고 할 수 있다. 그러나 그런 상이점들은 이 젊은 교회사 강사의 마음을 크게 사로잡지 못했다.

그는 자기 글의 대부분을 이 두 개의 자료를 탄생시킨 동력을 유추하는 데 할애했다. 기본적으로 그는 두 자료가 동일하게 고립된 공간에서 특정한 신앙 공동체의 일원에 의해 공들여 필사된 경전이라는 사실에 주목했다. 내용은 경전이고, 방법은 필사이며, 필사가 이루어진 공간은 고립된 수도원이다. 경전의 필사는 신앙 고백의 순수한 표현이면서 고백된 신앙을 실천하는 구체적인 방법이기도 하다. 세속으로부터 자신들을 분리시킨 은둔자들이 영혼을 정화하고 수행을 하기 위해 경전을 베껴 쓴 예는 흔하다. 사해 근처의 쿰란 동굴에서 발견된 『사해사본』이 대표적이다. 『사해사본』의 필사자들은 엄격한 규율에 따라 금욕적인 생활을 하며 곧 도래할 하나님의 나라를 기다렸다. 성경을 옮겨 쓰는 것이 그들의 기다림의 방법이었다. 둔황의 천불동에서는 2만 점이 넘는 엄청난 분량의 불교 경전이 쏟아져 나왔다. 대부분 손으로 직접 쓴 것들이었다. 소중한 자료들을 남기고 전하기 위해서였을 것이다. 그러나 그것이 필사의 유일한 동기라고 할 수 있을까. 필사를 해서 얻은 가치 있는 결과물보다 중요하고 의미 있는 것은 그들의 필사 행위 자체이다. 그들의 필사 행위는 가치 있는 결과물들 때문에, 가치 있는 결과물들을 얻어 낸 행위이기 때문에 의미 있는 것이 아니라 그 행위 자체가 가치 있는 어떤 결과물보다 가치 있기 때문에 의미 있는 것이다. 켈스와 천산의 필사자들 역시 다르지 않을 것이다.

그런데 켈스와 천산의 필사자들은 왜 글자에 장식을 하고 그림을 그리고 색깔을 입혔을까. 그 역시 신앙의 표현이고 수행의 방법이라는 데 이의가 있을 수 없다. 제단을 장식하고 노래를 부르는 행위가 숭배의 대상에 대한 경배의 방법이라는 건 잘 알려진 사실이다. 성당의 벽화나 천장화나 제단화가 그런 것처럼 『켈스의 책』이나 천산 수도원의 벽서에 사용된 화려한 장식과 신비스러운 그림들 역시 초월자를 경배하는 한 방법이고 믿음을 고백하는 표현이라고 할 수 있다. 그렇지만 그것이 전부라고 서둘러 결론을 내리고 물러나는 것은 의도적인 단순화이거나 파렴치한 왜곡이기 쉽다고 교회사 강사는 썼다. 성당의 벽화나 천장화들이 초월자에 대한 숭배와 신심을 북돋우는 기능만 한다고 말할 수 없다는 것이다. 그 앞에서 북돋아지는 것은 신심만이 아니라 미적 감각이기도 하다고, 때로는 미적 감각이 신심에 앞서기도 한다고 그는 이어서 썼다. 그 앞에 섰을 때 고양되는 것이 초월을 지향하는 영혼만이 아니라 아름다움을 느끼는 감각이기도 하다면, 그것을 제작한 사람의 동기나 의중에 그런 것이 있었기 때문일 것이다. 그리거나 꾸미는 사람의 마음속에 아름다움에 대한 동기가 없다고 말할 이유가 없다. 그런 동기가 섞여 있다고 해서 순수하지 않다거나 불경하다고 말할 이유도 없다. 그런 걸 가지고 있었다고 해서 신심이 훼손되는 것이 아니다. 아름다움에 대한 추구는 거룩함에 흠집을 내는 것이 아니라 오히려 거룩함에 후광을 만든다. 실은 거룩함에 후광을 더하기 위해 아름다움이 필요하다. 거룩한 것들은 아름다움 때문에 더욱 거룩해진다.

교회사 강사는 성스러움 속에 깃들어 있는 아름다움, 신에 대한 믿음의 표현 속에 깃들어 있는 인간의 예술적 욕구를 꿰뚫어 봤다. 수도사들이 세상으로부터 고립된 공간에서 성경을 필사할 때 그들을 충동한 것은 믿음만이 아니었다는 것이다. 아름다움에 대한 욕망은 믿음만큼 중요한 동력이었을 것이다. 사람은 숭배하면서 동시에 즐길 수 있다. 대개는 믿음을 드러내고, 더 잘 드러내기 위해 미적 감각을 활용한다는 것이 일반적인 인식이지만 모든 경우에 항상 그런 것은 아니다. 거꾸로 아름다움을 드러내고, 더 잘 드러내기 위해 믿음을 활용하는 경우도 있을 수 있다. 아름다움을 드러내기 위해 믿음만큼 좋은 소재가 없다고 생각할 수도 있고 믿음을 드러내기 위해 아름다움만큼 좋은 도구가 없다고 생각할 수도 있다. 드러내려고 한 것만 드러나는 것이 아니다. 믿음을 드러내기 위해 미적 감각을 활용한 작업이 믿음만 아니라 미적 감각 또한 고양하는 것처럼 아름다움을 드러내기 위해 믿음을 활용한 작업이 아름다움만 아니라 믿음 또한 고양하는 일도 가능하다. 의도했던 것보다 의도하지 않았던 것이 더 도드라지는 일도 일어난다. 결과는 동기에 의존하지만 그러나 동기는 결과를 제어하지 못한다. 엄격하게 말하면 사실 그것들은 작업자의 내면에 서로 엉켜 있어서 따로 구분하는 것이 불가능하고, 따라서 구분하는 것이 무의미한 경우가 더 많다. 작업자 자신도 내면에 있는 동기를 올바로 이해하지 못할 수 있다. 믿음을 전면에 내세우는 사람의 진짜 욕망이 아름다움일 수도 있고 아름다움을 전면에 내세우는 사람의 진짜 동기가 믿음일 수도 있다. 의도적으로 진짜 욕망을 감추고 다른 것을 앞세우는 경우도 있겠지만, 그 자신 스스로 속는 경우가 더 많다. 예컨대 무슨 이유로든 자신의 진짜 욕망이나 동기를 전면에 드러내는 것이 허용되지 않거나 그렇게 하면 불리하다고 판단되어서 은폐하려고 할 때, 자기가 정말로 원하는 것이 무엇인지 자신도 알지 못하게 하려는 힘이 작동할 수 있다. 그는 기꺼이 모르는 편을 택하고 교묘하게 무지한 자가 된다. 내용의 정확하고 올바른 전달이 핵심인 성경을 필사하면서 내용의 정확하고 올바른 전달을 방해할 수 있는 화려하고 복잡한 장식을 문자에 덧입히는 사람의 심리를 젊은 강사는 그렇게 읽어 냈다. 초월자에 대한 믿음과 아름다움에 대한 추구는 둘 모두 근본적이고 본능에 가까운 욕망이라는 것. 사람은 숭배하면서 동시에 즐길 수 있다는 것. 숭배를 위해 즐기고 즐기기 위해 숭배할 수 있다는 것. 『켈스의 책』과 천산의 벽서를 탄생시킨 것은 믿음만도 아니고 아름다움만도 아니라는 것.

그러나 그는 그 믿음과 아름다움이 왜 그렇게 표현되어야 했는지 설명하지 못했다. 어떤 믿음이 그곳에서 그런 걸 만들게 했는지, 어떤 아름다움이 그런 걸 요구했는지 숙고하지는 않았다.

2장

사랑, 또는 죄

I

후는 땅이 사람을 삼키는 모습을 눈으로 보지 못했다. 그는 땅이 사람을 삼킬 때 다른 곳에 있었다. 사람들은 다행이라고 하지만 가끔은 그도 입 벌린 땅에 삼켜져 버렸으면 좋았을걸, 하는 생각을 하곤 했다. 땅 위에서 사는 것이 막막하거나 치욕으로 여겨질 때 그랬다. 땅속이라고 다를까, 싶으면서도 땅속에는 안 들어가 봤으니까 모르지, 하고 억지를 부리는 심사를 그 자신도 잘 알 수 없었다. 땅속으로 들어간 사람들이 죽지 않고 살아 있을 리가 없는데도 그 사람들은 어떻게 살고 있을까, 하는 물음이 입 밖으로 툭 튀어나올 때가 있었는데, 그럴 때는 당황해서 주변을 돌아보곤 했다.

땅이 사람을 삼키는 모습을 보지 못했지만 후는 그런

일이 있었다는 걸 의심하지 않는다. 목격한 사람들이 말해 주어서만은 아니다. 그가 마을로 돌아왔을 때 마을 일부가 사라지고 없었다. 집도 사라지고 학교도 사라졌다. 밭도 없고 논도 없었다. 마을 입구의 200년 된 버드나무도 없고 새마을 깃발이 펄럭이던 마을 회관도 없었다. 마을 한가운데를 흐르는 개천을 중심으로 한쪽이 땅속에 묻혀 버렸다. 모든 것이 너무나 말끔하게 사라져서 사람이 살았던 흔적을 찾기 어려울 정도였다. 갈라진 틈도 보이지 않았다. 그 희대의 사건을 목격한 사람들에 의하면 정오 무렵 공동 우물가 주변의 땅이 갑자기 크게 벌어졌고, 그 벌어진 틈으로 지상에 있던 모든 것이 삽시간에 빨려 들어갔다고 했다. 마치 거대한 짐승이 큰 입을 조용히 벌려 마을을 꿀꺽 삼킨 것 같았다고 했다. 조짐이나 예고도 없이, 그야말로 졸지에 일어났으므로 그곳에 있던 사람들 가운데 그 거대한 짐승의 벌린 입을 피한 사람은 없었다. 당연히 후의 아버지와 어머니도 피하지 못했다. 열세 채의 집과 스물일곱 명의 희생자를 삼킨 땅은 아무 일도 없었던 것처럼 입을 다문 채 고요했다. 다만 집들이 있던 것으로 추정되는 곳이 움푹 파여 협곡처럼 보일 뿐이었다. 혹시 있을지 모를 추가 붕괴에 대비해서 붕괴되지 않은 오른쪽 마을 주민들이 모두 대피했고, 움푹 파인 곳으로부터 700미터가량 거리를 두고 주변에 삥 둘러 울타리를 쳐 놓았다. "위험! 접근하지 마시오."라는 붉은색 경고문이 군데군데 붙었다. 군인들이 울타리를 지켰다.

후는 울타리 가까이 다가가 자기가 살던 집이 있던 자리를 눈으로 더듬었다. 새마을 깃발과 버드나무가 있던 자리도 찾아보았다. 저만치 아래 계곡은 시치미를 뚝 떼고 있었다. 어디로 눈을 돌려야 할지 가늠하기가 어려웠다. "위험하다. 떨어져라." 한 군인이 손짓을 하며 다가왔다. 후는 그가 가까이 다가올 때까지 기다렸다가, 마을 회관이 어디쯤이에요? 하고 물었다. 일병 계급장을 단 군인은 별 요상한 질문을 다 받는다는 듯 턱을 치켜들고 실소를 지은 다음, 그런 게 어딨어, 이놈아, 얼른 집에 가, 하고 단호하게 말했다. 후는, 집이 저긴데, 하고 손가락으로 아래를 가리켰다. 믿어야 할지 말아야 할지 얼른 판단이 서지 않을 때 자기도 모르게 짓게 마련인 야릇한 표정이 군인의 얼굴에 나타났다. 믿는다면 진지해져야 하고 믿지 않는다면 화를 내야 할 것이다. 그는 진지한 것 같기도 하고 화를 내는 것 같기도 한 표정을 지었지만 사실은 진지해지지도 않았고 화를 내지도 않았다. 그는 모자를 깊이 눌러쓰고 떠나라는 말만 되풀이했다. 자신의 판단이 틀렸을 때 감당할 수도 있는 수모, 이를테면 낯선 이의 말을 곧이곧대로 믿고 진지하게 대했다가 놀림감이 된다든가 믿지 않고 화를 냈다가 무안해지는 경우를 피하고 싶은 마음이 그의 행동을 결정했다. 그는 아무 판단도 하지 않는 쪽을 택했다. 떠나기 전에 후는, 정말이에요, 저기서 살았어요, 하고 말했다. 군인은 대꾸하지 않았다.

2

후는 거기서 태어났고 3년 전 마을을 떠나기까지 거기
서 15년을 살았다. 비가 세상의 모든 것을 떠나보낼 듯 맹
렬한 기세로 쏟아지던 3년 전 어느 밤을 그는 기억한다. 세
상은 악마가 검은 휘장을 둘러친 것처럼 어두웠다. 마을
은 깊은 잠에 빠져 있었다. 간혹 천둥이 쳤지만 빗소리에
묻혀 잘 들리지 않았다. 장대비에 주눅이 들었는지 개들도
짖지 않았다. 불빛이 새어 나오는 곳은 한 군데밖에 없었
다. 구판장의 유리문을 빠져나온 불빛은 대쪽을 촘촘하게
엮어 만든 발과 같은 빗줄기를 뚫고 뻗어 나가려고 안간힘
을 썼다. 그러나 처음부터 빗줄기의 위세에 기가 질려 흐물
흐물했다. 후는 날씨가 자기를 도와준다고 생각했다. 그는
또 날씨가 자기를 도와주는 것은 자기가 하려고 하는 일

이 정당하기 때문이라고 스스로를 합리화했다. 그는 200년 된 키 큰 버드나무 뒤에 몸을 숨기고 구판장이 들어서 있는 마을 회관을 노려보았다. 비옷을 입고 잎이 무성한 나무 아래 웅크리고 있었지만 그의 몸은 축축하게 젖었다. 버들잎들이 빽빽했지만 빗줄기가 더 빽빽했다. 운동화 속으로 빗물이 스며 들어와 질퍽거렸다. 그는 가끔 몸을 움직여 비옷에 묻은 물을 털었다.

그가 기다리는 사람은 박 중위였다. 그는 박 중위가 틀림없이 나타날 거라고 확신했다. 마을에는 구판장 말고 물건을 파는 가게가 없었다. 식료품이든 학용품이든 거기서만 팔았다. 술도 거기서만 팔았다. 거기서 팔지 않는 것은 읍내까지 가서 사야 했다. 박 중위는 저녁 시간에 구판장에 와서 군것질거리와 마실 것을 사 갔다. 가끔은 가게에서 라면을 끓여 먹으며 소주를 마셨다. 그는 그저께 구판장에 모습을 드러냈지만 혼자가 아니었다. 그날도 후는 버드나무 뒤에 몸을 숨기고 기다렸지만 박 중위에게 일행이 있어서 접근할 수 없었다. 사복 차림의 군인들이 술에 취해 노래 부르며 초소가 있는 바닷가를 향해 걸어가는 모습을 후는 멀찌감치서 따라가며 바라보기만 했다. 하지만 오늘은 일행이 있든 없든 계획한 일을 실행하지 않으면 안 된다고 스스로를 독려했다. 오늘 실행하지 않으면 실행할 기회가 사라지기 때문이었다. 날이 밝으면 박 중위가 마을을 떠난다는 것을 그는 알고 있었다. 그는 그 사람을 그냥 보내면 두고두고 후회할 것 같아 마음이 급했다. 마음 한 구석에서 일던 두려움도 마지막 기회라고 생각하자 슬그머니 가시는 듯했다. 비가 무섭게 쏟아지는데도 아까부터 버드나무 뒤 어둠에 몸을 숨기고 기다린 것은 그 때문이었다.

날씨가 좋지 않아서 혹시 그가 나타나지 않을지도 모른다는 생각을 하고 있었으므로 구판장을 향해 걸어오는 박 중위를 보았을 때 후는 반가운 나머지 하마터면 앞으로 걸어 나가 인사를 할 뻔했다. 박 중위는 사병 두 명과 함께 군용 판초를 뒤집어쓰고 나타났다. 마지막 밤을 기념하기 위해 파티를 열 거라는 후의 예상이 들어맞은 셈이었다. 그는 신이 자기에게 기회를 준 것이라고 생각했고, 신이 자기에게 기회를 준 것은 그가 하려는 일이 정당하기 때문이라고 생각했다. 애써 그런 생각을 함으로써 자신을 격려했다.

박 중위는 빠른 걸음으로 구판장을 향해 다가갔다. 지면까지 늘어진 버들잎을 스치듯 지나가는 박 중위의 저벅거리는 걸음걸이가 바로 앞에서 느껴졌고, 후는 품속에서 칼을 움켜쥔 손에 힘을 주었다. 박 중위가 바로 눈앞에 있었다. 뭘 망설이지? 지금 뛰어나가 손에 쥐고 있는 것을 휘둘러. 그의 내부에서 부추기는 목소리가 들렸다. 그 일을 위해 이 캄캄한 밤에, 이 엄청난 빗속에 몸을 숨기고 있는 거 아냐? 일행이 있어서 안 된다고? 겁쟁이 같으니. 그게 무슨 상관이야. 지금이 아니면 영영 기회가 없을지도 몰라. 알잖아. 내일이면 그는 이곳에 없어……. 그러나 그 목소리보다 심장 뛰는 소리가 더 컸다. 어금니를 세게 깨무는데 이가 맞물리지 않았다. 윗니와 아랫니가 부딪치며 요란한 소리를 냈다. 몸이 덜덜 떨렸다. 정신을 차릴 수가 없었다. 추위 때문이 아니었다. 무언가가 등을 떠밀었지만 다른 무언가가 발을 붙들었다. 그가 주춤주춤하는 사이 박 중위 일행은 어느새 구판장의 문을 열고 들어서고 있었다. 후는 입술을 깨물고 주먹으로 자기 머리를 쳤다.

후는 구판장 유리문에서 눈을 떼지 않았다. 평소 같으면 유리문 안쪽의 움직임이 흐릿하게나마 보일 텐데 어찌나 빗줄기가 요란한지 아무것도 보이지 않았다. 그는 유리문 안쪽의 풍경을 눈앞에 그려 보았다. 그들은 잔을 부딪치며 전역을 축하하고 축하받을 것이다. 군가 대신 유행가를 합창하고 있을 것이다. 건빵이나 과자를 안주 삼아 소주를 마실 것이다. 라면 냄비가 그들 앞에 놓여 있을지도 모른다……

후는 박 중위에게서 얻어먹은 건빵과 라면을 기억했다. 박 중위는 만날 때마다 그의 호주머니에 건빵 봉지를 넣어 주고 과자나 빵을 사 주었다. 구판장의 나무 식탁에 마주 앉아 같이 라면을 먹기도 했다. 건빵이나 과자도 맛있었지만 라면은 정신을 쏙 빼놓을 정도로 맛이 기막혔다. 그는 세상에 그렇게 맛있는 음식이 있다는 걸 그때 처음 알았고, 그렇게 맛있는 음식을 먹을 수 있어서 행복했고, 그렇게 맛있는 음식을 먹게 해 준 박 중위를 정말 좋은 사람이라고 생각했다. 라면 맛은 신기하고 독특했다. 그것은 무엇과도 비교할 수 없었다. 국수와 달랐고 수제비와도 같지 않았다. 그것은 그동안 세상에 없던 맛이었다. 그도 그럴 것이 라면 생산이 시작된 것은 10년이 조금 넘었을 뿐이었다. 한 식품 회사 사장이 일본에서 기계 두 대를 들여와 라면을 생산하기 시작한 것은 1963년이지만 그때까지 후가 사는 벽촌에는 라면이 전해지지 않았다. 박 중위가 없었다면 여태 전해지지 않았을 것이다. 후가 국물 한 방울 남기지 않고 말끔히 비우면 맞은편의 박 중위는 빙그레 웃으며 맛있냐고 물었다. 후는 그가 게걸스럽게 먹는 자신의 모습을 보고 흉보는 것 같아 부끄러웠지만 고개를 끄덕이지 않을 수 없었다. 아무리 숨기려고 해도 숨길 수 없는 것이 있는데, 라면 맛이야말로 그러하다고 후는 생각했다.

라면을 마을에 처음 소개한 사람이 박 중위다. 휴가에서 돌아오면서 박 중위는 도시에서 라면 한 박스를 사 가지고 초소로 돌아왔다. 라면을 손수 끓여 이장과 구판장 관리인에게 맛을 보인 그는 구판장 물품 목록에 라면을 추가할 것을 강력하게 권유했다. 자기가 이 해안 초소에 근무하는 동안은 적어도 한 달에 한 박스 이상 사 갈 거라고 장담했고, 실제로 한 달에 한 박스 이상 사 갔다. 그는 가게에 와서 시켜 먹기도 했고 초소 안에서 직접 끓여 먹기도 했다.

후도 초소 안에서 라면을 먹은 적이 있었다. "여기 들어가도 돼요?" 후가 눈을 동그랗게 하고 묻자, 원칙적으로는 안 되지, 하고 박 중위가 말했다. 그럼 어떻게 해요? 하고 후가 다시 물었고, 박 중위는 원칙적으로는 안 되지만 너는 된다, 하고 말한 다음, 왜냐하면 너는 특별하니까, 그리고 우리는 라면을 먹을 거니까, 하고 덧붙였다. 후는 그가 하는 말을 다 알아들을 수 없었지만 라면을 먹을 거라는 말은 알아들었으므로, 그리고 그 말을 알아듣자 다른 말을 알아듣지 못한 것은 문제로 인식되지 않았으므로 더 묻지 않았다. 바다가 내려다보이는 언덕에 세워진 초소 안은 의외로 아늑했다. 따뜻하고 조용해서 딴 세상 같았다. 내무반 안에서는 파도치는 소리도 들리지 않았다. 2층짜리 침대가 세 개 있었고, 주방에는 조리 기구가 갖춰져 있었다. 초소에는 모두 여섯 명의 군인이 파견 근무 중이었다. 두 명씩 교대로 보초를 선다고 했다. 박 중위는 해안 초소의 지휘관이었다. 박 중위가 들어가자 운동복 차림으로 침상에 누워 잡지책을 보고 있던 군인이 벌떡 일어나서 경례를 했다. "장 일병, 라면 두 개만 끓여라. 이 꼬마 손님은 계란 넣는 걸 좋아한다." 박 중위가 인사를 받는 둥 마는 둥 하고 지시하자 장 일병이 빠른 동작으로 주방으로 들어갔다. 박 중위는 침상 안쪽 사물함에서 건빵을 꺼내 후에게 주었다. 후는 장 일병이 라면을 끓여 내올 때까지 건빵을 먹었다. 건빵은 고소하고 부드러웠다. 그러나 곧이어 먹게 될 라면에 대한 기대 때문에 그는 거의 건빵 맛을 느끼지 못했다. 입안의 침이 바삭거리는 건빵을 눅눅하게 만들었지만, 그 침은 사실 곧 맛보게 될 라면을 기대하며 마중 나온 것이었다.

먹지 말았어야 했어. 건빵도, 라면도, 먹는 게 아니었어…… 후는 자책을 하며 비에 젖어 축축한 버드나무에 자기 머리를 찧었다. 물에 불어 풀어진 나무껍질들이 으스러지며 그의 이마에 들러붙었다.

3

성인이 된 후 후는 오랫동안 라면을 먹지 못했다. 라면
냄새만 맡아도 구역질이 올라와서 자리를 피해야 했다. 라
면은 그의 내부에서 털어 낼 수 없는 죄책감을 불러일으
키는 원료로 작용했다. 자기가 라면에 환장하지 않았다면,
박 중위가 주는 라면을 받아먹지 않았다면, 아예 라면 맛
을 몰랐다면 연희 누나에게 그런 일이 일어나지 않았을 거
라는 생각에 근거가 있는 것은 아니다. 아무 관련이 없다
고 할 수는 없겠지만 그 관련은 서울에 있는 나비의 날갯
짓과 뉴욕을 덮친 태풍 사이의 관련만큼 비정형적이고 무
의식적이다. 나비가 날갯짓을 하지 않아도 태풍은 일어날
것이다. 혹은 나비가 수만 번 날갯짓을 해도 태풍이 일어
나지 않을 수 있다. 태풍이 일어나지 않았다면 문제 될 것

이 없는 사소한 현상들이 태풍이 일어났기 때문에 태풍을 유발한 중요한 원인으로 지목된다. 결과가 무작위로 원인들을 소환하는 이 시스템은 심리학적 요인에 의해 지원받고 강화되는 경향을 보인다. 예컨대 인간 심리의 무규칙성과 돌발성이 세상에서 일어나는 거의 모든 일을 세상에서 일어나는 거의 모든 일과 인과적으로 관련지을 수 있는 근거를 만들어 낸다.

연희에게 일어난 일은 그가 라면을 먹지 않았어도 일어났을 일이다. 그가 라면을 먹은 사건과 연희의 사건 사이에는 직접적인 인과관계가 없다. 그러니까 그는 죄책감을 느끼지 않아도 된다. 그러나 라면을 먹지 않았는데도 그 사건이 일어났다면 그는 자기가 행한 다른 어떤 일을 끄집어내어 그 사건의 원인으로 상정하고 자책했을 것이다. 무엇이든 끌어냈을 것이다. 자신에게 죄의식을 덧씌우기 위해 무엇이든 찾아냈을 것이다. 만들어 내기라도 했을 것이다. 그에게 필요한 것은 죄의식이었으니까. 죄의식을 느끼지 않으면 죄의식이 느껴져서 괴로웠을 테니까. 죄의식을 느끼지 않는 자신을 견딜 수 없었을 테니까. 차라리 죄의식을 만들어 자기를 괴롭히는 것이 죄의식을 느끼지 않는 자기에 대해 죄의식을 느끼며 괴로워하는 것보다 나았을 테니까. 그는 죄의식을 피하기 위해 죄의식을 필요로 했다.

어느 날 박 중위가 라면을 먹고 있는 후에게 말했다. "누나를 데려오지 않을래?" 후는, 누나요? 하고 반문했다. 누나도 라면을 먹고 싶어 하지 않을까, 누나도 라면을 좋아하지 않을까, 하고 정말로 그것이 궁금하다는 듯 박 중위가 물었다. 후는 연희 누나가 라면을 먹고 싶어 할지 어떨지 알 수 없었다. 먹고 싶어 할 것 같기도 하고 먹고 싶어 하지 않을 것 같기도 했다. 그렇지만 박 중위의 그 말은, 무엇 때문인지는 모르지만, 좀 부자연스러운 것 같았다. 누나가 라면을 먹어 본 적이 없다는 것은 의심의 여지가 없는 사실이었다. 집에서 라면을 끓여 먹은 적이 없었으니까. 후가 라면을 사 먹자고 졸랐을 때 어머니는 돈 주고 그런 걸 왜 사 먹느냐고 야단을 치고 감자를 삶아 주었다. 후는, 누나가 라면을 먹고 싶어 할지 어떨지는 잘 모르겠지만 라면을 한번 맛본다면 싫어하지는 않을 거라는 생각이 든다고 말했다. 박 중위는, 잘 모르는 상태에서는 좋아할 수도 없고 싫어할 수도 없는 법이지, 하고 혼잣말하듯 중얼거린 다음 후를 향해, 네가 누나를 좋아한다면 좋은 것을 나눠야 하지 않나, 하고 은밀하게 말했다. 후는 순간 당황해서 얼굴을 붉혔는데, 좋은 것을 혼자만 즐기려고 누나에게 알리지 않은 사실을 지적당한 것처럼 느껴졌기 때문이다. 그것은 사실이 아니었지만 이상하게 변명하기가 어려웠다. 그는 감추고 있던 무언가를 발각당한 것 같아 불편했다. 발각당한 것이 무엇인지 생각할 시간도 주지 않고 박 중위가 이어 붙였다. "그걸 알면 누나가 섭섭해하지 않을까?" 어느 때보다 말투가 부드러운데도 후는 내몰리는 느낌을 받았다. 거절해야 한다고 생각한 것은 아니지만 거절할 수도 없을 만큼 위압적이었다. 후는 고개를 끄덕였다. "어서 마저 먹어라." 박 중위가 라면 냄비를 그 앞으로 밀었다. 그러나 그는 더 먹지 않고 젓가락을 내려놓았다.

후의 말을 들은 연희의 첫 번째 반응은 너 미쳤냐? 였다. 그다음 말은 내가 미쳤냐, 거길 가게? 였다. 후는 박 중위가 좋은 사람이고, 자기에게 잘해 준다고 말했다. 라면이 얼마나 맛있는지 아느냐는 말은 어쩐지 창피한 것 같아 하지 않았다. 잘 모르는 상태에서는 좋아할 수도 없고 싫어할 수도 없는 법이라는 박 중위의 말이 떠올라서만은 아니었다. 속으로는 누나가 라면이 얼마나 맛있는지 몰라서 그러는 것이라고, 한번 맛을 보면 마음이 바뀔 거라고 생각했지만, 알 수 없는 무언가가 그런 속생각을 겉으로 나오지 못하게 막았다. 그런 말을 하면 떳떳하지 않을 것 같기도 하고, 누나가 실망할 것 같기도 했다. "그 사람한테 전해. 우리 거지 아니라고. 촌에 산다고 사람 우습게 보지 말라고. 그리고 너도 그런 거 얻어먹고 다니지 마. 창피하지도 않냐……." 연희가 워낙 단호했으므로 후는 더 말을 잇지 못하고 고개를 숙였다.

그렇지만 후는, 우리는 거지가 아니라는 연희의 말을 그

대로 전할 수 없었다. 그 말을 하려면 그가 거지였다는 걸 인정해야 하는데, 그러고 싶지 않았다. 후는 누나가 지나치게 부정적이고 너무 감정적으로 반응한다고 생각했다. 그것 역시, 라면 맛이든 박 중위든 잘 알지 못하기 때문이라고, 잘 알게 되면 마음이 바뀔 거라고 생각했다. 후는 누나가 라면을 먹고 싶어 하지 않는다고만 전했다. 박 중위는 무언가 생각하는 듯 얼굴을 찡그리더니 그럼 할 수 없지, 하며 웃었다. 그러나 말과는 다르게 행동했다. 박 중위는 구판장으로 후를 데려가 라면을 한 상자 사 주며 말했다. "집에 가지고 가서 누나하고 같이 먹어라." 후는 누나가 받지 않을 거라고 생각했고, 그 생각은 틀리지 않았다. 연희는 곧장 라면 상자를 구판장으로 돌려보냈다.

4

이 이야기는 사랑과 죄에 대한 이야기다. 사랑이 죄로 미끄러지거나 죄가 복숭아 속의 벌레처럼 사랑 안에 깃든다. 그런 일은 흔하진 않지만 드물지도 않다.

마을에서 해안 초소의 박 중위가 연희를 좋아한다는 사실을 모르는 사람은 없었다. 작은 마을이었다. 조심해도 소문이 나지 않을 수 없는데 박 중위는 조심하지 않았다. 그 때문에 연희가 마음을 더 닫는다는 것을 그는 알지 못했다. 연애 경험이 없는 고지식하고 수줍음 많은 스무 살 시골 처녀는 외지에서 온 젊은 남자가 공공연하게 자기를 좋아한다고 떠들고 다니는 것에 심한 부끄러움과 모욕을 느꼈다. 바람기 있는 여자처럼 취급되는 것 같아 언짢고 수치스러웠다. 시골뜨기에 가난뱅이라고 무시하고 함부로 해도 된다고 생각하는 것 같아 불쾌하기도 했다. 동생을 통해 라면 박스를 보내왔을 때 그녀는 그자와는 말도 하지 않겠다고 다짐했다. 자주 두툼한 편지가 왔지만 읽지도 않고 찢어 버렸다. 동생에게는 그 남자를 만나지 말라고 지시했다. 설혹 만난다고 하더라도 그가 주는 건, 그것이 무엇이든 절대로 받지 말라고 주의를 주었다. 후는 누나의 말을 무시하지 못했다.

박 중위는 마을로 들어오는 버스 안에서 연희를 처음 보았다. 그는 외출했다가 돌아오는 길이었고, 연희는 퇴근하는 길이었다. 버스는 아침에 한 번, 저녁에 한 번 마을로 들어왔다. 연희는 아침 버스를 타고 출근했다가 저녁 버스를 타고 퇴근했다. 차를 놓치면 두 개의 재를 넘어 걸어서 왔다. 걸으면 한 시간 삼십 분이 걸렸다. 여름에는 그나마 괜찮지만 겨울에는 일찍 깜깜해지기 때문에 차를 놓치면 여간 곤란하지 않았다. 연희는 읍내 미장원에서 허드렛일을 하며 미용 기술을 배우는 중이었다. 그녀는 바닥을 쓸고 물건을 정리하고 손님들의 머리를 감겼다. 미용실 주인은 손님이 없을 때 아주 가끔 그녀에게 가위 다루는 법을 가르쳐 주었다. 그러나 손님의 머리를 직접 만지게 하지는 않았다.

버스 안에는 빈자리가 많았다. 박 중위가 버스에 올라탔을 때 한 정거장 전에 탄 연희는 앞에서 네 번째 왼편 창가 좌석에 앉아 책을 읽고 있었다. 그는 앞에서 네 번째 오른편 복도 쪽 좌석에 앉았고, 별 생각 없이 고개를 돌려 옆에 앉은 여자를 보았고, 순간 이런 시골에서 이런 여자를 보다니 하고 놀랐고, 자기의 놀람을 확인하기 위해 몇 번 더 훔쳐보았고, 그러다가 기회를 보아 말을 붙였다. 다른 빈자리를 놔두고 굳이 그 자리를 택한 데에 무슨 이유가 있었던 것은 아니다. 다른 자리에 앉을 수도 있고, 그 자리에 앉을 수도 있는 일이었다. 그가 그 자리에 앉을 확률은 다른 자리에 앉을 확률과 같았고 그가 그 자리에 앉지 않을 확률 역시 다른 자리에 앉지 않을 확률과 같았다. 그러니까 그것은 선택이라고 할 수도 없다. 그는 미리 결정한 것이 없었고 어떤 의도도 가지고 있지 않았다. 그러나 미리 결정한 것이 없고 의도가 없었다고 해서 아무것도 작용하지 않았다고 할 수는 없다. 프로이트주의자라면 우연한 부딪침이나 막연한 행동 속에서 우연하지 않고 막연하지 않은 동기를 찾아낼 것이다. 우연하지 않고 막연하지도 않은 동기를 숨기기 위해 우연과 막연을 전면에 내세운다고 할지도 모른다. 이를테면 우리는 보기 싫은 물건은 '우연히' 손이 닿지 않는 깊숙한 곳에 숨기고, 만나기 싫은 사람과의 약속은 '우연히' 잊어버린다. 박 중위를 그 자리에 앉게 한 것은 왼쪽 창가에 앉은 사람이 그의 마음속에 불러일으킨, 그 자신이 아직 의식하지 못하거나 의식하지 못한 척하는 어떤 정서, 추억이거나 기대 혹은 욕망일 수 있다. 왼쪽에 앉은 사람에게서 감지한 어떤 요소가 그의 과거나 미래와 연결된 어떤 줄을 흔들었고 그는 그 줄에 걸려 넘어졌다는 식이다.

왼쪽 창가에 앉은 사람의 어떤 요소? 박 중위는 나중에 그것이 그녀의 얼굴을 가린 긴 생머리였다는 것을 인정했다. 긴 생머리의 여자는 그가 사랑했던, 그러나 사랑을 얻어 내지는 못한 과거의 여자였다. 그는 고등학생일 때 자기보다 여섯 살이나 많은 주일학교 여선생에게 마음을 빼앗겼다. 그는 대범하게 자기 마음을 고백했지만 그 여선생은 헛웃음을 지으며 머리를 쥐어박는 것으로 그의 사랑을 간단히 무시했다. 그리고 곧 결혼을 해서 그의 곁을 떠났다. 그러나 그는 그녀를 마음속에서 떠나보내지 못했다. 그의 뇌리에 박힌 그녀의 가장 강렬한 인상이 긴 생머리였다. 그때 이후 긴 생머리는 여성에 대한 그의 환상 가운데 거의 유일한 것이 되었다.

그러나 그 버스에서 그가 관심 있는 척한 것은 그녀가 읽고 있는 책이었다. 그는 긴 생머리가 아니라 그녀가 읽고 있는 책에 관심 있는 척함으로써 그녀가 아니라 사실은 자신을 속였다. 그 책을 쓴 사람이 실제로 비행사였다는 거 알아요? 하고 말을 붙일 때 그는 자신이 그 책을 좋아한다고 착각했다. 그것이 착각인 이유는 그가 그 책을 읽은 적이 없기 때문이다. 책과 그 책의 저자에 대한 몇 가지 정보는 알고 있었지만 책을 직접 읽은 것은 아니었다. 그런데도 그는 그 말을 하면서 자기가 그 책을 읽었을 뿐 아니라 좋아하기까지 한다고 착각하게 만들었다. 그가 속인 대상은 그 자신이었다. 그러니까 그는 속이는 자신에게 속았다. 그는 속아야 했으므로 속였다. 필요가 착각을 유도해 냈다. 그는 그녀가 마음속에 불러일으킨 동요, 아직은 실체가 분명하지 않은 달콤한 설렘 속으로 뛰어들기 위해 그 책을 좋아해야 했고, 그렇게 했다. 그는 속았으므로 자기가 아주 자연스럽게 말을 붙이는 데 성공했다고 생각했다. 그는 착각했으므로 책에 관심이 있는 것처럼 말을 붙이는 자신의 모습이 아주 부자연스럽다는 사실을 알지 못했다. 그러나 속을 일도 착각할 일도 없었으므로 남자의 행동에서 부자연스러움을 느낀 그녀는 잠깐 얼굴을 돌려 그를 보고는 곧 읽던 책으로 시선을 옮겨 버렸다. 그 짧은 순간 그는 긴 머리카락의 휘장을 들추고 잠깐 나타났다가 금세 사라진 그녀의 길고 우울한 얼굴에 매료되었다. 얼굴은 곧바로 사라졌는데도 그는 계속 그 얼굴을 눈앞에서 보고 있었다.

그리고 다시, 이번에는 좀 더 노골적인 착각이 이루어졌다. 그는 그녀의 얼굴에서 예전 주일학교 여선생을 보았다고 느꼈다. 그녀가 주일학교 여선생을 정말로 닮았는가, 얼마나 닮았는가는 문제의 핵심이 아니다. 많이 닮았을 수도 있고 조금 닮았을 수도 있고 전혀 닮지 않았을 수도 있다. 여기서 중요한 것은 새로 만난 사람이 과거의 누군가와 닮아서 그 사람을 떠올리고 그 사람에게 향하게 한 것이 아니라 새로 만난 사람에게 다가가기 위해 과거의 누군가가 불러내졌다는 것이다. 이 길은 새로 만난 사람을 통해 과거의 누군가에게 가는 길이 아니라 과거의 누군가를 통해, 그를 이용해서 새로 만난 사람에게 가는 길이다. 과거의 누군가에게 가기 위해서는 새로 만난 여자가 과거의 그 사람과 실제로 닮아야 하지만, 새로 만난 사람에게 가기 위해서는 반드시 그녀가 과거의 누군가와 닮아야 할 필요는 없다. 과거의 누군가와 닮았다는 발견 혹은 암시만으로 충분하다.

모든 새로운 연인은 언제나 기억 속의 간절한 '그 사람'을 닮는다, 는 것이 아니라 닮았다고 인식된다. 그 인식이 새로운 만남에 의미를 부여하고 적극적인 행동을 유도하는 발판이 된다. '그 사람'과 닮았으므로 이제 사랑해도 된다. 그것을 위해 기억 속의 '그 사람'은 기억 속에서 빠져나와 새로운 사람과 닮은꼴이 되어야 한다. 그러나 그 과정이 그렇게 억지스럽고 부자연스러운 것은 아니다. 큰 눈이 어떻게 작은 눈과 같고, 가는 허리가 어떻게 두꺼운 허리와 닮은꼴일 수 있으며, 까무잡잡한 피부가 어떻게 흰 피부를 연상시킬 수 있느냐고 따지는 것은 무의미하다. 닮은

꼴을 발견한 사람에게 발견되는 그것은 모양이나 색의 근사가 아니다. 그를 사로잡은, 구체적으로 실체가 느껴지지만 눈에는 보이지 않는, 눈에는 보이지 않지만 그 실체를 부정할 수는 없는, 그 사람 주변의 어떤 기운의 근사이다. 그 기운은 상대에게서 나온 것일 수도 있고 자기에게서 나온 것일 수도 있다. 더러 자기에게서 나온 것을 상대에게서 나온 것으로 오해하기도 한다. 사랑에 빠질 때 우리를 감싸는 것은 언제나 설명할 수 없고, 그렇다고 부정할 수도 없는 그런 기운이다. 그 기운의 유사가 모양이나 색깔의 같음이나 다름에 우선한다. 아니, 그것들을 초월해서, 모양과 색깔의 같음이나 다름과 상관없이 기시감을 불러낸다. 사랑에 빠졌을 때 분비되는 세로토닌이라는 호르몬이 상대의 결점을 인식하지 못하게 한다는 보고가 있다. 마약중독자와 사랑에 빠진 사람의 뇌 활동이 놀라울 정도로 유사하다는 보고도 있다. 사랑을 하면 눈이 멀게 된다는 말은 정확하게 맞는 말이 아니지만 아주 틀린 말도 아니다. 사랑에 빠진 사람의 시력 문제는 보지 못하는 것이 아니라 너무 잘 보는 것, 보이지 않는 것을 보는 것, 더 분명하게는 보고 싶지 않은 것은 보지 않고 보고 싶은 것은 확대해서 보는 데 있다. 그러니까 만난 지 얼마 안 된 남자가 당신은 내 첫사랑을 닮았어요, 하고 고백할 때, 그 사람은 거짓말을 하고 있는 것이 아니라 자기가 사랑에 빠졌다고 고백하고 있는 것이다. 자기도 모르게 자기에게 속고 있을지언정 상대를 속이고 있는 것은 아니다. 그러니 큰 눈이나 가느다란 허리나 까무잡잡한 피부를 가진 누군가를 떠올릴 필요는 없다.

스물일곱 살의 장교인 박영민은 어느 초여름 날 오후에 버스 안에서 책을 읽고 있는 스무 살 시골 처녀를 보았고, 그녀가 예전 주일학교 여선생을 닮았다고 생각하며 멈칫했고, 이내 자기가 그녀를 갈망하게 될 것 같은 예감에 사로잡혔다. 주일학교 여선생을 닮았다는 생각이 그녀를 갈망하게 될 것 같은 예감을 추인하기 위해 뒤따라왔다고 할 수도 있다. 어떻게 그럴 수 있지? 하고 묻는다면 왜 그럴 수 없지? 하고 대답할 수밖에 없다. 실제로 사랑의 열병에 사로잡힌 이 젊은 남자는 자기 자신에게 쉴 없이 그 질문을 던졌다. 어떻게 그럴 수 있지? 이 여자에 대해 네가 아는 게 뭐야? 아무것도 모르면서 왜 그래? 어떻게 그럴 수 있어? 수없이 질문을 되풀이한 끝에 그는 반문의 형식으로 스스로에게 대답했다. 왜 그럴 수 없지? 왜 그러면 안 되는데? 사랑을 뇌에서 분출하는 호르몬의 작용이라고 이해하는 과학자들이라면 통계적으로 사람이 누군가에게 끌리는 데 필요한 시간은 90초면 충분하다고 말함으로써 이 뜨거운 피를 가진 젊은 군인의 손을 들어 줄 것이다.

박 중위는 사막에 불시착한 비행사 이야기를 계속했다.

"그 소설은 작가가 실제로 경험한 것을 바탕으로 쓴 것이라고 하더군요. 물론 사실 그대로는 아니겠지요. 자기 경험을 바꾸기도 하고 남의 경험을 슬쩍 빌려 쓰기도 했겠지요. 소설이란 게 그런 거 아닙니까? 그래도 작가의 경험이 창작의 밑바탕이 된 건 분명한 모양입니다." 그것은 그가 내무반에 굴러다니던, 이름이 기억나지 않는 어떤 잡지에서 얼마 전에 읽은 내용이었다. 그녀는 그래서 어쨌다는 거냐는 표정으로 힐끗 쳐다볼 뿐 반응을 보이지 않았다. 관심 없는 화제여서가 아니라 처음 만난 낯선 남자의 말상대가 되고 싶지 않아서였다. 그녀는 어색하고 불편했다. 약간 사이를 두었다가 그가 어디 사느냐고 물었지만 연희는 대꾸하지 않았다. 그는, 자기는 종점까지 간다고, 그 마을 해안 초소에 근무한다고 자기소개를 했다. 자기 이름을 밝히고 연희의 이름을 물었다. 대꾸가 없자 자기는 복무기간이 다섯 달 정도 남았다고, 이 바닷가 마을에서 말년을 보내고 제대할 것 같다고, 제대를 하면 미국으로 유학을 갈 계획인데 마침 조용한 곳에서 공부하며 유학 준비를 할 수 있어서 좋다고, 다 좋은데 좀 심심하다고, 좀 심심하긴 해도 잘 지내고 있다고, 물어보지도 않은 말을 주저리주저리 늘어놓았다. 그녀는 시종 못 들은 척했지만 그는 이야기를 멈추지 않았다. 그는 자동차를 만드는 사람이 되고 싶다고 말했다. 지금은 자동차가 부와 높은 신분

의 상징처럼 되어 있지만 머지않아 자동차 없는 집이 없게
될 거라고, 라디오처럼 흔해질 거라고 말했다. 이제 곧 차
를 타고 다니며 라디오를 듣게 될 거라고 말하면서는 문득
생각난 듯 가방에서 손바닥만 한 라디오를 꺼내 보였다.
이게 트랜지스터라디오인데, 가볍고 작고 성능이 좋은 데
다가 값도 싸서 진공관식 라디오를 몰아내고 있어요, 이제
라디오를 이렇게 들고 다니게 되었잖아요, 얼마 전만 해도
상상할 수 없는 일이었지요, 한 집에 하나가 아니라 한 사
람이 하나씩 소유하는 시대가 되고 있어요, 머지않아 자
동차도 그렇게 될 거예요, 하고 말했다. 연희는 대꾸는 하
지 않았지만 그가 하는 말을 다 들었다. 듣지 않으려고 해
도 들렸다. 눈길은 책 위에 머물러 있었지만 좀처럼 페이
지를 넘기지 못했다. 그녀는 그가 하는 말 가운데 어떤 부
분은 이해하고 어떤 부분은 이해하지 못했다. 사실 자동차
나 라디오에는 별 관심이 없었다. 그렇긴 하지만 그녀가 대
꾸하지 않은 것은 관심이 없어서만은 아니었다. 그녀는 낯
선 남자가 자꾸 말을 붙이는 게 신경 쓰였다. 차 안에는 낯
익은 얼굴들이 있었다. 같은 마을 사람도 몇 명 있었다. 그
사람들이 자기를 이상한 시선으로 보지 않을까 걱정되었
다. 눈치 없이 치근덕거리는 군인이 원망스럽지 않을 수 없
었다.

　버스는 마을 회관 공터에 그들을 내려 주고 곧 떠났다.

박 중위는 그녀가 자기와 같은 곳에서 내리자 반가워하며 이거 보통 인연이 아닌 것 같은데요, 하며 너스레를 떨었다. 함께 내린 아주머니 두 명은 큼지막한 대야를 이고 있었다. 장에 생선을 팔고 오는지 몸에서 비린내가 풍겼다. 그들은 박 중위에게 알은체를 하고 연희와 전부터 아는 사이냐고 물었다. 질문을 받은 사람은 박 중위였지만 대답은 연희가 했다. "아니요. 오늘 처음 봐요." 박 중위는 그녀가 처음이라는 걸 유난히 강조해서 말한다는 인상을 받았다. 한 아주머니가, 아까부터 봤는데 이 총각이 우리 연희한테 푹 빠진 것 같은데, 하며 야릇한 미소를 지었다. "아니에요, 영배 어머니." 이번에도 질문을 받은 사람은 박 중위였지만 대답은 연희가 했다. 그리고 이번에도 그는 그녀가 유난히 강조해서 부정한다는 인상을 받았다. 연희만 한 얼굴은 우리 읍은 물론이고 적어도 여기 세 개 읍에서는 찾기 힘들 거야, 하고 말한 사람은 영배 어머니였고, 다른 여자는, 좋을 때다, 하며 진심으로 부러움을 담아서 한숨을 내쉬었다. 연희는 고개를 숙이고 말없이 걷기만 했다. 그리고 박 중위가 알아듣지 못하는 대화가 오갔다. 그는 끼어들 기회를 잡을 수 없었다. 곧 두 갈래로 갈라지는 길이 나왔고, 그녀들은 집을 찾아 언덕길을 올라갔다. 그는 바다를 향해 뻗은 길을 조금 더 걸어야 했다. 그는 갈림길에 멈춰 선 채 기억 속의 주일학교 여선생을 닮은 긴 생머리 여

자의 뒷모습을 바라보며 연희, 하고 가만히 이름을 불러
보았다. 해가 막 산을 넘어가는 중이었고, 그 때문에 세상
은 명암 대비가 뚜렷한 흑백사진처럼 보였다.

5

　　박 중위의 적극적인 구애를 받아들이지 않는 연희를 사람들은 이해하지 못했다. 팔자 고칠 기회를 내팽개친다고 했고 굴러온 복을 걷어찬다고 했다. 아직 세상을 몰라서 그런다고도 했고 아직 어려서 그런다고도 했다. 더러는 안타까워하고 더러는 아니꼬워했다. 그들은 한결같이 그녀의 어리석음을 지적했다. 그 모든 판단의 근거는 박 중위 집안의 경제적 능력이었다. 이 마을에서 태어난 여자가 지긋지긋한 가난에서 벗어날 수 있는 길은, 부잣집 남자를 만나 외지로 시집가는 것밖에 없다는 것을 마을 사람들은 알고 있었다. 그것은 실현이 거의 불가능한, 그래서 너 나할 것 없이 포기하고 사는, 그러나 만일 자기에게든 자기 자식에게든 그런 기회가 온다면 절대로 놓치면 안 된다고 생각하는 그들의 꿈이었다. 그리고 그들은 박 중위가 얼마나 돈이 많은 집안의 아들인지 알고 있었다. 그가 가지고 있는 모든 조건들이 가난 말고는 물려받은 것이 없는 시골 마을 사람들에게는 다른 세계의 것이었다. 그는 신데렐라를 찾아온 왕자와 같았다. 그의 구애를 받는 것은 동화 속 주인공이 되는 것과 같았다. 신데렐라와 같은 처지의 사람이 신데렐라가 될 수 있는 기회를 마다할 이유는 없었다. 마을 사람들이 연희를 이해하지 못하는 것은 당연했다.

사람들은 미끈하게 생긴 검은 세단이 먼지를 일으키며 마을로 들어오던 날을 기억하고 있었다. 쏟아지는 햇빛을 받아 번들거리는 검은 승용차는 단연 시선을 끌었다. 호기심 많은 아이들이 달려들었고 어른들도 기웃거렸다. 운전석 문을 열고 내린 남자가 여기가 모래미 맞느냐고 물었다. 아이들이 고개를 끄덕였다. 그러자 운전사는 해안 초소가 어디냐고 다시 물었다. 아이들이 바닷가 쪽을 손가락으로 가리켰다. 운전사는 몸을 숙여 차 안에 대고 무슨 말인가를 했다. 이윽고 뒷문이 열리고 누군가가 내렸다. 승용차만큼이나 미끈한 드레스 차림에 선글라스를 낀 중년 여성이었다. 여자는 선글라스를 꼈으면서도 눈이 부신지 손바닥을 펴서 햇빛을 가렸다. 몸을 천천히 돌려 바로 눈앞에서 호기심 가득한 눈빛으로 바라보고 있는 아이들과 조금 떨어진 자리에서 힐끗거리는 몇몇 어른들을 살폈다.

"안녕, 반가워요." 그녀는 우아하게 손을 흔들며 인사를 했는데, 손짓이나 목소리가 마을 사람들과 어울리지 않아서인지 부자연스러운 인상을 주었다. 당연히 아무도 그녀의 인사를 받지 않았다. 누구보다 그녀 자신이 부자연스럽다는 사실을 잘 알았다. 그녀는 꾸미지 않았는데도 자신이 꾸민 것같이 여겨져서 허공에 들려 있는 손을 거둬들였다. 그녀 대신 운전사가 입을 열었다. "여기 초소에 근무하는 박영민 중위를 면회하러 왔어요." 그의 말이 끝나기도 전에 먼지를 일으키며 오토바이가 나타났다. 마을에서 오토바이를 타고 다니는 사람은 박 중위밖에 없었으므로 누구인지 궁금해할 이유가 없었다. 누구인지 궁금해할 이유가 없는데도 사람들의 시선이 부르릉거리며 다가오는 오토바이로 향했다. 박 중위가 오토바이에서 내리자 선글라스를 낀 여자가 다가가, 잘 있었니, 내 아들, 하며 껴안았다. 박 중위는 어색해하면서도 어머니 품에 안겨 한동안 그대로 있었다. 빠져나오려고 몸을 꿈틀거렸지만 어머니가 놔주지 않았기 때문에 빠져나오지 못했다. 그런 모습 역시 마을 사람들에게 부자연스러운 인상을 주었다. 아이들 가운데 누군가가 우우, 야유하는 듯한 소리를 냈고, 몇 명은 키득거렸고, 어른들은 고개를 돌렸다. 그사이에 운전사는 트렁크에서 짐을 내렸다. 박스와 보따리가 여러 개 나왔다. 박 중위는 이내 차에 올랐고, 여자는 몰려 있는 아이들을 향해, 그러나 실은 멀찌감치 서서 기웃거리는 어른들이 잘 들도록 큰 소리로 말했다. "우리 아들이 여기서 근무하게 되었다고 해서 찾아왔어요. 잘 부탁드려요. 제가 선물을 좀 가져왔는데 약소하지만 성의로 알고 기쁘게 받아 주시면 고맙겠습니다."

그녀는 선거 유세를 하는 것처럼 말했다. 여전히 어색하고 부자연스러웠지만 그러나 이번에는 아무도 키득거리거나 야유하거나 고개를 돌리지 않았다. 말과는 달리 선물은 약소하지 않았다. 군인 두 명이 헐레벌떡 뛰어와서 초소로 가지고 간 세 개의 박스에는 쇠고기와 닭고기, 과일과 과자가 들어 있었다. 마을 사람들 집에도 쇠고기 한 근과 달걀 한 꾸러미, 그리고 여러 종류의 과자가 돌아갔다.

어디서 비롯됐는지 모르지만, 박 중위의 신상에 대한 소문이 빠르게 퍼져 나갔다. 박 중위의 아버지는 대도시에 섬유 공장을 두 개나 가지고 있는 사장이었다. 공장에서 일하는 직원이 100명이나 된다고 했다. 어머니는 지방신문사 사장의 딸로 어렸을 때는 물론 결혼 후에도 집안일을 전혀 하지 않았다. 집에 가정부와 운전사가 있어서 안주인이 할 일이 없었다. 박 중위는 대학을 마치고 학군단 장교로 입대해서 이제 전역까지 6개월 정도 남겨 놓고 있었다. 제대를 하면 곧 유학을 갈 계획이었다. 그가 이곳에 와서 근무하게 된 것은 공부하기 좋은, 조용하고 한가한 근무지를 원했기 때문이다. 소문에 의하면 대대장이 근무지 몇 개를 제시하며 마음대로 선택하라고 했는데 그가 이곳을 선택했다고 한다. 대대장이 가장 안전하고 한갓진 파견지라고 이곳 해안 초소에 대한 정보를 넌지시 주긴 했다. 우연히 연희를 만나 사랑에 빠지기 전까지 그는 자신의 계획대로 안전하고 한갓진 해안 근무지에서 비교적 성실히 유학 준비를 해 나가고 있었다.

박 중위처럼 공부를 할 계획이 있는 사람이 아니면 개인에게 할당된 빈 시간이 너무 많아서 견디기 힘든 곳이 해안 경비 초소였다. 실제로 여러 병사들이 하루 종일 막막한 바다만 바라보며 버텨야 하는 시간을 지루해했다. 심심해, 지루해를 입에 달고 사는 군인들이 많았다. "심심해 죽겠어. 차라리 교육에 훈련에 얼차려에, 정신 못 차리게 뺑뺑이 돌리면 좋겠어. 딴생각할 시간이 없으면 이렇게 심심하지는 않을 텐데, 시간이 이렇게 느리게 가지 않을 텐데. 아, 지겹다." 책 읽는 걸 좋아한다면 조금 덜 심심할 수 있었다. 그런 취미라도 있다면 버티는 게 조금은 수월할 테니까. 책만 보면 하품부터 하는 이들, 특히 군대 생활을 웬만큼 한 치들은 지루하고 심심한 시간을 견디기 위해 술을 마셨다. 그러나 초소에서 가장 가까운 술집은 읍내에 있었고, 읍내까지 가려면 재를 두 개 넘어 한 시간 삼십 분이나 걸어야 했다. 사병들에게 그렇게 자주 외출이 허락될 리 없었다. 그래서 자주 이용하는 곳이 마을 회관 구판장이었다. 지휘관인 박 중위는 근무시간 이후에 제한적으로 부하 사병들의 구판장 출입을 허용했다.

박 중위의 외출이 잦아진 것은 연희를 알게 된 다음부터였다. 사랑에 빠진 사람에게 일어날 거라고 예상되는 모든 증세가 그에게 나타났다. 그는 사랑에 빠진 사람이 사랑에 빠지게 한 상대에게 할 거라고 짐작되는 모든 행동을 다 했다. 그는 자주 하늘을 쳐다보았고 두근거리는 가슴을 쓸어내렸고 공부를 하지 못했고 늦게까지 잠들지 못했다. 그녀의 마음을 얻기 위해 자주 편지를 썼고 선물 공세를 했고 그녀의 집 근처를 배회했다. 때때로 호소했고 가끔 윽박질렀다. 퇴근 시간에 맞춰 미장원 앞에 오토바이를 세우고 기다리기도 했다.

연희는 시골 처녀 특유의 수줍음과 유별나게 강한 자존심으로 그를 거부했다. 이해할 수 없는 그녀의 태도를 이해하기 위해 어떤 이는 그녀의 불운한 처지에 대한 남다른 자의식과 열등감을 언급했다. 그녀가 고아이며 오래전부터 삼촌 집에서 살고 있다는 것이 마을 사람들이 알고 있는 그녀의 불운의 내용이었다. 그녀는 열 살이 되기 전에 고아가 되었고 그 후 삼촌 밑에서 성장했다. 어머니는 무슨 이유 때문인지 어릴 때 집을 나갔고, 몸이 좋지 않아 늘 방 안에서 콜록거리며 지내던 아버지는 아지랑이가 유난히 아른거리던 어느 봄날 바다가 내려다보이는 뒷산 양지 바른 곳에서 잠든 것처럼 숨진 채 발견되었다. 자연사라고 하는 사람도 있고 자살이라고 하는 사람도 있었다. 어느 쪽이나 죽은 사람의 긴 투병 시간과 짧은 수명, 그리고 피우지 못한 재능을 안타까워했다. 연희의 남다른 자존심의 근거를 아버지로부터 물려받은 유전자와 연결 지어 생각하는 사람들이 있었는데, 그들은 그녀의 아버지를 그 지방 일원 최고의 수재로 추억했다. 병이 나지 않았으면 벌써 고등고시에 패스해서 법관이 되었을 것이고, 그러면 마을 사람들도 그 덕을 직간접적으로 보며 살고 있을 텐데 아쉽다는 말을 더러 했다. "그 아비가 누군데, 그것이 호락호락하겠어? 뭐가 달라도 다르겠지."

6

박 중위가 자기를 위해 아무 역할도 하지 못하는 열네
살 먹은 후 대신 연희의 삼촌을 조력자로 택한 것은 그녀
를 향한 그의 갈망이 그만큼 적극적이고 구체적으로 변해
갔다는 표시였다. 그의 가슴에 불이 붙어 활활 타고 있었
다. 누구도 그의 불을 끌 수 없었다. 그녀가 거부하면 할수
록 불길은 더 거세게 타올랐다. 그녀의 거부는 불길에 끼
얹은 기름과 같았다. 그는 포기하지 않고 끝까지 가 볼 작
정이었다. 사랑의 열정이라는 위장막 속에 자존심이나 오
기 같은 것이 숨어 있지 않다고 말할 수는 없다. 전부는 아
니지만 그런 것이 없지는 않았을 것이다. 욕망하는 것은,
그것이 무엇이든 거의 다 취하며 살아온, 결핍과 좌절의
경험이 별로 없는 부잣집 아들이 의외의 상대를 만나 봉변

을 당하고 있다는 식의 울컥하는 심사를 이해할 수 없는 것은 아니다. 의식의 표면에는 아니더라도, 마음 깊숙한 구석에 그런 게 있었다고 하는 게 자연스러울 것이다.

그런 점에서 그가 연희의 삼촌을 찾아간 시점이 연희로부터 봉변을 당한 직후라는 사실은 꽤 시사적이다. 그는 퇴근하는 그녀를 기다렸다가 이야기를 하자고 잡아끌었다. 무엇 때문에 자기를 받아들이지 않는지 이유나 들어보자는 것이었는데 그녀는 이유 같은 건 없으며 다만 당신이 싫을 뿐이라고 통박을 주었다. 당신같이 한가하게 연애질할 여유가 없다는 말도 했다. 자신의 진심을 전하고 이해시키기 위해 설득하고 호소하던 그는 격정과 흥분을 참지 못하고 완력으로 그녀에게 입을 맞추었다. 연희는 그의 품에서 벗어나려고 온 힘을 다해 발버둥 쳤다. "사랑해요, 연희 씨. 진심이에요. 왜 그렇게 내 마음을 몰라줘요?" 그는 더운 숨을 몰아쉬며 자신의 입술로 그녀의 입술을 눌렀다. 그 순간 그녀의 오른발이 그의 사타구니를 가격했고, 그의 몸은 바닥으로 나가떨어졌다.

그 일이 있고 난 다음 날, 그는 연희의 삼촌 앞에 무릎을 꿇었다. 막 고기잡이에서 돌아와 배에서 그물을 내리고 있던 연희의 삼촌은 대뜸 자기 앞에 무릎을 꿇은 군복 차림의 젊은이를 어이없다는 듯 바라보았다. 그는 자기 조카를 쫓아다니는 남자에 대해 알고 있었다. 아내가 전해 준 바에 의하면 젊은이는 대도시 출신이고 미국 유학을 준비 중이고 부잣집 아들이고 곧 제대할 장교였다. 그런 남자가 중학교나 겨우 나온 가난뱅이 시골 처녀를 좋아한다고? 믿기지 않는 이야기였다. 그는 콧방귀를 뀌며 웃었다. 진심으로 사랑한다고? 그는 그 젊은 군인의 이른바 열정이라는 것이 무엇인지 단번에 알아차렸다. 그가 이해하고 결론 내린 바에 의하면 젊은 남자의 열정은 진지한 것이 아니었다. 절대로 진지할 수 없었다. 그 군인은 다만 시골 생활이 무료하고 심심한 것뿐이라고, 그저 잠깐 가볍게 즐길 대상을 찾고 있는 것뿐이라고 그는 판단했다. 남자란 다 그렇지, 하고 남자인 그는 중얼거렸다. 그는 남자가 어떤 동물인지, 더구나 젊은 남자가 어떤 동물인지 누구보다 잘 안다고 자처했다. 그렇기 때문에 연희가 신데렐라 되기를 포기한 것처럼 호들갑을 떠는 마을 사람들과는 달리 그는 그다지 아쉬워하지 않았고 심각하게 생각하지도 않았다. 연희와 대화를 한 적은 있었다. 그가 그 남자를 어떻게 생각하느냐고 물었을 때 연희는, 그 사람, 곧 제대할 거고, 그러면 도시로 돌아갈 거잖아요, 외국으로 공부하러 간다고도 하고, 그런데 어떻게, 하며 얼굴을 붉혔다. 큰 소리를 내지는 않았지만 애써 억누르는 듯한 목소리로 불편한 마음을 전달했다. 그녀가 외지에서 온 그 젊은 남자의 열정이 어떤 성격의 것인지 잘 이해하고 있다는 생각이 들었으므로 그는 아무 충고도 하지 않았다.

그렇지만 바로 그 젊은 남자가 자기를 찾아올 거라는 생각은 하지 않았기 때문에 그는 조금 난감했다. 그러나 곧 토끼를 잡을 때도 호랑이는 최선을 다한다는 속담을 떠올리고 속으로 웃었다. 그 상황에 어울리는 속담인지 확신이 서지 않았지만 그것은 중요하지 않았다. 중요한 점은 그 속담을 떠올림으로써 그가 그 젊은 친구의 열정을 어떤 차원에서 인정할 준비를 하게 되었다는 것이다. 하찮은 놈은 아니로군, 가볍게 즐길 상대를 구한다고 가볍게 접근하는 놈은 바보지, 하고 그는 속으로 중얼거렸다. 가볍게 즐길 상대에게도 전 인생을 걸 것처럼 무겁고 심각하게 다가가야 하지, 아니, 더 그래야 하지, 왜냐하면 전 인생을 걸지 않으면서 전 인생을 거는 것처럼 보이기는 보통 어렵지 않으니까, 하고 그는 속으로 중얼거렸다. "나는 한잔 걸쳐야겠는데, 자네 술을 좀 하는가?" 연희 삼촌은 바지게를 걸머지며 말했다. 박 중위는, 제가 한잔 대접하겠습니다, 하며 벌떡 일어났다.

구판장까지 걸어가는 동안 두 사람은 한마디도 하지 않았다. 박 중위는 무슨 말인가를 하려고 몇 차례 쭈뼛거렸지만 어른의 표정이 너무 완고해 보여서 입을 열지 못했다. 쉰 살이 거의 다 되었지만 연희 삼촌의 걸음이 워낙 빨라서 박 중위는 뒤처지지 않으려고 잰걸음을 해야 했다. 술잔을 주고받는 동안에도 분위기는 서먹서먹했다. 몇 마디 말이 오갔지만 길게 이어지지 않고 끊겼다. 도시에서 왔다며? 하고 연희 삼촌이 물으면 박 중위가 네, R시에서 태어나고 자랐습니다, 하고 대답하고, 침묵이 한참 이어지다가 요새 고기가 잘 잡히나요? 하고 박 중위가 묻고 그러면 연희 삼촌이 뭐 시원찮지, 눈먼 놈들이 자꾸 줄어들어, 하고 받는 식이었다.

본격적인 대화는 취기가 오른 다음에 이루어졌다. 연희 삼촌은 연희가 조카지만 어렸을 때부터 자기가 키웠기 때문에 친딸이나 마찬가지라고, 착하고 예쁘고 영리한 아이라고 입을 열었다. "제 아비를 닮아서 공부를 보통 잘하지 않았는데, 형편이 되어야 말이지, 고등학교를 못 보낸 게 얼마나 미안한지, 그 애도 그 애지만 그 애 아버지한테 말이야. 그 애 아버지가 내 형인데 말이지, 보통 천재가 아니었거든." 그 순간 박 중위가 술잔을 내려놓고 입술을 훔치며 호기 있게 외쳤다. "제가 연희 씨 고등학교 보내겠습니다. 고등학교도 보내고 대학교도 보내겠습니다." 연희 삼촌은 얼굴을 찡그리며 자네, 술이 약하군, 하고 핀잔을 주었다. 술이 약한 건 아니었다. 그러나 연희 삼촌이 그런 것처럼 그 역시 취기를 느끼고 있기는 했다. 취해서 하는 말이 아닙니다, 하고 말할 때 그의 목소리에는 어쩔 수 없이 취기가 묻어났다. "진심으로 하는 말입니다. 도시에는 기회가 많습니다. 저희 아버지 공장에도 낮에 일하고 밤에 공부하는 여직원들이 꽤 있습니다. 저를 믿고 연희 씨를 맡겨 주십시오." 연희 삼촌이 큰 소리로 웃었다. 박 중위는 그 웃음의 의미를 헤아리려 했지만 머릿속이 휑했다. 연희 삼촌은 크고 긴 웃음 끝에 몸속의 찌꺼기를 털어 내듯, 맹랑한 친구로구먼, 하고 내뱉었다. 박 중위는 눈만 끔벅끔벅했다. "도대체 자네가 뭔데, 자네가 무슨 자격으로 우리 연희를 맡겠다는 거야? 자네가 뭔데 우리 연희를 고등학교 보내고 대학교 보내겠다는 거야? 자네가 뭔데……." 잠깐 당황해서 말문을 닫았던 박 중위는 비로소 제대로 말할 기회를 제공받기라도 한 것처럼 자기가 연희를 얼마나 사랑하는지 늘어놓기 시작했다. 얼마나 원하는지, 얼마나 아픈지, 얼마나 간절한지, 얼마나 죽을 것 같은지……. 자기도 정말 이러는 자기를 모르겠다고, 이렇게 누군가에게 깊이 빠지게 될 거라고 상상도 해 보지 않았다고 말할 때 그는 자기가 왜 그러는지 정말로 모르는 것 같았다. 그 순간 연희 삼촌의 마음속에 어떤 균열이 일어났다. 그는 젊은 친구의 호소가 너무나 간절하고 그럴듯해서 진심을 의심하는 것이 미안하다는 생각이 들었다. 이 젊은 친구는 연희에 대한 자신의 감정을 분명히 모를 수 있었다. 자기도 이러는 자기를 정말 모르겠다는 그의 말이 그 증거였다. 예컨대 자기가 정말로 사랑에 빠진 것이 아니라 무료한

한때를 견디기 위해 가벼운 파트너를 필요로 하고 있을 뿐
이라는 사실을 그 자신도 모르고 있을 가능성이 있었다.
모를 필요가 있거나 모르는 게 유리하기 때문에 모르기
로 작정했다고 가정할 수 있지 않을까? 그렇다면 토끼를
잡기 위해서라도 최선을 다하는 호랑이의 프로 근성 같
은 것과는 상관없다는 말인가. 아니, 자기 자신조차 감쪽
같이 속여서 진심으로 간절하게 그녀를 사랑하고 있다고
믿게 만드는 그 복잡한 암시와 조작이야말로 토끼를 잡기
위해서라도 최선을 다하는 호랑이의 진면목인지 모를 일
이었다.

　그 자리에서, 술기운에 정신이 어느 정도 젖은 상태에서
연희 삼촌이 그런 판단을 체계적으로 하고 있었다고 할 수
는 없다. 그는 젊은 군인의 진심을 처음부터 믿지 않았지
만 젊은 군인의 열정은 처음부터 인정했다. 스무 살 먹은
처녀의 보호자인 그는, 이 군인을 믿지 않았지만 젊은 남
자들의 욕망과 생리에 대해 너무나 잘 알고 있는(잘 알고
있다고 자부하는) 나이 든 남자인 그는 이 젊은이를 인정
했다. 그는 젊은 군인의 진심을 믿지 않았을 뿐 아니라 진
심을 갖는다는 게 가능할 리도 없다고 단정했으므로 사랑
의 진위나 깊이나 폭이나 구체적인 계획이나 설계나 약속
을 묻지 않았고, 물을 필요가 없었고, 당연히 실망하지도
않았다. 또한 그는 젊은 남자의 불같은 열정을 인정했을

뿐 아니라 심지어 어느 정도는 부러워하기까지 했으므로 젊은 남자가 내쏟는 말의 진위나 깊이나 폭이나 구체적인 계획이나 설계나 약속을 요구하지 않았고, 요구할 필요가 없었고, 당연히 아쉬워하지도 않았다. 아직 웬만한 젊은이들 못지않은 기운을 가지고 있다고 자부하면서도 늘어나는 주름살과 흰머리를 보며 어쩔 수 없이 팽팽한 피부와 검은 머리카락을 가진 젊은이에게 은근한 시기심과 부러움을 느끼고 있는 40대 후반의 중년 남자는 술에 취해 혼란스러운 상태에서 문득 자기 조카를 간절히 원하는 20대 젊은이에게 자기를 동화시켰고, 믿음과 상관없이 인정할 것은 인정하지 않을 수 없다고 생각하게 되었고, 마침내 알 수 없는 친근감을 느끼기에 이르렀다. 그러나 그의 입에서 나온 말은 신랄하고 거칠었다. "내가 너 같은 새끼들 시커먼 속을 다 안다. 한 4개월 남았다고? 한 4개월 재미 보고 내빼겠다는 거잖아. 이 새끼, 네까짓 게 감히 우리 연희를? 어림없다. 어림없어. 헛물켜지 말고 술이나 마셔라." 남자다움을 과시하기 좋아하는 나이 든 남자가 마침내 자기를 인정한다는 신호를 보내고 있음을 박 중위는 본능적으로, 어렴풋하게 알아차렸다. 박 중위는, 아닙니다, 사나이로서 약속하는데 저 절대로 그런 놈 아닙니다, 믿어 주십시오, 하며 엉겨 붙었다. 술판의 마지막은 두 남자가 어깨동무를 하고 군가를 부르는 것으로 끝났다. 사나이로 태

어나서 할 일도 많다만 너와 나 나라 지키는 영광에 살았
다……. 군가는 조용한 마을을 어지럽게 휘저었다.

7

그러나 물론 술자리에서 두 사람이 의기투합한 것이 그 후 벌어진 사건의 유일한 원인은 아니었다.

그날 연희를 부른 것은 삼촌이었다. 연희는 삼촌을 만나기 위해 그곳에 갔다. 삼촌은 출근하는 그녀에게 오늘 퇴근 후에 시간이 어떠냐? 하고 물었다. 아무 일 없다고 하자 이따가 장에 가는데, 끝나고 들국화로 와라, 하고 대수롭지 않게 말했다. 무슨 일 있어요? 하고 묻자 아니, 그냥, 하고 얼버무렸다. 그녀는 들국화가 어디 있는지 물었다. "아, 모르는구나." 그는 그곳을 모르는 그녀가 신기하다는 듯 잠깐 감탄 어린 표정으로 바라보더니 장터 안쪽 골목으로 들어오면 보일 거다, 하고 빠르게 말하고는 방을 나가 버렸다. 그녀는 들국화가 뭘 하는 곳인지 몰랐으나 물을 수 없었다.

'주간 커피, 야간 맥주'라는 글씨가 '들국화'라는 상호 아래 붙어 있었다. 퇴근 시간이었으니까 주간이라고 할 수도 없고 야간이라고 할 수도 없는 시간이었다. 커피를 마시기에는 늦고 맥주를 마시기에는 이른 그런 시간에 연희는 들국화의 문을 열고 들어갔다. 바깥은 아직 완전히 어두워지지 않았는데 유리문에 짙은 색 셀로판지가 붙어 있어서 그런지 실내가 더 어두운 것 같았다. 홀에 테이블이 몇 개 놓여 있었지만 손님은 없었다. 화장을 진하게 한 중년 여자가 몸을 일으키더니 문고리를 잡고 있는 그녀에게 이름이 연희냐고 물었다. 그녀가 고개를 끄덕이자 따라오라고 하고는 앞장서서 걸어갔다. 주방 옆을 지나쳐 조금 들어가자 여러 개의 방이 나왔다. 여자는 그 가운데 한 방 앞에 멈춰 서서 노크를 한 다음, 아가씨 왔어요, 하고 문을 열었다. 그녀는 안으로 떠밀려 들어갔고 곧 문이 닫혔다. 방 한가운데 술상이 차려져 있었다. 그리고 엉거주춤 일어나 그녀를 맞이한 사람은 박 중위였다.

우리 삼촌은? 하고 삼촌을 만나러 온 연희가 눈을 크게 뜨고 물었다. 일단 앉으세요, 하고 연희를 만나러 온 박 중위가 입가에 미소를 지으며 말했다. 나는 삼촌을 만나러 왔는데 아저씨가 여기 왜 있어요? 하고 연희가 문가에 선 채로 물었다. 앉으세요, 앉으면 이야기할게요, 하고 박 중

위가 연희의 팔을 잡아끌었다. 이야기를 먼저 하세요, 그
러면 앉을게요, 하고 연희가 박 중위의 손을 뜯어냈다. 나
도 삼촌을 만나러 왔어요, 그러니까 우리는 둘 다 여기 앉
아서 삼촌을 기다려야 해요, 그러니까 앉으세요, 하고 박
중위가 다시 자리에 앉으며 약간 단호하게 말했다. 연희는
그렇다면 밖에서 기다리겠다며 문을 열었다. 문을 열려고
했다. 그러나 열리지 않았다. 힘을 더 주었지만 꼼짝도 하
지 않았다. 연희가 박 중위에게 눈길을 주었다. 그녀의 눈
은 어떻게 된 일이에요? 하고 묻고 있었다. 그는 그쪽을 쳐
다보지 않았다. 그녀는 주먹으로 문을 두드리며 바깥을
향해 소리쳤다. "이봐요. 문이 안 열려요. 열어 주세요." 밖
에서는 아무 소리도 들리지 않았다. 어떻게 된 일이지, 하
고 그녀는 자기 자신에게 물었다. 지금 무슨 일이 일어나고
있는 거지?

무슨 일이 일어나고 있는지, 무슨 일이 일어나려고 하는
지 알게 해 준 사람은 박 중위였다. 그는 여전히 연희는 쳐
다보지 않은 채, 문은 열리지 않을 거예요, 내가 말할 때까
지 문을 열지 말라고 했어요, 하고 말했다. 왜요? 하고 연
희가 물었다. 왜냐하면 제가 연희 씨를 사랑하니까요, 하
고 박 중위가 나지막하게 말했다. 그런 말이 어딨어요, 어
서 문을 열라고 하세요, 그러지 않으면 경찰에 신고하겠어
요, 하고 연희가 단호하게 말했다. 박 중위는 고개를 숙인

채 아무 말도 하지 않고 가만히 있었다. 얼마 후 고개를 들었을 때 그의 눈에는 눈물이 그렁그렁 맺혀 있었다. 건장한 젊은 남자의 눈물은 연희를 당황하게 했다. 그녀는, 왜 이래요? 하고 묻고 싶었지만 묻지 못했다. 질문이 만들어지다 말고 사라져 버렸다. 왜 이래요? 하고 물은 사람은 박중위였다. 그는 눈물이 그렁그렁한 눈으로 울먹이며 말했다. "왜요? 왜 이렇게 나를 비참하게 만들어요? 왜 나를 못 믿는 건데요? 왜 이렇게까지 하게 하는 건데요? 왜 이렇게 나를 유치하고 추하고 나쁜 사람으로 만드는 거예요? 왜요?"

유치하고 추하고 나쁜 사람이 되기로 작정한 것은 그가 전역 예정일을 3개월가량 남겨 두었을 때였다. 조금 초조했을 수 있고, 얼마간 실망과 피곤이 찾아왔을 수 있고, 그와 함께 열정 아래 숨죽이고 있던 오기가 울컥 고개를 쳐들었을 수 있다. 그는 연희의 삼촌에게 연희를 약속 장소에 불러만 달라고 요청했다. 그 후의 일은 자기가 알아서 하겠다고 말할 때 그의 마음속에 유치하고 추하고 나쁜 사람이 들어왔다. 마음속에 유치하고 추하고 나쁜 사람이 들어왔으므로 그는 자기가 하려고 하는 유치하고 추하고 나쁜 짓을 개의치 않았다. 유치하고 추하고 나쁜 사람이 되지 않고는 사랑을 얻을 수 없으므로 유치하고 추하고 나쁜 사람이 될 수밖에 없다고 그는 스스로를 설득했다.

다만 사랑 때문이라고, 자기의 사랑이 그만큼 뜨겁고 간절하고 특별하기 때문이라고 그는 스스로를 세뇌했다. 사랑이 그에게 그렇게 하라고 지시한다고, 사랑이 시키는 일에 복종하는 것뿐이라고 끈질기게 속삭이는 내부의 목소리에 그는 복종했다. 말하자면 그것은 그가 유치하고 추하고 나쁜 사람이 되기 위한 정신 무장이었다. 무장이 끝나자 그의 몸은 단호하고 신속하게 움직였다. 그는 들국화와 그 일대 술집에 거미줄처럼 널려 있던 연희 삼촌의 술빚을 다 갚아 주고 두툼한 봉투를 내밀었다. 들국화의 한갓진 방에 차려진 술상 앞에서 연희 삼촌은 길게 침묵했다. 박 중위는 무겁고 칙칙한 침묵을 방치했다. 무슨 말이든 해서 무겁고 칙칙한 침묵의 굴레를 풀어 주기를 바라는지, 그냥 놔두기를 바라는지, 연희 삼촌이 원하는 게 무엇인지 박 중위는 알지 못했다. 그렇지만 그가 원하는 것이 무엇이든 박 중위는 그 굴레를 풀어 주고 싶지 않았다. 자기가 견디듯 그도 견뎌야 한다고, 아니, 자기가 시달리듯 그도 시달려야 한다고 박 중위는 생각했다. 그는 자기에게 그런 것처럼 상대에게도 단호하고 가혹해졌다. 우회적인 말과 위장된 무지와 의도적인 무감각을 통해 피해 갈 수 있는 일이 아니라고 그는 판단했다. 동정과 연민과 위선의 휘장을 쓰고 도망가게 해선 안 된다고 그는 속으로 다짐했다. 그래서 박 중위는 그를 도와주지 않았다. 그를 도와주지 않음으로

써 자신도 돕지 않았다. 두 사람은 술만 마셨다. 술은 격랑
이 이는 그들의 마음속에 독처럼 부어졌다. 연희 삼촌은
무거운 짐을 지고 일어나는 사람처럼 끙 소리를 내며 자
리에서 일어났다. 그의 몸은 무거운 짐을 진 사람처럼 비
틀거렸다. 박 중위는 입을 앙다물고 버텼다. 이틀 전의 일
이었다.

8

한 시간쯤 후에 구판장 문이 열렸다. 박 중위가 나타나기 한 시간 전부터 버드나무 뒤에 몸을 숨기고 있던 후는 몸을 떨었다. 뼛속으로 축축한 한기가 스며드는 것 같았다. 그러나 꼭 추위 때문만은 아니었다. 그는 잔뜩 긴장해 있었다. 그는 인정하고 싶지 않았지만, 박 중위가 빨리 나오기를 바라는 마음 한구석에는 아예 나오지 않기를 바라는 마음도 도사리고 있었다. 그는 간절히 원하면서도 그만큼 두려워하고 있었다. 아니, 그는 자신이 정말로 원하는 것이 무엇인지 분명하게 의식하지 못하고 있었다. 처음에는 무엇을 하려고 하는지 분명했고, 무엇을 해야 하는지 뚜렷했고, 왜 해야 하는지 의심할 여지가 없었다. 너무나 확고해서 '왜'와 '무엇'을 질문하는 것이 터무니없게 여겨질 정도였다. 그랬으므로 '어떻게'도 진지하게 질문하지 않았다. 그는 아주 정당하고 옳았고, 그가 하려고 하는 일은 마땅했으므로 머뭇거릴 필요가 없었다. 열에 들뜬 상태로 며칠을 보냈다. 그를 물불 가리지 않고 달리도록 내몬 것은 자기 안에 그런 것이 있었는지 그 자신조차 알지 못했던 격한 충동과 분노였다. 그는 연희 누나가 사라진 사실을 받아들일 수 없었다. 연희 누나에게 고통을 주고 사라지게 한 사람을 용서할 수 없었다. 누나가 얼마나 괴롭고 슬펐을지 생각하자 가슴이 찢어지는 것 같았다. 누나가 사라졌는데, 아무 일도 없었던 것처럼 아무 일도 하지 않고 있으면 누나가 원망하고 슬퍼할 것 같았다. 그는 정당했고 떳떳했고 용감했다. 걸릴 것도 없었고 망설일 이유도 없었다. 그랬는데 막상 박 중위를 눈앞에 마주 대하자 마음속이 시끄러워졌다. 그렇게 명쾌하던 것이 모호해졌고 무엇을 당연하고 마땅하다고 생각했는지 혼란스러워졌다. 자기가 왜 칼을 들고 있는지, 칼을 가지고 무얼 하겠다는 것인지도 종잡을 수 없었다.

그러나 구판장에서 나온 박 중위가 어지러운 걸음걸이로 자기 앞을 지나갈 때 조급해진 내부의 충동이 그를 떠밀었다. 혼란 속에서 그는 뛰쳐나갔다. 판초를 뒤집어쓴 세 사람은 거나하게 취해서 흔들흔들 천천히 걸었다. 세상은 여전히 캄캄했다. 개도 짖지 않는 밤이었다. 아까보다는 잦아들었지만 비는 계속 내렸다. 그는 전속력으로 달려서 그들을 막아섰다. 그를 떠민 충동으로 인해 그는 무모해졌다. 그의 입에서, 왜 그랬어요? 하는 말이 불쑥 튀어나왔다. 첫마디가 나오자 다음 말들이 대기하고 있기라도 했던 것처럼 다투어 튀어나왔다. "왜 그랬어요? 우리 누나에게 왜 그랬어요? 그렇게 좋아한다고, 사랑한다고, 세상이 다 알게 떠들고 다니며 난리 치더니, 정작 누나가 사랑을 받아 주니까 왜 버렸어요? 어떻게 그럴 수 있어요? 싫다는 누나의 마음을 기어이 차지해 놓고, 왜요? 불쌍한 우리 누나를, 왜, 당신이 뭔데, 당신이 왜……." 자기가 폭우 속에서 박 중위를 기다린 까닭이 무엇인지 그의 입에서 튀어나온 수없이 많은 '왜'라는 의문사가 그에게 일깨워 주었다. 그는 이해할 수 없었던 것이다. 이해할 수 없어서 혼란스러웠던 것이다. 그는 누나가 사라진 사실을 이해할 수 없었고, 누나를 사라지게 한 박 중위의 처사를 이해할 수 없었던 것이다. 박 중위가 누나를 거부하는 이유를 이해할 수 없었던 것이다.

갑작스러운 습격에 놀란 박 중위는 잠시 움찔하며 방어 자세를 취했으나 곧 자기 앞에 나타난 사람이 누구인지 알아차리고는 동행했던 군인들에게 먼저 가라고 손짓했다. 괜찮겠습니까? 하는 물음에는 어린앤데 뭘…… 하고 대꾸했다. 그 순간 후가 인상을 찌푸리는 걸 박 중위는 보지 못했다. 부하 사병들은 전역을 하루 앞둔 상관의 말을 거역하지 않았다. 그들은 부동자세를 취하고 거수경례를 한 후, 그럼 먼저 들어가겠습니다, 하고 사라졌다.

멀어져 가는 부하들을 바라보던 박 중위가 눈을 들어 하늘을 올려다보며 말했다. "내가 너희 누나를 죽이기라도 한 것처럼 그렇게 말하면 안 된다. 괴롭더라도 사리 분별은 정확하게 해야 해. 너희 누나는 스스로 집을 나갔다. 내가 나가라고 한 것도 아니고 내쫓은 것도 아니야. 너도 그걸 알잖아?" 후는 고개를 저었다. 아니, 나는 몰라요, 하고 소리쳤다가 아니, 알아요, 하고 고쳐 말했다. 내가 아는 것은 당신 때문에 누나가 무지무지 괴로워하다가 어디인지도 모르는 곳으로 사라졌다는 거예요, 당신이 우리 누나를 버렸다는 거예요, 하고 소리쳤다. 빗물이 입 속으로 들어왔다가 턱을 타고 흘렀다. 후는 연희 누나가 어디로 갔는지 알지 못했다. 그러나 그녀가 왜 마을을 떠났는지는 알고 있었다. 마을 사람들이 다 아는 사실을 그만 모를 리 없었다. 그러나 알려진 것은 일부분에 지나지 않았다. 불완전한 지식은 불완전한 이해를 낳았다. 들국화의 한 방에서 무슨 일이 있었는지 아는 사람은 없었다. 후도 알지 못했다. 박 중위가 완력으로 연희를 무너뜨린 그 비밀스러운 방은 어두운 휘장에 가려져 있다. 연희가 그렇게 완강하게 거부하던 박 중위의 사랑을 마침내 받아들인 것은 뜻밖이었고 갑작스러운 일이었고, 따라서 사람들은 이해할 수 없었다. 그보다 더 이해할 수 없는 것은 연희가 사랑을 받아들이자 기다렸다는 듯 싸늘하게 돌아서 버린 박 중위의 태도였다. 그는 더 이상 구애하지 않았고 마음 졸이지 않았고 선물 공세를 하지 않았고 연희 주변을 맴돌지 않았다. 연희가 찾아가도 만나 주지 않았다. 만나 주지 않을 뿐만 아니라 매몰차게 내쫓았다. 연희가 그에게 했던 것보다 더 심하게 대했다. 마치 복수라도 하는 것처럼 보였다. 실제로 그렇게 이해하려는 사람들이 있었다. 예컨대 청춘 남녀의 사랑의 줄다리기 같은 것이라고. 부러워할지언정 걱정할 일은 아니라고. 그동안 남자가 좀 섭섭했겠느냐고, 그동안 당한 것이 있으니 웬만큼 벌충하고 싶은 심리를 이해할 수 있지 않느냐고, 곧 아무 일도 없었던 것처럼 될 테니 두고 보라고……. 그러나 그렇게 되지 않았다. 남자는 마음을 굳게 닫아걸고 열지 않았다. 여자는 수심에 잠겼고 말을 잃어 갔고 혼자 있는 시간이 많아졌다. 사람들이 수군거리기 시작했고, 여자는 사람들과 부딪치려 하지 않았다. 그리고 마침내 집을 나가 버렸다. 아무에게도 아무 말도 하지 않고 사라져 버렸다. 들국화의 방에서 박 중위와 만난 지 두 달 만이었고, 박 중위가 전역을 3주 남겨 놓은 날이었다. 여기저기 수소문했지만 그녀를 찾을 수 없었다.

　"이건 어른들 일이다. 내가 이야기해 줘도 너는 이해하지 못할 거다. 너는 아직 어리니까." 연희 누나를 사랑한다고 그렇게 쫓아다녀 놓고 어떻게 그럴 수 있느냐고 다그치는 후를 향해 박 중위가 타이르듯 말했다. 머리를 쓰다듬기라도 하는 듯한 어투였다. 그 순간 후의 내부에 장전되어 있던 무언가가 폭발했다. 그는 아까부터 박 중위가 자기를 어린애 취급하는 것에 화가 났다. 이야기해 줘도 이해하지 못할 거라고 거만하게 내려다보는 이자를 용서하면안 된다고 다그치는 내부의 목소리를 거역할 수 없었다. 거역하고 싶지 않았다. 그는 품속에 움켜쥐고 있던 칼을 충동적으로 끄집어내어 마구 찌르고 휘둘렀다. "어린애 취급하지 마. 어린애 취급하지 말라고." 정신없이 손을 휘두르는 그의 입에서는 그런 말이 나왔다. 박 중위가 팔로 몸을 감싸며 쓰러졌다. 촘촘하게 짠 대발 같은 빗줄기가 쓰러진 박 중위의 몸 위로 마구 쏟아졌다.

9

그는 칼을 휘둘렀지만 칼을 휘두름으로써 벌어질 일에 대해 숙고하지 않았다. 숙고했더라면 칼을 휘두르지 않았을 거라는 뜻이 아니라 거기까지 생각을 밀고 가지 않았거나 못했다는 뜻이다. 충동적이었다는 뜻은 아니다. 어쩌면 칼을 휘두르기 위해, 휘두를 자격을 얻기 위해 숙고하지 않는 편을 택했다는 것이 진실에 가까울지 모르겠다. 나중에 후가 아버지에게 했던 말을 옮기자면 그는 사람을 '죽였다', 그러나 그는 사람이 '죽을 줄은 몰랐다'. 죽였다고 하면서 죽을 줄은 몰랐다고 하는 이 모순된 진술은 그의 내면의 혼란을 그대로 드러낸다. 그는 두려웠고, 머릿속으로 크고 작은 빗금들이 수없이 지나가는 걸 느꼈고, 그러나 그것들이 무엇인지 알지 못했고, 알게 될까 봐 두려웠고, 어쩔 줄 몰랐고, 그러나 어쩌지 못하고 있으면 안 된다고 느꼈고, 그래서 비명을 지르며 무작정 내달렸다. 그는 무슨 일인가를 벌였지만 무슨 일이 일어났는지 이해할 수 없었던 것이다. 감당할 수 없었던 것이다. 감당할 수 없어서 알지 못하기를 원했던 것이다. "정말로 죽였단 말이냐. 울지 말고 똑바로 말해라. 내 눈을 보고 똑바로 말해라." 아버지는 아들의 어깨를 붙잡고 흔들었다. 벌판 한가운데, 여전한 어둠과 다시 거세진 빗줄기 속에 그들은 있었다. 아들은 비옷을 입고 있었지만 온몸이 흠뻑 젖었고, 아버지는 들고 있던 우산을 던져 버렸으므로 흠뻑 젖은 상태였다. 그러나 몸이 젖은 것은 아무 일도 아니었다.

아버지는 어떤 예감 때문에 안방 문을 열고 나왔고, 아들이 자기 방에 없는 것을 확인하고는 불길한 예감에 이끌려 집을 나섰다. 괴성을 지르며 마을을 가로질러 달리는 그림자를 본 순간 그는 한 치의 의심도 없이 자기 아들이라고 확신했다. 그는 우산을 버리고 달렸다. 들판 한가운데서 아들을 붙잡았을 때 아버지는 아들이 혼이 빠져나간 빈껍데기 같다고 느꼈다. 아버지가 무슨 일이냐고 다그치자 아들이 몸을 떨며 말했다. "죽였어요. 내가 죽였어요. 그렇지만 죽을 줄은 몰랐어요." 아버지는 누구를 죽였느냐고 묻지 않고 정말로 죽였느냐고 물었다. 아들은 같은 말만 반복했다. 아버지는 아들의 얼굴을 두 손으로 붙잡아 자기 눈을 쳐다보게 했다. 아버지는 아들과 눈을 맞추려고 했지만, 아들이 그의 눈을 피하려고 했기 때문이 아니라 그의 눈은 물론 어떤 것에도 초점을 맞추려고 하지 않았기 때문에 성공하지 못했다. 검은 얼굴 위로 빗물이 번들거렸다. 아버지는 감싸고 있던 손으로 아들의 얼굴을 마구 때리며, 정신 차리라고, 울지만 말고 무슨 일이 있었는지 차근차근 말하라고 다그쳤다. 그러나 아들은 정신을 차리지 못했고 울음을 그치지 못했고 무슨 일이 있었는지 차근차근 말하지 못했다. 아버지는 아들의 얼굴을 조금 더 세게 때렸고, 조금 더 크게 소리쳤다. "사내자식이 창피하게…… 그만 그쳐라. 그만 그치라니까."

아버지가 무슨 일이 일어났는지 이해한 것은 아들이 정신을 차리고 차근차근 잘 설명했기 때문이 아니라 띄엄띄엄 내뱉은 아들의 조각 단어들이 머릿속에서 엉성하게나마 조합되었기 때문이다. 아들은 연희 누나와 박 중위를 들먹이고, 칼과 구판장과 사랑과 배신과 고통과 복수와 마지막 날이라는 말을 내뱉고, 죽을 줄 몰랐다는 말을 반복했다. 그리고 그것들은 아버지의 상상력 속에서 형태를 얻었다.

아버지는 아들을 품에 안고 말을 그만하게 했다. 무슨 일이 일어났는지 알아차렸기 때문이기도 했지만 더 자세히 듣는 것이 불편하고 거북했으므로 아들의 입을 막았다. 더 자세히 듣는 것이 불편하고 거북해서 그는 무슨 일이 일어났는지 복기하는 것보다 무슨 일을 해야 할지 궁리하는 것이 중요하다고 자신을 타일렀다. 왜 그랬느냐고 묻고 싶은 것을 꾹 눌러 참은 것도 그 질문이 무슨 일이 일어났는지를 줄줄이 불러낼 거라는 두려움 때문이었다. 그 질문의 칼끝이 어디로 향할지 두려웠기 때문이었다. 그는 잠깐이라고 생각했지만 그가 아들을 품에 안고 있었던 시간은 제법 길었다. 그는 그 시간에 무슨 일이 일어났는지 생각하지 않고 무슨 일을 해야 할지를 생각했다. 그사이에 아들은 안정을 찾아갔다. 떨리던 몸이 멈추고 울음도 잦아들었다.

이윽고 그는 아들의 손을 잡고 걸음을 내디뎠다. 아들은 아버지가 이끄는 대로 따랐다. 두 사람은 신작로를 가로질러 건넌 후 좁은 산길로 접어들었다. 어둠이 장막처럼 드리워진 숲으로 비가 후두둑 소리를 내며 떨어졌다. 비에 젖어 축축한 숲은 솔잎 냄새를 풍겼다. 산길은 꾸불꾸불하고 미끄러웠고 어디서도 불빛이 비치지 않았다. 지나가는 사람도 없었다. 재를 넘고 얼마간 평지를 걸은 다음 아버지는 아들을 다시 산길로 이끌었다. 두 사람은 아무 말도 하지 않았다. 첫 번째 산은 읍에 갈 때 넘어 다니던 산이었지만 두 번째 산은 처음 와 보는 산이었다. 두 번째 산은 더 꼬불꼬불하고 더 가파르고 더 미끄러웠다. 후는 여러 번 넘어졌다. 그때마다 아버지는 말없이 일으켜 주었다. 후는 시간을 가늠해 보려고 했다. 그러나 시간을 종잡기가 어려웠다. 한 시간을 걸었는지 열 시간을 걸었는지 짐작도 할 수 없었다. 얼마나 걸었는지는 확실히 몰라도 세상에 태어나서 가장 많이 걸은 것은 틀림없었다. 다리가 팍팍하고 숨이 찼다. 금방이라도 주저앉고 싶었다. 그러나 그럴 수 없었다. 아버지에게 쉬어 가자고 말할 용기도 나지 않았다. 그러면 안 될 것 같았다. 어디 가느냐고 묻고 싶었지만 그럴 용기도 나지 않았다. 그러면 안 될 것 같았다. 그는 묵묵히 아버지를 따라 산을 올랐다.

아버지는 산꼭대기에 다 올라와서 입을 열었다. "여기 들어가 있어라. 내가 찾으러 올 때까지 당분간 여기서 지내라." 후는 아버지를 올려다보았다. 여기가 어디예요? 후의 목소리는 다시 떨려 나왔다. "여기 산사람들은……." 아버지는 무슨 설명인가를 하려는 것처럼 뜸을 들이다가 그냥 여기에는 좋은 사람들이 산다고만 말했다. 얼마나 있어요? 후가 물었다. 아버지는 대답 대신 아들의 어깨를 가볍게 두드렸다. 아들은 그만 헤어지자는 표시라는 걸 알아차렸다. 후는 천천히 몸을 돌렸다. 그 순간 아버지의 입에서 억눌려 있던 질문이 빠져나왔다. "왜 그랬니?" 산길을 걷는 내내 그의 입 속에서 수없이 되뇌어진 질문이었다. 입 속에서만 수없이 되뇌어졌을 뿐 발음되지는 않은 질문이었다. 그랬으므로 정작 말을 해 놓고도 그는 그 말이 입 밖으로 빠져나왔다는 사실을 인식하지 못했다. 아들은 대답 대신 몸을 돌려 세우고 기어 들어가는 목소리로 겨우 말했다. "죄송해요." 빗줄기가 잦아들었다. 숲속 어둠이 조금씩 걷히고 있었다. 곧 날이 밝을 것이다. 그리고, 그러면, 많은 것이 달라질 것이다, 라고 아버지는 생각했다.

3장

압살롬

I

후는, 왜 그랬을까? 무섭게 비가 쏟아지던 그 캄캄한 밤 산길을 걷는 내내 아버지의 입 안에서 빠져나오지 못하고 고여 있던 그 질문, 마지막 순간에 마지못해 내보이긴 했지만 이내 그 사실을 민망해하며 얼버무리고 만 그 질문을 나중에 후는 자신에게 했다.

그때, 박 중위에게 칼을 휘두르면서 후는 어린애 취급하지 마, 하고 말했다. 그는 다른 말을 할 수 있었다. 가령 내 칼을 받아라, 이것은 연희 누나를 위한 나의 복수다, 하고 만화에서 본 것을 흉내 낼 수 있었다. 우리 누나를 찾아내, 우리 누나를 데려와, 우리 누나를 돌려줘, 하며 울부짖을 수도 있었다. 아니면 죽어라, 죽어, 하고 소리치거나 나쁜 놈, 개새끼, 같은 욕을 내쏟을 수 있었다. 어느 쪽이든 "어린애 취급하지 마."보다 그럴듯하다고 할 수 있다. 어울리는 말인지 모르겠지만 그게 더 어울린다고 할 수 있다. 그런데 그는 상황에 더 어울리는 말 대신 더 어울리지 않는 말을 골라 했다. "어린애 취급하지 마." 칼을 휘두르는 순간에 그가 그 말을 한 것은 그의 행동이 누나를 배신한 박 중위에 대한 분노나 복수심, 더 나아가 사라지고 없는 누나에 대한 연민이나 상실감의 표현이 아니라(그런 것이 전혀 없다고 할 수는 없겠지만) 그보다 어린애 취급당한 데 따른 울분의 토로였을 수 있음을 시사한다. 그를 그곳으로 데리고 간 것은 박 중위에 대한 분노와 누나에 대한 연민이었는지 모르지만, 아마 그랬겠지만, 결정적인 순간에 박 중위를 향해 칼을 휘두르게 한 것은, 너는 아직 어려서 이해하지 못한다며 어린애를 어르듯 대하는 박 중위의 말과 태도였다. 그 자신도 자기가 왜 그것을 못 견뎠는지, 아직 어려서 이해하지 못할 거라는 박 중위의 말이 왜 그렇게 거슬렸는지, 그 순간에는 제대로 이해하지 못했다. 이해하지 못했으면서도 그는 폐부 깊은 곳에서부터 치밀어 올라 목구멍을 타고 넘어오는 그 말을 했고 그 말의 힘에 떠밀려 팔을 휘둘렀다. 모든 이해가 행동을 수반하는 것이 아닌 것처럼 모든 행동이 이해를 동력으로 요구하는 것도 아니다.

그가 연희 누나를 향해 단순한 혈육의 정 이상의 감정을 마음속 깊은 곳에 품고 있었다는 사실을 깨닫는 데는 상당한 시간이 필요했다. 그가 박 중위의 어린애 취급을 견디지 못한 것은 자기가 박 중위와 마찬가지로 어리지 않다고 우기고자 했기 때문이고, 그가 어리지 않다고 우기고자 한 것은 박 중위와 마찬가지로 자기 역시 연희 누나를 사랑할 수 있다는 사실을 선언하고자 했기 때문이었다. 그는 박 중위가 제멋대로 쳐 놓은 장벽을 인정할 수 없었던 것이다. 그 인위적인 장벽에 의해 이뤄진 허용과 금지의 구별을 받아들일 수 없었던 것이다. 물론 그 선언은 대놓고 할 수 있는 것이 아니었다. 그것은 허락되지 않았다. 그래서 그는 어쩔 줄 몰라 했고, 어쩔 줄 몰라 하는 이유를 몰라 답답해했고, 그러다가 어쩔 수 없이 울분을 토했다. 그러니까 그가 무슨 말을 했든, 그를 정말로 괴롭힌 것은 박 중위의 배신이 아니라 연희의 부재였다. 있을 때 알지 못한 것을 없을 때 알게 된다. 없을 때 알게 되는 것은 있을 때는 알 수 없는 것이다. 부재가 인식의 근거가 된다. 연희가 없어지자 그의 마음은 불안해졌고, 걷잡을 길이 없어졌고, 그리하여 연희에 대한 자기 안의 감정의 정체에 대한 의식이 희미하게나마 생겨났고, 그러나 그것을 직시할 수는 없었고, 직시할 수는 없었지만 무시할 수도 없었고, 그 때문에 더 큰 혼란과 죄의식에 사로잡혔고, 그러다가 마침내 이 모든 사태의 원인으로 박 중위를 지목함으로써 자기를 사로잡고 있는 죄의식과 혼란에서 벗어날 길을 찾아냈다. 그렇게 함으로써 자기 안에 있는, 누나를 향한 감정을 직시하지 않으려고 했다고 할 수도 있다. 그럴듯한 전가가 이루어진 셈이다. 어린애 취급하지 말라고 소리 지를 때 그의 목소리가 울먹이고 하소연하는 것처럼 들린 것은 그 때문이었다.

후의 이런 인식은 저절로 오지 않았다. 시간이 필요했고, 자기 기억과의 거리가 필요했고, 그리고 누군가의 도움이 필요했다. 산사람들 가운데 한 명이 그 역할을 맡았다. 그 사람은 후를 형제라고 불렀다. 후도 그를 형제라고 불렀다. 이름은 부르지 않았고 불리지 않았다. 후는 그 형제만이 아니라 그곳에 있는 누구의 이름도 알지 못했다. 형제는 후에게 성경을 주며 옮겨 적으라고 했다. 그곳에서 성경을 옮겨 적는 일은 밥을 먹고 잠을 자는 것만큼 자연스럽고 마땅했다. 모든 형제들이 성경을 필사했다. 후도 형제가 되었으므로 성경을 필사해야 했다.

어느 날 후는 무심코 성경을 옮겨 적다가 어느 부분에서 문득 멈추고 자기가 옮겨 적은 것을 다시 읽어 보았다. 야릇한 기분이 들었다. 그러나 무엇이 그런 기분을 불러내는지는 알기 힘들었다. 그는 그 야릇한 기분이 무엇인지, 어디서 비롯하는 것인지 알아내기 위해 몇 번이나 되풀이해서 읽었다. 처음 접한 이야기가 분명한데도 처음 듣는 것 같지 않았다고 할까. 전혀 모르는 이야기인데도 이미 아는 것 같았다고 할까. 아니, 이미 안다는 걸 모르는 것 같았다. 그가 모르는 것은 그 이야기가 아니라 그 이야기를 이미 안다는 사실인 것 같았다. 그리고 그는 그 사실을 이해하기 어려웠다.

그에게 '말씀'을 전해 주던 형제는 후의 말을 듣고 빙그레 웃었다. "그것은 성경이 큰 거울이기 때문이다. 성경이 비추지 못하는 것, 비출 수 없는 것은 없다. 성경은 크고 환하고 깊다. 세상은 거울인 성경보다 크지 않고, 기억은 거울인 성경보다 환하지 않다. 사람의 마음은 성경인 거울보다 깊지 않다. 성경은 형제의 모든 것을 비춰 낸다. 형제가 한 일과 하려고 한 일, 한 생각과 하려고 한 생각을 비추고, 드러낸 것과 감춘 것을 비추고, 드러낸 것 속에 드러내지 않은 것과 감춘 것 속에 감추지 않은 것, 드러내려고 감춘 것과 감추려고 드러낸 것을 비춘다. 그 앞에서는 아무것도 감출 수가 없다. 하늘로 올라가도 피하지 못하고 마음속 깊은 곳으로 내려가도 달아날 수 없다. 성경은 크고 환하고 깊은 거울로 우리가 무엇을 했고 무엇을 하지 않았는지, 무엇을 해야 했고 무엇을 하지 않았어야 했는지, 무엇을 하려고 무엇을 했는지, 혹은 하지 않았는지, 무엇을 하지 않으려고 무엇을 했는지, 혹은 하지 않았는지 알게 한다. 거울을 들여다볼수록 형제는 거울이 아니라 형제를 더 잘 알게 될 것이다. 성경을 읽을수록 형제는 성경이 아니라 형제를 더 잘 알게 될 것이다." 후는 그 사람의 말을 절반은 알아듣고 절반은 알아듣지 못했다. 그러나 거울이라는 말이 너무나 뚜렷하게 마음속에 박혔으므로 알아듣지 못한 내용에 대해 아쉬움을 느끼지는 않았다. 거울이라는 단어는 거울처럼 환했다. 후는 자기가 느낀 그 야릇한 기분의 정체가 무엇인지 알게 된 것 같았다. 그것은 거울을 들여다보는 것 같은 느낌이었다. 크고 환하고 깊은 거울.

2

　후는 막 동터 오는 새벽빛에 의지하여 '헤브론성'이라는 글자를 읽었다. 그것은 대문 구실을 하는 네 개의 굵은 통나무 가운데 맨 오른쪽 기둥에 세로로 씌어 있었다. 그것을 읽는 순간 마치 그곳을 목표 삼고 밤길을 걸어오기라도 한 것처럼 이상하게 마음이 놓였다. 그는 기둥에 등을 기대고 주저앉았다. 기둥들 위에 얹힌 너와 지붕이 비를 가려 주었다. 피곤이 안개처럼 밀려왔고 그는 굳이 안개 밖으로 달아날 마음이 없었다. 그럴 기력도 없었다. 잠이 폭포처럼 쏟아졌고 그는 굳이 폭포를 피할 마음이 없었다. 그럴 기력도 없었다. 간밤에 일어난 일들이 아득하고 흐릿했다. 불과 몇 시간 전인데도 까마득하게 오래된 것처럼 여겨졌다. 꼭 꿈을 꾼 것 같았다. 꿈이라기엔 선명하고 현실이라기엔 희미했다. 선명한 꿈보다는 선명하지 않았고 희미한 현실보다는 희미하지 않았다.

그리고 그는 실제로 꿈을 꾸었다. 꿈속에서 그는 어떤 문 앞에 서 있었다. 문은 크고 웅장했고, 굳게 잠겨 있었다. 키 큰 사람 같다고 그는 생각했다. 그는 크고 웅장하고 굳게 잠긴 문을 두드리기 위해 손을 들어 올렸다가 움찔 놀라 물러났다. 손에 피가 묻어 있었다. 그는 피 묻은 손을 바지에 문질렀다. 바지에 피가 묻어났지만 손의 피는 없어지지 않았다. 그는 오른손을 왼쪽 소매에, 왼손을 오른쪽 소매에 문질렀다. 소매에 피가 묻어났지만 손의 피는 사라지지 않았다. 그는 가슴과 배에 손바닥과 손등을 여러 번 문질렀다. 셔츠에 피가 묻어났지만 손바닥과 손등의 피는 없어지지 않았다. 온몸에 손을 문질러 피를 닦아 냈지만 피는 없어지지 않았고, 그 대신 온몸이 피로 덮였다. 피는 닦아도 나왔다. 닦을수록 나왔다. 닦으면 기다렸다는 듯 나오는 것 같았다. 그는 피를 지우기 위해 닦아야 했는데, 그러나 닦으면 기다렸다는 듯 피가 나오는 것이 확실했으므로 피가 나오지 않게 하려면 닦지 말아야 했다. 그러나 닦지 않으면 피가 그대로 있으므로, 눈에 보이는 피를 지우지 않고 그대로 둘 수는 없으므로 닦지 않을 수 없었다. 그는 손을 들어 피를 보았다. 그는 손을 보았지만 그의 눈에는 피만 보였다. 손바닥 모양의 피. 그는 손바닥 모양의 피를 보지 않기 위해 피 모양의 손바닥을 얼굴에 가져갔다. 손바닥 모양의 피가 얼굴에 덮였다. 그는 얼굴을 가린 채 그 자리에 주저앉았다. 무릎이 바닥에 닿으며 쿵 소리를 냈다. 그의, 피의 무게가 땅에 균열을 만드는 것이라고 그는 생각했다. 그의 몸에서 나온 피가 땅을 벌어지게 하고, 벌어진 틈을 타고 땅속으로 스며드는 듯했다. 그는 손으로 벌어진 틈을 막으려 했다. 그러나 그의 의도와는 달리 틈은 더 벌어졌고, 벌어진 틈을 타고 피가 땅속으로 스며들었다. 그는 땅속으로 피가 스며들면 안 된다고 생각했고, 어쩔 줄 몰라 허둥거렸고, 울먹였고, 마침내 틈을 메우기 위해 옷을 찢었다. 당연히 틈은 메워지지 않았고, 더 벌어졌고, 그를 삼킬 것 같았고, 그는 더욱 허둥거렸고, 더욱 울먹였고, 마침내 비명을 질렀다. 이 피를 지워 줘요……. 그의 목소리는 땅속으로 스며들었다. 구해 줘요, 제발……. 그의 부르짖음은 점점 커졌고 간절해졌다. 어느 순간 그는 자신의 들먹이는 어깨에 닿는 큰 손을 느꼈다. 누군가의 큰 손에서 전해진 온기가 혈관을 타고 온몸으로 퍼져 나간다고 느끼는 순간 갑자기 그의 몸이 공중에 들렸다. 키 큰 사람이 몸을 굽히듯 크고 웅장하고 완강하게 닫혀 있던 문이 살며시 몸을 수그려 땅속으로 빠져드는 그의 몸을 안아 들었다…….

그의 꿈은 꿈이라기엔 선명했지만 실제라기엔 희미했으

므로 꿈인지 아닌지 분간하기가 어려웠다. 꿈과 실제가 섞인 것 같다는 생각이 들었지만, 어디까지가 꿈의 속이고 어디서부터 꿈의 밖인지 분간하기 어려웠다. 꿈과 실제가 섞인 것 같다는 생각을 하고 있는 자기가 꿈의 속에 있는지 꿈의 밖에 있는지도 분간하기 어려웠다. 그는 곧 꿈은 흐릿하고 현실은 선명하다는 생각이 고정관념에 지나지 않을 수 있다는 생각을 했는데, 그 생각 또한 꿈의 속에서 하는지 꿈의 밖에서 하는지 분간하기 어려웠다.

대부분의 꿈이 그러하듯 후가 꾼 꿈의 마지막 부분은 꿈 바깥, 현실의 간섭에 의해 변형되었다. 급작스러운 느낌이 들 정도로 이야기가 굴절된 것은 꿈꾸는 사람인 후의 외부 환경이 급작스럽게 바뀌었기 때문이다.

비가 갠 아침에 대문 역할을 하는 통나무 기둥에 기대 잠든 후를 발견한 사람은 헤브론성의 한 형제였다. 헤브론성에서는 모두 형제로 불리었다. 예외는 없었다. 나중에 후가 그 사실을 궁금해했을 때 한 형제는, 모든 개미들은 개미로 불리지 않느냐고 반문했다. 개미들에게 이름이 있는지 없는지 모르지만 사람들은 모든 개미들을 그냥 개미라고만 부른다. 사람들의 차별 없는 호명 속에서 개미들은 평등하다고 형제는 설명했다. 신 앞에서 모든 사람들은 차별 없이 평등하고 차별 없이 하찮은 존재다. 개인마다 개인만의 특성이 없는 것은 아니지만 그러나 그 특성은 신의 시선으로 보면 내세울 만한 것이 아니다. 내세울 만한 것이 아닌 것을 내세우는 것은 온당하지 않다. 그것이 모든 형제들을 형제로 호칭하는 이유라고, 그렇게 함으로써 우리가 하나님 앞에서 한없이 하찮은 존재이고 한없이 하찮은 존재로 서로 평등하다는 사실을 일깨우는 것이라고, 그렇게 함으로써 차이를 부각함으로써 생기는 불필요하고 무의미한 이 세상의 욕망을 초월하게 되는 것이라고 형제는 설명했다.

형제는 헤브론성 앞에 구겨진 빨랫감처럼 웅크리고 잠들어 있는 낯선 소년을 보았고, 얼굴을 잔뜩 찌푸리고 있는 것으로 보아 나쁜 꿈을 꾸는 것 같다는 생각을 했다. 그는 잠든 소년의 이마를 만져 보았는데, 손에 뜨거운 열기가 전해졌다. 누군지는 몰라도 무슨 일을 해야 하는지는 분명했다. 그는 망설이지 않고 몸을 굽혀 소년을 안았다. 몸이 불덩이처럼 뜨거웠다. 낯선 사람이 안는데도 후는 깨어나지 않았다. 그 대신 그 순간 그는 크고 웅장하고 굳게 잠긴 문이 키를 낮춰 자기를 안는 꿈을 꾸었다. 꿈은 더 이상 계속되지 않았지만 방에 눕힌 다음에도 후는 깨어나지 않았다. 땀이 나고 몸이 심하게 떨렸다. 수도원의 형제들이 번갈아 그를 돌봤다. 옷을 벗기고 물수건으로 그의 몸 이곳저곳을 문질렀다. 칡즙을 입에 흘려 넣고, 생강에 무를 넣고 끓인 음료를 마시게 했다. 이틀이 지나자 열이 내렸다. 사흘 후에는 밥을 먹었다. 그리고 일주일째 되는 날, 후는 한 형제 앞에서 그곳에 오게 된 사연을 털어놔야 했다.

　가구라고는 한복판에 덩그렇게 놓인 나무 책상이 유일한 좁은 방에서, 그 나무 책상을 사이에 두고 형제는 후에게 어떻게 왔느냐고 물었다. 목소리는 부드러웠지만 표정은 무거웠다. 후는 그가 자기를 도와줄 사람인지 해칠 사람인지 확신이 서지 않았다. 해칠 사람이라면 자기를 살려내기 위해 그렇게 애를 쓰지 않았을 거라는 생각이 들었지만 그 사람의 무거운 표정이 며칠 전에 산 아래서 자기가 한 일을 떠올리게 했으므로 입을 열기가 어려웠다. 형제는 말없이 응시함으로써 진술을 요구했다. 침묵은 가장 물리칠 수 없는 재촉이었다. 형제는 그 단호하고 신중한 침묵으로 진실을 말하지 않으면 여기에 머물 수 없다고 말하고 있었다. 진실을 말하지 않으면 문밖으로 내칠 거라고 말하고 있었다. 후는 아버지가 찾아올 때까지 그곳에 머물러야 했고, 그러므로 다른 선택이 없었다. 후는 나무 책상을 사이에 두고 아주 천천히, 말을 더듬는 사람처럼 말했다. 누군가를 칼로 찔렀다고 말했고, 그런 일에 이유가 없어선 안 된다는 생각이 들었으므로 박 중위와 연희 누나에 대해 말했다. 연희 누나가 없어진 것이 그 남자 때문이라고 했다가 라면 때문이라고 했다가 자기 때문이라고 했다. 거짓을 말한 건 아니었지만 두서도 조리도 없었고, 그래서 한참 걸렸고, 그러므로 알아듣기가 어려웠다. 그러나 형제는 두서 있게, 알아듣기 쉽게 말하라고 요구하지 않았다. 알아듣기 어렵게 말했지만 다 알아들은 것 같기도 했고, 알아듣는 것을 알아듣지 못하는 것과 마찬가지로 별로 중요하지 않다고 여기는 것 같기도 했다. 형제는 후의 눈만 바라보았다. 어찌 보면 말은 듣지 않는 것 같기도 했다. 입이 아니라 눈이 말하는 걸 듣겠다고 작정한 것 같기도 했다. 입이 아니라 눈이 네가 누구인지 말한다고 말하는 것 같기도 했다.

아버지가 여기까지 데려다줬어요, 아버지가 여기 좋은 사람들이 산다고, 여기 머물러 있으라고 했어요, 하고 말한 후 후는 마침내 울먹였다. 그런 후를 말없이 지켜보던 형제는 그의 등을 가만히 도닥인 다음 밖으로 나갔다. 그러나 오래 혼자 내버려 두지는 않았다. 잠시 후 돌아온 그의 손에는 두툼한 성경이 들려 있었다. 형제가 말했다. "이제 산 아래 사람은 잊어야 한다. 산 아래 일도 잊어야 한다. 하늘집에서 살려면 세상 사람을 벗고 하늘 사람으로 거듭나야 한다. 세이레 동안 이 방에 머물러 있도록 해라. 바깥 출입은 물론 외부와의 접촉이 일절 금지된다. 밖에서 문을 잠글 것이다. 세이레 동안 밥은 한 끼만 제공할 것이다. 세이레 동안 매일 세 시간씩 기도해야 한다. 매일 세 시간씩 말씀을 들어야 한다. 말씀을 들려주기 위해 내가 하루에 한 번씩 들를 것이다. 나머지 시간에는 성경을 아주 꼼꼼히 읽어야 한다. 아주 꼼꼼히 정독하고 아주 꼼꼼히 정서해야 한다. 성경 필사는 정독을 위한 방법이다." 형제는 성경의 앞부분을 펼쳤다. "「창세기」부터 시작해라."

선택의 여지가 없었다. 그곳을 떠나 다른 곳으로 갈 수 있다면 그렇게 했을 것이다. 그러나 그는 갈 곳이 없었고, 아버지가 데리러 올 때까지 그곳에서 살아야 했다. 후는 빛이 잘 새어 들어오지 않는 좁은 방에 21일 동안 갇혀 지냈다. 약속대로 정오에 한 끼의 식사가 제공되었다. 배고픔을 참는 것도 힘들었지만 방에만 갇혀 있어야 하는 것이 더 괴로웠다. 밤은 가장 힘든 시간이었다. 어둠이 찾아오면 캄캄한 방 안에 짐승처럼 웅크리고 앉아 두려움과 싸웠다. 문밖에서 가끔 정체를 알 수 없는 소리가 들렸다. 전등은 물론 없었고, 촛불이나 호롱불도 제공되지 않았다. 그는 밤에는 날이 밝기를 기대하고, 낮에는 해가 지지 않기를 기도했다. 그러나 날은 더디게 밝아 오고 해는 어김없이 졌다. 해가 뜨면 말씀을 전하는 형제가 찾아왔다. 형제는 세 시간 동안 머물며 그에게 말씀을 가르치고 후의 노트를 검사했다. 급하게 갈겨쓰거나 조느라 흘려 쓴 글씨가 있으면 단호하게 찢어 내고 다시 쓰게 했다. 정해진 시간 안에 정해진 성경 본문을 읽고 옮겨 써야 했으므로 게으름을 피울 시간이 없었다. 그것은 그에게 부과된 과제였다. 말하자면 그것은 그들의 일원이 되기 위해 치러야 하는 의식과 같은 것이었다. 그는 그곳에서 살아야 했고, 따라서 그 의식을 치러야 했다.

후는 차츰 그 의식에 적응되어 갔다. 밤의 어둠과 모든 것이 사라진 듯한 적막과 무덤덤한 벽에 대해서도 익숙해졌다. 성경을 읽고 쓰는 일도 몸에 익었다. 말하자면 점차 하늘집의 형제가 될 자격을 얻어 가는 중이었다.

3

3주가 지난 후 후는 헤브론성의 주민으로 받아들여졌다. 헤브론성의 주민들에게 부과된 모든 일이 그에게 부과되었고, 헤브론성의 주민들에게 부여된 모든 권리가 그에게 부여되었다.

이를테면 그는 형제로 불리었고, 매일 새벽 기도회에 참여해야 했고, 오전에 세 시간, 오후에 세 시간 주어진 일을 해야 했고, 저녁에는 성경을 읽고 필사하고 명상하는 시간을 가져야 했다. 기도회는 가장 넓은 강당에서 열렸고 성안의 모든 형제가 참석했다. 강요하지는 않았지만 몸을 움직이지 못할 정도로 아프지 않은 한 빠지는 사람은 없었다. 후는 새벽에 일어나는 것이 언제나 힘들었다. 그러나 같이 방을 쓰는 형제가 일어날 때까지 그를 깨웠기 때문에 새벽 기도회에 빠질 수 없었다. 어떤 날인가는 그 형제가 잠에서 깨어나지 않은 후를 어깨에 메고 기도회에 데리고 간 적도 있었다. 기도회는 긴 묵상과 성경 낭독과 흰수염을 기른 나이 많은 한 형제의 말씀 선포와 개인 기도로 이루어졌다. 형제들은 벽을 향해 무릎을 꿇고 몸을 앞뒤로 가볍게 흔들며 기도했다. 대개 목소리를 내지 않거나 옆사람이 듣지 못하게 작은 목소리를 냈지만 더러는 이마로 벽을 찧거나 울부짖기도 했다. 흰 수염을 기른 나이 많은 형제가 헤브론성의 지도자였다. 그러나 그는 다른 사람들과 마찬가지로 그냥 형제라고 불리었다. 더 큰 권리나 유난한 책임이 따로 주어지지는 않았다. 그 역시 오전 세 시간, 오후 세 시간의 노동에서 제외되지 않았다.

아침 식사가 끝나면 일을 해야 했다. 후에게는 닭을 돌보는 일이 맡겨졌다. 정해진 시간에 모이를 주고, 닭장 청소를 했다. 닭장에서 일하는 사람은 다섯 명이었다. 모든 일이 분업화되어 있었다. 밭을 일구는 사람과 건물을 관리하는 사람이 따로 있고, 땔감을 준비하는 사람과 음식을 만드는 사람이 따로 있었다. 다들 자기에게 주어진 일을 충실히 해냈다. 다들 신중하고 조용했다. 조용히 말하고 조용히 걸어 다녔다. 과도하게 친절을 표현하지는 않았지만 무관심하거나 무뚝뚝하지도 않았다. 각자가 혼자이면서 전체가 하나였다. 형제 가운데 한 사람이 후에게 알려 준 바에 의하면, 각자는 하나님 앞에서 단독자이지만, 서로는 서로에 대해 동등한 형제였다. 그것이 하늘집의 근본정신이었다.

일과가 끝나면 각자 자기 방으로 들어가 혼자만의 시간을 가졌다. 많은 형제들이 독방을 썼다. 독방은 혼자 겨우 눕고 일어날 정도로 좁았다. 방이라기보다 굴 같았다. 굴이라기보다 관 같았다. 굴 같고 관 같은 그 좁은 방에서 형제들은 성경을 읽고 성경을 옮겨 쓰고 오래 묵상했다. 어떤 형제는 잠을 자지 않고 성경을 읽고 성경을 옮겨 쓰고 오래 묵상했다. 어떤 형제는 잠을 자지 않고 기도했다.

아직 믿음의 분량이 충분하지 않거나 경건의 훈련이 모자라서 혼자만의 시간과 공간을 감당할 능력이 없다고 판단받은 형제에게는 영적 안내자 역할을 하는 형제가 파견되었다. 후도 안내자 형제와 방을 같이 썼다. 형제는 후에게 성경 읽는 법과 명상하는 법과 오래 기도하는 법을 가르쳤다. 성경에 대해 궁금한 것을 물어보면 친절하게 알려 주기도 했다. 성경은 한없이 천천히, 한 자 한 자 음미하며 읽어야 했고, 글자가 아니라 소리로, 아주 가까운 곳에서 성령이 지금 바로 자신에게 들려주는 음성을 듣듯 읽어야 했고, 음성이 들릴 때까지 읽어야 했고, 그 음성이 핏줄과 신경을 타고 온몸으로 퍼져 나가는 것을 느끼며 묵상해야 했고, 그러니까 단순히 침묵만 하는 것이 아니라 성경 속 하나님의 말씀이 섭취되고 흡수되고 소화되며 현재화되는 것을 경험해야 했다. 머릿속으로 기도할 내용을 찾고 기도의 문장을 추리는 것이 아니라, 성령의 안내를 따라 입술을 놀려야 했고, 그러니까 자기가 아니라 자기 안의 영으로 하여금 목소리를 내게 해야 했고, 그런 순간이 올 때까지 기다려야 했다. 그렇게 되면 긴 시간을 들여 밤을 새우면서라도 기도할 수 있다고 했다. 후는 형제의 가르침을 따라 성경의 문장들을 문자가 아니라 음성으로 들으려고 했으나 잘 들을 수 없었다. 성경 속 하나님의 말씀이 섭취되고 흡수되고 소화되며 현재화되는 것을 경험하고자 했으나 어떻게 해야 할지 알지 못했다. 자기 안에 거주하는 성령의 안내를 따라 입술을 놀리기를 원했지만 어떤 내부의 존재로부터 안내를 받는다는 확신이 생기지 않았고, 따라서 밤을 새우며 기도할 수 없었다. 그러니까 후는 독방에 들어갈 수 없었다.

그렇다고 그가 그런 것을 힘들어한 것은 아니었다. 헤브론성의 형제들은 낯설고 여러모로 달랐지만 괴상하거나 거북하지는 않았다. 물론 주의 날이 멀지 않았고, 그날이 오면 하늘집의 형제자매들 모두 천사들의 환영을 받으며 하늘로 올라갈 것이고, 그날을 위해 거룩함과 의로움으로 준비해야 한다는 그들의 굳은 믿음은 후에게 구체적인 실감을 주지 못했다. 믿어지지 않았다기보다 무슨 일이 일어

난다는 것인지, 무엇을 준비해야 한다는 것인지 감을 잡기
가 어려웠다. 하지만 그는 형제들의 삶이 산 아래 사람들
과 다르다는 것을 의심할 수 없었고, 그들의 삶이 다른 것
은 그들의 믿음이 다르기 때문이라는 것을 인정하지 않을
수 없었고, 그 때문에 그 믿음의 내용 또한 부정할 수 없었
다. 그들의 독특한 믿음과 특이한 삶의 태도는 처음 접하
는 것이었는데도 거부반응을 일으키지는 않았다. 후는 오
히려 약간의 경이감과 호의적인 긴장감을 가지고 하늘집
사람들 속으로 섞여 들었다. 일종의 평안함 같은 것이 곧
찾아왔다. 그런 식으로 그는 산사람이 되어 갔다.

　두 계절이 지나 아버지가 그를 찾아왔을 때, 후는 아버
지가 자기를 찾아올 거라는 생각을 하지 않고 지냈다는
사실을 깨달았다. 아버지가 자기를 찾아올 거라는 말을
했는지도 선명하지 않았다. 말을 한 것 같기도 하고 하지
않은 것 같기도 했다. 그랬다는 것은 그가 산 생활에 불편
을 느끼지 않게 되었다는 뜻이다. 산 생활에 불편을 느끼
지 않을 만큼 산 아래를 떠올리는 일이 불편했다고 해야
할까. 산 아래를 생각할 때 어쩔 수 없이 떠올려야 하는 어
떤 기억에 대한 부담감이 그것으로부터 달아나려는 욕망
을 무의식 속에 심어 놓았다고 할 수 있을까. 그 부담감이
만들어 낸 은밀한 욕망이, 다는 아니더라도, 헤브론성에
대한 호의적인 감정을 이끌어 내고 안주에 대한 기대를 높

이는 데 일정한 역할을 했다고 할 수 있지 않을까. 그에게 찾아온 일종의 평안함이라는 것도 그런 관점에서라면 어렵지 않게 이해할 수 있을 것 같다. 그곳에 있으면 안전하다는 의식이 보호막처럼 그를 둘러쌌을 테니까.

5개월 동안 아버지와 어머니, 가족과 고향을 의식 밖으로 밀어내고 살았다는 사실이 새삼스럽게 그를 놀라게 했다. 그는 약간 얼굴을 붉혔는데, 그것은 엷은 죄책감의 표시였다. 그에게 아버지가 찾아왔다는 소식을 전한 형제는 산을 내려가든지 계속 머물든지 선택하라고 말했다. 목소리가 뜻밖에 단호했다. "하늘집을 떠나 세상으로 내려가고 싶으면 지금 가라. 그분은 지금 형제가 이곳에 처음 왔을 때 머물렀던 방에 있다. 알겠지만 그분이 이 안으로 들어올 수는 없다. 만일 형제가 하늘집에 머물며 우리와 함께 곧 다가올 하나님 나라를 기다리기로 마음먹었다면 그분을 만나러 가면 안 된다. 산 아래 마음을 두고 산 위에서 살 수는 없다. 머물거나 떠날 수 있을 뿐이다." 후는 자기가 어떻게 해야 하는지 인도해 달라는 눈빛으로 인도자인 형제를 바라보았다. 그러나 형제는 아무런 힌트도 주지 않았다. 그를 외면한 것은 아니지만 그를 보고 있지도 않았다. 보이지 않는 것을 보는, 아득하고 깊은 눈빛이었다. 선 채로 명상에 빠진 것 같은 눈빛이었다. 너의 일이다, 하고 그 눈빛은 말하고 있었다. 후는 형제의 눈빛을 모방해 보려고 했다. 아득하고 깊은, 선 채로 명상에 빠진 것 같은 그 눈빛을 실연해 보고자 했다. 그러면 보이지 않는 것이 보일까. 보이는 것이 보이지 않을까. 그러나 후는 형제의 눈빛을 흉내 낼 수 없었다. 그는 무안해져서 눈을 질끈 감았다. 그런 그를 어떻게 해석했는지 형제가 후에게 기도에 집중하라고 권하고는 밖으로 나갔다. 후는 형제가 어떤 판단을 했는지 그 판단이 옳은지 그른지 판단할 수 없었는데, 그것은 형제가 어떤 해석을 했는지 알 수 없어서이기도 했지만, 그것만은 아니었다. 자기가 어떤 의사를 가지고 있는지, 아니, 어떤 의사를 가지고 있기는 한 건지 분명하게 알지 못했기 때문에 형제의 해석을 판가름할 능력이 없었다. 후는 그 순간 아무것도 하지 않음으로써 선택을 해야 하는 부담으로부터 달아났다. 선택은 그의 권리였지만 책무이기도 했다. 그는 책무를 다하지 않은 죄책감을 권리를 포기한 희생과 맞바꿈으로써 자신의 무고함을 확보하려고 했다. 자연스러운 양도가 이루어졌다. 어쩔 수 없이 선택의 권리와 책무가 형제에게 떠넘겨졌고, 형제는 그 권리와 책무를 양도하지 않았다.

얼마 후에 돌아온 형제는 후에게 쪽지를 내밀었다. 원하지 않으면 읽지 않아도 된다는 말 때문에 후는 받은 즉시 그 쪽지를 펼쳐 읽지 못했다. 형제는 등을 토닥여 주고 떠났고, 후는 밤늦은 시간에 은밀하게 죄를 짓는 심정으로 쪽지에 적힌 문장을 읽었다. 쪽지에는 "모든 일이 다 괜찮다. 박 중위는 퇴원했고, 제대했다. 집에 와도 된다. 엄마가 걱정을 많이 한다."라고 씌어 있었다. 안도의 한숨이 저절로 새어 나왔다. 밖으로 표출하지 않았던 마음속 근심이 사그라지면서 한숨이 되어 나왔다.

그날 밤 후는 산에 들어와 산 이후 처음으로 스스로 밤을 새우며 기도했다. 나는 부정합니다. 나를 씻어 주십시오. 내 손에 묻은 피를 씻어 주십시오. 의와 거룩함에 흠이 없는 사람으로, 주님의 나라에 합당한 자로 만들어 주십시오. 신음이 터져 나오고 눈물이 나왔다. 후는 벽에 머리를 찧으며 울부짖었다. 울부짖으며 거룩하고 깨끗하게 해 달라고 빌었다. 흠도 없고 책망받을 것도 없는 사람이 되고 싶다고 간구했다. 이 하늘집의 형제들처럼 튼튼하고 흔들리지 않는 믿음을 달라고 기도했다. 그의 간절한 기도에 대한 약속과도 같은 꿈이, 밤샘 기도 사이의 엷고 짧은 잠 속으로 찾아왔다. 그는 이번에도 어떤 문 앞에 서 있었다. 문은 웅장했고, 굳게 잠겨 있었고, 그의 온몸은 피로 덮여 있었다. 그의 몸에서 나온 피가 땅속으로 스며들었다. 그는 어쩔 줄 몰라 허둥거렸고, 울먹였고, 비명을 질렀다. 그런 어느 순간 그는 윤기 도는 붉은빛 암소를 보았다. 암소는 고개를 숙이고 묵묵히 걸어서 제단으로 올라갔다. 큰 칼이 암소를 자르고 큰 불이 암소를 태우는 모습을 후는 보았다. 암소는 곧 한 무더기의 재로 변했다. 재가 섞인 물이 그의 몸 위에 뿌려졌다. 재가 그의 몸에 묻은 피를 지웠다. 피는 사라지고 재가 덮였다…….

4

그날 이후 하늘집 형제로서 후의 정체성은 더 확고해졌다. 무엇보다도 성경 읽기에 재미를 느끼기 시작한 것이 가장 큰 변화였다. 전에는 하지 않으면 안 되니까, 마지못해 하는 경우가 많았다. 물론 다른 할 일이 없어서 그랬을 수 있지만, 그는 곧 성경 속 이야기들에서 뜻밖의 재미를 발견했다. 여전히 이해하기 어려운 부분이 많았지만, 그럼에도 성경은 매우 다채롭고 흥미진진한 이야기들을 담고 있는 책이었다. 이해하기 어려운 부분은 인도자 형제가 친절하게 설명해 주었으므로 걱정할 필요가 없었다. 형제의 설명을 들으면 흐릿하던 시야가 환해지는 듯했다. 다음 이야기가 궁금해서 멈추지 못하고 밤늦도록 책을 읽은 적도 있었다. 닭에게 모이를 주고 닭장을 치우면서 저녁에 읽을 내용을 미리 상상해 보기도 했다.

그리고 어느 날, 성경을 옮겨 적다가 야릇한 기분에 사로잡혀 필사를 멈추고 자기가 옮겨 적은 것을 되풀이해서 읽어 보는 일이 일어났다. 그 이야기는 낯설고 또 낯익었다. 아주 먼 이야기이면서 또 아주 가까운 이야기였다. 그것은 암논과 다말, 그리고 압살롬이라는 인물이 만들어 내는 흥미진진한 드라마였다. 그는 그 이야기를 몇 번이나 되풀이해서 읽었다. 인물들의 행동을 이해하기 위해 상상력이 가동되었다. 이해할 수 없는 행동을 이해하기 위해서는 더 유난스러운 상상력이 필요했다. 그의 그때까지 경험과 기억과 감정과 욕망이 총동원되었다. 그리하여 그는 기록되어 있지 않은 행간의 문장들까지, 지극히 주관적이지만, 완벽하게 읽어 내는 데 성공했다. 물론 그렇기 때문에 오독의 가능성을 배제할 수 없었다.

그가 읽은 성경 본문은 「사무엘하」 13장이었다. "그 후에 이 일이 있으니라. 다윗의 아들 압살롬에게 아름다운 누이가 있으니 이름은 다말이라. 다윗의 다른 아들 암논이 저를 연애하나……."로 시작된다.

암논이 이복 여동생인 다말에게 반했다는 것이 이 이야기의 시작이다. 이스라엘의 왕인 다윗에게는 아내가 여러 명 있었고 자녀도 많았다. 암논은 다윗의 큰아들이다. 아름답고 순결한 다말은 암논의 이복 여동생이다. 암논은 이복 여동생을 사랑했지만 자기의 들끓는 사랑을 표현할 길이 없어 괴로워했다. 사랑 때문에 병이 날 지경이 되었을 때 친척이며 친구인 한 교활한 인물이 찾아와 그에게 묘책을 알려 준다. 병이 났다고 하고 왕에게 다말의 문병을 청하라는 것이었다. 암논은 그 조언을 따라 다말이 와서 음식을 만들어 주면 자기 병이 나을 것 같다고 아버지인 왕에게 말한다. 왕은 장자인 암논을 위해 딸을 보낸다. 다말은 암논의 집으로 가서 손수 음식을 만들고 상을 차린다. 암논은 병이 중한 것처럼 연기를 하며 다른 사람들을 방에서 나가게 하고, 다말에게 음식을 직접 먹여 달라고 부탁한다. 다말이 이복 오빠의 청을 거절하지 않고 가까이 다가가자 암논이 그녀를 붙든다. 그러고는 자기가 병이 든 것이 그녀 때문이라며 동침할 것을 요구한다. 너를 사랑해서 병이 들었다. 내 병은 너 때문에 생겼다. 그러니까 나와 자자. 암논의 이 요구는 그에게는 자연스럽고 절실하지만 다말에게는 억지스럽고 어처구니없다. 암논은 자기 사랑을 어떤 것이든 요구할 수 있는 권리증처럼 내민다. 사랑한다. 그러니까 나와 자자. 사랑한다는 것이 그에게는 모든 것을 할 수 있고 무엇이나 용납되는 무소불위의 권력으로 간주된다. 그렇기 때문에 억지스럽고 어처구니없는 요구를 하면서도 그 요구가 억지스럽고 어처구니없다는 것을 알지 못한다. 무소불위의 권력으로 간주된 그의 사랑이

상대에게는 폭력일 수 있다는 사실을 인지하지 못한다. 아름답고 순결한 다말은 이 폭력의 희생자이다. 그녀는 자기를 욕되게 하지 말라며 이복 오빠를 뿌리친다. 그리고 상식과 이치를 앞세워서 설득한다. 이렇게 하는 것은 나에게는 치욕이고 당신에게는 어리석음이다. 이런 식으로는 안 된다. 지금 이러지 말고 아버지인 왕에게 말해서 나를 원한다고 하라. 아마 왕은 당신의 청을 들어줄 것이다. 그러면 나는 당신의 차지가 될 수 있을 것이다. 다말은 논리적이다. 그를 사랑하지 않기 때문이다. 논리에 맞는 생각은 사랑 이전이나 이후의 것이다. 논리에 맞게 생각하고 논리에 따라 말하는 사람은 아직 사랑하지 않거나 이제 더 이상 사랑하지 않는 사람이다. 사랑에 사로잡힌 자의 맹목적 열정을 알지 못한 다말은 자기의 사려 깊은 말들이 암논의 마음을 움직일 거라는 희망을 품는다. 그러나 암논의 귀에는 다말의 말이 들리지 않는다. 그는 설득되지 않는다. 사랑의 열정에 사로잡힌 자를 설득할 논리는 없다. 설득되는 사람이 있다면, 그 사람은 사랑의 열정에 충분히 사로잡히지 않았음을 스스로 고백하는 것이다. 사랑의 열정에 완전히 사로잡히지 않은 자만이 이치에 맞고 사려 깊은 말에 설득된다. 암논을 보라. 그는 설득되지 않는다. 설득될 수 없다. 그는 아름답고 순결한 다말을 힘으로 범한다. 사랑이 그에게 부여한 무소불위의 힘으로 다말의 육체를 소유

한다.

　사랑의 열정에 사로잡히는 것이 비합리적인 것처럼 사랑의 열정에서 빠져나오는 것도 비합리적이다. 사랑에 빠지는 것을 주체할 수 없는 것처럼 사랑으로부터 빠져나오는 것도 조절할 수 없다. 걷잡을 수 없다는 것은 이런 사랑의 본질이다. 그리고 그것이 이런 사랑이 무책임하고 폭력적일 수밖에 없는 이유이다. 사랑한다는 이유로 무슨 일이든 하는 것을 정당화할 때 행사된 폭력이 사랑에서 빠져나왔으므로 이제 아무것도 할 필요가 없다는 것을 정당화하는 자리에서 다시 행사된다. 사랑하기 때문에 무엇이든 할 수 있었으므로("사랑한다. 그러니까 나와 자자.") 이제 사랑하지 않기 때문에 아무것도 하지 않아도 된다.("사랑하지 않는다. 그러니까 내 앞에서 사라져라.") 그리하여 사랑을 이유로 무슨 일이든 하는 것과 사랑의 부재를 이유로 아무것도 하지 않는 것은 구별되지 않는다. 아무것도 하지 않는 것도 무슨 일이든 하는 것 속에 포함되기 때문이다. 무슨 일이든 할 수 있는 사람은 무슨 일이든 하지 않을 수 있다. 아무 일도 하지 않을 수 있다. 무슨 일이든 할 수 있는 능력이 무소불위인 것처럼 아무것도 하지 않을 수 있는 능력도 무소불위다.

　실제로 암논은 다말을 범한 후 곧바로 이제 사랑하지 않는다, 내 앞에서 사라져라, 라고 말한다. 그의 마음이 그렇게 순식간에, 급격하게 식은 것이다. 이전에 다말을 사랑한 것만큼, 아니, 그 이상으로 다말을 미워한다. 사랑에 빠질 때 막무가내였던 것처럼 사랑에서 빠져나올 때도, 빠져나와서도 막무가내이다. 사랑하기 때문에, 사랑을 앞세워 함께 자자고 요구했던 암논은 이제 사랑하지 않기 때문에, 사랑의 부재를 앞세워 다말을 쫓아낸다. 다말이 다시금 상식과 이치를 앞세워 항의하고 호소한다. 나에게 이러지 마라. 지금 나를 이렇게 쫓아내는 것은 조금 전에 나에게 범한 악한 행동보다 훨씬 더 악하다. 이러지 마라. 이렇게 하나님과 사람 앞에 죄를 짓지 마라. 다말은 사랑의 속성을 이해하지 못하기 때문에 다시 또 암논을 설득하려 한다. 여전히 논리적이다. 그러나 이 논리는 이 사랑, 혹은 이 사랑의 부재를 흔들 수 없다. 암논은 다말의 말을 듣지 않는다. 들을 수 없다. 다말을 향한 그의 모든 감각기관이 닫혔다. 사랑하지 않기 때문이다. 암논은 자기 행동에 아무런 모순을 느끼지 않는다. 심지어 그는 당당하기까지 하다. 그는 자기 집 하인에게 지시한다. 이 계집을 내 집에서 내보내고 문빗장을 질러 버려라. 하인이 주인의 말대로 다말을 내쫓고 문빗장을 지른다. 더 이상 아름답지 않고 순결하지 않은 다말은 재를 머리에 뒤집어쓰고 고귀한 신분의 표시인 채색옷을 찢으며 운다……

후는 이 이야기를 몇 번이나 되풀이해서 읽음으로써 성

경이 거울이라는 형제의 말을 듣기 전에 성경이 거울이라는 사실을 경험했다. 이해하지 못한 채 경험했다. 희미하던 것이 조금 선명해지는 것 같았다. "왜 그랬어요?" 하고 박 중위에게 물었던 질문의 답을 들은 것 같았다. 박 중위는 그래도 되었던 것이다. 아니, 그럴 수밖에 없었던 것이다. 그렇게 하면서도 그는 자기가 이상하다고 생각하지 않았던 것이다. 그러나 후가 들은 것은 그것만이 아니었다. 그는 "왜 그랬니?" 하고 자기에게 물었던 아버지의 질문에 대한 답도 거기서 찾아냈다. 그 질문은 그의 내부에서도 쉬지 않고 샘솟던 것이었다. 그날 밤 그는 왜 박 중위에게 그렇게 했을까.

이야기는 이어진다. 친오빠인 압살롬이 재를 머리에 덮어쓰고 울부짖는 다말에게 묻는다. 암논이냐? 암논과 함께 있었느냐? 암논이 그랬느냐? 다말은 울며 고개를 끄덕이고 더 서럽게 운다. 압살롬이 말한다. 그자는 너의 오빠가 아니냐. 너의 오빠가 너에게 그랬단 말이냐. 압살롬은 분개한다. 그러나 섣불리 감정을 드러내지 않는다. 그는 침착하고 교활하다. 너무 상심하지 마라. 나를 믿고 잠잠히 있어라. 그렇게 말하고 여동생을 자기 집에 머물게 한다. 수치심에 사로잡힌 다말은 오빠의 집에서 두문불출한다. 그리고 2년의 시간이 지나간다. 2년 동안 압살롬은 아무 행동도 하지 않는다. 그러나 압살롬이 그 일을 잊은 것은 아니다. 압살롬은 기회를 노리며 2년을 기다린다.

마침내 그날이 온다. 압살롬은 자기 양들의 털을 깎는 행사에 암논을 초청한다. 양의 털을 깎는 행사는 축제처럼 치러진다. 암논만 초청하는 것을 수상하게 생각한 다윗왕은 암논을 혼자 보내는 것이 걱정되어서 모든 왕자들을 압살롬의 양 목장으로 보낸다. 잔치가 벌어진다. 다들 먹고 마시고 술에 취한다. 암논이 술에 취했을 때 미리 지시받은 압살롬의 부하들이 암논을 죽인다. 겁에 질린 다른 왕자들이 노새를 타고 달아난다. 압살롬도 그 자리를 피한다. 그는 외가 식구들이 사는 지역으로 도망하여 왕의 노여움이 풀릴 때까지 지낸다. 그 이후 더 요란하고 드라마틱한 일들이 일어난다. 무엇보다 유명한 것은 압살롬의 반란이다. 다윗은 자기 아들을 피해 달아나 광야를 헤매기도한다.

그러나 후의 관심은 다른 데에 머물렀다. 그는 압살롬이 그 이후 아들 셋과 딸 하나를 낳았는데 딸의 이름이 다말이라는 기록에 주목했다. 압살롬은 자기가 낳은 딸에게 누이의 이름을 붙였다. 다말이 죽은 것도 아닌데 그랬다. 이것은 매우 특별한 예인 것처럼 여겨진다. 여동생에 대한 오빠의 지극한 사랑을 엿볼 수 있는 대목이지만 동시에 그 사랑의 색깔에 대한 궁금증이 싹틀 수 있는 대목이기도 하다. 암논을 살해한 압살롬의 동기를 누이동생에 대한 피붙이의 사랑이나 책임감 정도로 국한하는 것은 의도적인 단순화가 아닐까. 핏줄의 위력을 과소평가하는 것이 아니라 핏줄 속에 섞여 잘 구분되지 않는, 혹은 잘 구분되지 않게 핏줄 속에 숨은 다른 사랑의 위력을 정당하게 평가하려는 것이다. 말하자면 압살롬은, 암논이 사랑한 것처럼 다말을 사랑했던 것이 아닐까. 암논이 사랑한 것처럼 사랑했지만, 암논이 행한 것처럼 행할 수는 없었던 것이 아닐까. 암논이 사랑한 것처럼 사랑했음에도 암논이 행한 것처럼 행할 수 없었기 때문에 암논을 용서할 수 없었던 것이 아닐까…….

후는 거울을 보는 것 같았다. 그는 압살롬과 자신을 동일시했다. 압살롬 행동의 동기를 유추하자 자기 행동의 동기도 이해할 수 있을 것 같았다. 그리하여 자기가 왜 박 중위의 어린애 취급을 견디지 못하고 격분했는지 깨달을 수 있었다. 저녁 식사 후 후는 인도자 형제에게 자기가 읽은 성경과 자기가 깨달은 자기에 대해 말했다. 후의 말을 들은 형제는 빙그레 웃으며 말했다. "그것은 성경이 큰 거울이기 때문이다. 성경이 비추지 못하는 것, 비출 수 없는 것은 없다…….. 거울을 들여다볼수록 형제는 거울이 아니라 형제를 더 잘 알게 될 것이다. 성경을 읽을수록 형제는 성경이 아니라 형제를 더 잘 알게 될 것이다."

5

큰 거울인 성경은 후가 누구인지를 후에게 알렸다. 무
엇을 했고 무엇을 하지 않았는지, 무엇을 해야 했고 무엇
을 하지 않았어야 했는지, 무엇을 하려고 무엇을 했는지,
혹은 하지 않았는지, 무엇을 하지 않으려고 무엇을 했는
지, 혹은 하지 않았는지 알게 했다. 크고 깊은 거울인 성
경은 그를 비춤으로써 그가 애써 묻어 버리려 했던 산 아
래 현실을 불러냈다. 그는 그동안 연희 누나를 잊고 지냈
다는 사실을 떠올렸고, 연희 누나는 잊고 지내도 되는 사
람이 아니라는 사실을 떠올렸고, 잊고 지내도 되는 사람
이 아닌 사람을 잊고 지낸 데 대해 죄책감을 느꼈다. 잊고
지내도 되는 사람이 아닌 사람을 잊고 지낸 것이 이기적인
동기(잊지 않으면 영혼을 할퀼 것이다. 영혼을 할퀴면 괴로

울 것이다.)에서 말미암았다는 양심의 고발을 받고는 다시 하룻밤을 새웠다. 후는 여태 자기 손에 묻은 피 때문에 괴로워했다. 그러나 칼을 쥐고 휘두르고 찌른 행동이 문제가 아니었다. 그 행동의 안쪽에 도사린 맨얼굴을 대하고 그는 당황했다.

그는 오랫동안 다말과 압살롬에 대해 생각했다. 압살롬은 왕자였고, 이스라엘에서 가장 아름다운 용모를 지닌 젊은이였다. 그에 관한 최초의 언급이 다말과 관련되어 있다는 것은 의미심장하다. 여동생을 범한 이복형을, 2년 동안 기회를 엿보다가 마침내 죽인다. 그리고 자기가 낳은 딸에게 다말이라는 이름을 붙인다. 다말과 관련된 에피소드는 더 이상 나오지 않는다. 다말이 어떻게 되었는지 성경이 말하지 않으므로 우리도 말할 수 없다. 그러나 우리는 압살롬의 삶이 이 일로 인해 완전히 달라졌다는 걸 어렵지 않게 발견할 수 있다. 압살롬은 아버지인 왕에게 반역하고 한때 성을 차지하기도 했지만 결국 전쟁터에서 비참한 최후를 맞는데, 그 모든 일들이 다말을 위한 복수 후에, 그 일의 결과로 일어났다. 왕권을 이을 장자인 암논을 처치한 이상 압살롬의 선택은 외길이었을 것이다.(왕권에 대한 그의 욕심이 여동생에 대한 복수심을 이용했을 가능성이 없는 것은 아니다. 그러나 기록은 그 부분에 대해 선명하게 말하지 않는다.) 다말은 사라졌지만,(우리는 다말에 대해 더 이상 알지 못한다.) 압살롬은 다말에 대한 사랑의 대가를 자신의 전생을 통해 치른다. 암논이 치른 대가만 못하다고 할 수 없다. 사랑하는 자는 자신의 사랑에서 획득한, 혹은 자신의 사랑으로부터 부여받았다고 세뇌당한 무소불위의 권력 때문에 두리번거리지 않고 질주하고,(왜냐하면 무소불위의 권력은 두려움을 모르니까.) 무모함 속으로 빠져들고, 무모함 속으로 빠져들면서도 그 사실을 의식하지 못하고,(왜냐하면 무소불위의 권력은 반추와 성찰을 모르니까.) 뒤늦게 의식하고도 멈추지 못한다.(왜냐하면 무소불위의 권력은 패배를 모르니까.)

다말과 압살롬에 대한 후의 길고 끈질긴 집착은 연희에 대한 것이기도 했다. 후는 연희 누나를 생각하기 위해 다말을 생각하는 방법을 택했다. 그는 사라진 다말과 자기 딸의 이름을 다말로 지은 압살롬에게 집착했다. 압살롬이 딸에게 누이의 이름을 붙인 것은 사랑할 수 없게 된 누이를 되살리는 방법이었을 것이다. 딸을 다말이라고 부름으로써 압살롬은 잃어버린, 순결하고 아름다운 누이를 찾아낸 것이다, 라고 후는 생각했다. 그 생각은 잃어버린 연희 누나를 찾기 위해 해야 할 일이 무엇인지 궁리하게 했다. 무슨 일인가를 하지 않으면 안 될 것 같은 부담감은 엄연한데 무슨 일을 해야 할지, 무슨 일을 할 수 있을지는 막연했다. 무슨 일을 해야 할지 막연한 것은 무슨 일을 할 수 있을지 모르기 때문이었다. 후는, 너도 무슨 일인가를 해라, 무슨 일을 해야 할지 무슨 일을 할 수 있을지 막막하더라도 무슨 일인가를 해라, 무슨 일인가를 해서 너의 누이를 캄캄한 부재의 암흑에서 구해 내라, 그렇게 해서 누이에 대한 너의 사랑을 증명해라, 라고 윽박지르는 압살롬의 목소리를 들었다. 압살롬은 그의 내부에서 목소리를 냈다. 압살롬이 그의 내부에 들어 있다는 것이 무섭고 이해되지 않았다. 그는 긴 밤을 압살롬과, 압살롬의 목소리와 싸웠다. 그 싸움은, 자기도 또렷이 설명할 수 없는 자기 속의 끈끈한 욕망과 벌이는 싸움이었다. 그는 연희 누나를 찾아야 한다는, 일종의 정언 명령과도 같은 압살롬의 무거운 목소리에 저항하기 위해 이마를 쉼 없이 벽에 찧었다.

그렇지만 후가 헤브론성을 떠난 것이 그 때문이라고 말하는 건 옳은 진술이 아니다. 물론 후가 그 밤이 지나고 3일 후에 산을 내려왔기 때문에 그런 해석을 할 수도 있다. 그렇지만 그것은, 후의 표현에 의하면, 전적으로 우연의 소산이다. 후가 어떤 목적을 지니고 자발적으로 그곳을 떠나지 않았다는 것은 분명하다. 비록 자기 속의 끈끈한 욕망과 질긴 싸움을 벌이긴 했지만, 그리고 그 싸움이 언제까지 이어질지 장담할 수 없었지만, 그럼에도 그는 제 발로 그곳을 떠날 마음이 없었다. 그는 쫓겨났다. 내쫓기지 않았다면 결코 자발적으로 그곳을 떠나지 않았을 거라고, 그랬다면 고립된 수도원의 고요와 평온 속에서 아주 단순하고 초연하게, 어쩌면 조금 거룩하게 구별된 삶을 살았을지 모른다고 후는 회상한다.

우리는 후를 의심할 이유가 없다. 그러나 이런 주석을 보태는 것은 우리의 권리이다. 그는 수도원에 머무름으로써 압살롬의 요구를 거부할 정당한 명분을 얻을 수 있었다. 요컨대 그는 헤브론성에 있는 동안 압살롬이 아닐 수 있었다. 혹은 압살롬을 자기 안에 철저하게 감금해 둘 수 있었다. 안에서 목소리만 내게 할 수 있었다. 그러니까 헤브론성은 그에게 도피성이었다. 헤브론성이 그에게 도피성인 것은, 그가 세상에서 범한 과거의 죄로부터 그를 보호해 주기 때문이기도 하지만, 그가 앞으로 범할 죄로부터 그를 보호해 주기 때문에 더 그랬다. 지은 죄로부터 보호받기 위해서만이 아니라 지을 죄로부터 자신을 보호하기 위해서도 그는 도피성이 필요했다. 그런 점에서 이 수도원의 이름이 헤브론인 것은 시사하는 바가 없지 않다. 헤브론은 우발적인 살인과 같은 심각한 죄를 지은 사람들이 피의 복수를 피해 들어가도록 허락받은 일종의 피난처인 도피성이 있던 지역이다. 이스라엘에는 도피성이 여섯 개 있었는데, 헤브론은 요단강 서쪽에 위치한 세 도피성 가운데 하나였다. 도피성은 도로에서 가까운 곳에 위치했고, 안내판이 설치되어 있었다고 전해진다. 우발적으로 또는 부지중에 살인을 저지른 사람은 희생자 가족의 보복을 피해 가장 가까운 도피성으로 몸을 피할 수 있었다. 대제사장이 죽으면 그곳에서 나가야 한다는 규정이 있었지만 대개 그곳에서 남은 생을 살았다. 후는, 특별한 일이 없는 한 그곳에서 남은 생을 살 수 있었다. 적극적으로 그러겠다고 작정한 것은 아니지만, 적극적으로 그러지 않겠다고 작정하지도 않았다. 별다른 조치가 없다면 그렇게 될 것이고, 막연하지만 그렇게 되어도 나쁠 것 같지 않다는 생각을 했다. 후가 그곳을 떠난 것이 자의가 아니었다는 것은 명백하다. 그리고 도피성을 벗어남으로써 더 이상 보호받을 수 없어졌다는 것도 명백하다. 요컨대 더 이상 압살롬을 자기 안에 가두고 목소리만 내게 하는 것이 불가능해진 것이다.

4장

도피성, 혹은 감옥

I

경기도 부천의 한 신학대학에서 교회사를 강의하는 젊은 강사인 차동연이 천산 수도원과 관련해서 누군가로부터 전화를 받은 것은 천산의 벽서에 대한 그의 두 번째 글이 나간 다음이었다.

그의 두 번째 글은 천산 수도원에서 발견된 벽서를 더블린 대학 도서관에 보존되어 있는 『켈스의 책』과 연관시킨 첫 번째 기고문이 발표된 이후 약 3개월이 지나서 같은 지면에 실렸다. 그는 대학원생들 몇 명과 함께 수도원의 폐허를 조사하기로 했다. 그가 소속된 한국 교회사 연구 재단이 보고서 제출을 조건으로 얼마간 자금을 지원했다. 대학 동기가 기자로 근무하는 기독교 신문사는 관련 기사를 제공하는 조건으로 취재비와 원고료를 미리 지불했다. 학문적 성과가 나온다면 말할 것도 없지만, 설령 그런 게 나오지 않는다고 해도 최소한 호사가들의 관심은 끌 수 있을 거라는 게 신문사의 계산이었다. 차동연은 본격적으로 발굴에 들어가기 전에 주변을 취재했고, 1차로 신문사에 넘길 원고를 썼다.

그는 천산에 들어와 집을 짓고 공동생활을 하며 세상과 격리된 채 살아간 이 집단의 정체를 추적했다. 전쟁이 끝나고, 궁핍과 질병, 공허와 혼란이 전국을 뒤덮였던 1950년대 초, 허기지고 상처받고 뒤틀린 영혼들로 가득한 이 비극적인 시공간에 삶의 다른 차원을 갈구하는 열광적인 종교운동이 우후죽순처럼 일어났는데, 이들 대부분은 거리에서 적극적인 포교 활동을 펼쳤다. 병을 고치는 등 이적을 행하는 파가 있었고, 그 때문에 사람들이 많이 몰려든 건 사실이지만, 그리고 종파들 간에 차이가 있긴 했지만, 이 신흥 종교들의 교리 핵심은 괴롭고 불완전하고 악한 이 세상과 전적으로 다른 행복하고 완전하고 선한 세계에 대한 간절한 소망이었다. 불완전하고 악한 이 세계는 부정되었고 완전하고 선한 새로운 세계가 기대되었다. 이 극단적이고 혁신적인 종교운동은 강력한 리더십이나 남다른 카리스마를 지닌 지도자를 중심으로 시작되고 파급되었으며, 그 때문에 교세가 커지면서 지도자를 숭배하고 신격화하는 현상이 자연스럽게 나타났다. 그 결과 이들 가운데 많은 집단이 기성 교단으로부터 이단 선고를 받았다. 이단으로 지명된 집단은 내부 결속을 더욱 강화했고, 자기들만의 차별화된 교리를 만들어 냈고, 기성 교회를 대놓고 비판했고, 그 방편과 결과로 지도자의 교주화가 한층 공고해졌다. 그리고 시간이 더 흐른 후 이 집단 내부에서 영향력을 키운 사람들에 의해 분파들이 생겨났다.

교회사 강사는 '천산 공동체'(그는 임의적으로 이 공동체를 이렇게 호명했다. 이 공동체가 스스로에게 부여한 고유한 이름이 밝혀질 때까지 임시적으로 이렇게 명기하겠다고 밝혔다.)를 이 무렵 생긴 많은 신흥 종교들 가운데서 파생된 소종파로 추측했다. 그럼에도 이 공동체의 존재는 전혀 알려져 있지 않은데, 그 이유는, 무엇 때문인지 모르지만, 이들이 자기들의 존재가 알려지는 걸 원하지 않았기 때문인 것 같다고 그는 추측했다. 수도원 어디에서도 이들의 정체를 파악할 만한 흔적이 발견되지 않았던 것이다. 선교의 사명을 앞세워 그악스럽게 자기들을 알리려는 대부분의 신흥 종교와 달리 이들에게 전파에 대한 열망이 없다는 것은 매우 이례적이라고 할 수 있는데, 이는 이 공동체가 다른 신흥 종교와 유난히 구별된 이상을 추구했다는 증거라고 할 만했다.

차동연은 이 공동체의 모든 사람들이 이름을 전혀 사용하지 않았을 가능성이 높다는 사실을 알아냈다. 발굴 팀이 ㄹ 자를 두 개 이어 붙인 모양의 건물 가운데 가장 안쪽에 있는 작은 방에서 켜켜이 쌓인 노트들을 발견했지만 그 어디에서도 이름은 물론 개인 신상을 엿볼 수 있는 기록을 찾지 못했다. 한지를 마른풀로 묶어 만든 노트에 기록되어 있는 것은 성경 구절들뿐이었다.(차동연의 기사가 실린 지면에는 노트들을 쌓아 만든 수십 개의 탑으로 빈 공간이 거의 없는 방 안 사진이 소개되었다.) 공동체의 규약 같은 것은 물론 일기나 편지, 부지중에 적어 놓은 낙서 같은 것이라도 혹시 있지 않을까 하고 뒤져 보았지만 아무것도 발견되지 않았다. 놀라운 것은, 아주 오래전 일도 아닌데, 이 천산 공동체에서 지냈던 사람을 만날 수 없다는 것입니다, 이것은 미스터리며, 또 이 공동체의 정체를 파악하기 힘든 또 다른 이유입니다, 라고 교회사 강사는 원고의 말미에 밝혔다.

차동연은 물론 발굴에 나서기 전에 그 여행기의 저자인 강영호의 동생에게 전화를 걸어 형의 메모에 대해 아는 게 있는지 물었다. 이를테면 그 공동체가 헤브론성, 혹은 하늘집이라고 불렸다는 걸 강영호는 어떻게 알았는가? 산을 개간해서 농사를 짓고 소와 닭을 치고 약초를 재배했다든지 한때 1000명이 넘은 사람들이 거주했다는 정보를 어디서 얻었는가? 1970년대까지 건재했다는 것이나 1990년대 들어 쇠퇴한 것으로 보인다는 추측의 근거는? 물론 강상호는 아무 도움도 주지 못했다. 그 메모장에는 그 이상의 내용이 적혀 있지 않았고, 거기 적혀 있지 않은 것을 강상호가 알아낼 수는 없었기 때문이다. 혹시 천산 공동체의 일원이었던 사람과 접촉할 길이 있을지 모른다는 교회사 강사의 기대는 실현되지 않았다.

산 아래 마을 사람들을 취재하던 중에 강영호의 메모에 적힌 내용들을 어렵지 않게 확인한 차동연은 헛웃음을 지었다. 그 마을 사람들 가운데 노인 몇 명이 산사람들(강영호의 메모에 적힌 대로 그들은 그 사람들을 그냥 '산사람들'이라고 불렀다.)에 대해 기억했다. 그러나 강영호의 메모에 적힌 내용 이상은 아니었다. 실망스럽게도 그들 가운데 어떤 사람도 수도원의 몰락에 대해 알지 못했다. 오래전 일이라고만 할 뿐, 시기를 대략으로라도 가늠하지 못했다. 잘 모른다기보다 관심이 없는 쪽에 가까웠다. 혹시 다른 곳으로 이주해 간 것 같지 않느냐는 질문에는 고개를 갸우뚱했다. "그랬을 수도 있겠지. 그 사람들 우리랑 전혀 접촉을 안 했으니까. 뭐 가끔 밖으로 나오기도 했겠지만, 워낙 은밀하게 다녀서 보기 힘들었어. 대개 사람 눈이 없는 한밤중에 오르고 내리고 그랬을 거야. 그러니까 한밤중에 어디로 싹 옮겨 갔는지도 모르지. 그렇지만, 뭐 설마 그랬을라고……." 차동연은 고개를 끄덕였지만 그들이 다른 곳으로 이주했을 가능성은 희박하다고 생각했다. 이 정도 규모의 이동이 아무런 자취도 남기지 않고 이루어지긴 어려운 일이다. 어딘가에 옮겨 갔다면 꼬리를 보였을 것이다. 꼬리가 보이지 않는다는 건, 어딘가 다른 곳으로 옮겨 가 활동하고 있는 것이 아니라, 무슨 사연인지 모르지만, 이곳에서 소멸했다는 증거이다, 라고 그는 생각했다.

비스듬하게 누워 텔레비전을 보거나 반듯이 앉아 바둑을 두거나 벽에 기대 잡담을 하던 노인정의 노인들은 같은 말만 건성으로 되풀이할 뿐 새로운 무엇을 기억해 내려고 하지 않았다. 차동연은 무슨 말이든 더 끌어내 보려고 혹시 거기 가 본 사람은 없나요, 하고 물었다. 들어갈 수 없었지, 하고 한 노인이 말했고, 다른 노인이, 거기서 평생을 살 결심을 하면 들어갈 수는 있었겠지, 다시 세상 구경을 할 수 없었겠지만 말이야, 하고는 껄껄 웃었다. 잠시 후에 또 다른 노인이 그게 언제야, 거기로 올라가는 길목에 초소가 생겼잖아, 초소가 생겨 가지고 군인들이 올라가고 내려가는 걸 통제했잖아, 그때부터는 완전히 막혔지 않나, 하고 새로운 기억을 끌어냈다. 몇몇 노인이, 그랬나? 하고 고개를 갸우뚱하고, 몇몇 노인이 생각난다는 듯 고개를 끄덕였다.

드디어 새로운 정보를 얻는 것인가, 차동연은 가볍게 설레는 마음을 누르며 초소에 대해 말해 달라고 요구했다. 그러나 노인들은 기억이 불완전했고, 무엇보다 무성의했다. 매사에 심각하거나 신중한 구석이 없고 급할 것도 무서울 것도 없는 노인들 특유의 심드렁함이 교회사 강사를 초조하게 했다. 노인들은 더 기억나는 것이 없다는 듯, 더 이상 언급하지 않았다. 무슨 초소요? 하는 물음에 초소가 초소지, 무슨 초소긴…… 하고는 그만이었다. 그는 심각했지만 노인들은 심각하지 않을 뿐 아니라 심각해야 할 필요도 느끼지 않았다. 그들을 심각하게 만들 일이 있을까 싶긴 했다. 누군가 다른 화제를 불쑥 꺼내면 그때까지 하던 이야기를 중단하고 한동안 그 이야기를 했다. 그러다가 또 불쑥 꺼낸 누군가의 다른 이야기 속으로 너무나 쉽게 빠져들었다. 그의 강의실에 앉은 학생들이라면 제발 집중 좀 하라고 야단을 치고 싶은 심정이었다. 차동연은 인내심을 발휘했지만, 그러나 초소가 있었다는 것 외에 다른 정보는 얻어 내지 못했다. 초소가 거기 언제 왜 세워졌는지, 거기서 무슨 일을 했는지 차동연이 궁금해하는 것 같은 궁금증이 그들에게는 없었다. 나이를 먹고 노인이 되어서 없어진 것이 아니라 애초부터 그런 궁금증 같은 것을 가지고 있지 않았다는 것이 그들의 무덤덤한 말 속에서 묻어났다. 노인들은 차동연의 지나친 궁금증을 의아해했다. 산에는 초소가 많았어, 간첩들이 산을 타고 내려오고 그랬으니까, 그때는 그랬어, 라고 말함으로써, 그리고 그 말을 하는 도중에 그의 얼굴을 찬찬히 뜯어봄으로써 노인들은 외지에서 온, 까닭 없이 심각한 젊은이와 자기들 사이에 놓인 세월의 깊은 계곡을 불러냈다. 그것을 그들과 그 사이에 소통이 이루어지지 않는 이유로 선언한 셈이었다.

그러나 그날의 취재가 아무 소득도 없었던 것은 아니다. 그 취재 기사가 나간 후 전화를 걸어온 사람이 있었는데, 그 사람은 초소에 대해 할 말이 있다고 했고, 남파 간첩의 침투에 대비해 산속에 초소를 세웠다는 마을 사람들의 진술에 이의를 제기했던 것이다.

2

　그때 나는 특수 임무를 맡았어, 하고 장은 입을 열었다. 그는 침대에 비스듬히 앉아 있었다. 눈은 퀭하고 볼은 쑥 들어가고 몸은 깡마른 것이 잘못 만지면 부서질 것만 같았다. "그때는 이러지 않았지. 젊고 팔팔했어." 그는 자기 몸을 내려다보며 무덤덤하게 말했다. 교회사 강사는 그 사람이 혹시 자기 눈빛에서 불편한 감정을 읽어 낸 것이 아닌가 싶어 얼른 시선을 옮겼다.

　장은 어두운 방 한가운데 놓인 세 침대 가운데 하나를 차지하고 누워 있었다. 두 침대는 비어 있었다. 원장이 따라 들어온 간병인에게 커튼을 젖히라고 지시했다. 커튼이 젖혀지자 햇빛이 방 한쪽으로 비스듬히 떨어졌다. 창가 쪽 침대 위에도 빛이 만든 선이 그어졌다. 원장이 직접 장의 침대 모서리에 달린 손잡이를 돌려 침대 상단을 움직이게 했다. 장의 몸이 서서히 올라오는 모습을 차동연은 지켜보았다. 침대가 30도쯤 세워지자 원장이 동작을 멈추었다. 그러자 장은 조금 더 올리라는 신호를 보냈다. 45도쯤 되자 그가 손을 들어 멈추게 했다. 원장은 장의 손을 잡으며 오늘은 기분이 어떠냐고 물었다. 아무 대답을 하지 않았는데도 원장은 차동연을 향해 기분이 아주 좋은 것 같습니다, 말씀을 나누시지요, 하고 말했다. 장의 몸에 덮인 얇은 천은 마른 수수깡 같은 그의 몸을 가리지 못했다. 도무지 기분이 좋을 리 없는 행색이었다. 저런 사람에게 말을 하게 하는 것은 못할 짓이라는 생각이 들 정도였다.

통화할 때만 해도 그런 기미를 알아차리지 못했다. 나이가 들었다는 정도였지 이 정도로 심각한 상태의 환자일 거라고는 생각하지 못했다. 전화기 너머에서 그는 망설이는 듯 조금 느리게 말했다. "천산에 있었던 초소 말인데, 그거 달라. 그거 아냐." 차동연은 어떻게 다르다는 건지, 뭐가 아니라는 건지 설명해 달라고 요구했다. 장은, 그 초소 말이야, 그거 간첩 잡으려고 생긴 거 아냐, 하고 덧붙였다. 차동연은 천산 수도원에서 지낸 사람이냐고 물었다. 드디어 거기서 생활하던 사람을 만날 수 있는 것일까…… 가슴이 쿵쿵 소리를 냈다. 장은 수도원이 아니라 초소에서 지냈다고 대답했다. 차동연은 혹시 장난 전화일지 모른

다는 의심이 들었지만, 장난 전화라도 상관없다고 바꿔 생
각하며 더 자세한 이야기를 듣고 싶다고, 찾아갈 테니 시
간을 내 달라고 요구했다. 약간의 공백 후 전화기를 건네
받은 재생 요양원 원장이 요양원 위치를 자세히 알려 주었
다. 이어서 차 선생의 글을 읽은 사람은 나예요, 우리 요양
원은 기독교 단체에서 운영하는데, 그 신문이 무료로 배달
돼 와요, 그쪽 교단 소속이거든요, 하고 자랑하듯 말했다.
그러고는 차동연이 의아해하는 기미를 눈치챘는지 이번에
는 마치 해명이라도 하듯, 우리 장 선생이 천산 이야기를
몇 번 했거든요, 그때마다 그냥 흘려들었는데, 그 글을 보
니까 그냥 흘려보낼 일이 아닌 것 같아서 말이지요, 그래
서 이러이러한 글이 신문에 실렸다고 알려 줬지요, 하고
빠르게 덧붙였다. 내가 직접 차 선생 글을 읽어 줬어요, 하
고 말할 때는 이해할 수 없지만 자부심 같은 것이 묻어 나
왔다.

요양원에 도착한 차동연을 맞이할 때 지어 보이던 원장
의 과장된 웃음 속에도 생색이나 과시의 기운이 묻어 있
었다. 차동연은 그래야 할 것 같아서 고맙다는 인사부터
했다. 원장은 장의 방으로 안내하면서, 묻지 않았는데도
재생 요양원과 장에 대해 설명했다.

재생 요양원은 이름과는 달리 회생 가망이 없는 환자
들이 머물다 가는 이 지상의 마지막 장소였다. 대개 몇 개

월이었다. 아무 치료도 하지 않는 건 아니지만 통증을 완화해 주는 수준 이상은 아니었다. 공기 좋은 편백나무 숲에 머물며 산나물이나 약초를 상식하다 보면 자연의 신비한 치유력이 나타날 수도 있을 것이다. 그러나 원장은 그다지 자연의 초자연적 능력에 대한 믿음을 갖고 있는 것 같지 않았다. 자기 요양원에서 몇 년씩 지내는 사람이 있긴 하지만 그들은 대부분 몸은 멀쩡한데도 가족들이 돌볼 수 없어 맡겨진 중증 치매 환자들이라고 했다. 장은 7개월 전 재생 요양원에 들어왔다. 물론 치매 환자는 아니었다. 병명도 분명하지 않았다. "무슨 병이라고 말할 수가 없어요. 위장이 좋지 않아 소화를 못 시켜요. 먹질 못하니까 몸이 삐쩍 야위었어요. 그렇지만 진짜 문제는 몸을 움직이지 못한다는 거예요. 누워서만 지낸 게 5년도 더 되었대요. 부인이 수족이 되어 돌봐 줬다는데, 작년에 그만 먼저 세상을 떠났다고 하네요. 그러고 나니까 뭐, 아들딸이 있긴 하지만, 요새 젊은 애들이 옆에 붙어서 거동 못 하는 노인을 돌보려고 하겠어요. 자식 탓할 일만은 아니지요. 그러니까 뭐……." 그러니까 뭐 요양원이 필요한 거지, 하고 차동연은 속으로 원장의 말을 이었다.

원장은 의자 두 개를 가져다 침대를 사이에 두고 마주 보게 하나씩 놓고 한 자리에 앉았다. 그러고는 자, 장 선생, 시작합시다, 하고 큰 소리로 말했다. 신나는 게임이라도 벌이자고 제안하는 것처럼 들릴 수 있는 목소리였다. 자기가 인터뷰를 하러 왔다는 식이로군. 차동연은 그런 그의 모습이 낯설고 못마땅했지만 장은 아무렇지 않은 얼굴이었다. 물론 아무렇지 않은지 어떤지는 그 말고는 알 수 없는 노릇이었다. 아무렇든 아무렇지 않든 그는 오랫동안 그 표정만 짓고 살아온 사람이었다. 아무렇지도 않은 그의 얼굴이 아무렇지 않다는 걸 표현하기 위해 지은 표정이라고 단정할 수 없었다. 아무렇지 않아도 짓는 표정이지만 아무렇지 않지 않아도 지을 수밖에 없는 표정이었다.

교회사 강사는 가방에서 소형 녹음기를 꺼내 침대 모서리에 올려놓고 녹음을 해도 되겠느냐고 물었다. 그럼요, 되고말고요, 하고 대답한 사람은 이번에도 원장이었다. 교회사 강사는 미간을 찌푸렸다. 오지랖이 넓고 매사에 적극적인 사람은 자기 때문에 불편해하는 사람이 있다는 걸 결코 이해하지 못하는데, 그것은 그 사람이 자신의 그런 성격을 자랑스러워하기 때문이다. 원장은 전형적으로 그런 부류의 사람이었다. 차동연은 장도 자기처럼 미간을 찌푸려 주었으면 하고 바랐지만 장은 아무렇지 않은 표정을 유지했다. "나한테 했던 이야기를 하세요. 천산에서 겪은 일." 원장이 장을 재촉하며 차동연을 향해 웃었다. 원장의 자랑스러워하는 표정을 보고 싶지 않아서 차동연은 녹음 중이라는 걸 나타내는 붉은 표시등을 물끄러미 내려다보는 장을 올려다보았다. 장이 천천히 입을 열었다. "그때 나는 특수 임무를 맡았어. 그때는 이러지 않았지. 젊고 팔팔했어."

3

헬기는 새벽에 내렸다. 해가 뜨려면 한 시간은 더 기다려야 하는 시간이었다. 2월이었다. 바람이 불고 눈발이 약하게 날렸다. 헬기는 보리밭에 착륙했다. 보리 잎이 손가락 크기만큼 자라 있었다. 헬기가 땅에 내릴 때 눈발이 흩어지고 보리 잎들이 파르르 떨렸다. 헬기에는 열한 명이 타고 있었다. 그중 열 명은 무장한 군인이었다. 장은 무장한 열 명 가운데 한 사람이었다. 그는 젊고 팔팔한 군인이었다.

헤브론성의 형제들은 여느 때와 마찬가지로 한곳에 모여 기도하고 있었다. 그들은 새벽 공기를 가르는 프로펠러 소리가 시끄러운데도 기도실에서 나오지 않았다. 기도실이 건물 안쪽에 있긴 했지만 프로펠러 소리가 들리지 않을 수는 없었다. 어느 때보다 조용한 시간이었고, 평소에

듣지 못한 소리였다. 대부분 들리는데도 무시했다. 불이 나도 꿈쩍하지 않을 이들이었다. 그러나 전부는 아니었다. 어떤 이는 눈을 뜨고 두리번거렸다. 무슨 소리지, 하고 중얼거린 사람도 있었다. 그러나 거의 모든 형제들이 아무 소리도 듣지 못한 것처럼 기도에 열중해 있었으므로 눈을 뜨고 두리번거린 이들도 곧 원래 자세로 돌아갔다. 부스럭거리는 움직임이 사라졌다. 그렇지만 처음과 같을 수는 없었다. 처음과 같으려면 프로펠러 돌아가는 소리가 들리지 않아야 하는데 그 소리는 사라지지 않고 계속 이어졌고 점점 커졌다. 이내 기도실에는 기도에 온전히 몰두할 때와는 다른, 이상한 침묵이 감돌았다. 엄숙하고 경건한 기운 대신 차갑고 날카로운 긴장이 침묵 속에서 뿜어져 나왔다. 사람은 육체를 지녔고 육체는 귀를 가졌다. 영혼은 신을 구하지만 감각은 문밖의 움직임에 예민해졌다. 육체의 귀가 너무 크게 열려서 영혼은 잠시 귀를 닫았다. 이 공동체 안에서 태도는 내용을 보증하거나 정신을 유인해 내는 것으로, 특히 경건의 훈련에 유익한 것으로 장려되고 가르쳐졌다. 이를테면 이런 식이었다. 눈을 감아라, 그러면 영혼이 눈을 뜰 것이다. 고개를 숙여라, 무릎을 꿇어라, 할 수 있는 한 몸을 낮춰라, 그러면 머리에 닿는 크고 따뜻한 손을 느낄 것이다. 침묵하라, 다만 성경을 읽어라, 읽고 묵상하라, 그러면 하나님이 말을 걸어올 것이다……. 그러나 외부의 움직임을 향해 곤두선 신경들이 헬리콥터 소리만이 아니라 여러 사람이 한꺼번에 만들어 내는 발짝 소리까지 채집한 순간, 물론 여전히 다는 아니었지만, 그 자리에 있던 어떤 사람들에게 기도의 태도는 그저 몸의 형식에 불과한 것이 되었다. 여전히 눈 감고 무릎 꿇고 침묵했지만, 영혼은 눈뜨지 않았고 하나님은 말을 걸어오지 않았다.

마침내 한 형제가 조용히 기도의 몸을 풀고 일어나 문을 열었다. 그러나 그의 움직임은 너무 늦거나 조금 빨랐다. 그가 문을 열고 나갔을 때 한 무리의 군인들이 마당을 가로질러 뛰어오고 있었다. 수도원 울타리 안으로 외부인이 들어온 것은 수도원이 생긴 후 처음이었다. 더구나 그렇게 많은 사람들이 무장을 한 채 수도원의 가장 깊은 곳, 거의 지성소나 다름없는 기도실에 접근하다니, 놀라지 않을 수 없었다. 형제가 팔을 벌려 그들을 막았다. 총을 어깨에 멘 군인들이 기도실 앞에 멈춰 섰다. "누구요? 무슨 일입니까?" 형제가 팔을 벌린 채 물었다. 형제의 얼굴에 전짓불이 쏟아졌다. 형제는 눈을 감았다 떴다. 군인 가운데 한 명이 앞으로 나섰다. 그가 장이었다. "여기 책임자를 만나야겠소." 장이 말했다. "여기는 하나님 나라를 기다리는 사람들이 모두 모여 수도하는 곳입니다. 아무나 들어오는 곳이 아닙니다. 이 새벽에 군인들이, 대체 무슨 일입니까?" 형제가 장에게 말했다. "당신이 책임자요?" 장이 물었다.

"책임자는 없습니다. 우리는 모두 형제입니다." 형제가 대답했다. 장은 성가시다는 듯 미간을 조금 찌푸리고는, 누구와 이야기를 해야 하느냐고 물었다. 형제는, 지금은 기도 시간입니다, 무슨 일인지 모르지만 기다려야 합니다, 하고 표정을 바꾸지 않은 채 말했다. "우리는 한가하게 놀러 온 것이 아닙니다." 장은 한 발 앞으로 나서며 위협하듯 노려보았다. 그러나 형제의 눈빛은 조금도 흔들리지 않았다. 장은 그의 침착하고 당당한 얼굴을 바라보다가 곁에 둘러서 있는 부하들에게 시선을 돌렸다. 부하들은 명령이 떨어지기를 기다리고 있었다. 훈련이 잘된 군인들이었다. 특수 임무를 위해 창설된 부대 소속이었고, 상관의 지시 말고는 누구의 말도 따르지 않는 정예 요원들이었다. 그들은 무엇보다 기다리는 시간을 지루해했다. 그들에게는 아무 일도 하지 않는 것이 가장 힘든 일이었다. 장은 무슨 지시든 내리기만 하면 곧바로 움직일 기세로 부동자세를 하고 서 있는 부하들이 자랑스럽고 믿음직스러웠다. 그들이 그에게 너그러움을 선물했다. 그는 부하들에게 편히 쉬라고 지시했다. 군인들은 한쪽 다리의 힘을 풀었지만 그 자리를 떠나지는 않았다. 장은 형제를 향해 몸을 돌리고 얼마나 기다리면 기도가 끝나느냐고 물었다. 형제는 동쪽 하늘을 쳐다보며 해가 곧 뜰 거라고 말했다. "해가 뜰 때까지?" 장이 반문했다. 형제는 고개를 끄덕였다. 장은 다시금 미

간을 찌푸렸다. 어림짐작으로도 한 시간 안에 해가 뜰 것
같지는 않았다. 그것은 너그러움의 한계를 넘어서는 것이
고, 무엇보다 그의 재량권의 한계를 넘어서는 것이었다. 그
는 스스로 결정을 내릴 수 없었다. 수도원 사람의 지나치
게 당당한 태도가 아니라 자기가 이 임무의 내용을 속속
들이 알지 못한다는 사실이 그의 미간을 찌푸리게 했다.
속속들이 알지 못하기 때문에 판단하고 결정할 수 없었다.
책임자조차 속속들이 알지 못하는 것이 이 임무의 특별한
점이었다. 책임자인 그가 아는 것은 극히 일부분에 지나지
않았다. 그런 점에서 그는 부하들과 별로 다르지 않았다.
그리고 그것이 그를 자존심 상하게 했다. 그러나 그 역시
그의 부하들과 마찬가지로 훈련이 잘된 군인이었다. 언짢
아도 표현하지 않았다. 그는 헬기에 앉아 보고를 기다리고
있을 상관에게 이쪽 사정을 알리기 위해 사병 가운데 한
명을 보냈다.

　부하 사병이 우렁차게 대답하고 달려가자 장은 조금 느
긋한 목소리로, 우리 어머니도 교회에 다닙니다, 하고 말했
다. 그의 어머니가 교회에 다니는 것은 맞지만, 굳이 할 말
은 아니었다. 형제는 장에게 그의 어머니에 대해 묻지 않았
다. 굳이 말을 하려면 자기 자신에 대해 말해야 했다. 나도
교회에 다닙니다, 하고 말하는 것이 가능했다. 그런데 그는
그렇게 말하지 않았다. 사실은 그렇게 말하려고 했다. 그

런데 그의 내부에서 무언가가 그렇게 말하는 것을 막았다. 그것이 무엇인지 정확하게 밝힐 수는 없지만, 어쩐지 떳떳하지 않은 기분이 든 건 사실이었다. 아무리 군인이고 주어진 임무를 수행하는 중이라고 해도 새벽에 무장을 하고 수도원에 들이닥친 자기 모습이 자랑스러울 리 없었다. 그러니까 그는 수도원 사람에게 친근감을 표현하기 위해 자기도 교회에 다닌다는 말을 하려고 했고, 그러나 어쩐지 떳떳하지 않은 기분이 들어 그렇게 말하는 대신 자기 어머니가 교회에 다닌다고 돌려 말했다. 형제는 조용히 고개만 끄덕였다. 그래서 어떻다는 거냐고 말하는 것 같았다. 그런 태도가 장을 더욱 무안하게 했다. 공연한 말을 했다고 생각한 그는 뒷짐을 지고 물러났다.

헬기를 향해 달려갔던 사병이 갈 때와 마찬가지로 빠르게 달려와서 보고했다. "무리하지 말라고 하십니다. 해가 뜰 때까지 철수해 있으라는 지시입니다." 장은 상관의 지시 내용을 형제에게 전했다. "해가 뜨기를 기다리겠습니다." 그러나 그는 사병들을 철수시키는 대신 그 자리에서 휴식을 취하도록 했다. 군인들은 무기를 한곳에 모아 놓고 몰려 앉았다. 여러 명이 담배를 피웠다. 담배 연기가 바람을 타고 기도실 안으로 들어갔다. 형제는 그런 모습을 지켜보다 말고 기도실 안으로 들어갔다.

붉은 해가 산에 관을 씌우며 꿈틀거리는 시간에, 기도

실 문이 열렸다. 흩뿌리던 눈이 어느새 그쳐 있었다. 아까 그 형제가 문을 활짝 열고 서서 모든 형제들이 한곳에 모여 있으니 이제 용건을 말하라고 했다.

그를 상대한 사람은 이번에는 장의 상관이었다. 장은 그를 부장이라고 소개했다. 새벽에 헤브론성을 방문한 열한 명의 남자들 가운데 총을 메지 않은 유일한 사람이었다. 그 대신 그는 선글라스를 꼈다. 총을 메는 대신 선글라스를 착용함으로써 그는 총을 멘 사람들로부터 자신을 구별시켰다. 그의 선글라스는 돋보였고 특별해 보였고 총을 멘 어떤 군인보다 강인한 인상을 풍겼다. 그는 모든 사람이 모인 자리에서 모든 사람을 상대로 이야기할 성격의 일이 아니라고 말했다. 나는 이곳 대표와 이야기할 겁니다, 하고 그는 말했고, 우리에게는 대표가 없습니다, 우리 전부가 대표입니다, 하고 한 형제가 말했다. "그럼 대표를 뽑으세요." 그의 어투는 단호했다. 내 말대로 하세요, 시끄럽지 않게 일을 처리하려고 그러는 겁니다, 당신들을 위해서 하는 말이에요, 하고 덧붙일 때 특히 그랬다. 형제가 침묵으로 완강함을 과시하려 하자 부장은, 한 시간을 기다렸습니다, 그만하면 예의를 지켰다고 생각하는데요, 하고 말함으로써 노골적으로 위협을 가했다.

위협이 통했다고 단정할 근거는 없지만 효과가 없진 않았다. 심상치 않은 분위기를 감지한 형제는 기도실 안으로 들어갔고, 잠시 후 흰 수염을 기른 형제와 함께 밖으로 나왔다. 그는 머리를 깊이 숙여 인사했다. 부장이 고개를 까딱하고는, 대표를 뽑았습니까, 하고 물었다. 표정은 선글라스 속에 감춰져 있었지만 목소리에는 조롱기가 섞여 들었다. "나이가 제일 많을 뿐입니다." 그렇게 말하고 형제는 그를 입구 쪽 방으로 인도했다. 방 한가운데 탁자가 있을 뿐 다른 가구는 아무것도 없었다. 후가 처음 왔을 때 21일 동안 머물렀던 방이었다. 그 방은 헤브론성 안에 있었지만, 엄밀한 의미에서는 성 안의 공간이 아니었다. 방문객들이 그곳에 머물렀다. 그러니까 일종의 게스트 하우스였다. 성에 들어와 살기를 원하는 사람도 형제로 받아들여지기까지 그곳에 머물며 훈련을 받아야 했다. 그곳에서 성 밖의 사람을 벗고 성 안의 형제로 거듭나야 했다. 깊은 회개와 경건의 훈련을 거쳐야 했다. 새로운 습관을 몸에 배게 해야 했다. 도래할 하나님 나라에 대한 소망으로 가득 차야 했다. 훈련 도중에 산을 내려가는 것은 허용되었다. 실제로 도중에 떠나는 사람이 없지 않았다. 말하자면 그 방은 '이방인의 뜰'과 같은 공간이었다. 성전 내부의 공간이었지만 성소는 아니었다. 흰 수염의 형제가 부장을 그곳으로 데리고 간 것은 그가 이방인이기 때문이었다.

그 방 안에서 두 사람이 탁자를 사이에 두고 마주 앉아 이야기를 나누는 동안 형제들은 기도실에 모여 있었다. 총을 든 군인들은 기도실을 포위한 채 지시가 떨어지기를 기다렸다. 형제들이 기도실 밖으로 나오지 못하게 막지는 않았지만 나오려고 하는 형제도 없었다. 두 사람의 대화는 오래 이어졌다. 목소리는 밖으로 새어 나오지 않았다. 그들이 무슨 이야기를 나누었는지 아는 사람은 두 사람 말고는 없었다.

4

　왜 그때 거기 있었는지, 왜 내가 그 일을 맡아야 했는지……. 장은 원망스럽다는 듯 말했다. 주름이 가면처럼 덮인 얼굴은 어떤 표정도 내보이지 않았지만 목소리에는 회한 같은 것이 묻어났다.

　교회사 강사는 천천히 이야기해도 좋다고 하는데 원장이 자꾸만 장을 재촉했다. 그래서? 그래서 어떻게 되었는데? 하고, 잠깐 동안의 침묵을 견디지 못하고 다그치는 모습이 꼭 자기가 취재하러 온 것으로 착각하는 듯해 민망했다. 모든 내용을 이미 다 아는 것처럼 굴더니, 실제로는 그렇지 않은 모양인가, 의아심이 들었지만 차동연은 묻지 않았다. 원장에게 무슨 말인가를 할 기회를 일부러 만들어 줄 필요는 없다고 생각했기 때문이었다. 그의 지나친 간섭이 벌써부터 좀 성가시게 느껴지던 터였다. 다행인 것은 장이 원장의 재촉에 전혀 신경을 쓰지 않는 점이었다.

두 사람이 방으로 들어가고 두 시간은 흘렀을 거야, 아닐 수도 있지만, 거의 그 정도는 된 것 같았어, 지루했지, 겉으로 드러내지는 않았지만 부하들이 지루해하는 걸 느낄 수 있었어, 하고 이제는 더 이상 젊지도 팔팔하지도 않은 장이 말을 이었다. 장 역시 지루했지만 어떤 태도도 취할 수 없었다. 그는 무슨 일이 일어날지 알지 못했다. 무슨 일을 하려고 그곳에 왔고, 무엇을 기다리고 있는지 알지 못했다. 그는 답답했고, 부하들에게 미안했다.

마침내 '이방인의 뜰'을 빠져나온 부장이 장을 불러 무언가를 지시하고 떠났다. 장은 지시받은 내용에 의문이 생겼지만 설명을 요구하지 않았다. 설명을 요구할 권한은 그에게 없었다. '어떻게?'는 물을 수 있지만 '왜?'는 물을 수 없었다. 그의 의문은 '어떻게?'에 대한 것이 아니라 '왜?'에 대한 것이었으므로 밖으로 나올 수 없었다. 흰 수염의 형제는 방에서 나오지 않았다. 프로펠러 돌아가는 소리가 나고 헬기가 떠났지만 나오지 않았다. 다른 형제가 조심스럽게 문을 열고 들어갔을 때 형제는 무릎을 꿇고 벽에 얼굴을 댄 채 기도하고 있었다.

장이 기도실에 모인 형제들 앞에 섰다. 그는 선글라스가 없었으므로 모자를 눌러써서 자기 눈이 보이지 않게 했다. "우리는 군인입니다. 우리는 나라를 위해 일합니다. 여러분도 대한민국 국민입니다. 협조해 주십시오." 그는 짧게 말했다. 다행히 아무도 동요하는 기색을 보이지 않았다. 한 형제가 "산 아래에 무슨 일이 있습니까?" 하고 물었지만 장은 대답하지 않았다. 장의 부하들도 입을 굳게 다물었다. 하기야 그들은 해 줄 말이 없었다.

형제들은 기도실에서 한 명씩 불려 나와 흰 수염의 형제가 있는 방으로 들어갔다. 애써 담담한 표정을 짓고 따라 들어온 형제들은 방 안의 지도자 형제를 보고 예를 표하며 안도감을 드러냈다. 태연해하는 겉모습과는 달리 속으로는 꽤 긴장하고 있다는 증거였다. 그러나 그들이 상대할 사람은 흰 수염의 형제가 아니었다. 흰 수염의 형제는 눈을 감은 채 가만히 있었다. 누가 들어오든 나가든 눈을 뜨지 않았다. 무슨 일이든 상관하지 않겠다고 작정한 듯한 태도였다.

방 한가운데 놓인 책상 한쪽을 차지하고 앉은 사람은 이번에는 장이었다. 장은 불려 들어온 수도사를 마주하고 앉아 진술을 받았다. 수도사들은 자기 자신에 대해 사실대로 상세히 말해야 했다. 이름과 나이와 고향과 세상에서의 직업과 헤브론성에 들어온 날짜와 들어오게 된 동기에 대해. 그들은 세상을 버리고 떠나왔지만 세상은 그들을 잊지 않고 찾아와서 과거의 시간을 불러냈다. 너는 누구냐?

하는 질문 앞에서 그들은 당황했다. 왜냐하면 군인이 듣기 원하는 것은 그들이 잊었거나 잊었다고 생각했거나 애써 잊으려고 했던 시간들 속의 자기들의 모습이었기 때문이다. 지금은 중요하지 않거나 중요하지 않다고 생각하는 오래전 일들이 갑자기 중요하게 불러내졌다. 신분을 증명하는 일은 쉬우면서도 어려운 일이었다. 믿으려고 하는 사람에게는 누구나 증명할 수 있지만 믿지 않으려고 하는 사람에게는 누구도 증명할 수 없는 것이 신분이었다. 장은 그것을 잘 알았다. 장은 칼자루를 쥔 자였다. 그는 언제든 칼끝을 겨누거나 거둘 수 있었다. 믿어 주거나 믿어 주지 않을 수 있었다. 그러나 아무것에도 연연하지 않는 것처럼 행동하는 사람들 앞에서 그의 칼끝은 무안하고 무색했다. 그렇다고 칼을 거둘 수는 없었다. 그에게 내려진 명령은 수도사들의 신분을 조사해서 부적격한 자 2분의 1 이상을 솎아 내라는 것이었다. 밑도 끝도 없는 임무였다. 부장은 이유도 설명하지 않고 지시만 했다. 절반 이상을 내쫓아라. 진짜 수도사만 남기고 부적격자를 내보내라. 그리고 수도원을 봉쇄해라. 수도원 앞에 초소를 세워서 출입을 통제해라…….

부적격자라니. 그런 걸 어떻게 추려 낸단 말인가. 진짜 수도사와 가짜 수도사를 군인인 자기가 어떻게 구별해 낸단 말인가. 이력서나 무슨 증명서나 신상명세서 같은 것이 있을 리 없었다. 심지어 어떤 이는 주민등록증도 가지고 있지 않았다. 누가 누구인지도 파악하기 힘든 터에 적격, 부적격을 무슨 수로 구분한단 말인가. 장은 흰 수염의 형제에게 그 일에 관여해 줄 것을 요구했다. 형제의 반응은 단호했다. "할 수 없습니다. 왜냐하면 우리 형제들 가운데 당신들이 말하는 부적격자는 없기 때문입니다." 부적격자가 없는데 부적격자를 골라내야 했다. 그러니까 누구를 고르든 어차피 틀릴 수밖에 없는 상황이었다. 누구를 선택하든 마찬가지이므로 고민할 필요가 없다고 할 수도 있지만 누구를 선택하든 틀릴 수밖에 없는 선택을 해야 하는 사람에게 고민이 없다고 할 수 없다. 장은 순전히 감에 의지하고 운명에 맡길 수밖에 없다고 느꼈다. 남들보다 감이 좋다고 자부하긴 했지만, 진짜 수도사와 가짜 수도사를 감으로 가려내는 건 불가능했다. 이곳에서 한 발짝도 나가지 않고 철저히 갇혀 살다가 죽을 수 있느냐는 질문은 시험지가 될 수 없었다. 형제들은 하나같이 그럴 거라고 했다. 강요된 삶을 사는 사람은 한 명도 없었다. 곧 주의 날이 올 거라고, 그때까지 마음을 굳건하게 하여 거룩함을 흠 없이 지켜 내는 것이 자기들이 할 일이라고 고백하는데 머리가 어지러울 지경이었다. 2분의 1이 아니라 한 명도 골라내기가 어려웠다.

　장은 어쩔 수 없이 수도사들의 과거 행적을 꼬치꼬치

캐묻는 쪽을 택했다. 조금이라도 미심쩍은 구석이 보이면 추방자 명단에 이름을 올렸다. 그렇지만 미심쩍은 구석을 찾아내는 것도 쉬운 일이 아니었으므로 장은 이런저런 구실을 만들어야 했다. 사상이 의심스럽다거나 죄를 짓고 숨어 지냈다는 식으로 몰아붙이기도 했다. "그땐 말이야, 국가비상사태가 선포되어 있었어. 북쪽에서 보낸 무장공비가 청와대를 습격한 사건 이후 사회 분위기가 극도로 냉각되었어. 국가 안보를 구실로 내세우면 못 할 일이 없었다고. 우리는 특수부대원이었고…… 저항하고 버티는 놈을 엮어 넣는 건 어렵지 않았어. 그러고 싶지 않았지만, 그 수도원에서도 몇 명은 실제로 그런 식으로 엮어서 쫓아냈어. 어쩔 수 없었어." 장은 허공에 대고 쓸쓸하게 웃었다. 자기를 조롱하고 있는 것 같은 웃음이었다. 그리고 그것은 인터뷰를 하러 온 교회사 강사가 처음 목격한 장의 표정이었다.

그날 많은 형제들이 헤브론성의 성소로 다시 들어가지 못했다. 2분의 1을 추려내서 추방하라는 명령은 어쨌든 지켜져야 했고, 지켜졌다. 물론 순순히 산을 내려간 사람은 없었다. 자기 발로 내려가지 않겠다고 버티는 형제들을 군인들이 산 아래까지 강제로 끌고 갔다. 그 과정에서 어쩔 수 없이 폭언과 폭력이 행사되기도 했다. 산을 내려간 사람들은 다시 올라올 수 없었다. 산 아래 마을들을 떠돌다가 군인들이 철수한 후 복귀하려는 사람들이 있었다. 그러나 그들의 시도는 성공하지 못했다. 헤브론성 입구에 만들어진 초소 때문이었다. 초소는 수도원으로 들어가는 사람을 막았다.

그러나 수도원으로 들어가려는 사람을 막는 것이 그곳에 초소를 세운 진짜 목적은 아니었다. 그 반대였다. 수도원 안에서 밖으로 나오지 못하도록 막는 것이 그곳에 초소를 세운 진짜 이유였다. "초소가 생겼지. 수도원은 완전히 봉쇄되었어. 올라가지도 못하고 내려가지도 못하게 됐어. 밖에서 수도원 안으로 들어가는 것은 물론 안에서 수도원 밖으로 나가는 것도 금지되었어. 어차피 세상과 격리되어 살기로 결심하고 들어온 사람들이니 상관없지 않느냐고 말하는 사람도 있을 수 있겠지. 하지만 그 격리가 자발적이냐 아니냐의 차이는 중요하지 않아? 나오고 들어갈 자유가 있는데 그 자유를 사용하지 않는 것과 나오고 들어갈 자유가 없어서 나오지도 들어가지도 못하는 것이 같을 수 없지. 자발적이라면 수도원이지만 강제로 그렇게 된 것이라면 수도원이라고 할 수 없지. 그건 감옥이나 마찬가지지. 거긴 감옥이 된 거야. 아니, 실제로 감옥이었어."

후가 헤브론성에서 쫓겨난 것이 그날이었다. 그는 자기가 어디서 태어나고 자랐는지, 어떻게 그곳에 오게 되었는지 진술해야 했고, 진술했다. 들어올 때는 이곳이 어떤 곳인지 몰랐고, 자발적으로 선택한 것도 아니었지만 지금은 그렇지 않다고, 이곳이 어떤 곳인지 명확히 이해하며 이곳에서의 삶에 만족하며 이곳 아닌 다른 곳으로 갈 마음이 전혀 없다고 말했다. 그러나 군인은 그가 수도원에 있을 자격이 없다고 평가했다. 그 평가는 부당했다. 평가할 자격이 없는 사람의 평가가 부당하지 않을 수 없었다. 그러나 부당한 평가도 효력은 같았다. 아니, 부당한 평가는 부당하기 때문에, 부당한 만큼 효력이 더 크게 나타난다. 부당한 평가는 그 평가의 부당함과 부당한 평가를 할 수밖에 없었던 상황을 가리기 위해 빠르고 거부할 수 없는 효력을 주문한다. 후는 나이 많은 흰 수염의 형제가 무슨 말인가를 해서 자기를 변호해 주기를 바랐지만 그는 무슨 일이 있어도 눈을 뜨지 않겠다고 각오한 사람처럼 꿈쩍하지 않았다. 실제로 그는 무슨 일이 있어도 눈을 뜨지 않겠다고 각오한 사람이었다. 후는 그것을 수도사 자격이 없다는 군인의 이해할 수 없는 선고에 대한 형제의 동의로 받아들였다. 군인의 선고는 물론 형제의 동의도 이해할 수 없었다. 군인의 선고는 이해할 수 없어 해도 되지만 형제의 동의는 이해할 수 없어 하면 안 되었다. 이해할 수 없는 군인의 선고는 이해하지 않아도 상관없지만 이해할 수 없는 형제의 동의는 어떻게든 이해해야 했다. 눈물이 나오려는 걸 겨우 참으며 그 방을 나오자 군인이 총부리로 그의 등허리를 지그시 누르며 한 시간 안에 산을 내려가야 한다고 말했다.

목덜미에 서늘한 기운이 퍼져 나갔다. 그가 헤브론성에 들어간 지 2년 8개월 만의 일이었다.

왜 그런 거야? 군인들이 대체 왜? 요양원 원장이 물었다. 그게 그러니까, 그때는 나도 몰랐는데, 그 정권이 헤브론 수도원을 접수한 거였어, 하고 장이 답했다. 접수? 왜? 원장이 다시 물었고, 터무니없지만 그럴 이유가 있었으니까, 하고 장이 힘없이 대답했다.

5

내부로 들어오려는 외부인을 통제하기 위해 초소를 세운다. 신분 확인이 필요한 낯선 사람들을 검문하고 출입을 제한하는 것이 초소에 주어진 역할이다. 내부의 안전을 위해서다. 내부는 작고 외부는 크다. 내부는 보호되고 외부는 방치된다. 내부로 들어와도 되는 '안전한' 사람을 검문을 통해 고른다. 안전하지 않은 사람, 그러니까 잠재적으로 위험하다고 분류된 사람은 돌려보내거나 붙잡아 가둔다. 초소는 내부와 외부, 안전과 위험, 우리와 저들을 나눈다. 초소가 길목에 세워지는 것은 그 때문이다. 아니, 초소가 있는 곳이 길목이다. 초소가 세워지면 그곳이 길목이 된다.

그런데 천산에 세워진 초소는 거꾸로 기능했다. 그 초소는 밖에서 안으로 들어가려는 외부인이 아니라 안에서 밖으로 나오려는 내부인을 통제하고 막았다. 물론 밖에서 안으로 들어가는 것도 허용되지 않기는 했다. 그러나 그것은 초소를 만든 목적이 아니었고, 그렇게 기능하지도 않았다. 따라서 특기할 사항이 아니다. 그렇다면 이 초소가 보호하려고 한 것이 '외부의 안전'이었다는 말인가. 위험한 것이 외부가 아니라 내부에 있었다는 뜻인가. 내부의 위험 요소가 외부의 안전을 해치기 때문에 내부를 단속하려 했단 말인가. 내부에 있는 무엇? 울타리 밖에서 무슨 일이 일어나든 아랑곳하지 않고, 텔레비전이나 라디오나 신문도 보지 않고, 오로지 곧 다가올 '주의 날'만을 고대하며 기도하고 성경을 읽고 옮겨 적으며 사는 이 남자들의 무엇이 위험하단 말인가. 이렇게 질문하는 것은 가능하다. 더구나 초소가 세워지기 전에 절반이 쫓겨났다는 사실을 상기할 필요가 있다. 추방당한 자들은 위험한 자들인가, 아닌가. 그들이 위험한 자들이어서 추방당한 것이라면, 위험한 자들이 사라졌는데도 어째서 수도원에는 아직도 위험이 존재하는가. 그들이 쫓겨난 것이 위험해서가 아니라면, 안에 남은 자들이 위험하단 말인가. 위험하지 않은 자들을 내보내고 위험한 자들을 안에 남겼단 말인가. 많은 형제들이 떠난 직후에 초소를 만든 것으로 미루어 보아, 그리고 안에 있는 자들의 외부 출입을 철저히 통제한 것으로 보아 이렇게 생각하는 것도 무리가 아닌 것 같다. 그렇다면 남은 자들의 무엇이 위험하단 말인가, 라고 묻지 않을 수 없다.

그러나 이 질문은 무엇이 위험하고 무엇이 안전한지, 그 개념과 범위를 결정할 권한을 가진 세력을 염두에 두지 않을 때 허공을 치는 것이 될 수 있다. 누가 위험하다고 경고하는가, 누가 안전하다고 선언하는가라고 물어야 한다. 위험과 안전을 규정하는 자가 위험이나 안전을 기획할 수도 있다는 것이 이 진술 뒤에 숨어 있는 진실이다. 예컨대 그들은 위험을 설치하거나 안전을 장치할 수 있다. 초소의 존재가 그런 설치나 장치의 산물이라고 할 수 있지 않을까. 그런 상징적인 기획물이라고 할 수 있지 않을까.

장과 장의 부하들은 지시받은 일을 했다. 그들은 그 일의 용도와 목적을 이해하지 못했다. 궁금하지 않은 것은 아니지만 알려고 하지는 않았다. 언제나 무엇이든 저절로 알게 될 때까지 알려고 하지 않는 것이 그들이었다. 무엇이든 저절로 알려질 때까지 알려고 할 권리는 그들에게 없었다. 알려지면 알고 알려지지 않으면 모른 채로 지냈다. 안다고 유리한 것도 없고 모른다고 불리한 것도 없었다. 안다고 불리한 것도 아니고 모른다고 유리한 것도 아니었다. 알든 모르든 달라지는 것이 없으므로 알려지지 않은 것을 알려고 애쓸 이유가 없었다. 알려지는 것을 알지 않으려고 수고할 필요도 없었다. 알려지면 알지 않을 권리 또한 없었으므로 알지 않을 수 없었다. 그러니까 그들은 누군가의 손에 들린 연장이었다. 부리는 자에게 부림을 받는 것이 연장이다. 연장은 사고하지 않고 일한다. 그들이 연장이 되어 한 일은 헤브론성을 완벽하게 봉쇄하는 것이었다. 안에서 밖으로 나올 수 있는 길을 철저하게 막아라. 쥐새끼 한 마리도 나갈 수 없어야 한다. 그것이 그들에게 내려진 지시의 내용이었다.

그 일은 그렇게 어렵지 않았다. 수도원이 절벽 위에 세워져 있고 그곳으로 올라갈 수 있는 길이 한 군데밖에 없었기 때문이다. 수도사들은 그런 조건 때문에 이곳에 하늘집을 세웠고, 수도사들과는 전혀 다른 뜻을 품은 이들도 그 조건 때문에 이곳을 선택했다. 땅을 버리고 하늘만 바라보기에 좋은 지형이었지만, 땅으로 돌아오지 못하게 봉쇄하기에도 좋은 지형이었다. 군인들은 산에 있는 아름드리나무들 가운데 3미터가 넘는 것을 베어 냈다. 나무들은 수도원 주변으로 옮겨져 빽빽한 울타리가 되었다. 군인들은 그 위에 가시철사를 촘촘히 이어 묶은 철조망을 덧씌웠다. 헤브론성은 요새와 같이 변했다. 그리고 입구에 초소가 세워졌다.

초소 옆에는 집을 지었다. 초소를 지키는 군인들이 기거할 공간이었다. 땅을 깊이 파고 땅속에 큰 방을 세 개 만들었다. 지면 높이에 맞춰 창문을 냈다. 팔뚝 굵기의 튼튼한

나무들을 이어 붙여 활 모양의 지붕을 만들었다. 그 위에 흙을 덮고 떼를 입혔다. 비가 올 때 물이 스며들지 않도록 주변에 배수로를 팠다. 겉으로 보기에는 전혀 집처럼 보이지 않았다. 발로 밟고 지나다녔기 때문에 볼록하게 부푼 다리처럼 보이기도 하고 지면 높이에 맞춰 창문을 뚫었기 때문에 잠수함처럼 보이기도 했다.

공사를 끝내자 새로운 명령이 내려왔다. 군인들 가운데 어떤 이는 본대로 복귀할 거라고 기대했지만 그 기대는 실현되지 않았다. 그들은 자기들이 만든 초소와 집이 자기들을 위한 것임을 곧 알게 되었다. 그곳이 그들의 새로운 근무지였다. 장과 장의 부하들은 자기들이 만든 초소에서 보초를 서고 자기들이 만든 집에서 잠을 잤다. 모두 열 명이었다. 두 명이 보초를 서고 두 명이 울타리 주변을 순찰하는 동안 나머지는 방에서 잠을 자거나 잘 수신되지 않는 라디오를 들으며 노래를 흥얼거리거나 잡지를 뒤적이거나 화투를 쳤다. 누군가는 밥을 하고 청소를 했다. 누군가는 산 아래까지 내려가서 보급품을 수령해 왔다. 보급품을 실은 트럭이 일주일에 한 번 왔다. 일주일치 신문이 보급품에 섞여 왔다. 주간지가 끼어 있을 때도 있었다. 군인들은 심심할 때 잡지를 봤다. 신문은 건성으로 훑어 읽었다. 먹을거리는 부족하지 않았다. 다만 지루할 뿐이었다.

검문을 위해 세워진 초소에서 검문할 일은 없었다. 일이 없는 것이 일이 많은 것보다 더 힘들었다. 어쩌다 산 아래서 거기까지 올라오는 사람이 있긴 했다. 약초를 캐러 왔다가 웬 건물이 세워져 있는가 싶어 기웃거리는 이들이었다. 그러나 그들은 군인들이 더 이상 올라갈 수 없다고 하면 대개 더 묻지 않고 그냥 내려갔다. 고개를 갸우뚱하긴 했어도 무장한 군인에게 따지거나 대드는 사람은 없었다. 위에서 아래로 내려가는 사람은 없었다. 수도원 안에서는 쥐새끼 한 마리도 나오지 않았다. 봉쇄가 철저하게 이루어졌기 때문이었다. 초소가 세워지고 울타리가 쳐졌기 때문이라고 할 수 있었다. 초소가 세워지지 않고 울타리가 쳐지지 않았다면 무슨 일이 일어났을까. 무슨 일이 일어나지 않도록 하기 위해 초소가 세워지고 울타리가 쳐진 것일까. 장과 장의 부하들은 궁금했지만 알려고 하지 않았다. 무엇이든 저절로 알게 될 때까지는 알려고 하지 않았다. 저절로 알게 되기 전에 그들 대부분은 복무 기간을 마치고 제대했다. 전역을 하는 사람이 생기면 다른 병사가 그 자리를 채웠다. 새로운 병사도 선임자와 마찬가지로 주어진 일을 충실히 했다. 보초를 서고 순찰을 돌고 밥을 하고 청소를 하고 보급품을 수령해 오고 라디오를 들으며 유행가를 흥얼거리고 잡지책을 뒤적거리고 화투를 쳤다. 그러나 그뿐이었다. 그들은 자기들이 지키는 것이 무엇인지 알지 못했고, 자기들이 막아야 하는 것이 무엇인지 알려고 하지 않았다. 그들은 누군가의 손에 들린 연장이었고, 연장은 자기가 무엇에 기여하고 있는지, 무엇을 위해 사용되고 있는지 물을 권리가 없다. 자기가 기여할 대상을 스스로 정할 수 없었으므로 그런 권리는 없어도 아쉽지 않았다. 연장을 든 손은 연장에게 속내를 내비칠 의무가 없었다. 그들이 속내를 드러낸다고 해서 일개 연장에 불과한 이들이 그 뜻을 이해할 리 없으며, 더러 관심 있는 척할 때가 있긴 하지만 그 경우에도 실제로 관심이 있어서 그러는 건 아니라고 그들은 생각했다. 완전히 틀렸다고 할 수는 없다. 군인들은 성실하게 보초를 서고 철저하게 순찰을 했을 뿐 자기들이 왜 보초를 서고 자기들의 순찰이 무엇에 기여하는지 관심을 기울이지 않았다. 훈련의 결과였지만 그들이 속한 시대라는 거대한 시스템의 작용이기도 했다. 시대의 공기는 그 안에 사는 사람들의 정신 속으로 스미고 사람들의 생각과 행동을 빚어낸다. 존재를 만드는 것은 공기다. 공기를 마시고 살면서 공기를 마시지 않고 사는 것처럼 살 수는 없다. 사람은 누구나 시대의 수인이다. 장도 마찬가지였다. 장이 부하들보다 무언가를 더 알고 있는 것은 그가 그럴 권리를 가지고 있었거나 더 알려고 했기 때문이 아니라 그에게만 더 알려졌기 때문이었다.

어느 날 천산 수도원에 헬기가 한 번 더 착륙했다. 이번에도 새벽이었다. 눈은 내리지 않았다. 장은 헬기가 도착하는 시간에, 수도원의 두 형제와 함께 착륙장에서 기다렸다. 장의 상관인 부장은 이번에도 검은 선글라스를 쓰고 헬기에서 내렸다. 장은 부동자세를 취하고 있다가 거수 경례를 했다. 부장은 그의 인사를 건성으로 받았다. 부장과 함께 한 사람이 더 내렸다. 얼굴이 길고 눈썹이 진하고 광대뼈가 두드러져 보이는 남자였다. 원래 광대뼈가 유난히 튀어나온 얼굴이 아니라 너무 야위어서 광대뼈가 튀어나와 보인다는 걸 쉽게 알 수 있었다. 몸에 걸친 양복이 헐렁한 것으로 보아 무슨 이유인지 모르지만 최근에 갑자기 몸에 이상이 생긴 모양이라고 장은 속으로 생각했다. 그런 짐작을 부추기기라도 하듯 부장은 헬기에서 내리는 남자의 몸을 부축했다. 남자는 가볍게 어깨를 움직여 부장의 팔을 떼어 냈다. 바람에 날릴 것 같은 외양과 달리 남자의 자세는 꼿꼿했다. 그는 군복을 입은 장에게는 시선을 주지 않고 헤브론성의 두 형제에게 다가가 정중히 인사했다. 형제들도 고개를 숙여 그를 맞았다. 말씀드렸던 한 선생님입니다, 하고 부장이 형제들에게 남자를 소개했다. 장은 한 선생님이라고 불린 남자가 누구인지 알 것 같았지만 본능적으로 알은체하면 안 될 것 같은 생각이 들었으므로 알은체하지 않았다. 심상치 않은 무슨 일인가 일어날 것 같은 예감에 사로잡혀 지냈지만 여전히 무슨 일이 일어날지 짐작되지 않았다. 아니, 마치 그래야 한다는 지시를 받기라도 한 것처럼 무슨 일이 일어날지 짐작하지 않으려 했다. 그는 다만 자기에게 내려질 명령만을 기다렸다.

형제들이 남자를 데리고 건물 안으로 들어가자 부장이 장에게 은밀하게 말했다. "저 양반이 이곳에 있다는 것을 아는 사람은 이 세상에 단 세 명뿐이다. 각하와 그대와 나. 저자들은 이 세상으로 나오지 않을 것이고, 나올 수도 없는 사람들이니 안다고 할 수 없다. 그러니까 각하나 나나 그대가 누설하는 경우 말고 이 사실이 세상에 알려질 수 있는 길은 없다. 각하가 누설했다면 상관없지만, 그렇지 않은 경우에는 그대든 나든 살아남지 못할 것이다. 각하도 나도 누설하지 않았는데 세상에 알려진다면 그 책임은 온전히 그대가 져야 할 것이다. 그대가 누설하지 않았다고 해도 그대가 져야 할 것이다. 그대가 누설하지 않았다고 해도 각하나 내가 누설하지 않았다면 그대가 누설한 것이다. 그 점을 잊지 말아야 한다. 그러니까 목숨을 걸고 지켜라. 그대가 목숨을 걸고 지켜야 하는 것은 이 수도원이 아니고, 이 수도원에 있는 사람들도 아니다. 물론 저 양반도 아니다. 이 점을 명심해야 한다. 그대가 목숨을 걸고 지켜야 하는 것은 보안이다. 여기에 저 하늘에 미친 수도사들 말고 누군가가 있다는 사실이다." 몇 번이고 같은 말을 되풀이하며 부장은 그의 가슴을 주먹으로 쳤다. 주먹에 힘이 실려 있었다. 부장이 그 동작으로 알아들었느냐고 묻는다고 생각했기 때문에 장은 네, 알겠습니다 하고 큰 소리로 대답했다. 부장이 같은 말을 반복하는 것은 매우 드문 일이었기 때문에 저절로 긴장이 되었다. "보고는 매일 해라. 필요하면 언제든 해라. 하루에 열 번이라도 해라. 새벽이든 한밤중이든 가리지 말고, 아주 사소한 것도 빠뜨리지 마라." 부장은 다짐하듯 다시, 이번에는 조금 힘을 빼서 그의 가슴을 쳤다. 이번에도 장은 네, 알겠습니다 하고 큰 소리로 대답했다.

5장

역사, 어쩌면 사소한

I

한 선생님이라고 불린 사람이 누구인지 알 만한 사람은 안다. 그러나 알 만한 사람은 그다지 많지 않다. 알 만하다는 것은 관계의 정도를 나타내기보다 관계에 대한 의지를 나타내는 경우가 더 많다. 조금만 생각을 집중하면 누구인지 알 수 있는 사람이지만 사람들은, 젊은 시절의 장이 그랬던 것처럼, 그가 누구인지 알아내려고 생각을 집중하지 않는다. 알게 되었을 때 따라올 의무에 대한 부담감, 알게 된 다음에 맞이할 처신의 곤란함에 대한 우려가 집중을 막는다. 때때로 우리는 의무에 대한 부담감이 부담스러워 자연스럽게 알 수 있는 것을 부자연스럽게 모르려 한다. 그가 누구인지 아는 것이 그가 누구인지 모르는 것과 다르지 않기 때문이라고 이유를 대는 사람이 있지만 정말로 그런지는 의문이다.

하지만 만일 그 자신이 알아주기를 원치 않는다면 이야기는 조금 달라진다. 때때로 우리는 의도하지 않은 채로 누군가의 원을 들어준다. 심지어 죄책감을 느끼며 행한 떳떳하지 않은 어떤 행동, 겉으로 알려지지 않았으면 하고 바라는 은밀한 어떤 행동이 그 누군가가 진심으로 간절히 원한 것일 때도 있다. 우리의 의지와 상관없이, 혹은 우리의 의지에 반하여 우연히 이루어진 누군가의 만족 때문에 의기양양해선 안 된다. 그것은 우리의 업적이 아니기 때문이다. 하지만 그 결과를 위해 의지를 쓰지 않았거나 의지를 반대로 썼다는 죄책감에서 자기 자신을 풀어 준다고 나무랄 일도 아니다.

사람들이 그를 기억하지 않는 것이 그를 위해서가 아니라는 것은 분명하다. 그러나 그가 원한 것이 그것이었다면? 세상의 기억에서 자기를 없애는 것이었다면? 자기의 기억에서 세상이 사라지지 않아 괴로워했다면? 사람들은 그를 위해서 하지 않았지만 결과적으로 그가 원하는 것을 했다. 이것을 그의 간절한 염원이 만들어 낸 결과라고 말할 때 우리는 신비주의자가 된다. 신비주의자가 되지 않고는 설명할 수 없는 현상이 우리를 신비주의자로 만든다. 누군가를 위해서 하지 않은 어떤 일이 누군가가 정말로 원한 일이거나 누군가를 위해서 한 어떤 일이 누군가가 원하지 않은 일인 경우는 뜻밖에 많다. 원한 대로 되는 일보다 원한 대로 되지 않는 일이 더 많다고 말하려는 것이 아니다. 되어진 일은, 그것이 무엇이든, 어쨌든 누군가 원한 것이다. 행한 사람이 원하지 않았다고 해도 누군가 원한 사람이 있다면, 그 일은 원한 대로 된 것이다. 세상에서 일어나는 일들에 작용하는 변수는 실로 다양해서 다 헤아리기 어렵다. 우주는 헝클어진 채로 정연하다. 당연히 그는 우리에게 고마워해야 할 이유가 없다. 우리는? 우리가 그에게 생색을 내는 것은 뻔뻔한 일이지만 죄책감을 털어 버리는 정도는 용납될 수 있지 않을까.

세상의 기억에서 자기를 없애는 것이 소원이었던 그 사람의 이름은 한정효다. 그의 소원이 이루어진 것은 다른 누구의 공로도 아니고 바로 그 자신이 간절히 원했기 때문이라고 말하며 그의 공로를 치켜세울 때 신비주의는 교조주의가 될 위험이 있다. 그를 교조주의자로 만들지 않기 위해서 우리는 그의 소원이 이루어지는 데 기여한 것이 세상의 무의식적 의지와 이기심이라는 사실을 밝혀 두는 것이 좋겠다. 어떤 일도 누군가의 적극적인 의지나 의식적인 동의만으로 이루어지지는 않는다. 우리는 우리의 적극적 의지나 의식적 동의와 상관없이 누군가를 돕고 누군가를 방해한다. 예컨대 그는 세상이 자기를 기억하지 않기를 바랐다. 그것은 그가 자기 기억을 없애고 싶었기 때문이다.

세상이 자기를 기억하지 않는 것이 그가 자기 기억을 없애는 방법이었다. 그러니까 그가 세상이 기억하지 않기를 바란 것은 그의 기억이었다. 그의 기억 속의 그였다. 그의 기억 속의 어떤 그? 그가 자기를 지우려는 시도를 선글라스를 벗는 행동으로 시작했다는 것이 이 문제를 풀 수 있는 힌트가 될 것 같다.

그는 1961년 이후 공식적인 자리에서 선글라스를 벗은 적이 없었다. 실내에서도 썼고 밤에도 썼다. 혼란에 빠진 사회를 안정시키고 가난과 부정부패에서 나라를 구한다는 대의를 따라 군복을 입은 장교 신분으로 한강을 건넌 그날 이후 선글라스는 하나의 상징이 되었다. 그날, 어떤 기자의 카메라에 찍혀 역사에 남게 된 한 장의 사진 속에는 엄숙하고 무표정한 장교들 몇 명이 검은 선글라스를 착용하고 있다. 그 사진이 유명해지면서, 거사에 참여한 모든 장교들이 선글라스를 낀 것은 아니었는데도, 세상은 그날과 그날의 주역들을 선글라스와 함께 기억했다.

그 사진 속에서 한정효도 선글라스를 쓰고 있다. 생애 처음으로 쓴 선글라스였다. 한강을 넘기 하루 전날, 그의 아내가 생일 선물이라며 준 것이 우연찮게도 선글라스였고, 그는 한강을 넘는 지프 안에서 그 선글라스를 꼈다. 그리고 그날 이후 선글라스는 그의 얼굴이 되었다. 그러니까 그것은 그의 개인적인 역사에서 혁명의 시간을 표상한다고 할 수 있었다. 그 시간은 그림자의 시간이기도 하고 소용돌이의 시간이기도 했다. 그는 선글라스를 끼고 그 시간 속으로 들어갔고, 선글라스를 낀 채 그 시간 속에서 살았고, 선글라스를 벗으며 그 시간 밖으로 물러났다.

그날 밤 한정효의 귀가 시간은 늦었다. 물론 그날만 늦은 것은 아니다. 며칠씩 집에 들어가지 않는 날이 많았다. 불규칙한 출퇴근 시간에 익숙해진 군인의 아내는 부쩍 잦아진 외박과 유난스레 늦은 귀가에도 의아하게 생각하지 않았다. 그가 집에 돌아온 시간은 자정 무렵이었는데, 아내는 이미 잠들어 있었다. 아내에게 그 시간은 언제나 자는 시간이었다. 새벽 기도회에 나가려면 4시 30분에는 일어나야 하고, 그러기 위해서는 늦어도 10시에는 잠자리에 들어야 했다. 아내는 하루도 빠지지 않고 새벽에 기도를 하러 갔다. 그녀는 어머니 배 속에서부터 교회에 다녔고 한 번도 예배를 빼먹은 적이 없었다. 반면 그는 결혼하고 나서 아내와 장인어른의 권유에 못 이겨 일요일에만 예배를 드리러 갔다. 부대에 행사가 있거나 아는 사람의 결혼식이 있으면 일요일 예배도 빼먹었다. 새벽 기도회는 한 번도 가 본 적이 없었다. 아내도 그에게 새벽에 교회에 가자는 요구는 하지 않았다. 새벽에 귀가하지만 않으면 좋겠다는 것이 그녀의 솔직한 바람이었다.

자다 일어난 아내는 다 뜨지 못한 눈을 비비며 몇 신데 이제 와요, 하고 물었다. 남편은, 좀 늦었어, 가서 자, 하고는 소파에 앉았다. 소파가 풀썩 주저앉았다. "당신도 얼른 씻고 자요." 아내는 그 말을 하고 비틀거리며 방으로 도로 들어갔다. "그래야지." 남편이 대답했다. 아내는 다시 잠들기 위해 누웠다. 곧 잠이 들 것이다. 언제나 그랬으니까. 남편은 세수를 하고 잠옷으로 갈아입고 방에 들어와 옆에 누울 것이다. 언제나 그랬으니까. 그녀는 자기 몸에 닿는 남편의 살갗과 체취와 숨소리를 느끼며 곧 편안하고 깊은 잠 속으로 빨려 들어갈 것이다. 언제나 그랬으니까. 그런 생각들이 그냥 찾아왔다. 그러기를 기대한 것이 아니라 당연히 그럴 것이었다.

그런데 그날은 그렇게 되지 않았다. 잠시 빠져나온 잠의 구덩이 속으로 다시금 기분 좋게 빠져 들어가기를 기대하고 있던 그녀는 거미줄처럼 덮여 있던 잠이 말끔히 걷히면서 갑자기 머릿속이 환해지는 걸 느꼈다. 구덩이는 그를 잡아당기지 않고 몰아냈다. "그래야지." 별 특색 없는 조금전 남편의 목소리가 흡사 메아리처럼 원을 그리며 멀리서 가까이로, 처음엔 흐릿하다가 점차 또렷해지더니, 나중에는 귀가 따가울 정도로 증폭되어 들렸다. 그래야지. 그 단순한 한마디가 왜 그렇게 심상치 않은 기운을 몰고 오는지 알 수 없었다. 알 수 없었기 때문에 무시하려고 했지만 무시가 되지 않았기 때문에 계속 누워 있을 수 없었다. 잠을 청하는 것보다 잠을 쫓는 편이 나았다. 그녀는 어쩔 수 없이 몸을 일으켜 거실로 나갔다.

남편은 소파에 앉아 눈을 감고 있었다. 군복 차림 그대로였다. 기도를 하는 것 같은 분위기였다. 남편이 기도를 하고 있다는 착각은 그녀가 느끼고 있는 심상치 않은 기운이 근거 없지 않다는 생각을 뒷받침했다. "당신⋯⋯." 그녀는 무슨 일이 있는지 물어보려고 입을 열었지만 뜻밖의 무거운 분위기에 눌려 말을 잇지 못하고 가만히 내려다보기만 했다. 그래야지, 하는 남편의 목소리가 그때까지도 귓가에서 맴돌고 있었다. 그 말은 더 이상 이해하기 쉬운 간단한 말이 아니었다.

잠시 후 그가 눈을 뜨고 아내를 올려다보았다. "왜 안 자고 나왔어?" 당신은요? 하고 아내가 되물었다. "당신, 새벽에 교회 가야 하잖소?" 남편의 말이었다. 아내는 고개를 끄덕였다. 남편은 잠시 아무 말 하지 않고 있다가 고개를 옆으로 돌리고, 쑥스러운 듯 나지막하게, 교회에 가서 무얼 기도해? 하고 물었다. 아내는 평소의 남편답지 않게 별 질문을 다 한다고 생각했지만, 평소의 남편답지 않은 모습 때문에 무시하지 못하고, 이것저것, 기도할 게 한두 가지겠어요, 하고 답했다. "그렇겠지. 그럴 거야." 남편은 혼잣말처럼 중얼거리고 나서, 나를 위해서도 기도해요, 하고 잦아드는 목소리로 말했다. 아내는 뜻밖의 말을 듣고 울컥했다. 남편이 그런 청을 한 것은 처음이었다. 짧은 시간에 많은 생각들이 떠올랐다. 그러나 잡히는 것은 없었다. 궁금증을 해소하기 위해서는, 무슨 일 있지요? 하고 물어야 했지만, 남편의 입장을 생각한다면 묻지 않아야 할 것 같았다. 무엇 때문인지 그렇게 물으면 남편이 난처해할 것 같았다. 직감적으로 그런 느낌이 들었다. 그녀는 직감에 따라 움직였다. 그녀는 질문을 하는 대신 가만히 남편 옆자리에 앉았다. 남편은 아내의 눈을 피했다. 아내는, 기도하고 있어요, 항상 당신을 위해 하고 있어요, 하고 약간 떨리는 목소리로 말했다. 남편은 다시 눈을 감았고, 아내는 더 말하지 않았다. 심상치 않은 기운을 느꼈다고 말하면 안 될 것 같았다. 그렇게 말하면 심상치 않음이 불길함이 될 것 같아 두려웠다. 그녀가 느낀 심상치 않음은 떠벌리면 안 될 것 같은 종류의 심상치 않음이었다. 그녀는 다만 기도할 수 있을 뿐이라는 걸 알았다. 아내가 다짐을 하듯 남편 손을 잡자 남편이 손을 들어 가만히 어깨를 안았다. 두 사람은 그런 자세로 한동안 있었다.

얼마 후에 자리에서 일어난 남편이 욕실로 들어가 샤워를 하고 머리를 감고 면도를 하고 나왔다. 아내는 소파에 그대로 앉아 남편을 기다렸다. 욕실에서 나온 남편은 잠옷 대신 새 군복을 찾아 입었다. 남편이 유난히 정성 들여 옷을 갖춰 입는 것 같다고 아내는 생각했다. 그 모습을 잠자코 지켜보던 아내가 물었다. "이 밤중에, 바로 나가요?" 남편이 고개를 끄덕였다. 아내는 언제나 그렇듯 어디 가는지 묻지 않았다. 묻는다고 대답할 남편도 아니지만 말한다고 알아들을 아내도 아니었다.

그 대신 그녀는 사흘 후에 있을 남편의 생일을 위해 준비해 두었던 선물을 건넸다. 무엇 때문인지 미리 선물을 주어야 할 것 같았다. 그녀는 직감대로 움직였다. "아무래도 이거, 지금 주는 게 나을 것 같네요." 군화 끈을 묶다 말고 남편은 아내가 내미는 조그만 상자를 받았다. 상자는 은색 포장지로 포장되어 있었다. 무엇인지 묻는 눈빛으로 남편이 아내를 보았다. "사흘 후가 당신 생일이잖아요. 선물이에요. 지난주에 귀국한 언니에게 부탁한 거예요. 라이방이에요. 요새 장교들, 이거 쓰는 게 유행이라고 하기에." 남편은 포장지를 풀고 상자를 열었다. 아내가 써 보라는 몸짓을 해 보였다. 남편은 머뭇거리다가 아내가 시키는 대로 했다. 아내가 웃으며 잘 어울린다고 말했지만 그때까지 선글라스를 써 본 적이 없던 그는 쑥스러워하며 얼른 벗었다. 아내가 그냥 쓰고 가라고 권했다. 햇빛으로부터 눈을 보호하기 위해 사용하는 선글라스를 한밤중에 쓰는 게 어울리지 않는다고 생각했지만 밤에도 선글라스를 벗지 않는 장군이 떠올랐기 때문에 그는 잠시 망설이다 다시 선글라스를 썼다. 그리고 그는 조금 전의 쑥스러움 대신 이상한 안도감을 느꼈다. 눈에 힘이 들어가고 얼굴 근육이 팽팽해졌다. 그는 장군이 왜 햇빛이 있을 때나 없을 때나 가리지 않고 선글라스를 끼는지 어렴풋이 알 것 같아졌다. 그는 비로소 눈을 들어 아내의 얼굴을 똑바로 쳐다보았다. 필요한 것이 주어지자 그것이 자기에게 필요한 것이었다는 사실이 알아졌다. 그것을 원하지 않은 것은 필요하지 않아서가 아니라 필요가 채워질 거라고 기대하지 않아서였다는 사실이 깨달아졌다. 그는 눈빛을 감추는 것이 가능하다는 생각을 하지 못했다. 그럴 필요를 느끼지 않았기 때문이다. 눈빛을 감추는 것이 가능할 뿐 아니라 눈빛을 감추면 거리낄 것이 없어진다는 사실을 그의 몸이 가르쳐 주었다. 눈은 너무 순진해서 위장할 줄 모른다는 걸, 마음에 없는 말을 할 수도 있고 마음과 다른 표정을 지을 수도 있지만 마음과 다른 눈빛을 만들 수는 없다는 걸 그는 그때 알았다. 눈빛은 위장할 수 없고 다만 감출 수 있을 뿐이라는 걸 그는 그때 알았다. 그리고 이제 그에게 그것이 필요하게 된 것은 눈빛을 감출 필요가 있기 때문이라는 것도. 그날 새벽, 한강을 건너 대한민국의 심장부로 진격해 들어가는 장교에게 필요한 것은 선글라스였다. 한 번 쓴 이상 앞으로 오랫동안 선글라스를 벗지 못할 거라는 불안한 예감과 함께 선글라스 덕분에 거리낌 없는 처신이 가능할 거라는 안도감이 뒤섞였다.

2

그 사이에 많은 일이 있었지만 선글라스는 벗지 않았다. 불안한 예감과 안도감대로 되었다. 군복은 벗었지만 선글라스는 벗지 않았다. 벗을 수가 없었다. 그는 장군이 군복을 벗고 정치가가 될 때 함께 군복을 벗었다. 양심적인 정치인에게 정권을 이양하고 군은 본연의 임무로 복귀한다는 것이 군사 혁명 위원회의 '혁명 공약' 중에 하나였지만 그 공약은 그 이후의 다른 많은 약속들과 마찬가지로 지켜지지 않았다. 군은 정권을 넘겨줄 양심적인 정치인을 찾지 못했으므로 본연의 임무로 복귀할 수 없었고, 국민들의 전적인 지지를 받고 있다고 확신했으므로 본연의 임무로 복귀하는 대신 스스로 양심적인 정치인이 되는 편을 택했다. 본연의 임무로 복귀하지 않고 군복을 벗은 정치인의 힘은 군복을 벗기 전의 장군보다 더 커졌다.

군복을 입고 있을 때 그랬던 것처럼 군복을 벗은 후에도 한정효는 장군의 충실한 그림자였다. 그는 그림자였으므로 어둠 속에서 움직이며 장군을 환한 빛 가운데 드러나게 했다. 그것이 그가 자신에게 부여한 그의 일이었다. 실체가 빛날수록 그림자는 더 어두워졌고, 그림자가 어두워질수록 실체는 더 빛났다. 그림자를 어두워지게 하기 위해 실체가 더 빛을 내지는 않았지만, 실체를 빛나게 하기 위해 그림자는 더 어두워져야 했다. 오래전에 한 신비주의자는 절대자를 한없이 높이고 자기를 한없이 낮추기 위해 그림자를 비유로 사용했다. "당신의 존재 앞에서 나는 감히 존재라고 부를 수도 없습니다. 나는 그저 환상이나 그림자에 불과합니다. 나는 당신이 원하시는 경우에만 존재할 뿐입니다." 자기를 낮추고 지우고 보이지 않게 하면서 오직 장군만 높아지고 빛나고 위대해지도록 힘썼다는 점에서 그 역시 신비주의자였다. 그러나 정치권의 신비주의자들은, 높고 빛나고 위대한 절대 권력자의 그림자를 자처함으로써 그 영광의 휘장을 같이 두르기도 한다. 절대자와의 합일을 추구하는 종교적 신비주의자들에게 이런 욕망이 전혀 없진 않겠지만 정치적 신비주의자들은 훨씬 현실적이고 노골적이다. 권력자가 높고 빛나고 위대해질수록 그들이 두르게 될 휘장 또한 더 영광스러워진다는 것을 알기 때문에 이들은 권력자를 더 높고 더 빛나고 더 위대해지게 떠받든다. 그들을 위해서도 권력자는 더 높고 더 빛나고 더 위대해져야 한다. 그 사실을 의식했든 안 했든, 장군이 높아짐에 따라, 그만큼은 아니라도, 이 신비주의자 역시 덩달아 높아진 것은 부정할 수 없다.

그렇다고 차이가 없다는 뜻은 아니다. 절대자와의 합일이 그를 절대자로 만들지는 않는다. 장군은 어느 순간 선글라스를 벗었지만, 그는 그럴 수 없었다. 그것은 중요하고 결정적인 차이였다. 어느 순간부터 장군은 선글라스로부터 자유로워졌지만, 적어도 표면적으로는 그렇게 보였지만, 그는 시간이 갈수록 선글라스에 더 의존했고, 선글라스 속에 자기를 더 감췄다. 그렇게 되었다. 선글라스를 쓰지 않고는 아무 일도 할 수 없었다. 장군으로 하여금 환한 햇빛 아래서 환하게 웃으며 사람들에게 손 흔들게 하기 위해 그는 선글라스의 어둠 속으로 더 깊이 들어가야 했다. 선글라스는 몸의 일부처럼 되었다. 사람들은 그의 눈을 보지 못했으므로 그의 눈이 어떻게 생겼는지 알지 못했고, 그 자신도 너무 오랫동안 선글라스로 가리고 다녔기 때문에 자기 눈이 어떻게 생겼는지 기억하려면 한참 생각을 모아야 했다.

그런 그가 선글라스를 벗은 것은, 그러니까 단순한 일일 수가 없다. 선글라스를 쓰기 시작한 것은, 어떤 의미에서 우연이었지만 선글라스를 쓰지 않기로 한 것은 우연이 아니었다. 선글라스를 착용한 것이 단순한 기호가 아니었으므로 선글라스를 착용하지 않은 것 역시 단순한 기호의 변화라고 말할 수 없다. 절대 권력에 대한 종교적 헌신의 상징성을 감안하면 그것은 일종의 개종이라고 할 수 있다. 상징으로서의 선글라스를 벗어 던지는 상징적 행위를 통해 그는 선글라스를 쓰고 해 온 일들을 그만두겠다고 공언한 셈인데, 그 일은 그가 10년 넘게 꾸준히 해 왔고, 그의 존재를 구성했으며, 그 결과 그 일과 그의 존재가 잘 구분되지 않을 정도로 친밀했으므로, 존재의 위협을 무릅쓰지 않고는 할 수 없는 모험이었다. 그러나 그는 이 위험한 개종의 모험을 감행하고 말았다. 그 일을 하고 있는 한 선글라스를 벗을 수 없는 것처럼 선글라스를 벗지 않는 한 그 일에서 벗어날 수 없었다. 그러니까 선글라스를 쓰고 하는 일을 하지 않기 위해서는 선글라스를 벗어야 했고, 선글라스를 벗기 위해서는 그 일을 하지 않아야 했다. 그 일을 하지 않음으로써 선글라스를 벗게 되었다고 말하는 대신 선글라스를 벗자 그 일을 하지 않는 것이 가능해졌다고 말하는 것은 현실에 작용하는 상징의 우월한 위력을 시사하는 것처럼 들리기도 한다. 사람의 정신이 행동의 반복을 통해 형성된 습관의 지배를 받는 일이 가능한 것처럼 사람의 행동이 정신에 의해 부여된 의미의 지배를 받는 일

역시 가능하다.

선글라스를 벗음으로써 그는 "당신이 원하는 경우에만 존재하겠다."라는 신비주의자의 고백을 거둬들였다. 그는 그림자이기를 중단함으로써 그림자로 있는 동안 누렸던 영광의 휘장도 포기했다. 그는 장군을 빛나게 하기 위해 그림자로 존재하겠다는 고백 대신 다른 말을 했다. 그는 오랫동안 지키지 못한 약속을 이제라도 지켜야 한다고 말했다. 너무 오랫동안 본연의 자리로 돌아가지 못했다고, 너무 늦었지만, 너무 늦어서 후회스럽지만, 더 늦어서 후회조차 할 수 없어지기 전에, 이제라도 돌아가야 한다고 말했다. 3 선을 위해 헌법을 바꾸고, 공권력과 금력을 동원해서 다시 권력을 잡은 것으로 충분하다. 세 번이나 했고 10년이 넘었다. 지나쳤다. 이제 그만해야 한다. 여기서 멈춰야 한다. 계엄령은 안 된다. 국회 해산도 안 되고 정치 활동 중단도 안 되고 대학의 문을 닫는 것도 안 된다. 영구 집권은 불가능하고 무모한 욕망이다. 우리는 우리가 한 약속들을 너무 많이 어겼다. 더 풍요롭고 알찬 내일을 위해 오늘을 희생하자고 설득하며 내모는 과정에서 무리한 일을 많이 벌였다. 유보하고 막고 억누르는 과정에서 불가피했다고 할 수만은 없는 일들이 자주 벌어졌다. 그러면서 우리도 변질되었다. 다른 목소리를 듣는 데 인색했다. 다른 목소리가 터져나오는 걸 참지 못했다. 그동안 국민들은 유보했고 참았고 억눌렸다. 더 이상은 무리다. 더 유보하고 참고 억눌릴 거라고 기대할 수 없다. 더 이상 강요할 수 없다. 더 이상 믿어 줄 거라고 기대할 수 없다. 여기서 멈춰야 한다…… 그의 돌변한 태도는 장군을 당황하게 했다. 세상 모든 사람들이 등을 돌린다고 해도 마지막까지 그 자리를 지킬 사람이 한정효라고 생각했으므로 장군은 충격을 받았다. 장군은 애써 침착하게, 그러나 어쩔 수 없이 얼굴을 찌푸리며, 다른 사람은 그렇게 생각하지 않던데, 임자만 왜 그런가, 하고 물었다. 그렇게 생각하지 않는 사람들이 있는 것은 사실이었다. 그림자는 많았고, 당신이 원하는 경우에만 존재하겠습니다, 하고 고백하기를 원하는 사람은 더 많았다. "오직 당신이 위대해지도록 힘쓰겠습니다." 그림자들은 스스로 생각하지 않고 장군의 욕망만을 바라봤다. 혹은 장군의 욕망 위에 자기들의 욕망을 얹었다.

다른 날 한정효는 같은 말을 했고, 구체적인 계획안을 문서로 제시했다. 장군은 얼굴을 찡그리고 듣지 않았다. 세 번째로 말했을 때는 버럭 화를 냈다. "임자가 지금 나한테 훈계하는 건가? 지금 나한테? 그럴 수 있나? 지금 그만두자니? 그러면 어떻게 될지 몰라? 끝까지 가야 한다는 걸 몰라? 임자가 그걸 어떻게 몰라?" 한정효는 끝까지 갈 수 있다고 생각하느냐고 물었다. 끝까지 간다는 게 어디까지 가는 거냐고도 물었다. 선글라스를 벗은 한정효는 선글라스를 쓰고 있을 때의 한정효와는 달랐다. 그는 눈빛을 감추지 않았고 "당신이 원할 때만 존재하겠다."라고 고백하는 신비주의자이기를 그만두었으므로 '당신'이 원하지 않을 때도 존재하고자 했다. 장군은 그의 개종을 눈치챘지만, 가장 충성스러운 추종자의 갑작스러운 변신을 받아들일 준비가 되어 있지 않았다. 그는 소리쳤다. "끝까지 가지 않으면 안 되기 때문에 끝까지 가야 하는 경우가 있다는 걸 몰라? 이 사람, 이거 못쓰겠구먼." 한정효는 자기가 한 번도 장군의 욕망을 막아 본 적이 없다는 걸 깨달았고, 이번에도 그럴 거라는 걸 알았다. 그의 눈앞에는 동원될 억지 논리와 무리한 기획과 희생자들과 시끄러워지고 혼란스러워질 세상이 보였다. 그러나 그는 그것들을 막을 수 없다는 걸 알았다. 그의 무력함이 그를 고통스럽게 했다. "못쓰겠다."라고 선언되었으므로 그는 더 이상 쓰이지 않을 것이었다.

3

그의 개종을 이끈 것은 무엇인가? 무엇이 그에게 이제
까지 살던 것과 다른 삶을 살게 했는가? 누구나 궁금해할
것 같은 이 질문을 장군은 하지 않았다. 장군은 왜 질문하
지 않았을까? 궁금하지 않았기 때문이라고 하면 간단하
긴 하다. 궁금하지 않은 걸 묻는 것은 궁금한 걸 묻지 않
는 것만큼 이상하니까. 그런데 만일 궁금하지 않아서가 아
니라 궁금증을 무릅쓰고 묻지 않은 것이라면, 우리는 그
가 왜 그랬는지 궁금해하지 않을 수 없다. 추측할 수 없는
것은 아니다. 그는 묻는 자가 아니라 지시하는 자가 되어
있었다. 그가 묻는 경우는 질책할 때 말고는 없었다. 그가
알고 싶어 하는 것은 그가 궁금해하기 전에 보고되었다.
실제로 한정효가 그렇게 해 왔다. 그러니까 장군을 그렇게

만든 사람은 그 자신이기도 했다.

장군은 그를 붙잡지 않았고 내보내지도 않았다. 붙잡지 않은 것은 붙잡는 것이 자신의 '위대함'에 어울리지 않기 때문이고(그는 부탁할 때 사용하는 언어와 어투를 잊어버렸다.) 한정효를 대신할 자들이 많았기 때문이다. 그런데도 내보내지 않은 것은 혹시 생길지 모르는 성가신 일을 피하기 위해서였다. 일을 그만두고 외국으로 나간 그의 측근 중에 한 사람이 언론과의 회견을 통해 그를 독재자로 매도하고 나라를 욕되게 한 일이 최근에 있었다. 외부에 알려지면 안 될 일들이 알려지고 폭로되면 안 될 일들이 폭로되었다. 습관적인 반대파들, 사회주의 혁명을 획책하는 자들, 체제 전복을 꿈꾸는 자들의 폭로였다면 대처하기가 쉬웠을 것이다. 그런 자들은 늘 있어 왔으니까. 그런 자들은 으레 그런다고 되쏘아 주면 되니까. 그러나 아주 가까이에서 오랫동안 그림자처럼 그를 보좌해 온 측근이 자기를 공격했기 때문에 장군은 타격을 입었다. 자기 치부를 먼저 보여 주는 양심선언의 형식을 빌려 비판했기 때문에 파장이 컸다. 양심선언은 통렬한 자기반성의 형식을 띤 가장 격렬한 고발이다. 가미카제의 위력이 양심선언의 현장에 나타난다. 자기가 내놓는 자기의 치부, 자기를 찌르는 자해의 상처를 통해 고발자는 자기가 고발하는 내용의 진실성을 획득한다. 치부의 추악함만큼, 상처의 깊이만큼 호소력도 증가한다. 그러니까 스스럼없이 자기 몸에 칼끝을 겨누는 사람이야말로 위험하다. 일한 시간과 맡은 업무의 내용과 권력과의 친밀도가 폭로의 강도와 충격을 결정한다는 것이 그 사건을 통해 장군이 얻은 교훈이었다. 그렇다면 이제 막 선글라스를 벗고 더 이상 앞으로 가지 말라고, 그만 멈추라고 강하게 요구하는 한정효야말로 누구보다 위험한 인물이라고 할 수 있었다. 그는 아주 가까이에서 아주 오래 같이 일했고, 가장 중요하고 은밀한 일을 해 왔다. 장군이 아는 것은 그도 알고 있었다. 그가 모르는 것은 장군도 모르는 것이었다. 왜냐하면 그가 모르는 일은 하지 않은 일 말고는 없기 때문이었다. 장군 자신이 하는 것보다 더 충격적인 폭로를 할 수 있는 인물이 그였다. 그런 사람을 세상으로 내보낼 수 없었다. 그림자이기를 그만둔 그림자, 숭배하기를 멈춘 숭배자만큼 위험한 것은 없다고 판단했으므로 장군은 그에게 자유를 줄 수 없었다. 더구나 외국에 나가 몇 년간 공부를 하고 돌아오겠다는 것이 그의 계획이라는 조사관의 보고가 피해 의식에 사로잡힌 장군의 심기를 결정적으로 불편하게 만들었다. 외국 언론을 상대로 가미카제식 양심선언을 하고 있는 한정효를 상상하자 이 예민하고 질투심 많은 권력자는 견딜 수 없어졌다. 그는 귀찮고 성가신 일을 다시 겪고 싶지 않았다. 귀찮고 성가실 뿐 아니라 몹시 자존심 상하는 일이기도 했다. 자기 그늘에 들어오지 않는 한 믿어도 되는 사람은 없었다. 자기 그늘에 있다가 다른 그늘로 떠나는 사람은 더 믿을 수 없었다. 그는 위험을 방치할 이유가 없다고 생각했다.

한정효가 안가에 갇혀 지낸 것은 그 때문이었다. 안가는 그에게 익숙하고 안전한 곳이었다. 일이 있을 때마다 자유롭게 드나들던 곳이었다. 그러나 이제 그곳은 더 이상 안전하고 편한 곳이 아니었다. 그는 밖으로 나갈 수 없었고 전화도 걸 수 없었다. 24시간 그를 지키는 사람이 여섯 명이나 있었다. 두 명은 마당에서, 두 명은 대문 앞에서, 그리고 두 명은 거실에서 그를 지켰다. 그들은 시간에 맞춰 밥을 가져다줬지만 그는 입에 대지 않았다. 입맛이 없기도 했고, 아무렇지도 않은 것처럼 밥을 입에 넣기가 민망하기도 했다. 그는 여러 상황을 고려할 때 그곳에서 쥐도 새도 모르게 죽을지 모른다고 생각했고, 설마 죽이기까지 하겠는가, 하고 애써 마음을 다스리긴 했지만 마음과 달리 마음은 잘 다스려지지 않았고, 조금 시간이 흐른 후 죽는 걸 각오해야 하는 게 현실적이라는 생각을 했고, 마침내 죽어도 좋다는 것은 아니지만 죽는대도 어쩔 수 없다는 데에 이르렀다. 용기인지 체념인지 분간되지 않았다. 체념이 용기를 만들어 낸 것 같기도 하고 용기가 체념의 내용을 이루고 있는 것 같기도 했다. 그것들은 서로 섞이고 얽혀서 선명하게 구분되지 않았다. 이를테면 그가 밥을 입에 대지 않은 것이 용기의 소산인지 체념의 결과인지 밝히는 건 상당히 복잡한 일이다.

말할 수 있는 것은, 그곳에서 아무도 모르게 죽을지도 모른다는 두려움이 그를 사로잡았고, 그 두려움이 입을 열어 (밥을 먹는 대신) 자기의 개종에 대한 이야기를 하게 했다는 것이다. 그렇다. 그는 어느 순간 두려움에 사로잡혔다. 장군은 그를 가두고 일주일이 넘도록 아무 지시도 내리지 않았다. 심문도 하지 않았다. 그 침묵의 시간이 그를 극도의 두려움 속으로 몰아넣었다. 두려움에 사로잡힌 자만이 용기를 내거나 체념한다. 두려움에 사로잡히지 않은 사람은 용감해질 필요가 없고 체념할 이유도 없다. 용감해질 수도 없고 체념할 수도 없다. 쥐도 새도 모르게 죽어 나갈지 모른다는 두려움, 흔적도 없이 사라질 수 있다는 공포 때문에 그는 죽어도 좋다는 건 아니지만 죽는대도 어쩔 수 없다는, 용기인지 체념인지 알 수 없는 상태에 도달한 것이다.

그의 개종을 이끈 것은 무엇인가. 무엇이 그에게 이제까지의 삶을 부정하고 다른 삶을 결단하게 했는가. 장군은 물론 누구도 묻지 않았지만 그는 입을 열었다. 아무도 묻지 않았기 때문에 말을 했다고 할 수도 있다. 대개의 경우 추궁은 이야기를 이끌어 낼 수 있는 효과적인 방법이 아니다. 때때로 우리는 말을 시키지 않을 때 말한다. 침묵이 조성한 불안 때문에 말한다. 그 안가의 일주일간의 길고 완고한 침묵이 조성한 불안은 죽음에 대한 예감을 불러일으켰다. 죽음을 예감한 사람은 말을 하고 싶어 하는가. 한정효의 경우를 보건대 그런 것 같다. 아무리 아무것도 남기지 않고 흔적 없이 사라지고 싶어 하던 사람도 마지막 순간에 이르면 자신이 정말로 아무 흔적도 없이 완벽하게 사라지고 싶어 하는지 의심하게 된다. 흔적도 없는 사라짐, 그 바닥없는 깊은 공허를 견딜 수 있는 담력을 소유한 사람은 많지 않다. 고통보다 공허가 견디기 힘들다. 한정효는 아무것도 아닌 무의 상태, 흔적도 없이 사라지는 공허를 아무렇지 않게 받아들일 수 있을 거라고 자신했다. 그러나 상상이 아니라 정말로 아무것도 아닌 상태로 사라질 수 있는 상황에 직면하자 자기 안에 그냥 사라지게 버려두고 싶지 않은 무언가가 있다는 게 깨달아졌다.

그래서 그는 경호원을 상대로 이야기를 했다. 그가 쥐도 새도 모르게 사라진 후에, 그의 이야기를 들은 사람은, 당장은 아니라도 언젠가, 어떤 식으로든, 가령 대나무밭에 들어가서 구멍을 파고 소리를 지르는 형식으로라도, 세상에 알릴 것이다. 그런 기대를 하는 자신이 그는 좀 무안했다. 세상에 알릴 만한 가치 있는 무엇이 있다고 생각해서가 아니라 변명이 필요하기 때문이라고 그는 자기에게 변명했다. 그 절체절명의 순간에 그를 찾아온 외로움의 깊이 때문이라고 그는 자기를 설득했다.

그의 이야기를 들어 준 사람은 하루에 세 번 밥상을 가지고 방으로 들어오는 젊은 경호원이었다. 그는 밥을 굶었지만 경호원은 때마다 밥을 가지고 왔다. 손도 대지 않은 상을 물리고 새 밥상을 들여왔다. 어떨 때는 특별히 먹고 싶은 것이 있는지 물었지만 왜 먹지 않느냐고 묻지는 않았다. 융통성이 있는 친구는 아니지만 예의를 모르는 친구도 아닌 것 같다고 한정효는 생각했다. 일주일째 되는 날, 그는 그 예의 바른 친구에게 성경책을 가져다 달라고 부탁했다. 그것이 그의 입에서 나온 첫마디였다. 이야기를 하겠다고 마음먹었을 때 그에게 떠오른 것이 그의 성경책이었다. 경호원은 성경책 말입니까, 하고 반문한 다음 성경책 반입을 요구하는 사유를 어떻게 보고하면 되겠습니까, 하고 물었다. 부동자세를 떠올리게 하는 경호원의 터무니없이 심각한 질문이 우스워서 한정효는 피식 웃었다. 조금 떨어져서 바라보자 꽉 막힌 체제가 만들어 낸 인위적인 심각함의 희극성이 또렷이 보였다. 주어진 자리를 지키고 자기에게 부여된 역할을 충실히 연기할 때는 눈치채지 못했던 희극이었다. 경호원의 말은 사람의 말이 아니라 기계가 하는 말 같았다. 기계가 말을 해서 우스운 것이 아니라 사람의 입에서 나온 말이 기계에서 나온 것 같아서 우스웠다. 그 발견이 그에게 뜻밖의 여유를 선물했다. 그는 입가에 가볍게 웃음까지 만들며 말했다. "성경책으로 뭘 하려고 그러겠나? 먹으려고 그러겠나, 때리려고 그러겠나? 자네라면 성경책으로 뭘 하겠나?" 진지하고 예의 바르지만 융통성은 없는 젊은 경호원은, 저라면, 그러니까 성경책으로, 하고 더듬었다. 그는 한정효의 입가에 만들어진 미소를 보지 못했거나 보고서도 다르게 이해했다. 그에게 주입된 관념에 의하면, 자기보다 높은 위치에 있는 사람들은 의미 없는 말을 하지 않는다. 윗사람으로부터 의미 없는 (것 같은) 말을 들을 때 긴장해야 한다고 그는 배웠다. 왜냐하면 윗사람이 의미 없는 말을 한 것이 아니라(의미 없는 말을 하지 않는 사람이 의미 없는 말을 했을 리 없다.) 그 말의 의미를 그가 발견하지 못한 것이기 때문이다. 경호원은, 지금은 비록 연금 상태에 있지만 그로서는 꿈도 꿀 수 없는 까마득히 높은 지위에 있는 사람의 질문을 진지하게 받아들이지 않을 수 없었고, 그래서 정말로 성경책으로 무엇을 할 수 있는지, 자기라면 성경책으로 무얼 할지 심각하게 생각했다. 그러나 마땅한 답이 떠오르지 않았는데, 그것은 그가 성경책을 가지고 무얼 할지 한 번도 생각해 본 적이 없기 때문이었다. 그러나 의미 없는 말을 할 리 없는 이 높은 사람의 질문을 무시하면 안 되기 때문에 무슨 대답이든 해야 했다. 그 순간 엉뚱하게도 두꺼운 가죽 성경책의 가운데를 파내고 거기에 권총을 숨긴 어떤 영화 속 저격수가 떠올랐기 때문에 자신의 임무에 충실한 이 가련한 청년은, 권총 케이스로 쓰면 좋을 것 같습니다, 하고 제법 큰 소리로 대답했다. 아무리 단순한 질문에도 정답이 있으며 질문자의 의중을 헤아리지 못하고 엉뚱한 답을 내놓았다가는 어떤 봉변을 당할지 모른다고 평소에 생각해 온 그는 말을 한 다음 곧바로 자기가 정답을 맞힌 것 같지 않아 불안해졌고, 그래서 저에게 누군가를 암살하라는 임무가 주어진다면 말입니다, 하고 얼른 덧붙였다. 그렇지만 그러고 나자 곧 실수를 되풀이한 것 같다는 생각이 들어 당황한 그는 얼른 거수경례를 하며, 죄송합니다, 하고 외쳤다. 한정효는 이번에는 웃지 않았다. 경호원은 이마의 땀을 닦으며 방에서 나가려고 했다. "나는 그저 성경을 읽으려는 거네." 한정효가 그의 등에 대고 말했다. 경호원은 어려운 답을 궁리하느라 간단하고 쉬운 답을 찾아내지 못한 자신이 무안하고 부끄러워서 머리를 긁적이며 나갔다.

조금 있다가 경호원이 기드온 협회에서 기증한 파란색 비닐 커버의 신약성경을 가지고 들어왔다. 한정효는, 허락한 모양이군, 하고 입을 뗐고, 경호원은 아, 네, 뭐, 하고 더듬거렸다. "그런데 말이야……." 한정효는 고맙긴 하지만 자기가 원한 것은, 이 파란색 비닐 커버의 신약성경이 아니라 자기 사무실 책상 위에 있는 자기 성경책이라고 했다. "그건 좀……." 경호원은 이번에도 혼자 결정할 수 있는 문제가 아닌 것 같아 망설였고, 한정효는 꼭 그 책이어야 한다고 했다. "성경 속에 권총 같은 게 숨겨져 있진 않네. 숨겨져 있더라도 자네가 먼저 찾아낼 거 아닌가." 그는 농담을 했지만 경호원은 웃지 않았다. 권총이라는 단어 속엔 언제나 긴장이 장전되어 있기도 하거니와 몇 시간 전 자신의 말실수가 떠올랐기 때문이다.

4

한정효는 왜 자기가 그 성경책을 원하는지 설명함으로써 자기 이야기를 시작했다. 그가 원한 것은 성경책 속의 내용이 아니라 물질로서 한 권의 책이었다. 그 책이 중요한 것은 그것이 아내가 남긴 유품이기 때문이었다. 오래전 생일 선물로 선글라스를 주었던 아내는 3개월 전 자기가 쓰던 성경책을 선물하고 세상을 떠났다. 아내를 쓰러뜨린 것은 임파선을 타고 돌아다니는 악성 종양이었다. 세상을 뒤흔드는 막강한 권력을 행세하며 누리는 동안 아내의 몸에 암세포가 퍼져 가고 있다는 걸 그는 몰랐다. 그는 밤늦게 집에 들어가고 아침 일찍 집에서 나왔다. 며칠씩 안 들어가기도 했다. 늘 긴장 상태로 지냈다. 아무 일도 일어나지 않고 넘어가는 날이 거의 없었다. 언제나 어디선가 무슨 일인가 터졌다. 무슨 일이 터지면 수습하기가 어려웠다. 무슨 일이 터지기 전에 무슨 일이 터지지 않도록 대비하고 조치를 취해야 했다. 앞뒤를 살피고 좌우를 둘러보아야 했다. 그래도 수습하기 어려운 무슨 일인가는 터졌다. 수습하기 어려운 일도 수습해야 했다. 편하게 휴일을 보낸 기억이 거의 없었다. 아내는 잘 견디고 있다고 생각했다. 아니, 그런 생각도 하지 않았다.

언젠가 모처럼 침대에 쓰러져 쉬고 있는데 아내가 그의 곁에 조용히 앉아 있다가 한숨을 쉬며 말한 적이 있다. "우리도 아이가 있으면 좋았을 텐데." 아내가 무언가 호소하고 있다는 걸 눈치챘지만 그는 모른 체했다. 몇 년간 이 병원 저 병원 찾아다녔지만 아이는 생기지 않았다. 실망한 아내는 입양이라도 하는 게 어떠냐는 뜻을 넌지시 비쳤지만 그는 그렇게까지 하고 싶진 않다고 했다. 그는 아내가 아이를 낳지 못한 것 때문에 부담을 느끼고 있다고만 생각했다. 그러나 그것이 전부가 아니었다. 아내는 남편이 바깥일에 매달리고 권력에 집착하는 것처럼 보이는 까닭이 집에 정을 붙이지 못해서일 거라고 생각했다. 아이가 있으면 좋았을 텐데, 라고 말한 것은 그 때문이었다. 남편은 너무 바빴고 말이 현저히 줄어들었고 웃지도 않았고 항상 표정이 굳은 채 지냈다. 언제나 화난 사람 같고 무엇엔가 쫓기는 사람 같았다. 아내는 그런 남편이 걱정되었다. 어느 날 그녀가 심각한 목소리로 말했다. "여보, 이제 서울을 떠나 어디 조용한 데 가서 지냈으면 좋겠어요. 그만하고 쉬어요." 남편에 대한 그녀의 걱정은 그렇게 표현되었다. 그것은 또 그가 하고 있는 일을 못마땅하게 여긴다는 그녀의 완곡한 어법이기도 했다. 심상치 않은 기운을 느끼고 있다는 신중한 표현이기도 했다. 남편이 무슨 일을 하든 간섭하지 않고 말없이 내조만 해 오던 아내가 느끼기 시작한 불안을 그는 느끼지 못했다. 어떨 때 그녀는, 당신이 걱정돼요, 하고 보다 직접적으로 심정을 털어놓기도 했지만 할 일이 많고 신경 쓸 것이 많은 남편은 아내의 말에 주목하지 않았다. 아내는 자기가 가장 잘하는 일을 했다. 그것은 기도였다. 그녀는 거의 교회에서 살다시피 했다. 그녀는 자기가 할 수 있는 일이 그것밖에 없는 것처럼 기도에 매달렸다.

그런 아내의 몸속에 암세포가 자라고 있다는 사실을 그는 인정하기 어려웠다. 마치 그녀가 믿고 기도하는 대상인 전능한 하나님이 그녀의 몸에 암세포를 집어넣고 키우기라도 한 것처럼 그는 하나님을 원망했다. 그는, 자기 몸속에 암세포를 집어넣고 키운 것이 분명한 하나님을 원망하지 않는 아내를 이해할 수 없었다. 독한 항암제를 맞아 머리가 빠지고 거죽만 남을 정도로 말라 가는데도 아내의 믿음은 흔들리지 않았다. 한정효는 그런 하나님도 그런 아내도 이해할 수 없었다. 자기에게 전적으로 헌신하고 온전히 의지하는 추종자의 안전조차 보호해 주지 않는 전능자의 능력이란 게 대체 뭐냐고, 전능자는 무엇이든 할 수 있는 그 힘을 어디에 쓰려고 아껴 두는 거냐고, 자기에 대한 믿음 하나로 사는 사람의 생명조차 보호해 주지 못하는 신을 왜 믿어야 하느냐고 윽박질렀다. 그렇게 말하면서 그는 자기가 가지고 있는 힘에 대한 생각을 은연중에 드러냈다. 그는 힘이 어떻게 쓰이며 어떻게 쓰여야 하는지 알고 있었다.

아내는 하나님의 생각과 사람의 생각은 다르다고 말했다. 하나님의 뜻을 헤아릴 능력이 없는 사람이 하나님의 뜻을 다 헤아릴 수 있는 것처럼 판단하고 평가하고 비판하는 건 옳지 않다고 답했다. 한정효는 전능자의 권력 사용에 의문을 제기했지만 아내는 전능자의 권력 사용에 대한 사람의 판단 능력에 이의를 제기했다. 한정효는 그녀의 말을 듣지 않았다. 듣지 않았기 때문에 이해하지 못했고 이해하지 못했기 때문에 듣지 않았다. 하나님이 그렇게 독실하고 헌신적인 사람을 이런 병에 걸리게 할 수 있는가, 거기에서 무슨 뜻을 찾으란 말인가, 하고 미친 사람처럼 소리만 질러 댔다. 다른 말은 하지 않았다. 아내의 무반응과 침묵은 도에 지나치게 항변하는 그를 무안하게 했다. 그때는 명쾌하게 이해하지 못했지만 그는 눈앞에 보이지 않는

신을 원망의 표적으로 삼음으로써 자기 자신에 대한 징벌을 피하고 있었다.

아내는 원망도, 비관도 하지 않았다. 아니, 오히려 밝게 웃으며 남편을 위로하기까지 했다. 이 세상이 전부가 아니에요, 하고 아내는 말했다. 이 세상이 전부인 것처럼 그러지 마요, 하고 그녀는 말했다. 어느 날 아내가 성경을 펴서 읽었다. "네가 하늘의 법도를 아느냐. 하늘로 그 권능을 땅에 베풀게 하겠느냐. 네 소리를 구름에 울려 큰물로 네게 덮이게 하겠느냐. 네가 번개를 보내어 가게 하되 그것으로 네게 우리가 여기 있나이다, 하게 하겠느냐. 가슴속의 지혜는 누가 준 것이냐. 마음속의 총명은 누가 준 것이냐. 누가 지혜로 구름을 계수(計數)하겠느냐. 누가 하늘의 병을 쏟아 티끌로 진흙을 이루며 흙덩이로 서로 붙게 하겠느냐……" 「욥기」의 후반부, 이유를 알 수 없는 고통과 이유 없는 고통은 없다며 세차게 몰아세우는 비정한 인과론자들의 폭풍 같은 고발을 견디다 못해 원망을 터뜨리는 욥에게 폭풍 가운데 나타난 여호와가 끝없이 질문을 던지는 장면이었다. "내가 땅의 기초를 놓을 때에 네가 어디 있었느냐?"로 시작된 이 하나님의 질문은 "스스로 의롭다 하려 하여 나를 불의하다 하느냐?"에 이르러 절정을 이룬다. 의로운 사람이 당하는 고통은 불의한 사람이 누리는 행복만큼 이해할 수 없는 문제이다. 인간은 질문한다. 이성이 대답할 수 없기 때문에 이 질문은 이성 너머, 신에게로 향한다. 신의 대답은 그러나 언제나 흡족하지 않다. 그 대답을 듣는 인간이 이성 너머를 사유할 수 없기 때문이고, 그 대답이 이성 너머를 사유할 수 없는 인간을 통해 전달되기 때문이다. 한정효의 아내는 신의 대답에 흡족하게 수긍하는 매우 드문 사람 가운데 한 명이었다. 그녀가 이성 너머를 사유할 수 있기 때문이라고 말할 수는 없다. 그녀는 다만 인간이 이성 너머를 사유할 수 없다는 사실을 알고 있었을 뿐이다. 그녀는 말했다. 이 세상에서 일어나는 다른 일과 마찬가지로 사람이 겪는 고난 역시 우리 머리로 이해할 수 있는 것이 아니라고. 하나님은 우리 이성의 그물에 걸리지 않는다고. 그렇기 때문에 하나님이라고. 우리의 옳음을 주장하기 위해 하나님이 옳지 않다고 말하면 안 된다고. 알기 쉽고 다루기 쉽고 우리의 좁은 머리에 갇히는 하나님은 하나님일 수 없다고. 이해할 수 없고 납득할 수 없기 때문에 하나님이라고, 그래서 믿는 거라고. 우리는 어떤 상황이든 왜냐고 묻지 말고 네라고 대답해야 한다고.

그는 머리를 흔들었다. 그는 그런 하나님도, 그런 하나님을 믿는 그녀도 이해할 수 없었다. 그는 이성 너머를 사유하지 못할 뿐 아니라 이성 너머를 인정하지도 않았다. 그런 그에게 마침내 아내가 자기가 병든 것이 하나님의 뜻을 드러내기 위해서라는 걸 믿는다고 말하자 그는 할 말을 잃었다. 도대체 하나님의 무슨 뜻? 그 하나님은 무슨 뜻을 드러내기 위해서 그런 짓을 하신단 말인가. 우리가 이해하지 못할 뿐, 뜻 없이 일어나는 일은 하나도 없다는 그녀의 신념은 낯설고 이상하고 무서운 것이었다. 그는 어이가 없어서 말문이 막힌다는 표정을 숨기지 못했다. 아내는 그가 무슨 말을 해서 돌이킬 수 있는 상대가 아니었다. 그녀는 이 세상을 초월한 것처럼 보였다. 이 세상의 법칙은 그녀를 지배하지 못하는 것 같았다. 숭고하고 위대해 보였지만 동시에 무모하고 두렵기도 했다. 아주 가까이에 있었지만 누구보다 멀리 있는 것 같았다. 그렇게 오래 함께 살아왔지만 처음 만난 것처럼 낯설고 거북했다. 문제는 그녀의 말들에 공감할 수 없지만 무시해 버릴 수도 없다는 데 있었다. 내용은 이해할 수 없지만 이해할 수 없는 말을 하는 그녀는 이해할 수 있을 것 같았다. "왜 그렇게 봐요? 내가 이상해요?" 아내가 입가에 희미하게 웃음을 지어 보이며 물었다. 그는 그렇다고 솔직하게 대답하지 못했다. 그녀는 소경으로 태어난 어떤 사람에 대해 예수님이 했던 말을 인용했다. 제자들이 예수님께 물었다. 저 사람이 저렇게 된 것은 누구 때문입니까? 자기 죄입니까? 그 부모의 죄입니까? 예수님이 대답하셨다. 이 사람이나 그 부모가 죄를 지었기 때문이 아니다. 하나님이 하실 일을 나타내려는 것이다……. 성경책을 덮고 아내가 덧붙였다. "저 사람의 불행이 누구 죄 때문입니까, 하고 묻는 제자들은 죄 없이 고통당할 리 없다고 욥을 비난하고 고발했던 자들과 그 생각의 뿌리가 같다고 할 수 있을 거예요. 예수님은 다르게 말씀하셨어요. 누구의 죄 때문이 아니라 하나님의 뜻을 드러내려는 것이라고. 뿌린 대로 거두는 것이 자연의 이치지만, 거두는 것이 그저 뿌린 것만은 아니라는 것도 진리예요. 병들었다고 불행한 것도 아니지만 불행하다고 마냥 나쁜 것만도 아니에요. 이 세상이 우리가 바라는 전부는 아니니까요. 그러니까 여보, 하나님을 원망하지 마요. 우리의 의로움을 주장하기 위해 하나님을 불의하다고 하지 마요. 나는 아프지만 불행하지 않고 나쁘지도 않아요." 한정효는 아무 말도 하지 못했다. 그녀가 한 말을 다 이해할 수는 없었지만 이해할 수 없는 말을 하는 그녀는 이해할 수 있었기 때문이다. 그는 공감하지는 못하지만 무시할 수도 없는, 한 번도 경험해 보지 못한 어떤 기운에 압도당하는 것을 느꼈다. 그를 압도한 힘은 그가 잘 아는, 강제하고 굴복시키고 위협하고 과시하는 힘과는 같지 않았다. 그것은 그가 잘 모르는 힘이었다. 그리고 그것이 그가 더 이상 입을 열지 못한 이유였다.

"이것은, 지상에서 주는 내 마지막 선물이에요." 자정이 다 된 시간에 급한 호출을 받고 병실을 나가려는 그를 그녀가 불러 세웠다. 그녀가 건넨 것은 병실에서도 거의 항상 손에 들고 있던 자신의 낡은 성경책이었다. 그걸 왜? 하고 물으려다가 그는 주춤했다. 10년쯤 전 선글라스를 선물할 때의 장면이 떠오르자 근거를 알 수 없는 불안이 엄습했다. 분명한 것은 그것이 어떤 선언이라는 것이었다. 그녀가 의식했든 하지 않았든 거기에는 어떤 뜻이 들어 있었다. 그는 항상 그녀의 것이었으며 무엇보다 그녀의 것이었고 온전히 그녀의 것이었던 성경책을 받는 것이 무슨 의미인지 이해할 수 있었다. 그는 손을 저었다. 아무것도 느끼지 못한 것처럼 태연한 표정을 지으려 했으나 뜻대로 되지 않았기 때문에 그는 얼굴을 일그러뜨리며 웃었다. "나중에. 나중에 줘. 얼른 갔다 올게. 쉬고 있어." 손으로 성경책을 쓰다듬으며 아내는 희미하게 고개를 끄덕였다. 아쉬워하긴 했지만 원망하지는 않았다. 늘 그랬다. 아내는 좀처럼 원망하는 모습을 보이지 않았다. 아쉬움이 그녀가 밖으로 드러내는 원망의 유일한 표현이라는 걸 남편은 알지 못했다. 남편은 아내의 야위고 까칠한 손을 잡아 주고 병실을 나왔다.

그것이 마지막이었다. 그날 밤 아내의 병실에서 나간 한정효는 몇 명의 측근들과 함께 '안정적이고 영구적인 정권 유지를 위한 정치 개혁'을 구상하느라 이틀 동안 돌아가지 못했다. 조직과 돈을 동원하고도 하마터면 질 뻔한 선거를 치르고 난 후 정부는 달라진 민심을 실감하고 부쩍 초조해했다. 여기저기서 터져 나오는 불만 섞인 목소리에도 예민해졌다. 승리의 기쁨을 누리는 대신 정권 유지를 위한 방책을 궁리해야 할 정도로 상황이 급하고 좋지 않았다.

정권 유지에 대한 권력자의 심각한 위기의식이 야기한 수많은 피해 사례 가운데 임파선 암에 걸린 한 독실한 기독교 신자의 쓸쓸한 임종도 포함되어야 한다. 그녀는 선물로 줄 자신의 낡은 성경책을 품에 안은 채 남편을 기다리다 이 지상에서의 생을 마감했다.

아내를 보내고 돌아와 텅 빈 방에 홀로 남은 한정효는 쓸쓸하고 허전한 기분으로 아내의 성경책을 펼쳐 보았다. 곳곳에 노랗거나 붉은 밑줄이 그어져 있고 페이지마다 깨알 같은 글씨의 메모가 있었다. 그는 아내의 흔적들을 찬찬히 들여다보았다. 모서리가 닳고 색이 바랜 박엽지에서 아내의 체취가 느껴졌다. 그는 이 책 속의 무엇이 아내를 사로잡았는지 궁금했다. 그날 이후 자주 성경책을 뒤적였다. 쓸쓸하거나 허전할 때면, 그런 기분을 느끼는 자신을 의아해하며(왜냐하면 그런 기분을 느껴 본 적이 없었으니까.) 성경책을 펴 들었다. 아내가 밑줄 쳐 둔 구절을 읽기도 하고 여백에 써 둔 깨알 같은 글씨를 애써 해독하려고 노력하기도 했다. 더 자주는 그냥 아무 데나 펴고 냄새를 맡았다. 그가 거기서 맡은 것은 오래 묵은 종이나 인쇄잉크나 사라진 시간의 냄새가 아니었다. 그것들이 한데 어울려

내는 냄새였고, 그것들 속에 녹아든 아내의 냄새였다. 그렇게 한다고 쓸쓸하고 허전한 기분이 곧바로 사라지지는 않았다. 어떨 때는 더 쓸쓸하고 더 허전해지기도 했다. 때로는 넋이 나간 사람처럼 펼쳐진 성경책 위에 얼굴을 묻고 가만히 있기도 했다. 그러다가 아내의 성경책을 아내의 유골함처럼 대하고 있는 자신을 발견하고 당황했다. 아내의 몸은 사라지고, 사라지게 되어 있으므로 사라지고, 몸은 사라져도 사라질 수 없는 무엇인가가 남아 그 안에 들어 있는 것처럼 느꼈다. 사라지게 되어 있는 몸과 함께 사라지지 않고 남아 있는, 사라질 수 없는 아내의 흔적을 발견하기 위해 그는 성경책을 읽기 시작했다.

그리고 그를 찾아온 변화는 누구보다 그 자신을 의아하게 했다. "굳이 말하자면 아내가 자신의 죽음으로 내 눈을 열어 준 셈이라고 해야 할 거야. 내 눈을 열어 주려고 그렇게 일찍 죽었을지 모른다는 생각까지 든다니까. 그렇지 않으면 그렇게 죽었을 리 없지. 아내가 말했던 하나님의 뜻이라는 게 그런 것일까……." 과장처럼 들리지만 진심이었다. 아내가 죽은 후 그는 한동안 알 수 없는 무기력증에 시달렸고, 어두운 방 안에 혼자 오래 앉아 있었고, 그러다가 충동적으로 성경책을 읽어 댔고, 그러자 그동안 한 번도 볼 기회가 없었던 어두운 늪과 같은 자신의 내부가 들여다보였고, 그 늪 속에서 일그러지고 부서진 자신의 얼굴을 보았다. 자신의 얼굴이 일그러지고 부서졌다는 것을 알지 못한 것은 한 번도 거울을 보지 않았기 때문이었다. 한 번도 거울을 보지 않은 것은 일그러지고 부서진 자기 얼굴을 보는 것이 두려웠기 때문이라는 걸 그는 깨달았다. 그러니까 그는, 거울을 보지 않았지만, 보지 않고도 자기 얼굴이 일그러지고 부서졌다는 것을 알고 있었다. 알고 있었지만 인정하지 않으려고 거울을 외면했다. 그는 두려움을 떨쳐 버리기 위해 누구나 흔히 쓰는 방법을 써 왔다. 대면하지 않고 막무가내로 나아가는 것이다. 그것이 가장 좋기 때문이 아니라 가장 쉽기 때문이었다.

정리되지 않은 많은 생각들이 혼자 있는 그를 찾아왔다. 그리고 마침내 대면하지 않으려고 했던 죄책감과 만났다. 새벽마다 교회로 달려가 기도하는 신실한 아내의 몸에 병균을 집어넣어 죽게 한 것이 그녀가 믿고 의지하는 하나님인 것처럼 불만을 터뜨린 것은 실은 그 죄책감과 대면하지 않으려는 속임수이고 비겁한 전가였다는 사실을 인식했다. 그녀가 하루도 빠지지 않고 어두운 교회당 바닥에 엎드려 무엇을 간구했을까 생각하다가 번개에 맞은 것 같은 전율을 느끼며 몸을 부르르 떤 것이 계기였는데, 그녀를 안절부절못하게 한 것, 그녀를 새벽마다 일어나게 하고 어둠 속에 무릎 꿇고 부르짖게 한 것, 그녀를 가장 괴롭힌 것이 그 자신이었다는 사실이 무슨 계시처럼 갑자기 깨달아졌던 것이다. 이제 그만두고 조용한 데 가서 세상을 잊고 살자는 말을 들을 때도, 당신이 걱정돼요, 하는 말을 들을 때도 몰랐던 아내의 진심이 비로소 느껴졌다. 아내는 간절했고 그는 둔감했다. 아내는 위기를 느꼈고, 호소했고, 위기를 받아들이지 못하는 남편을 안타까워했다. 그녀에게 남편과 남편이 하는 일은 한시도 빼놓지 않고 기도해야 하는 근심거리였던 것이다. 그러나 그에게는 들을 귀가 없었다.

아내가 이 지상에서 마지막 숨을 쉬고 있던 시간에 자기가 하고 있던 일을 떠올리자 죄책감이 해일처럼 치솟았다. 아내가 걱정하고 근심한 일이 바로 그가 그 시간에 하고 있던 일이었다. 그녀를 깨어 기도하게 한 그 걱정스러운 일을 하느라고 그는 죽어 가는 아내를 병실에 혼자 두었다. 혼자 외롭게 죽어 가게 했다. 혼자 외롭게 죽어 가면서도 아내는 못 미더운 남편을 위해 기도했을 것이다. 기도의 구체적인 내용은 상상할 수 없었다. 다만 자기를 위해 기도하다 숨을 거두는 아내의 모습과 그 시간 안가에 틀어박혀 안정적이고 영구적인 정권 유지를 위한 정치 개혁안을 구상하고 있는 자기 모습이 반으로 분할되어 영사되는 화면처럼 선명하게 대비되어 나타났다.

그 생생한 이미지의 지원에 힘입어 그의 죄책감은 별 저항감 없이 옮겨 갈 표적을 찾아냈다. 자기를 정죄(淨罪)하기 위해서 누군가를 정죄(定罪)하는 일이 필요했다. 죄에서 벗어나기 위해 그는 그 일을 하도록 사주한 주체를 불러냈다. 거부하거나 양해를 구할 수 없는 것이 권력이다. 그는 자신이 참여해 만들고 세운 체제의 부림을 받았다. 권력과 권력이 만든 비정한 체제를 주범으로 소환함으로써 그는 자기 죄를 씻으려 했다. 눈먼 체제에 주인을 알아보라고 요구할 수는 없는 노릇이다. 인간이 만든 체제는 필연적으로 눈이 멀고 비인간적일 수밖에 없는데, 그것은 인간이 본래 눈멀고 비인간적이기 때문이다. 그 사실을 깨닫기 위해서는 감은 눈을 뜨고 덧씌워진 비인간적 너울을 걷어 내야 하는데, 그런 일은 웬만해서는 일어나지 않는다. 웬만해서는 일어나지 않는 일이 그에게 일어났다. 그는 애써 외면하고 필사적으로 피하려 했던 다른 진실과 대면했다. 한눈팔지 말고 앞만 응시하라고 경주마의 눈가에 붙여 놓은 눈가리개가 떨어져 나간 것 같았다. 보이지 않던 다른 것이 보이고 들리지 않던 다른 것이 들렸다. 덮여 있던 많은 억지와 불합리와 공포와 자기기만이 모습을 드러내고 가려 있던 울음과 호소와 절규와 비판의 목소리들이 밀려왔다. 아내가 옳았다. 그는 중얼거렸다. 그만 가야 한다. 그는 가슴을 치며 이를 악물며 선언했다. 이제라도, 그만 멈춰야 한다.

"내가 왜 다른 성경책이 아니라 아내의 손때 묻은 성경

책을 원하는지 이해하겠나?" 한정효는 젊은 경호원이 그
것을 충분히 이해할 거라는 확신이 서지 않았기 때문에,
그리고 예의 바르지만 융통성은 없는 그 젊은이를 당황하
게 만들고 싶지 않았기 때문에 대답을 기다리지 않고 덧
붙였다. "성경책에서 내가 읽는 것은 아내의 목소리라네.
그만 가야 한다. 그만 멈춰라. 이미 많이 왔지만 이제라도
멈춰야 한다. 그 목소리는 몸이 사라지고 난 다음에도 사
라지지 않고 남아 있는 아내의 영혼이라네. 나는 그 목소
리를 듣기 위해 그 성경책을 곁에 둬야 한다네. 아내의 성
경책이 아내의 유골함인 것은 그런 뜻이라네." 경호원은 자
기가 충분히 이해하지 못해서가 아니라 이해하고 해석하
는 것이 자기 권한이 아니라고 생각했기 때문에 이해하려
는 시도를 하지 않고 한정효가 한 말을 그대로 상관에게
보고했다. 이해하고 해석할 권한을 가지고 있는 사람에 의
해 그의 성경은 (그 안에 권총이 숨겨져 있지 않은데도) 위험
한 물건으로 판단되었고, 따라서 그의 요구는 거부되었다.

5

　　장군은 안가에 나타나지 않았다. 한정효가 연금되어 있던 3주 동안 그도 많은 생각을 했다. 그도 그럴 것이 단순한 사안이 아니었다. 한정효의 입을 완전히 통제할 수 있다는 확실한 보장이 없는 한 그가 바라는 대로 외국에 나가게 할 수는 없었다. 그가 어디서 누구를 상대로 무슨 말을 할지 알 수 없는 일이었다. 무슨 말을 할지 알 수 없을 정도로 그는 할 말을 많이 가지고 있었고, 그 말들 가운데 위험하지 않은 것은 하나도 없었다. 위험을 자초할 이유가 없었다. 각서를 받고 입을 봉하면 어떨까, 하는 생각은 각서를 쓴다고 입이 봉해지겠느냐는 반문에 의해 봉해졌다. 한정효의 입은 한정효 외에 누구의 입도 아니었다. 얼마 전까지만 해도 한정효에게 입이 있다는 생각을 하지 않아도 되었다. 그러나 한정효는 자기가 입을 가지고 있다는 사실을 선언했고, 이제 한정효의 입을 봉할 수 있는 사람은 한정효 외에는 없었다. 체제 전복 혐의를 씌우거나 간첩단 조직망에 끼워 넣어 남은 생을 감옥에서 썩게 할 수는 있었지만 복잡하고 시간이 걸리고 시끄러워질 수 있는 방법이었다. 권력의 가장 안쪽 내실에서 권력의 보호와 엄호를 받으며 자유롭게 활동해 온 적을 공개하는 건 엄청난 부담이었다. 외국에 나가도록 허락하는 것만큼은 아니라도 상당한 위험과 번거로움을 감수해야 할 것이었다. 위험은 물론 번거로움도 허용할 수 없었다. 허용하고 싶지 않았다. 쥐도 새도 모르게 감쪽같이 처치해 버리는 방법은 간단하고 쉬웠지만 결단하기가 꺼림칙했다. 공화국 건설과 권력 유지를 위해 함께해 온 10년 이상의 시간이 그의 단호함을 무디게 하고, 간단하고 쉬운 처치의 유혹에 빠지지 않게 했다. 그는 모든 일에 있어서 단호하고 과감했지만 한정효에 대해서는 그럴 수 없었다.

부담과 가책 없이 한정효를 사라지게 할 방법을 제안한 사람은 한때 한정효의 부하 직원이었던 윤 부장이었다. 없애지는 않았는데 사라진다면, 없앤 것이 아니므로 가책을 느끼지 않아도 되고, 그런데도 세상에서 사라졌으므로 신경 쓰지 않아도 된다. 사람의 발길이 닿지 않는 무인도나 깊은 산속에 감금하고 세상으로부터 그를 완전히 격리한다는 계획은 처음엔 실현성이 있는 것 같지 않았다. 그러나 자발적으로 세상과 단절한 채 철저하게 고립된 생활을 하는 소규모 종교 공동체의 존재가 제시되자 상황이 달라졌다. 더 높은 자리와 더 큰 영향력을 얻을 야욕에 사로잡힌 한정효의 부하는 요새와 같은 천산의 지리적 조건을 자세히 설명하고 수도원을 둘러싸는 철조망 울타리와 초소 설치 같은 구체적인 방안을 제시하며 은밀하고 완벽한 봉쇄가 가능하다고 장담했다. 한정효가 사라지는 것은 그에게도 중요했다. 아래에서 위로 올라가려면 위에 있는 것을 밟을 수밖에 없다고, 밟지 않고 오를 수 있는 방법은 없다고 그는 스스로를 합리화했다. 아니, 그는 되도록 자기 욕망을 직시하지 않으려고 했다. 그는 장군의 욕망 뒤로 숨었다. "이 지상에 없는 곳으로 만들겠습니다." 그런 호언장담이 장군에게 믿음을 주었다. 그러나 선뜻 고개를 끄덕이지는 않았다. 장군은 심사숙고하는 체했고, 그자의 충성심과 능력을 믿을 수 있는지 가늠하는 척했다. 젊고 야심만만한 요원은 마음의 부담을 지고 싶어 하지 않는 장군의 의중을 눈치챘다. 그는 어떤 경우에 얼마만큼 움직여야 하는지 알았다. 명시적이지 않은 지시가 필요한 상황에 대해서도 알았다. 그는 한정효가 연금되어 있는 안가를 찾아가 장군의 뜻을 전했는데, 그 과정에서 두 가지 사실을 왜곡했다. 그는 자기가 죽을 각오를 하고 장군의 막무가내의 분노에서 상관의 목숨을 구한 것처럼 가장했다. 수도원을 제안한 것은 그가 맞지만 상관의 목숨을 구하기 위해서 한 일은 아니었고 죽을 각오를 하고 한 것은 더욱 아니었다. 잠깐 유배 갔다고 생각하고 마음 편히 지내세요, 하는 말을 통해 그는 한 가지 사실을 더 왜곡했다. 그럴 리 없다는 걸 누구보다 잘 알면서도 그는 마치 곧 제자리로 돌아올 수 있는 것처럼 말했다. 듣기에 따라서는 휴양지에 얼마간 머물다 오라고 권하는 것 같기도 했다. 그렇지만 완전하고 영구적인 봉쇄를 제안하고 장담한 것은 그였다. 그는 한정효를 완전하고 영구적으로 격리하려 했다. 자기에게 선택권이 없다는 걸 감지하기도 했거니와 그때 이미 이 세상 일과 자기 운명에 대한 흥미를 잃어 가고 있던 한정효는 수도사들과 함께 세상에 대한 관심을 끊고 사는 것도 나쁘지 않다고 생각했다. 한정효의 부하는, 되도록 빨리 모시겠습니다, 식사를 잘하시고 건강을 지키시기 바랍니다, 하고 인사했다. 한정효는 자기 부하를 믿지 않았지만 그날부터 음식을 먹기 시작했다.

기도원이나 수도원은 많았지만 천산 공동체처럼 세상을 철저하게 부정하고, 자신들의 세를 늘리거나 교리를 전파하려는 욕망도 없이 완전히 은둔해서 살아가는 공동체는 많지 않았다. 산이 험하고 꼭대기에 위치했으며 진입할 수 있는 곳이 한 군데뿐이라는 지리적 조건도 선택의 이유가 되었다. 공동체 내에 거주하는 사람들이 지나치게 많다는 것이 문제였는데, 그 문제는 절반 이상을 솎아 내는 것으로 해결했다.

한정효의 성경책은 헬기 안에서 그의 부하였던 부장에 의해 전해졌다. 성경책을 받으며 한정효는, 위험한 물건을 주는군, 하고 웃지도 않고 말했다. 부장은 못 들은 체했다. 그는 선글라스로 눈을 가렸다. 한때 상관이었던 한정효를 똑바로 쳐다볼 수 없었기 때문에 그는 선글라스를 썼다. 선글라스 속에서 자기를 똑바로 쳐다보는 부장의 눈을 한정효는 보지 않았다. 그는 헬기에 올라탈 때부터 내릴 때까지 조용히 눈을 감고 있었다. 그는 무덤덤해 보였고, 그의 무덤덤함이 자신의 권위와 영향력을 인정하지 않는 것처럼 여겨졌기 때문에 부장은 좀 언짢았다. 떳떳하지는 않았지만 그래도 조금은 자기를 인정해 주면 뿌듯할 것 같은 심정이었다. 부장은 유배를 떠나는 죄인이 자기를 어디로 데리고 가느냐고 물을 경우를 대비해서 해 줄 말을 준비해 두었다. 공동체의 이름은 말할 것이다. 위치는 말하지 않을 것이다. 공동체의 성격에 대해서는 조금 알려 줄 것이다. 그러나 이곳을 선택한 이유나 배경은 알리지 않을 것이다. 기한에 대해서도 말하지 않을 것이다. 언제까지 있게 될지 궁금해한다면 희망을 가질 수도 절망에 빠질 수도 없게 교묘한 수사를 구사할 것이다. 예우는 할 것이다. 그렇지만 그와 동시에 현재의 처지를 분명히 인식하게 할 것이다……. 그는 헛수고를 했다. 그의 상관이었던 사람은 아무것도 묻지 않았다. 심지어 그를 쳐다보지도 않았다. 무시하는 것인지 긴장을 감추려고 애쓰는 것인지 분간하기가 어려웠다. 부장은 준비해 온 것을 쓸 수 없어서 아쉽긴 했지만 한편으로는 불편한 대화를 이어 가지 않아도 되어서 다행이라고 안위했다. "조금도 불편하지 않게, 편안히 지내시도록 조치하겠습니다." 헬기에서 내리기 직전에 부장이 그 한마디를 했다. 한정효는 힐끗 쳐다보았을 뿐 대꾸하지 않았다. 자기 말을 믿을 리 없다는 것을, 말은 하지 않았지만 부장은 잘 알고 있었다. 잘 알지만 모르는 양했다. 세상이 아직 깨어나지 않은 새벽에 한정효는 손에 성경책 한 권을 든 채 천산 꼭대기에 내렸다.

조금도 불편하지 않게, 편안히 모시겠다는 말을 한정효에게 다시 한 사람은 장이었다. 그는 불편하지 않게 모시겠다고 말하라는 지시를 받았고, 일거수일투족을 감시하고 보고하라는 지시를 받았다. 그는 지시대로 했다. 철저히 지켰고 감시했고 보고했다. 그러나 편안히 모시지는 않았다. 그럴 생각이 애초부터 없었기 때문이 아니라 그럴 기회가 없었기 때문이다. "아무것도 요구하지 않았어. 뭘 해 주고 싶어도 해 줄 게 없었어." 불편하지 않게 잘 모셨느냐는 원장의 질문에 노인이 한 대답이었다. 노인은 그가 천산 공동체 형제들과 똑같이 생활했다고 말했다. 조금도 다르지 않았어, 새벽부터 밤까지 기도하고 노동하고 성경 읽고, 거기 살던 사람들하고 똑같았어, 어느 순간부터는 그 사람들보다 더 그 사람들 같았지, 하고 덧붙였다.

조금도 불편하지 않게, 편안히 모신 사람은 없었지만, 어쩌면 그랬기 때문에 그는 조금도 불편하지 않게, 편안히 잘 지냈다. 그것은 그가 죄수가 아니라 수도사로 살았기 때문이었다. 보낸 사람은 감옥으로 보냈지만 그는 수도원에서 살았다. 보낸 사람은 수도원을 감옥으로 만들려고 했지만, 그는 감옥을 수도원으로 만들었다. 죄수로 살면 수도원도 감옥이 되고 수도사로 살면 감옥도 수도원이 되는 이치를 그는 몸으로 증명했다. "그 양반, 진짜 수도사였어." 장은 얕은 기침 끝에 단언하듯 말했다. 그다음에 어떻게 됐느냐고 성질 급한 원장이 다시 물었다. 노인은 원장의 재촉을 무시하고, 그 양반이 진짜 수도사였다는 말을 몇 번 되풀이했다. 과거의 시간 속으로 들어가 있는 것 같은 얼굴이었고 심각한 고백을 하는 것 같은 목소리였다. 그 양반이 거기서 언제까지 있었느냐고 다시 물었지만 노인은 이번에도 원장을 무시하고 자신의 말을 이어 갔다. "그 양반은 자기가 왜 거기 와 있는지 잘 알았고 내가 왜 거기 있는지도 잘 알았어. 잘 모시는 게 아니라 밖으로 나가지 못하게 막는 게 내 일이라는 걸, 돌보기 위해서가 아

니라 감시하기 위해 주변을 빙빙 돈다는 걸 모를 리 없었
지. 그런데 뭐, 나가겠다고 해야 막지. 내가 수행한 임무 가
운데 그것처럼 지루하고 맥 빠지는 것은 없었어. 못 나가
게 막는 대신 어디로든 억지로 내보내고 싶더라니까. 한번
은 그 양반이 그러더군. 내가 아니라 자네들이 나 때문에
감옥살이를 하는구먼. 맞는 말이었어. 우리가 그 양반을
지키는 것이 아니라 그 양반이 우리를 지키는 것 같았다
니까. 그 사람은 자유로운데 우리는 자유롭지 않았으니까.
세상 소식이 궁금하지 않을까 싶어 일주일치 신문을 들고
간 적이 있는데, 곁눈도 주지 않는 거야. 답답하지 않으냐
고 물었지. 자네가 답답해 보이는구먼, 나는 여기가 좋네,
하는 거야. 꾸며서 하는 말 같지 않았어. 그 말을 듣는데
문득 그 양반처럼 사는 것도 괜찮은 게 아니라 그 양반처
럼 사는 게 진짜로 사는 게 아닐까, 하는 생각이 들더구먼.
물론 잠깐이었지만. 뭐라고 할까, 이상하게 전염되는 느낌?
모르지. 조금 더 있었으면 나도 그 양반의 형제가 되었을
지." 노인은 웃음을 지으려고 했으나 그의 입에서 터져 나
온 것은 기침이었다. 바람 빠지는 것 같은 숨소리가 크르렁
거리는 기침 소리에 섞였다. 차동연이 휴지를 건넸다. 노인
은 너무 긴 시간 많은 말을 하고 있었다. 그만 쉬게 해 줘
야 한다고 생각하면서도 교회사 강사는 그 순간 불쑥 일
어서는 어떤 예감을 그냥 주저앉힐 수 없었기 때문에, 노

인의 기침이 잦아들기를 기다렸다가 한 가지 질문을 더했다. "그러니까 수도원 지하 벽에 가득 적힌 그 성경 구절들이 그분 작품이로군요." 장은 휴지로 입가를 닦으면서 고개를 저었다. 차동연은 빠르고 단호한 노인의 반응이 약간 실망스러웠다. 그분 작품이 아니라는 뜻이냐고 차동연이 물었다. 노인은, 그 양반이 아니라는 게 아니라 그 양반인지 아닌지 모른다는 뜻이라고 대답했다. 그분일 수도 있다는 뜻인가요, 하는 물음이 교회사 강사의 입에서 나왔다. "그럴 수도 있겠지. 그렇지 않을 수도 있고. 어느 날부터 나는……." 기침이 터져 나와 그의 말을 삼켰다. 그의 목구멍에서 쇠를 긁는 듯한 소리가 났다. 몸이 심하게 위아래로 흔들렸다. 그는 기침이 나오면 중단했다가 기침이 잦아들면 말을 이었다. 그 때문에 문장이 툭툭 부러졌다. 그만 이야기하라고 요구한 쪽은 오히려 차동연이었다. 그런데도 노인은 이야기를 하지 않으면 안 된다는 듯 필사적으로 말을 이어 갔다.

특별한 일이 일어나지 않았을 뿐 아니라 자기가 한정효와 헤브론 사람들에게 미안하고 못할 짓을 하고 있다는 생각이 들었기 때문에, 장은 어느 날부터인가 수도원 안으로 들어가는 일을 자제했다. 상부에 보고해야 하는 의무가 느슨해진 탓도 있었다. 하루에 여러 번 무선으로 반드시 해야 했던 보고는 어느 시점부터 형식적인 서면 보고로 대체 되었다. 보고서는 보급 차량을 통해 며칠에 한 번씩 상부로 배달되었다. 천산은 완전히 잊히진 않았지만 긴급하거나 위험하지는 않은 것으로 분류되었다. 도시에서는 더 긴급하게 대처하고 조치해야 할 일들이 계속 일어났다. 대학생들이 시위를 하고 재야인사들이 성명서를 발표했다. 계속해서 계엄령이 선포되고 무장한 군인들이 대학가에 진을 쳤다. 믿을 수 없고 믿고 싶지 않은 소문이 공기 속에 떠돌아다녔고, 그것들은 유언비어라는 이름으로 묶여 금지되었다. 바람은 매운 공기를 실어 날랐고, 사람들은 입을 굳게 다물고 걸었다.

얼마 후 장은 그곳을 떠났다. 초소를 지키는 임무는 인근 부대로 옮겨졌다. 초소 근무자들은 여전히 할 일이 없었지만 초소는 그 후로도 한참 더 그 자리에 있었다. 그들은 보초를 서고 울타리를 순찰하고 낮잠을 자고 라디오를 듣고 잡지를 뒤적이고 지루해하고 휴가를 가고 전역을 했다.

장이 그곳에서 보낸 기간은 1년 9개월이었다.

6

그러면 천산의 벽서는 누구에 의해 언제 만들어졌을까? 그리고 어떤 목적으로? 누가 그 일을 했는지 모른다는 노인의 진술을 의심할 이유는 없어 보인다. 변절한 측근의 입을 막기 위해 최고 권력자가 수도사들의 거처인 헤브론 성을 감옥으로 만들었다는 믿기 힘든 이야기는 거기 세워진 초소의 존재로 인해 믿지 않을 수 없는 것이 되었다. 그 이야기를 의심하지 않는다면 다른 것도 의심하지 않아야 한다. 세상에는 믿기 힘든 이야기가 믿기 쉬운 이야기보다 더 많은 것은 아니지만, 알려지지 않은 이야기가 알려진 이야기보다 훨씬 많긴 하다.

일반적으로 알려지지 않은 이야기를 알고 있는 사람은 계속 알리지 않으려고 하고,(왜냐하면 알려지지 않은 이야기를 알고 있는 사람으로서의 자부심을 버리고 싶지 않으니까.) 또 알리려고 한다.(왜냐하면 그래야 알려지지 않은 이야기를 알고 있는 사람으로서의 자부심을 확인할 수 있으니까.) 장은 알려지지 않은 이야기를 알고 있는 사람이었다. 그는 평생에 걸쳐 알리지 않으려 했던 그 이야기를 이제 알리려고 한다. 사실 처음 만남도 그랬지만, 두 번째 만남도 그가 원해서 이루어졌다. 차동연은 자기가 취재를 하고 있다고 생각했기 때문에 만남을 요구한 사람이 자기인 것 같은 착각을 가끔 했지만 그것은 사실이 아니었다. 엄밀히 말하면 차동연은 장이 알려지지 않은 이야기를 알고 있다는 사실을 알지 못했다. 두 번 모두 만나자고 연락해 온 사람은 요양원에 누워 죽을 날만 기다리는 군인 출신의 늙은 장이었다. 장에게 자부심에 대한 인식이 있었다고 단언할 수는 없다. 예컨대 그가 그동안 알리지 않았고 아마 알리지 않으려 했을 이야기를 적극적으로 알리려는 동기가 자부심을 확인하려는 것과 관계있다고 생각되지는 않는다. 다른 동기를 유추해 볼 수 있는데, 죽음을 앞둔 그의 형편을 감안하면 자부심의 확인이 아니라 죄책감에 대한 부담이 동기로 작용했을 가능성이 더 높다, 라고 차동연은 생각했다. 그렇다면 차동연은 노인이 자기 이야기를 들어 줄 상대로 택한 사람이라고 할 수 있고, 사실이 그렇다면 정말로 도움을 받고 있는 사람이 누구인지 쉽게 말하기 어려워진다. 차동연은 알고 싶은 것이 있었고 노인은 말하고 싶은 것이 있었다. 물론 차동연이 알고 싶은 것과 노인이 말하고 싶은 것은 같지 않았다. 그러나 차동연은 자기가 알고 싶은 것을 알기 위해 노인의 이야기를 들어 줘야 했고, 노인은 자기가 하고 싶은 이야기를 하기 위해 차동연이 알고 싶은 것을 알려 줘야 했다. 차동연은 천산의 벽서에 대해 묻고 장은 한 인물의 삶과 운명에 대해 이야기했다. 차동연이 알고 싶은 것은 천산 공동체의 벽서였다. 장이 말하고 싶어 한 것은 한 개인의 특별한 삶 속에 얼룩진 역사였다. 혹은 역사 속에 얼룩진 한 개인의 특별한 삶이었다. 그것들은 한 이야기 속에 들어 있는 다른 결들이었다.

두 번째 만났을 때 장의 몸 상태는 처음과 다르지 않았다. 얼굴은 여전히 창백했지만 전에 비해 매끈해 보였다. 아침에 세수와 면도를 했다고 간병인이 말했다. 장이 그렇게 해 달라고 요구했다는 것이다. 그 영향이 없지 않겠지만 꼭 그 때문만은 아닌 것 같다고 차동연은 생각했다. 자기를 바라보는 눈빛에 희미한 온기가 담겨 있는 걸 느꼈기 때문이었다. 장은 몸의 아픔과 불편을 참아 가며 이야기를 이어 가려 했다. 특수 임무를 수행하는 군인처럼 필사적으로 이야기를 하려 한다는 인상까지 풍겼다.

노인과 대면한 교회사 강사는 이런 생각을 했다. 그는

수도원 지하 벽의 글씨들을 누가 썼는지 모른다고 했다. 누가 썼는지 모른다면 언제 썼는지 모를 가능성도 높다. 그렇지만 이 사람을 통해 정답에 다가갈 단서를 찾을 수 있지 않을까? 답은 아니더라도 답을 푸는 과정을 이 목격자에게 기대할 수 있지 않을까? 만일 장이 초소 책임자로 있는 동안 수도원에서 그 글씨들을 보았다면 그 글씨들은 한정효가 그곳에 오기 전에 쓰인 것이므로 그와는 상관없는 것이 된다. 수도원 공동체 형제들에 의해서 비교적 이른 시기, 적어도 초소가 만들어진 1972년 이전에 만들어졌다고 보아야 할 것이다. 반대로 장이 그곳에서 근무하던 시기에 벽서를 보지 못했다면, 그것은 그 이후에 만들어졌다는 뜻이고, 그가 초소에서 근무한 기간이 1년 9개월이니까 벽서의 제작 연대는 자연히 1974년 이후가 되고, 한정효가 참여했을 가능성을 배제할 수 없어진다. 장이 떠난 이후에도 한정효는 그곳에 머물렀을 테니까. 물론 이런 정도의 정황 증거만 가지고 곧바로 한정효가 수도원 지하 벽에 성경을 필사한 인물이라고 단정할 수는 없다. 그때 이후라는 것 말고 제작 시기를 정확히 추정하는 것도 무리다.

"그 당시에는 못 봤어. 벽에 글씨 같은 건 없었어." 차동연이 막연히 예상한 대로 장은 벽서를 보지 못했다. 그는 수도원 사람들이 노트에 성경을 필사하긴 했지만 벽에다 하지는 않았다는 사실을 기억해 냈다. 그렇다면 벽서 제작은 장이 초소를 떠난 1974년 이후에 이루어졌을 테고, 한정효가 참여했을 가능성도 높아진다. 범위를 좁히긴 했지만 좁힌 범위도 너무 넓었다.

그가 염두에 두지 않은 것이 있었다. 그는 자기가 관심을 가진 벽서라는 결을 따라 이야기에 접근했으므로 노인이 "그 당시에는" 못 봤다고 한정해서 말하는 것에 주목하지 못했다. 그렇다. 노인은 자기 이야기를 아직 끝낸 것이 아니었다. 그가 알고 있는, 알려지지 않은 이야기는 그것 말고도 더 있었다. 아직 하지 않은 그 이야기야말로 교회사 강사에게 처음 전화를 걸었을 때 그가 하려고 마음먹었던 내용이었다. 교회사 강사를 다시 부른 것도 그 때문이었다. 그는 죽음을 예감하고 있었고, 죽기 전에 떨어내버릴 이야기를 가지고 있었다. 그는 자기가 아직 죽지 않은 것은 아직 그 이야기를 하지 않았기 때문인지 모른다는 생각을 했다. 자주 숨이 막혔다. 뭉쳐 있는 이야기가 억압한다는 걸 그는 알았다. 이야기를 떨어내야 한다고, 뭉친 이야기의 억압하는 에너지에 눌려 파리해진 그의 영혼은 속에서 외쳤다. 그러니까 뭉친 이야기를 떨어내지 않으면 죽을 것 같았고, 죽을 수도 없을 것 같았다. 죽을 것 같은 상태는 괜찮지만(왜냐하면 그는 언젠가부터 죽음을 간절히 바랐으니까.) 죽을 수도 없을 것 같은 상태는 괜찮지 않았다.(왜냐하면 그는 어쩔 수 없어서 사는 걸 원하지 않았으니까.) 이야기를 통해서만 떨어낼 수 있는 것이 이야기였다. 그는 이야기를 떨어내기 위해 이야기를 해야 했다. 그러나 아무 데서나 떨어낼 수는 없었는데, 그것은 상대에 맞는 이야기가 있는 것처럼 이야기에 맞는 상대가 있기 때문이었다. 그가 재생 요양원 원장에게 언뜻 이야기를 꺼냈다가 곧 그만둔 것은 적절하지 않은 대상을 선택한 자신의 조바심을 후회했기 때문이었다. 그런 점에서 교회사 강사야말로 적임자라고 할 수 있었다. 재생 요양원 원장이 신문에 실린 기사를 읽어 주었을 때 그는 알았다. 이제 뭉친 이야기를 떨어낼 수 있게 되었다는 걸. 이제 죽을 수 있게 되었다는 걸.

노인은 눈을 감았다가 뜨고, 그 당시에는 보지 못했어, 나중에 봤지, 한참 후에, 하고 말했다. 나중에요? 교회사 강사가 고개를 갸웃하고 물었다. "나중에. 한 6년쯤 지난 후에 거길 다시 갔거든." 노인의 목소리는 회상에 잠겨 들었다. 그가 입을 움직일 때마다 깊이 파인 볼우물이 실룩거렸다.

천산에 초소가 세워지고 약 8년이 지난 후에, 그러니까 지금으로부터 30년쯤 전에, 이 나라를 20년 동안 통치해 온 장군 출신 대통령이 안가에서 측근의 총을 맞고 사망한 후 저돌적이고 야욕에 사로잡힌 또 다른 장군이 20년 전의 장군과 똑같은 방법으로 역사의 전면에 등장했다. 20

년 전의 장군처럼 그도 과감하고 민첩하게 권력을 잡아 나갔다. 모든 정치 활동을 중지시키고 시위를 차단하고 언론을 통제했다.

그때 장은 전방의 연대 지휘관으로 있었는데, 혼란기에 새로 부상한 권력의 핵심부에 있던 한 장군의 호출을 받고 8년 전의 활동에 대한 보고를 해야 했다. 천산을 떠난 후 줄곧 전방 부대를 지휘해 온 터라 묵은 기억을 끌어내는 일이 새삼스럽고 의아했다. 전투부대 지휘관으로서의 역할에 충실하느라 천산에서의 일을 잊고 지내 온 그였다. 알다시피 혼란스럽고 위급한 때요, 20년 전 그때처럼, 하고 장군이 말문을 열었다. 아주 작은 불씨도 간과해선 안 되는 시기요, 하고 장군은 말을 이어 갔다. 왜냐하면 혼란하고 위급하니까, 하고 장군은 처음 말을 되풀이했다. 그가 단순하기 짝이 없는 순환 어법을 구사한 것은 혼란과 위급함을 강조하기 위해서였고, 혼란과 위급함을 강조한 것은 그가 하려고 하는 말에 설득력을 더하기 위해서였다. "사회를 어지럽히려는 세력들이 호시탐탐 기회를 노리고 있어요. 아주 작은 틈만 보여도 비집고 나오려고 해. 그런 작자들은 어느 시대에나 있지. 여의치 않을 때는 웅크리고 있다가 기회다 싶으면 화라락…… 그러니까 아주 작은 틈도 보이면 안 돼요. 아주 작은 틈은 물론, 틈이 벌어질 여지가 있는 데는 샅샅이 찾아서 메워야 한다고. 어떤 게 불씨가 될지 몰라요. 어떤 불씨가 집을 태울지 몰라요. 그러니까 방심하면 안 되지. 그러니까……" 도대체 장군은 무슨 이야기를 하려고 같은 자리를 뱅뱅 도는 것일까. 장은, 핵심을 말하세요, 핵심을, 하고 소리치고 싶은 걸 참았다. 그의 속생각을 읽었는지 장군이 핵심에 접근해 갔다. 그래서 혹시라도 불씨가 될지 모르는 요인들을 샅샅이 찾아내어 제거하는 중인데, 그 과정에서 8년 전에 장군의 그림자이기를 그만두고 세상에서 모습을 감춘 한정효의 존재가 부각되었다고 했다. 말하자면 한정효는 8년 만에 방심하면 안 되는 아주 작은 불씨가 되어 있었다. 수도원을 감옥으로 바꾸는 그 은밀한 임무의 책임자였던 장이 호출된 것은 그 때문이었다.

장은 천산에서 보낸 1년 9개월에 대해 기억나는 대로 이야기했다. 자기가 천산을 떠날 때 한정효는 철저하게 수도사로 살고 있었으며 전혀 위험한 사람이 아니었다고, 모르긴 해도 세상으로 돌아올 생각 같은 걸 하고 있지 않을 거라고, 아마 그때보다 훨씬 철저한 수도사가 되어 있을 거라고 생각한다는 그의 의견은 장군의 마음에 들지 않았다. 그곳을 떠난 지 얼마나 되었습니까, 하고 장군이 담배 연기를 내뿜으며 물었다. 실처럼 가느다란 담배 연기 몇 올이 자신의 얼굴에 달라붙는 느낌이 싫었지만 장은 내색하지 않고 6년쯤 된 것 같다고 대답했다. 그렇다면 그건 6년 전 의견이겠군요, 6년 전 정보를 가지고 작전을 세웁니까, 하고 질문함으로써 장군은 장이 내세운 의견의 근거를 단숨에 무너뜨렸다. 자존심이 상한 장은, 시간이 흘렀지만 그때나 지금이나 마찬가지일 거라고, 장담할 수 있다고 말해 버렸다. 말해 놓고는 장담할 수 있다는 말까지 할 필요는 없었다는 후회와 함께 불필요한 승부욕으로 무리수를 두고 있다는 생각이 들었지만 내뱉은 말을 거둬들일 수가 없었다. 오기와 자격지심으로 붉어진 자기 얼굴을 장군이 눈치채지 못하기만 바랄 뿐이었다. 장군은, 대령이 6년 전에 올린 보고서들은 검토했어요, 현재 상태도 물론 파악했고, 하며, 반도 피우지 않은 담배를 재떨이에 비벼 껐는데, 그 순간 장은, 상대를 무시하는 것 같은 장군의 말투 때문에 더 그랬겠지만, 자기가 그 담배처럼 짓이겨지는 기분이 들어 몹시 불편했다. 그는 6년 전의 정보만 가지고 있지만 장군은 6년 전의 정보와 지금의 정보를 같이 가지고 있었다. 그 사실을 은근히 과시함으로써 장군이 자기를 굴복시키려 한다고 장은 생각했다. 그를 불편하게 한 것이 한 가지 더 있었다. 장군은 그를 '대령'이라고 호칭했다. 그는 대령이었고, 대령을 대령이라고 부르는 것은 장군을 장군이라고 부르는 것만큼 자연스러운 일이긴 하지만, 언제나 그런 것은 아니라고 그는 생각했다. 그는 적어도 장군이 굳이 자기를 그렇게 부를 (평범한) 이유가 없으며, 그런데도 장군이 굳이 그렇게 부른 것은 그럴 (평범하지 않은) 이유를 찾았기 때문이라고 그는 생각했다.

장의 생각이나 기분에 관심이 있을 리 없는 장군은 무언가 불쾌한 일이 있는 사람처럼 미간을 찡그렸다. "뭐, 현재로서는 무슨 일이 일어난 건 아니고. 그 양반이 나서서 무슨 일을 벌일 것 같지는 않아요. 하지만 그러지 말라는 법은 없지. 사람 일을 누가 알겠어? 공식적으로는 외국에 나가 살고 있는 걸로 되어 있는 그 양반의 신상이 알려지는 날에 무슨 일이 벌어질지 생각해 봐요. 누군가 나서서 그 양반을 부추기지 않으리란 보장 있어요? 요새같이 불확실한 시국에 그 양반이 누군가의 장단에 맞춰 춤을 추지 않으리라고 장담할 수 있어요? 그 양반이 폭로, 고발, 양심선언이라도 하면 어떻게 되겠어요? 아니, 그 양반이 아무것도 안 하고 가만히 있기만 해도 상징적 존재가 될 가능성이 있지 않겠어요? 시국이 그렇잖아요, 시국이. 상상력을 발휘해 봐요. 일어나지 않은 일들은 언제든 일어날 수 있어요. 어떤 요인에 의해 어떤 일이 일어날지 알 수 없어요. 변수가 너무 많은 세상이에요. 99퍼센트의 가능성에도 불구하고 아무 일도 일어나지 않는가 하면 1퍼센트의 가능성이 일을 성사시키기도 하잖아요. 1퍼센트나 99퍼센트나 뭐가 달라요? 그럴 사람이 아니다? 그걸 어떻게 장담해요? 사람 속을 누가 알아요? 사람은 아무리 거룩해져도 어쩔 수 없이 속물이지. 매일 기도한다고 화장실 가서 똥 안 누고 살 수 있어요? 내 말의 요지는, 무슨 일이 벌어질지 아무도 모른다, 벌어지지 않은 일에 대해 섣부른 단정을 하지 말자, 그거예요. 그 양반이 원하든 원하지 않든, 불씨가 될 수 있다, 그 말이에요. 불씨는 자기가 불씨라는 걸 모른 채 불씨가 되는 거고, 어디로 튈지 모르는 거고. 그러니까 누구도 믿으면 안 돼요. 무슨 일이 벌어진 다음에 조치하면 항상 늦지 않아요? 무슨 일이 벌어지기 전에 대처하고 처리하는 게 가장 현명한 거 아니에요? 무슨 말인지 알겠어요?" 장군은 불을 붙이지 않은 담배를 이로 씹으며 눈을 위로 치켜떴는데, 그때 장은 장군의 이 사이에서 자근자근 씹히는 것이 자기 자신인 것 같은 생각이 들었고, 특히 무슨 말인지 알겠느냐며 눈을 치켜뜰 때는 조롱하는 것 같아 몹시 언짢았다.

장군에 대한 장의 반응이 지나치게 예민하고 이해할 수 없는 면이 있는 것은 사실이다. 이를테면 단순히 정보를 교환하고 대책을 강구하는 수준의 대화를 유지할 수 있었는데도 굳이 대립각을 세우고 미묘한 심리전으로 끌고 간 것은, 그 혼자 그 책임을 져야 한다는 것은 아니지만, 상대에 대한 장의 부정적인 선입견이 작용한 결과라고 볼 수 있다. 몇 가지 객관적인 사실이 이 견해를 지지한다. 첫째, 장군은 준장이고 장은 대령이다. 둘째, 장군은 장보다 나이가 두 살 아래인데도 장보다 먼저 별을 달았다. 장은 그것을 장군이 적극적으로 맺고 있는 인맥의 힘이라고 생각하며 속으로 질투해 왔다. 셋째, 장과는 달리 장군은 아주 짧은 중대장 시절을 제외하고는 전투부대의 지휘관을 전혀 거치지 않았는데, 그것은 장이 경멸하는 부분이었다. 넷째, 장군은 집권자의 갑작스러운 유고로 공백이 된 권력을 향해 하이에나처럼 달려든 일련의 군인들에 재빠르게 합류했는데, 장은 그 역시 옳다고 생각하지 않았다. 다섯째, 그런데 보라. 지금 장군은 의자에 비스듬히 앉아 있고 장은 그 앞에 똑바로 서 있다. 장군은 담배를 비벼 끄거나 연기를 내뿜고 장은 장군이 내뿜는 담배 연기를 고스란히 맡으며 견디고 있다. 장군은 가끔 반말을 섞고 '대령'이라고 호칭하고 힐난하는 듯한 어투를 사용하지만 장은 시종, 어쨌든 겉으로는 공손하게 존칭어를 사용하고 있다.

뼛속까지 군인이었기 때문에 장은 그 수치스러운 구도를 감내했지만, 뼛속까지 군인이었음에도 장은 그 구도가 못마땅했다. 못마땅해하면서 감내하고 있다는 걸 그는 장군과 무엇보다 자기 자신에게 알리고 싶었다. 고작 그 정도냐고 할 수도 있고 그렇게까지 할 필요가 있느냐고 할 수도 있다. 상반된 그 두 의견이 그의 내부에서 일어났다. 그는 고작 그 정도냐고 물었다가 그렇게까지 할 필요가 있느냐고 바꿔 물었다. 고작 그 정도밖에 표현 못 하는 자신이 비겁하고 결국 그렇게까지 표현하고 만 자신이 옹졸해 보였다. 그러니까 그는 어느 쪽도 지지할 수 없었고 어느 쪽으로부터도 만족을 얻을 수 없었다. 지지할 수도 없고 만족할 수도 없는 두 질문 사이를 오가는 사이에 그의 정신은 피곤에 빠졌고, 마침내 아무 말도 더 하고 싶지 않아졌다.

장군은 그의 기분을 헤아릴 아량도, 그의 말을 들어 줄 의향도 없었으므로 애초 의도대로 임무를 하달했다. 의견을 듣지만 반영하지는 않는다. 그것은 장군이 장을 모욕하는 또 다른 방법이었다. 반영하기 위해 의견을 듣는 것이 아니다. 지시하기 전에 그저 의견을 물을 뿐이다. 그저 말할 수 있다는 게 윗사람의 특권이고, 그저 하는 윗사람의 말을 그저 들을 수밖에 없다는 것이 아랫사람의 난처함이다. 장군은 추진 중인 사회 정화 운동에 대해 설명했다. 사회 정화 운동을 대대적으로 벌여 각 분야에 만연한 부정부패를 척결하고 사회의 안정과 국민들의 안전을 도모하겠다고 했다. 장은 사회악 일소, 폭력범과 사회 풍토 문란 사범 소탕, 삼청교육대의 창설이라는 무시무시한 말에 이어서 범죄자들이 산속 사찰이나 기도원 같은 종교 시설에 은신하고 있는데 이들을 발본색원하겠다는 더 무시무시한 말을 들었다.

"천산은 특별히 대령이 맡으시오." 장군은 반도 피우지 않은 담배를 탁자 위에 눌러서 껐다.

7

……뭐라고 할까, 세상의 조건과 질서로부터 완전히 벗어난 것 같은 그의 얼굴에서 나는 '저 너머'를 보았어. 그는 전혀 다른 사람이었어. 얼굴은 하얗고 눈빛은 고요하고 걸음걸이는 반듯했어. 내 속으로 서서히 번지는, 이유를 알 수 없는 안도감이 내가 그에게 기대한 것이 그런 모습이었다는 걸 깨닫게 했어. 다른 모습이었으면 실망했을 것 같다는 생각이 다 들었지.

고약한 것은 '저 너머'를 살고 있는 그 양반에게, 내가, 이 세상의 조건과 질서에 대해 말해야 한다는 거였어. 그것은 좀 난감하고 잔인하고 한심한 일처럼 여겨졌어. 무슨 일이 벌어지려고 하는지 알리고 그를 구출하는 것이 중요하고 시급한 일이라고 판단해서 정신없이 달려갔는데, 막상 그를 보자 무엇이 중요하고 시급한지 알 수 없어져 버렸어. 내가 생각하는 중요하고 시급한 일이 그에게는 중요하지도 시급하지도 않은 일일 수 있다는 사실을 인정하지 않을 수 없었지. 하지만 나는 정신을 가다듬었어. 나는 그가 아니고, 세상은 '저 너머'가 아니니까 중요하고 시급한 것을 무시할 수 없다고 말이야.

그의 거처는 ㄹ 자를 두 개 이어 붙인 것 같은 수도원 건물 지하에 있었어. 두 평이나 될까. 혼자 지내기에도 좁게 느껴졌어. 지하는 어둡고 서늘했어. 오래전, 초소에서 근무할 때는 지하에 들어가 본 기억이 없어. 그것은 그 양반이 늘 지상에만 있었기 때문이지. 왜 방이 지하에 있느냐고 물었더니 자기가 맡은 일이 형제들이 편히 잠들도록 돕는 거라고 하는 거야. 무슨 뜻인지 몰라 의아해하며 눈을 치켜뜨자 그 양반, 나로서는 알 수 없는 표정을 지으며 그러더군. 이 지상에서의 삶이 다하면 형제들의 육신이 여기로 내려와요. 여기서 주님 오실 시간을 기다려요. 주님이 오시면 여기 누운 형제들이 먼저 일어나 주님을 맞이할 거예요. 맞아요. 이 방들은 형제들의 침실이에요. 형제들을 위해 방을 만들고 꾸미고 지키는 것이 내 일이에요. 나에게 딱 맞는 일이지요.

방들을 만들고 꾸민다는 게 무슨 뜻인지 물어볼 필요는 없었어. 맞아, 그때 그 방에서 벽에 쓰인 글씨들을 보았던 것 같아. 벽에 뭔가 쓰여 있었지. 그렇지만 글자들을 해독할 수는 없었어. 어둡기도 했지만, 그보다 그럴 여유가 없었다는 게 아마 더 정확할 거야. 물론 그게 성경을 옮겨 적은 문장이라는 것도 파악하지 못했지. 방 벽에 성경을 옮겨 적는 것이 그 방-무덤을 꾸미는 그 양반의 일이라는 것도. 안에 급히 해야 할 말을 가지고 있는 사람은 다른 사람이나 주변에 관심을 기울이지 못하는 법이지. 귀를 기울이는 척하면서 할 말을 입에서 굴리고, 주변을 두리번거리면서도 아무것도 보지 않아. 나는 마음이 급했으니까 한 선생의 말을 주의 깊게 듣지 않았고, 들을 수 없었고, 주변을 주의 깊게 살피지도 못했어.

나는 바뀐 세상과 바뀔 세상에 대해 이야기했어. 그 양반은 바뀐 세상에 대해 무관심했고 바뀔 세상에 대해 무신경했어. 그 양반은 아직 땅 위에 있었지만 이미 하늘에 살고 있었어. 안타깝게도 선생님은 아직 땅 위에 있습니다, 하고 나는 말했지. 땅은 땅의 법칙이 지배한다고, 하늘에 대한 믿음을 지키기 위해서도 지혜로운 대처가 필요하다고, 지금은 일단 위험을 피하는 것이 지혜로운 일이라고, 되도록 빨리 몸을 피해야 한다고 말했어. 내 말대로 하지 않으면 무슨 봉변을 당할지 모른다고 했다가 더 직접적으로, 그러나 조금 조심스러운 어조로 목숨이 위태롭다고 덧붙였어. 하지만 그 양반은 당할지도 모르는 봉변과 위태로운 목숨에 대해 일관되게 무신경했어. 「마태복음」의 한 구절을 인용하는 것으로 대답을 대신했던 것 같아. 참새 두 마리가 한 앗사리온에 팔리지만 하늘의 아버지께서 허락하지 않으면 하나도 땅에 떨어지지 않는다던가. 하나님이 뜻하지 않으면 누구도 떨어뜨릴 수 없다는 뜻으로 들렸어. 하나님이 떨어뜨리면 떨어지겠다는 거겠지. 몸은 죽여도 영혼은 능히 죽이지 못하는 자들을 두려워하지 않는다고도 했어. 그 말을 받아 나는, 영혼은 죽이지 못해도 몸은 능히 죽일 수 있는 자들을 두려워해야 한다고 말했는데, 뭐라고 할까, 성자를 타락으로 몰아가는 유혹자 노릇을 하는 기분이라고 할까, 마음이 좀 시끄럽고 비참했지. 다행인지 불행인지 성자는 유혹에 넘어가지 않았어.

다른 성자들도 마찬가지였어. 헤브론성에 내 유혹에 넘어올 성자는 없는 것 같았어. 안전한 곳으로 피신시켜 줄 테니 쓸데없이 고집부리지 말고 내 말을 들으라고 사정했지만 아무도 귀 기울이지 않았어. 경탄과 한숨이 동시에 나왔어. 위대하지만 뭘 모르기도 하는 거잖아. 하긴 위대해지려면 뭘 몰라야 하겠지. 시시콜콜 알려고 해서야 어떻게 위대해지겠어. 답답하고 화가 났지. 사태의 심각함을 알리기 위해 나는, 이러고 있다간 다 죽어요, 하고 소리쳤어. 상관없었어. 그곳에서 주님을 기다릴 것이고, 주님보다 죽음이 먼저 오면 죽어서 그분을 뵐 거라고 했어. 굽힘이 없었지. 사태의 심각함을 이해하지 못해서 그러는 것이라면 이해할 때까지 더 설득하고 호소할 수 있었어. 그러나 사태의 심각함을 이해하지 못해서 그러는 게 아니었으므로 더 설득하고 호소할 수 없었어. 긴 세월 세상을 버리고 완전히 봉쇄된 수도원에서 살아온 그들에게는 다른 삶이 존재하지 않았어. 다른 삶을 가능성으로 상정해 본 적이 없는 사람들에게 유혹이 통할 리 없었지.

초조해진 나는 나이가 가장 많은 흰 수염의 형제를 독대하고 앉아 언제 무슨 일이 왜 일어나려고 하는지 자세히 설명했어. 마지막 방법이었어. 똑같이 형제라고 불리지만 그래도 그분의 영향력이 크다는 걸 지난번 경험을 통해 알았으니까 그분을 설득해 보기로 한 거지. 한 선생님은 물론이고 이 수도원의 모든 분들이 이유 없이 희생되기를 바랍니까? 그럴 이유가 없지 않습니까? 이 가혹한 임무가 나에게 주어졌습니다. 나는 이 일을 피하고 싶습니다. 잘 모를 테고 관심도 없겠지만 산 아래는 지금 보통 시끄러운 게 아닙니다. 다들 눈감고 입 닫고 삽니다. 사소한 이의 제기도 허용되지 않습니다. 이틀 후면 군인들이 천산에 들이닥칠 겁니다. 저는 죄짓고 싶지 않습니다. 제발 나를 위해서라도 내 말을 들어 주십시오…….

전보다 야위고 허리가 조금 구부러진 형제는 내 설명을 끝까지 들은 다음 잠시 얼굴을 찡그리고는 중얼거렸어. 혼잣말 같았는데 내 귀에 들렸어. 그 사람들, 그때나 지금이나…… . 오래전 일이 떠올랐어. 절반 이상의 수도사들을 이 핑계 저 구실을 붙여 강제로 쫓아냈지. 그 일은 그 형제가 부장과 두 시간 동안 밀담을 나눈 후에 일어났어. 마지못해 떠나가는 형제들이 도움을 요청하는데도 그 양반은 꿈쩍 않고 침묵으로 일관했어. 한 번도 눈을 뜨지 않고 형제들을 떠나보냈어. 속으로 울고 있었는지 모르지만 겉으로는 태연했어. 그의 태연한 침묵(속의 피로움)을 대부분의 형제들은 이해했으리라고 생각하지만 이해하지 못한 형제가 없었을 거라고 단정할 수는 없어. 나는 그 일의 실무자였지. 나는 잘 훈련된 군인이었으니까 아무것도 생각하지 않고 주어진 임무만 수행했어. 그때는 흰 수염을 기른 그 형제의 의아한 처사를 의아하게 생각하지 않았고, 할 필요가 없었고, 부장과의 사이에 어떤 대화가 오갔는지, 협박을 받았는지 협상을 했는지 궁금해하지도 않았어. 궁금증만큼 위험한 것도 없다고 세뇌되었으니까. 궁금증이 위험한 것은 무엇을 알게 되면 어떤 행동을 하라는 부추김에 시달리거나 어떤 행동을 하는 데 망설이게 되기 때문이지. 그걸 궁금증의 부작용이라고 할 수 있을까. 이 독자적이고 완고하고 폐쇄적인 '형제' 공동체가 형제가 아닌 외부인의 무례한 간섭을 수용한 것이 매우 부자연스럽다는 사실을 전에는 몰랐지만 이제 비로소 알게 된 나는 그때 그 형제와 부장이 나눈 밀담의 내용이 궁금해졌어. 부장은 어떻게 세상의 관심으로부터 떠나 '저 너머'를 살고 있는 이 단호하고 굽힘 없는 신념의 사람을 흔들었을까……. 그게 알고 싶었지.

그 사람들, 그때나 지금이나……. 이게 무슨 말일까. 그분은 분명 그때 일을 떠올리고 있었어. 그때 일어난 일이 지금 일어나고 있는 일과 같았던 거야. 나는 얼른 말을 잇지 못했어. 뭔가 떠오르는 게 있었지만 설마 하고 털어 버리려 했지. 그런데 그분이 내가 떠올리고 있는 것이 맞다고 수긍이라도 하듯 고개를 끄덕였어. 그 사람들과 어떻게 그렇게 똑같은지 놀라울 정도예요, 하면서는 혀를 차는 대신 가볍게 한숨을 쉬었는데, 나는 그 한숨에서 오래전 일에 대한 그의 은밀한 자책감, 애써 노출하지 않으려고 하지만 어쩔 수 없이 드러나는 회한 같은 것을 읽은 것 같았어. 같은 상황이 반복되지만 같은 행동을 되풀이하지는 않겠다는 결의 같은 것이 그 회한 속에 섞여 있는 것도 같았고. 그 결의 역시 은밀한 것이긴 했지만, 무엇 때문인지 나는 그가, 회한과는 달리, 자신의 결의가 밖으로 드러나기를 바라는 것 같다는 인상을 받았어. 내가 그런 걸 바라고 있어서 그랬는지 모르지. 아무튼 감정 따위는 깡그리 없애 버린 것 같은 늙은 수도사가 처음으로 보여 주는 그와 같은 동요가 여간 반갑지 않았어. 나는 그의 회한은 눈치채지 못하고 그의 결의는 눈치챈 것같이 보이기를 바라면서, 그때도 여기를 파괴하겠다고 했나요, 자발적으로 나가지 않으면 이곳을 공동묘지로 만들어 주겠다고 협박했나요, 하고 다그치듯 물었어. 침착하려고 애썼지만 어쩔 수 없이 목소리가 조금 떨려서 나왔을 거야. 형제는 말없이 고개를 끄덕였어. 그가 다시 입을 열 때까지 나는 한참을 기다려야 했어. 처음엔 우리더러 모두 산을 내려가라고 했어요. 군사 시설이 들어설 거라고. 우리는 여기 말고 갈 곳이 없는 사람들이라고 했지요. 세상을 버린 사람들에게 돌아갈 세상이 어디 있겠느냐고. 그러자 밖으로 나가는 길을 완전히 봉쇄할 텐데 죽을 때까지 여기서 한 발짝도 나가지 않고 죽은 사람처럼 조용히 살 수 있겠느냐고 물었어요. 우리는 세상에 대해서는 이미 죽은 사람들입니다, 라고 말했지요. 나중에는 수도사들 수가 너무 많다고, 절반을 내려보내라고, 그러면 소원대로 여기서 무덤에 묻힌 것처럼 살게 해 주겠다고, 그러지 않으면 당장 폭파해 버리겠다고 협박을 합디다. 어쩔 수 없이 원치 않는 많은 형제들을 세상으로 내보내야 했어요. 버리고 온 곳으로 그들을 다시 돌려보내다니…… 이제는 안 그럴 겁니다.

나는 부끄러움을 느꼈어. 궁금한 것을 궁금해하지 않았던(않으려 했던) 이유가 무엇인지 알 것 같은 심정이었거든. 불러내지는 죄책감, 감정의 혼란, 양심의 가책, 행동의 제약…… 그런 성가신 것들과 대면하지 않으려는 이기적인 동기 말이야. 자신의 비겁함을 똑바로 대면하지 않을 때만 군인은 용감해질 수 있는 거지. 그러니까 용감한 군인이 되기 위해서는 비겁해야 하고, 비겁함을 의식하지 않아야 하는 거지. 나는 또다시 비겁해지고 싶지 않았으므로 지금이야말로 비겁해져야 한다고 설득했어. 신념을 지키기 위해 신념에 반하는 행동을 할 수 있어야 한다고 주제넘은 충고를 다 했어. 그들이 곧 들이닥칠 것이다. 8년 전 그들보다 더 위험한 자들이다. 그 전에 몸을 피해야 한다. 시간이 없다……. 흰 수염의 형제는 나와 다르게 생각하고 있었어. 그는 8년 전에 산에서 떠나보낸 형제들을 생각하고 있었어. 나는 지금 수도원에 있는 형제들을 위해 비겁해지라고 권하고 있는데, 그는 산에서 형제들을 떠나보낸 8년 전처럼 비겁해지지는 않겠다고 다짐하고 있었어.

어쩔 수 없이, 그렇다면 한 선생만이라도 산에서 내려보내라고 권유했어. 그렇게라도 해야 한다고 했어. 내가 숨을 곳을 소개하고 안전하게 지키겠노라고 했어. 그러면 다 무사할 거라고. 그것이 이 상황에서 모두를 구할 수 있는 마지막 남은 방법이라고, 감정에 따라 결정할 일이 아니라고. 그 늙은 수도사는 말했어. 그건 그 형제의 문제입니다. 그 형제가 원하지 않는 한 나는 물론 우리 형제들 중 누구도 그를 내려보내지 않을 겁니다. 그러면 다 죽는데도요? 내가 윽박지르듯 물었어. 다 죽는데도. 형제가 또박또박 끊어서 말했어. 선언문을 읽는 것 같았지. 도저히 어떻게 해 볼 수가 없었어.

나는 급한 마음에 한 선생에게 차마 하지 못할 말을 했어. 당신이 이곳을 떠나면 당신 형제들은 산다. 이곳이 위험해진 것은 당신이 위험한 인물로 규정되었기 때문이다. 당신이 위험한 사람이 아니라는 걸 나는 안다. 그러나 일단 위험하다고 규정되면 위험하지 않은 것도 위험해진다. 위험하다는 선언이 위험한 상황을 만든다······. 그렇게 말할 때 나는 목적을 달성하기 위해 상대의 약점을 물고 늘어지는 비열한처럼 느껴졌지만 괘념치 않기로 했어. 그만큼 급박했어. 난, 어떻게든 잘못을 바꾸고 싶었어. 몇 년 전과 같은 엄청난 과오를 다시 범하고 싶지 않았어.

그는 듣기만 했어. 말을 하지 않았지만 마침내 나는 그가 심각하게 고민하기 시작했다는 걸 느낄 수 있었어. 나는 그가 고민하도록 그냥 놔두었어. 그런 경우에는 아무 말도 덧붙이지 않는 것이 최선이라는 걸 알았거든. 나는 내 죄책감을 피하기 위해 그의 죄책감을 이용했어. 그 전략은 성공했어. 한 시간가량 지하에 있는 자신의 좁고 어두운 방에 틀어박혀 혼자 시간을 보낸 후 마침내 그가 마음을 정했어. 아마 기도를 했을 거야. 그의 하나님이 그에게 어떤 음성을 들려주었는지는, 그가 밝히지 않았으니까,

알 수 없지. 그가 무거운 음성으로 말했어. 당신 말대로 하겠다. 나는 이곳을 떠날 테니 당신은 당신의 상관에게 내가 이곳에 없다는 걸 알려서 헤브론성과 형제들을 지켜라. 어찌나 마음을 졸였던지 그 말을 하는 그의 손을 덥석 잡고 싶은 심정이었어. 나는 안전한 곳으로 모시겠다고 했어. 그런데 그 양반이 고개를 젓는 거야. 그렇게 되면 당신까지 위험해져, 라고 말할 때는 10년의 시간을 훌쩍 뛰어넘어, 저 너머에서 이쪽으로 돌아온 것 같은 착각이 들었어. 수도사 형제에게서 받은 것과는 다른 어떤 권위 같은 것이 느껴져서 거역할 수 없었어.

한 선생은 형제들에게 인사도 하지 않고 바로 천산을 내려갔어. 나도 곧장 그곳을 떠났지. 내게 수도원을 정화하라는 지시를 내린 그 장군을 만나 한 선생이 수도원에 없다는 걸 말해야 했으니까. 수도원 작전을 수행할 이유가 없어졌다고 보고해야 했으니까. 나는, 죽었는지 떠났는지 모르지만 그가 천산 수도원에 없는 건 확실하다고 말했어. 6년이나 떨어져 있었던 사람이 그걸 어떻게 아느냐고 묻기에 믿을 만한 경로를 통해 얻은 정보라고 했어. 장군이 비웃는 것 같은 어투로 말하더군. 장 대령의 정보가 정확하지 않거나 장 대령이 정확하지 않거나 둘 중 하나예요. 작전은 바뀌지 않아요. 나는 말했어. 수도사들은 한곳에 뿌리내린 채 오랜 세월 움직이지 않고 말도 하지 않는 나무들 같다고. 그들에게는 발이 없다고. 입도 없다고. 그러니까 이 작전은 취소되어야 한다고. 나는 단순하거나 불순하다는 혐의를 받았어. 위험을 감지하지 못하거나 위험 자체라는. 작전은 바뀌지 않고 지휘관만 바뀌었어.

결국 비극을 막지 못했어. 새벽에 군인들이 천산에 들이닥쳤지. 수도원 형제들은 8년 전 그날과 마찬가지로 기도원에 모여 있었어. 8년 전과는 달리 대부분이 노인인 형제들은 지하로 끌려 들어갔어. 젊은 군인들은 그 속에서 한 선생을 찾지 않았어. 찾지 못한 것이 아니라 찾지 않았어. 찾을 생각을 하지 않았어. 찾았다면 찾지 못했겠지만, 그들은 찾아내라는 지시를 받지 않았던 거야. 그들은 한 선생이 누구인지도 몰랐어. 젊은 군인들은 자기들이 무슨 일을 하는지, 무엇을 위해 무슨 일을 하는지 모른 채, 알려고도 하지 않은 채 엄청난 일을 했어. 하기야 대부분의 엄청난 일들이 이런 식으로 일어나지. 무엇을 위해 무슨 일을 하는지 알고 무슨 일을 하는 사람이 얼마나 되겠어.

그들은 형제들을 지하실의 한 방으로 몰아넣었어. 공교롭게도 그 방은 형제들의 편안한 잠을 돌보는 일을 맡아 했던 한 선생의 방이었어. 수도사들의 수가 많이 줄긴 했지만 그래도 그들이 다 들어가기에는 너무 좁은 방이었어. 한꺼번에 서 있기도 힘들 정도였지. 그럴 수밖에. 그 방은 살아 있는 여럿을 위한 공간이 아니라 죽은 한 사람을 위한 공간이었으니까. 그런데 군인들은 그들을 한방에 몰아 넣고 문을 만들어 달고, 잠그고, 그것도 모자라 지하로 들어가는 입구를 시멘트로 막아 버렸어. 군인들은 그곳이 수도사들의 묘지라는 사실을 알지 못한 채 매장했던 거야. 그리고 헤브론성이라는 명패가 붙은 나무 기둥을 찍어 넘어뜨리고 철수했어. 해가 뜨기 전에 모든 일이 끝났어.

　나는 지휘를 하지 않았지만 현장에 있었어. 그들은 현장을 잘 아는 사람의 안내를 필요로 했지. 안내견 노릇이라니. 나를 그렇게 이용하는 게 말이 돼? 말이 안 되는 그런 일이 실제로 일어났어. 정말 말이 안 되는 세계 속에 살면서 그런 사소한 걸 말이 안 된다고 투덜거리는 내 꼴이 우스웠어. 그렇지만 어쩌겠어. 투덜거리기라도 해야지. 어이없게도 나는 그 현장에 있었던 사람들 가운데 그 작전의 의미를 꿰고 있는 유일한 사람이었어. 지휘권을 빼앗고, 그러나 그 작전에서 완전히 배제하지는 않고, 그 희대의 사건의 목격자가 되게 한 그것이 장군이 내게 내린 벌이었다는 걸 나중에 깨달았어. 나는 곧 지하실의 좁은 방에 짐짝처럼 쟁여진 채 죽어 가는 수도사들의 환영을 시도 때도 없이 보아야 했어. 생각하지 않으려고 해도 자꾸 떠올라서 미칠 것 같았어. 생각하지 않으려고 할수록 자꾸만 더 떠올랐어. 그건 정말이지 끔찍한 고문이었어.

　한 시대가 시작되기 위해 이런 일들이 일어나야 했다는

걸 누가 믿을 수 있을까. 초소는 1년간 더 유지되었어. 그
것이 내가 아는 헤브론성의 마지막이야. 그리고 나의 마지
막이라고 해야 할 거야. 그날 이후 나는 모든 임무에서 제
외되었어. 그들은 하던 일을 빼앗고 새로운 일을 주지 않
았어. 나는 몇 달 후에 군복을 벗어야 했지…….

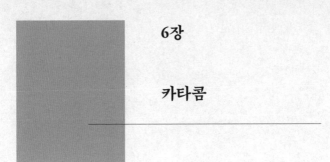

6장

카타콤

I

누이를 위해 복수하고 누이를 돌본 압살롬과 자기를 동일시한 후가 산에서 내려와서 맨 먼저 한 일은 연희 누나를 찾는 것이었다.

산에서 3년이나 살고 나온 데다가 자기가 살던 집과 마을이 형체도 없이 사라져 버렸기 때문에 후는 한동안 잠에서 덜 깬 것처럼 얼떨떨한 상태로 지냈다. 갈 집이 없어지고 챙겨 줄 부모도 사라졌다. 졸지에 고아가 되어 버린 열여덟 살의 후는 모든 것을 혼자 판단하고 결정하며 살아야 한다는 사실 앞에서 약하게 현기증을 느꼈다. 생각해 보니 산에서 쫓겨나면서도 그렇게까지 막막해하지 않았던 것은 돌아갈 집과 의지할 부모가 있었기 때문이었다. 산에는 부모가 없었지만 어떤 의미에서는 아주 많았다. 모든 형제들이 부모와 같았다. 거기다가 그곳에서 그가 하는 모든 일들은 정해지고 주어진 것이었다. 그는 형제들과 규칙적인 경건 생활을 통해 보호받았다.

그가 느낀 고아로서의 막막함은, 아버지가 산으로 찾아왔을 때 따라 내려가지 않은 일을 생각하면 좀 의아스러운 면이 있다. 그는 그때 더 이상 부모의 품이 필요하지 않은 성인임을 과시했다. 산에 계속 있겠다고 결심하게 한 것은 산 공동체의 매력만이 아니라, 역설 같지만, 돌아갈 집과 의지할 부모가 있다는 기대 때문이기도 했다는 생각이 거부할 수 없는 확신이 되어 그를 압박했다. 예컨대 그럴 가능성은 없지만, 산으로 다시 돌아갈 기회가 생긴다고 해도, 돌아갈 집과 부모라는 보루가 없어진 지금은 오히려 쉽게 산에 들어갈 결심을 하지 못할 것 같았다. 집도 부모도 없기 때문에 천산에 더 잘 들어갈 수 있는 것이 아니라 집과 부모가 있기 때문에 더 잘 들어갈 수 있다는 이 생각은 자발적으로 출가한 대부분의 구도자들이 의지가지없는 자들이 아니라 남부럽지 않은 집안 출신이라는 사실에 의해 지지를 받는다.

희생자들의 위패가 합동으로 안치된 납골당을 찾아가 분향한 후 후가 혼자 판단하고 결정해서 행한 첫 번째 일이 연희 누나를 찾아 나선 것인데, 그 행동은 어떤 점에서 미리 정해져 있었다고 할 수 있지만, 그 의미까지 정해진

대로 적용된 것은 아니라는 사실을 덧붙일 필요가 있을
것 같다. 예컨대 아버지와 어머니를 한꺼번에 잃은 그는 이
제, 애초의 마음과는 달리, 돌보기 위해서가 아니라 돌봄
을 받기 위해서(물론 그는 의식적으로는 그렇게 생각하지 않
았지만) 더욱 연희를 찾아야 했던 것이다. 다말에게 압살
롬이 필요한 것이 아니라, 압살롬에게(물론 그는 인정하지
않으려 하겠지만) 다말이 필요했던 것이다.

3년이 지났지만 읍내 미장원 주인은 연희를 기억하고 있
었다. 그러나 후가 연희의 동생이라고 하자 고개를 갸우뚱
했다. 그녀는 후를 알지 못했다. 그것은 연희가 그에 대해
아무것도 말하지 않았기 때문이었다. 그에 대해 아무것도
말하지 않았다면, 다른 누군가에 대해서는 무슨 말을 했
단 말인가. 그렇다. 미장원 주인은 연희로부터 들은 것이
있었다. 우선 그녀는 박 중위에 대해 들었다. 자주 미장원
앞에 서서 연희가 일을 마치고 나오기를 기다리던 군인을
모를 수 없었다. 그녀는, 박 중위와 마주치지 않기 위해 퇴
근 시간을 늦추고 뒷문으로 빠져나가던 연희를 기억해 냈
다. 그녀의 기억에 의하면 연희는 자기를 쫓아다니는 남자
를 자랑스러워한 것이 아니라 부끄러워했다. 그리고 그녀
는 또 연희의 삼촌에 대해 들었다. 연희는 아버지와 같은
삼촌, 아버지나 마찬가지인 삼촌이라는 표현을 썼다. 그러
나 그 표현은, 처음 들을 때 막연히 떠올리게 되는 상투적

인 이미지와는 사뭇 달랐다.

미장원 여자는, 저기서 이틀을 잤어, 하고 미장원에 딸린 방을 가리켰다. 그녀는 연희가 일을 그만두겠다고 한 날을 떠올렸다. 연희가 그날까지 일한 급료를 주었으면 좋겠다고 말하던 날, 그렇지 않아도 며칠 전부터 심상치 않은 기운을 느끼고 있던 미장원 주인은 무슨 일인지 묻지 않을 수 없었다. 그녀는 혹시 자기나 미장원에 불만이 있느냐고 물었다. 사실 제대로 된 미용 기술은 별로 가르쳐 주지 않으면서 아주 적은 돈만 주고 샴푸와 염색 같은 궂은일만 시켜 온 것이 미안했다. 막상 떠난다고 하니까 아쉽기도 했다. 미장원 주인은 당장 다음 날부터 파마를 가르쳐 주겠다고 제안했다. 그래서가 아니에요, 하고 연희가 손을 저었다. "그럼 무슨 일이 있는 거야?" 미장원 주인이 조심스럽게 물었다. 한동안 입을 다물고 있던 연희가 작은 목소리로 대답했다. "떠나려고요." 떠나다니, 어디로, 왜 하고 그녀가 물었다. 어디로 갈지는 아직 모르겠고요, 그냥…… 하고 연희가 말끝을 흐렸다. 그냥이 아닌 것 같은데, 어디로 갈지 모른다는 것도 그렇고, 무슨 일 있는 거잖아, 하며 미장원 주인이 두 눈을 크게 뜨고 바라보자 연희는 눈을 피했다. 대화가 이어지면 감정의 동요를 감출 수 없을 것 같아서 아무 일도 아닌 것처럼 그냥이라고 하고 자리에서 일어나려는데, 아무 일도 아닌 게 아니라는 걸 표현하려는 듯 연희의 눈에서 눈물 한 방울이 뚝 떨어졌다. 그녀는 그냥 일어나려고 했지만 그녀의 눈물이 그냥 일어나지 말자고 주저앉혔다. 그녀는 이를 악물고 참으려 했지만 더 이상 마음속의 아픔을 숨길 수가 없었다.

미장원 주인은 연희를 그냥 보내면 후회할 일이 생길 것 같다는 느낌을 받았다. 매사에 침착하고 신중하며 분별력 있는 연희 같은 애가 집을 나갈 생각을 했다면, 보통 일이 아닌 게 분명했다. 그녀가 보아 온 바에 따르면 연희는 감정에 따라 즉흥적으로 행동하는 아이가 아니었다. 그녀는, 무슨 계획이나 목적이 있다면 몰라도, 그렇지 않다면 무작정 집을 나가는 것은 현명하지 않다고 말하고, 혹시 자기가 도움이 될지 모르니 의논을 해 보자고 했다. 이어서 집에서 나와야 하는 사정인데 아직 다른 계획이 없는 거라면 자기와 같이 있어도 된다고, 미장원에 딸린 방에서 숙식이 가능하다고 제안했다. 진심이었다. 연희가 미장원에서 먹고 자면서 일하면 좋을 것 같았다. 막상 떠난다고 하자 연희의 가치가 훨씬 커졌고 그녀를 향한 미안함도 생겨났다.

그녀의 진심이 연희를 울게 했다. 연희의 마음속에는 울음이 가득 차 있어서 아주 작은 자극에도 밖으로 넘칠 수밖에 없었다. 울 기회가 주어지면 기꺼이 울겠다고 작정한 것은 아니었지만 울음이 터져 나오자 굳이 막고 싶지도 않았다. 아니, 막을 수 없었다. 그녀는 굵은 눈물을 쏟아 내며 조용히 길게 울었다. 미장원 주인은 연희의 등을 토닥이며 울음이 잦아들기를 기다렸다. 울음은 그녀의 예측보다 조금 오래 이어졌다. 이윽고 연희가 흐느낌을 삼키며 입을 열었다. "고맙지만, 여기 있을 수가 없어요. 여기를 떠나야 해요." 미장원 주인은 군인과의 연애에 문제가 생긴 모양이라고 짐작했다. 세세한 내용은 몰랐지만 그녀가 군인의 끈질긴 구애를 받아들이기로 작정했다는 것까지는 알고 있었다. 그런데 무엇이 잘못되었을까? 무엇이 잘못되어서 여기를 떠나야 하는 것일까? 여기를 떠나야 할 정도의 잘못이란 대체 무엇일까?

연희는 박 중위가 자기를 거들떠보지 않는다는 이야기를 했다. 입장이 바뀌어 여자가 애원하고 남자가 매몰차게 외면하게 되었다는 건, 미장원 주인이 듣기에는, 당연하다고 할 수는 없지만 꽤 흔하고 대단하지도 않은 이야기였다. 그녀는 사태를 제대로 이해하지 못했는데, 그것은 이야기의 공백 때문이었고, 따라서 연희는 이야기의 공백을 메워야 했다. 그녀는 '들국화'에서 있었던 일, 문이 잠긴 방 안에서 박 중위에 의해 그녀의 몸에 가해진 폭력에 대해, 눈물이 다시 넘쳐나지 않도록 눈 둔덕에 힘을 주며 말했다. 그 이후 박 중위의 돌변한 태도와 이해할 수 없는 냉대에 대해서도. 그런 남자에게 자기가 얼마나 매달리고 하소

연했는지도. 얼마나 자존심 상하고 얼굴을 들 수 없을 정
도로 남부끄럽고 죽고 싶었는지도. 미장원 주인은 비로소
연희의 심정을 알 수 있을 것 같았다. 그녀가 집을 떠나려
하는 이유도 이해할 수 있을 것 같았다. 그러나 미장원 주
인은 아직 연희의 이야기를 다 들은 것이 아니었다. 제대
로 된 이해를 보강할 소재가 하나 더 남아 있었다.

"그렇지만 집을 떠나려고 하는 것은 그 때문이 아니에
요." 미장원 주인 여자가 위로하기 위해 적당한 단어를 고
르고 있는데 연희가 말을 이었다. "내 딴에는 그 사람에게
부담을 줘서 마음을 돌려 볼 작정으로, 들국화에서 있었
던 일을 삼촌한테 알리겠다고 했는데, 그 남자가 어이없다
는 듯 웃었어요. 웃으며 하는 말이……."

박 중위는 어이없다는 듯 웃으며 그 일에 대해서라면 삼
촌이 그녀보다 잘 알고 있기 때문에 따로 알릴 필요 없다
고 했다. 삼촌이 그녀보다 잘 알고 있다는 말을 그녀는 바
로 이해하지 못했다. 삼촌이 퇴근 후에 들국화로 오라고
하긴 했다. 그곳에 갔을 때 삼촌은 없고 박 중위가 기다
리고 있었다. 삼촌이 박 중위의 청을 받아들여 자리를 만
든 거라고 그녀는 이해했다. 박 중위를 만나 이야기를 나
눠 보고 결정하기를 원했을 거라고 그녀는 짐작했다. 삼촌
은 그 방에서 무슨 일이 일어났는지 모를 것이다. 그녀의
몸에 어떤 기억이 만들어졌는지 모를 것이다. 왜냐하면 그

녀를 그곳으로 보낼 때 그런 것을 기대하지는 않았을 테니까. 연희는 그렇게 생각했다.

박 중위는 귀찮다는 듯 들국화를 비롯해서 그 일대 술집에 깔린 삼촌의 외상 빚이 얼마나 되었는지 아느냐고 물었다. 그걸 다 갚고 술도 샀다고 말했다. 여전히 무슨 뜻인지 이해하지 못해 어리둥절한 표정을 짓고 있는 그녀에게, 비싼 화대였지, 그러니 제발 더 괴롭히지 마라, 하고 말함으로써 그는 그녀를 모독했다. 화대라는 말이 뜨거운 김이 되어 그녀의 숨을 틀어막았다. 숨을 쉬기가 어려웠다. 그럴 리가 없다고 몇 번이나 중얼거리는 그녀에게 그는 못 믿겠으면 삼촌에게 직접 물어보라고 했다. "참, 이런 이야기는 하지 않으려고 했는데, 아버지나 다름없는 삼촌이 그렇게 나올 줄은 나도 몰랐다. 뭐 노골적으로 손을 내밀지는 않았지만, 차이가 뭐지? 아닌 척 모르는 척 그러는 거, 더 나쁜 거 아닌가? 나를 욕하지 마라. 대가를 치르고 잔 여자를 어떻게 사랑하냐? 앞뒤가 안 맞는 말 같겠지만, 그런 일이 없었으면 너를 계속 사랑할 수 있었을지 모르겠다. 이건 진심이다. 진짜 사랑한 거 맞으니까." 그는 앞뒤 안 맞는 말을 했다. 앞뒤 안 맞는 게 진심이고, 앞뒤 안 맞는 말을 하게 하는 게 사랑이라는 요물인지 모른다. 가쁜 숨을 몰아쉬며 그럴 리 없다는 말만 반복하는 그녀를 내버려 두고 그는 제 갈 길로 갔다. 박 중위가 그녀를 모욕하기 위해

던지고 간 말들이 머릿속에서 빙빙 돌며 그를 괴롭혔다. 그중에서 가장 빠르게, 가장 큰 원을 그리며 돈 것은 "아버지나 다름없는 삼촌"이었다. 아버지나 다름없는 삼촌에게 그것이 사실이냐고 물어볼 수는 없었다. 대답이 무엇이든 견디기 힘들 테니까.

아버지나 다름없는 삼촌이…… 하고 말하는데, 끝내 물러진 눈 둔덕이 무너지고 눈물이 터졌다. 연희는 어깨를 들먹이며 다시 길게 울었다. 미장원 주인은 울음이 그칠 때까지 기다렸다가 그녀를 데리고 나가 고기를 사 주었다. 연희는 고기를 거의 먹지 않았다. 미장원 여자는 자기가 아는 미장원에 그녀를 소개했다. 그 미장원은 50킬로미터도 더 떨어진 도시에 있었다.

연희는 미장원에 딸린 방에서 이틀을 자고 그 도시로 떠났다.

2

여자는 미장원에 딸린 방을 가리키며, 저기서 이틀을 잤어, 하고 말했다. 이틀을 자고 떠났지만 어디로 갔는지는 모른다고 덧붙였다. 그녀는 후에게 연희로부터 들은 '아버지나 다름없는 삼촌'에 대해 이야기하지 않았고, 연희가 어디에 있는지도 알리지 않았다. 연희로부터 들은 이야기를 하지 않은 것은 차마 할 수 없었기 때문이었다. '아버지나 다름없는 삼촌'을 그 삼촌의 아들에게 고발하기가 어려웠고, 박 중위의 뻔뻔한 궤변인 '화대'를 미성년인 후에게 전하기도 어려웠다. 돌려서 말할 수도 있었지만 그러지 않았다. 그녀는 그 이야기를 하지 않는 것이 옳다고 판단했다. 그러나 연희가 어디 있는지 알려 주지 않은 것은 그녀의 독자적인 판단이 아니었다. 그녀는 연희를 찾는 후의 진심을 의심하진 않았다. 더 분명하게 말하자면 후의 진심에는 신경 쓰지 않았다. 그럴 여유가 없었다고 하는 편이 정확할지 모르겠다. 그녀의 주된 관심은 연희의 마음이었다. 그녀는 연희가 삼촌의 아들을 만나고 싶어 할지 어떨지 확신이 서지 않았기 때문에 연희에게 전화를 걸어 상황을 설명했다. 연희는 망설이지 않고 아직은 자기가 있는 곳을 알려 주지 않는 게 좋겠다고 했다. 동생의 입을 통해 전해질지도 모르는 삼촌의 변명을 듣고 싶지 않다는 말을 하지는 않았다. 그러나 미장원 주인 여자는 연희가 하지 않은 그 말을 들은 것 같았다.

연희는 땅이 입을 열어 마을을 삼킨 사실을 모르고 있었다. 마을이 삼켜질 때 삼촌 부부도 함께 삼켜졌으며, 따라서 후는 고아가 되고 말았다는 사실도 모르고 있었다. 그 사실을 알았다면 그녀의 선택이 달라졌을까? 섣불리 말할 수는 없다. 달라졌을 수도 있고 달라지지 않았을 수도 있다. 그러나 어느 쪽이든 그처럼 망설임 없이 대답하지는 못했을 것이다. 어느 쪽이든 단호하게 선택할 수는 없었을 것이고, 어느 쪽을 선택하든 마음이 편치 않았을 것이다. 그러니까 그녀의 단호함과 마음의 평화를 위해서는 그 사실을 모르는 편이 나았다.

미장원 주인은 연희의 정확한 거주지를 알려 주지 않은 대신 두 가지 힌트를 제공했다. 연희가 도시로 간다고 했다. 그리고 아마 여전히 미장원에서 일할 것이다. 미장원 여자는 짐작하지 못했지만 그 힌트가 그날 이후 후의 걸음을 이끄는 이정표가 되었다. 후는 그것 말고는 의지할 것이 없었기 때문에 그 이정표에 전적으로 의지했다. 그 이정표가 얼마나 막연한지 후는 몰랐다. 도시는 너무 많고 미장원은 더 많았다. 그러나 그것이 얼마나 막연한 힌트인가는 그 순간의 후에게 감지되지 않았고, 중요하게 간주되지도 않았다. 중요한 것은, 막연하든 막연하지 않든, 그를 움직이게 할 어떤 이정표를 가졌다는 사실이었다.

주어진 이정표에 의하면 그의 길은 도시로, 미장원으로 나 있었다. 그는 주어진 이정표를 따라, 세상에 도시가 얼마나 많은지, 도시에 미장원은 또 얼마나 많은지 생각도 하지 않고 도시와 미장원을 향해 움직였다. 자신의 두 발로 도시의 모든 미장원들을 일일이 탐색하는 무모하고 비효율적인 만행(萬行)이 그의 삶이 되었다. 다른 대안이 없었으므로 그는 그것이 무모하고 비효율적이라는 생각도 하지 못했다. 하기야 무모하지 않고 비효율적이지 않은 만행이 있을 리 없다. 후가 무모하고 비효율적인 만행을 하고 있다고 자각했다는 뜻은 아니다. 그러나 오래지 않아 그는 삶이 만행에 다름 아니라는 사실을 어렴풋이 느끼기 시작했다.

그는 지도를 구해서 자기 위치를 표시하고 탐색 대상으

로 삼을 도시들에 동그라미표를 했다. 그가 있는 곳이 서해안 남쪽이었으므로 그는 우선 서울을 향해 지그재그로 올라가는 방향을 잡았다. 한 도시에 들어가면 맨 먼저 보이는 미장원을 찾아가 그 도시 안의 미장원에 대한 정보를 얻었다. 그러나 미장원들은 대개 구멍가게나 다름없는 규모였으므로 체계적인 정보 수집이 어려웠다. 거기다가 주택가 골목 구석에 숨어 있는 미장원들이 많아 발품을 팔아 가며 일일이 뒤지고 다니지 않을 수 없었다. 큰 도시에는 제법 규모가 큰 미장원이 대로에 있었다. 어떤 곳에는 전국 미용사 협회 지부라는 표시가 붙어 있었다. 그런 곳을 만나면 일이 좀 수월했다. 일단 연락처를 확보할 수 있기 때문에 방문 전 전화를 걸어 볼 수 있었다. 그러나 협회가 하나만 있는 것이 아니라는 사실을 곧 알게 되었고, 또 협회 가입이 의무가 아니라서 어느 협회에도 가입하지 않은 채 영업을 하는 미장원도 많았으므로, 결국 두 다리에 의존해서 모든 도시의 골목들을 샅샅이 훑고 다니는 가장 원시적인 방법의 탐색을 계속할 수밖에 없었다.

막막하고 힘들었다. 여름에는 덥고 겨울에는 추웠다. 작은 도시를 다 훑어 내는 데만 해도 몇 주가 걸렸다. 큰 도시는 몇 달이 걸릴지 모를 일이었다. 서울은 그가 알고 있는 큰 도시보다 얼마나 더 큰지 짐작도 할 수 없었다. 그렇지만 후는 그런 계산을 하지 않았다. 언뜻 이해하기 어려운 면이 있지만, 그가 뒤지고 다녀야 할 많은 골목들과 찾아가야 할 지도 위의 수많은 도시들은 오히려 그에게 풍족한 느낌과 자부심을 선물하기도 했다. 그것은 일종의 포만감과 유사한 감정이었다. 말하자면 그는 자신이 밟아야 할 골목들과 방문해야 할 도시들을, 어떻게든 감당하지 않으면 안 되는 부담스러운 과제가 아니라 언제든 원할 때 임의로 사용할 수 있도록 보관해 둔 재화처럼 인식했다. 두 다리로 한 도시를 다 점령한 다음에는 지도 위의 도시 이름에 가위표를 했다. 그리고 동그라미표가 되어 있는 이웃 도시를 향해 떠났다. 늘어 가는 가위표를 보면서 그는 가끔 허탈해했는데, 그것은 그가 그 표시에서 획득한 것이 아니라 써 버린 재화를 연상했다는 증거이다. 그는 연희 누나를 되도록 빨리 찾아야 했지만, 모처럼 느끼는 기이한 포만감을 서둘러 잃고 싶지도 않은, 모순된 감정에 사로잡혀 지냈다.

그것 때문에 그의 행보가 느려졌다고 말하고 싶은 유혹을 느끼지만, 이는 정확한 진술이 아니다. 도시를 향한 순례를 시작할 때 그의 수중에는 돈이 아주 조금밖에 없었다. 헤브론성을 떠나면서 받은 약간의 돈과 미장원 주인 여자가 차비 하라고 쥐어 준 얼마간의 돈은 첫 번째 도시에서 이미 바닥을 드러냈다. 줄곧 걷기만 하고 마냥 굶을 수는 없었다. 도시 내에서는 특별한 일이 없는 한 걸어 다니고 도시에서 도시로 이동할 때에만 차를 탔다. 배고픔은 참을 수 있는 한 참고 참을 수 없어지면 거칠고 싼 음식을 사 먹었다. 잠은 역 대합실이나 버스 정류장 같은 데서 쭈그리고 잤다. 그러다가 어쩌다 한번 그 도시에서 가장 싼 여인숙을 찾아 들어가 주인이 나가라고 할 때까지 밀린 잠을 몰아서 잤다. 그렇게 아껴 써도 돈은 금방 떨어졌으므로 그는 무슨 일인가를 해서 돈을 만들어야 했다. 공사판에 가서 벽돌을 나르거나 부두에서 하역을 돕거나 역에서 지게를 지고 승객들의 짐을 나르거나 해서 돈을 벌었다. 일을 하는 동안에는 미장원 순례를 중단할 수밖에 없었다. 그의 행보가 더뎌진 것은 그 때문이었고, 그럼에도 그것을 크게 아쉬워하지 않은 것은 지도 위의 도시들에 쳐지는 가위표로부터 그가 일종의 상실감을 느꼈기 때문이다.

그는 압살롬이기를 원했으므로 연희를 찾으려 했고 찾아야 했지만, 그러나 압살롬이기에는 가진 것이나 주어진 것이 너무 보잘것없었으므로 연희를 찾아다니는 것 자체를 자기 일로 삼았다. 요약하면 이렇다. 처음에는 그녀를 찾아내는 것이 중요했지만 점차 찾아다니는 일 자체가 의미 있어졌다. 처음에는 그녀를 찾아내는 것이 그에게 내려진 계명과 같았지만 점차 그녀를 찾아다니는 것(찾아다닌다는 명분)이 그의 삶이 되었다. 계명일 때는 그 일을 이루는 데 자기 삶을 써야 했지만, 삶이 되자 그 일이 그의 삶

을 누비는 재료가 되었다. 그 미묘한, 그러나 현저한 차이
를 후는 오랫동안 인식하지 못했다.

3

　돈이 떨어져 다시 막노동을 하거나 지게 짐을 져야 할 처지에 놓였을 때 대도시의 한 친절한 미용사가 후에게 미용 기술을 익히라고 권했다. 미장원에서 일하는 누군가를 찾기 위해 1년 넘게 전국의 미장원을 훑고 다니는 중이라는 사실을 알고 난 다음의 반응이었다. 40대 중반의 그 여자 미용사는 보조 미용사를 포함해서 직원을 다섯 명이나 거느린 이민아 미장원의 원장이었고, 그 지역 미용사 협회 지부장 직함을 가지고 있었다. 사람 찾는 일처럼 진 빠지고 막막한 일이 없는데 고생이 많다며 자기가 가지고 있는 회원들의 명단을 친절하게 불러 주다 말고 그녀는 후에게 미용사가 될 생각이 없는지 물었다. "찾는 사람이 미장원에서 일하고 있는 게 확실하다면 그게 낫지 않겠어? 어차피 돈을 벌기 위해 무슨 일인가를 해야 한다면 말이야."

어차피 돈을 벌기 위해 무슨 일인가를 해야 했다. 그러나 미장원에서 일할 생각은 해 보지 못했다. 그동안 여기저기 떠돌며 그가 얻은 일자리는 모두 임시직이었다. 당연히 전문적인 기술이 필요하지 않았다. 한곳에 붙박이면 안 되기 때문이었고 연희를 찾으러 돌아다닐 시간을 확보해야 하기 때문이었다. 그러나 그것은 그가 임시적인 일거리만을 구한 이유이지 미장원에서 일할 생각을 하지 않은 이유는 아니었다.

그는 자기가 미용사가 될 수 있다는 생각을 아예 해 보지 않았다. 그때까지 그가 보아 온 미용사들은 모두 여자들이었다. 가위를 들고 여자들의 머리카락을 자르는 남자는 상상이 되지 않았다. 그런 남자를 보지 않았기 때문에 상상할 수 없었다. 상상력이 감각, 특히 시각의 지배를 받기 때문이라고 할 수 있다. 상상력이 얼마나 고지식하고 답답한지, 완전할 리 없는 시각 정보에 얼마나 고착되어 있는지 보라. 그의 상상력은 곁눈질도 할 줄 모른다. 이를테면 가위를 들고 남자들의 머리카락을 자르는 이발사들을 수없이 보아 왔음에도 그는 여자들의 머리카락을 자르는 남자를 상상하지 못했다. 여자의 머리카락을 육체의 일부분으로 인식한 스무 살 젊은 남자의 성적 수치심이 그와 같은 곁눈질을 허용하지 않은 것도 사실이었다. 여자의 머리카락을 자르는 장면은 자연스럽게 머리카락을 자르기 위해 만지는 손을 떠오르게 했다. 만지지 않고 자를 수는 없는 일. 여자의 머리카락을 자르는 것은 그에게 여자의 머리카락을 손으로 만지는 것을 뜻했다. 그런데 그 머리카락, 자르기 위해 손으로 만져야 하는, 만지지 않을 수 없는 여자의 머리카락은, 그에게는 얼굴이나 팔과 마찬가지로 여자의 몸이었고, 어떤 의미에서는 얼굴이나 팔보다 더욱 여자의 몸이었다. 예컨대 그는 여자의 얼굴이나 팔이나 혹은 육체의 다른 어떤 부위에 대해서는 갖고 있지 않은 환상을 머리카락에 대해서만은 가지고 있었다. 이 뜻밖의 과잉 상상력을 의아해할 필요는 없다. 이 역시 그의 시각 정보가 만들어 낸 것이니까. 후는 종종 연희의 얼굴이나 팔이 아니라 그녀의 긴 머리카락을 만지고 싶은 충동에 사로잡히곤 했다는 사실을 얼굴을 붉히며 상기했다. 박 중위가 시골 버스 안에서 연희를 보자마자 매료되었던 바로 그 긴 머리카락. 가지런하고 윤기 나는 긴 생머리가 그녀의 어깨 위에서 찰랑거리거나 볼을 스치거나 귀를 간질이는 모습을 볼 때, 바람이 그녀의 머리카락에서 연한 꽃향기를 날려 보낼 때, 그는 그녀의 머리카락에 닿으려는 욕망으로 움찔거리는 손의 근육을 자제시키기 위해 주먹을 쥐고 입술을 깨물어야 했다. 그의 육체가 그녀의 다른 어떤 육체보다 머리카락을 동경했으며 그로 인해 쉽게 흥분되곤 했다는 것은 무시할 수 없는 정보이다.

그와 같은 편견을 깨뜨리고 상상력의 잠금 장치를 해제한 것은 미용사 협회 지부장을 맡고 있는 친절한 40대 여자 미용사의 권고로부터 비롯했다. 그러나 그것이 결정적인 계기는 아니었다. 그의 상상력을 지배해 온 시각 이미지가 여기서도 위력을 발휘했다. 여자 미용사가 미용 기술을 배우라고 권할 때 후는 조금 떨어진 곳에서 젊은 여자의 머리를 다듬고 있는 남자 미용사의 손놀림을 주의 깊게 보고 있었다. 여자처럼 길고 윤기 나는 머리카락과 호리호리한 몸매가 언뜻 여자처럼 보였다. 실제로 뒷모습만 보았을 때 후는, 그럴 가능성을 아예 염두에 두지 않았기 때문에 더 그랬겠지만, 그가 남자라는 생각을 하지 못했다. 남자 미용사를 본 것은 그때가 처음이었다. 후는 그 남자 미용사의 민첩하고 유연한 손의 움직임을 일종의 경이로움을 품고 바라보았다. 그 사람의 손은, 그 능숙한 움직임 때문에 손을 놀리는 주체와 상관없이 존재하는 것처럼 보였다. 그 손은 그 손이 들고 있는 가위와 동일시되고, 성과 무관한, 애초에 성을 가질 리 없는 기계를 연상하게 했다. 공교롭게도 그 가위-기계를 든 남자 미용사를 목격한 순간에 미용 기술을 배우라는 권유가 이루어졌다. 이민아 미장원 원장은 후가 무엇을 바라보고 있는지 눈치채고 빙그레 웃었다. 그녀는 그 남자 미용사에 대해 이야기해 줄 필요를 느꼈다. 그는 고등학교를 중퇴하고 미용 기술을 배우기 시작했다. 6년 전 대뜸 미장원에 찾아와 일을 하게 해 달라고 했다. 집안 형편도 어려운 데다가 공부에 흥미도 없는데 굳이 졸업장을 따기 위해 시간을 허비하고 싶지 않다고 했다. 처음에 그는 미장원 바닥을 쓸고 손님들의 머리 감기는 일을 했다. 가위 잡는 법을 가르친 것은 4개월이 지난 다음이었다. 그러나 지금은 누구보다 손놀림이 빠르고 손님들의 얼굴형에 맞는 헤어스타일을 권할 줄 알게 되었다고 이민아 원장은 말했다. 그에게만 머리를 하겠다는 단골도 제법 생겼다. 몇 년 더 여기 있다가 자기 미장원을 차릴 것이다……. 그런 후에 이민아 원장은, 지금은 미장원에서 남자 미용사를 보기 어렵지만 조만간 그 수가 아주 많아질 거라고, 아직까지는 남자가 여자 머리 만지는 걸 이상하게 보는 시각이 있는데 10년이 지나지 않아 그런 시각이 바뀔 거라고, 서울에 가면 큰 미용실에는 지금도 남자 미용사가 한두 명은 있다고 말했다. "어때? 생각 있으면 말해. 언제든. 저기 저 미스터 황처럼 만들어 줄 테니까." 그때 손님의 머리카락을 자르고 있던 남자 미용사가 거울 속에서 그를 향해 환하게 웃었다. 후는 공연히 놀라 얼른 눈길을 피했다.

그 자리에서 곧바로 미용사가 되겠다고 마음을 정하지는 않았다. 능숙하게 가위를 다루는 키가 훤칠한 남자 미

용사는 뜻밖에 멋있어 보였지만 자기를 그 남자의 자리에
세워도 멋있을지는 확신할 수 없었다. 오히려 이상할 것 같
은 생각이 들었다. 여자의 머리카락을 만지다니, 그것도 사
람들이 다 보는 확 트인 공간에서, 그것은 어색하고 부자
연스러운 일처럼 여겨졌다. 그러나 거울 속에서 자기를 향
해 지어 보이던 남자 미용사의 사심 없는 미소가 가끔 떠
올라 그 일을 다시 생각하게 했다. 몸에 부친 노동을 하고
지쳐 쓰러져 있을 때 유독 그 모습이 떠오른 것은 그 무렵
그가 자신의 처지를 조금은 한심해했으며, 또 자신의 미래
를, 어느 정도 구체적 감각을 가지고 염려하기 시작했기 때
문이라고 해석할 수 있을 것 같다. 그는 지쳐 쓰러진 잠자
리에서 큰 거울 앞에 연희와 나란히 서서 가위를 다루고
드라이어를 만지는 자신을 그려 보았다. 가끔은 연희 누나
의 머리카락을 자르고 파마하고 샴푸 하고 말리는 자신을
그려 보았다. 그의 손은 상상 속 그녀의 머리카락에 닿기
위해 움찔거렸다. 이민아 미장원의 수습 미용사가 되기 위
해서는 그런 상상을 몇 번 더 해야 했다.

그 도시의 모든 골목을 샅샅이 뒤지고 다른 도시를 향
해 떠날지 말지 결정해야 하는 순간에 그는 다른 도시로
향하는 대신 이민아 미장원으로 향했다. 원장은 그가 올
것을 예상한 사람처럼 자연스럽게 맞았다. 후는 미용 기술
을 배우겠다고 말하지 않았지만 원장은 묻지도 않고 미용

기술을 배우러 온 사람으로 대했다. "뭐 해? 바닥에 머리카락 많잖아. 먼지 안 나게 쓸어야 한다."

후의 사정을 이해한 이민아 원장은 그를 예외적으로 대했다. 일이 끝난 후에 원장은 시간을 조금 내서 가위 잡는 법부터 차근차근 가르쳤다. 그녀는 그의 손놀림이 유연하고 자연스럽다는 칭찬을 자주 했다. 물론 그도 다른 수습 미용사들과 마찬가지로 앞치마를 두르고 바닥을 쓸고 거울을 닦고 손님들의 머리를 감기고 미용사 옆에 서서 가위와 드라이어와 빗을 건넸다. 6개월쯤 지났을 때 후는 연희누나에게 가책을 느꼈다. 그는 자기가 한곳에 안주해 버릴까 봐 겁이 났다. 이상하게도 그렇게 하는 것이 죄를 짓는 일처럼 여겨졌다. 그래서 후는 인근 도시의 미장원으로 보내 달라고 부탁했다. 이민아 원장은 자기가 아는 미장원에 후를 소개했다. 7개월쯤 지난 후 후는 인근 도시로 옮겨 갔고, 이민아 미장원과 비슷한 규모의 미장원에서 이민아 원장과 비슷한 나이의 미용사 아래서 수습 미용사 일을 계속했다. 일주일에 하루는 휴가를 내어 연희 누나를 찾아다녔다. 후의 사정까지 소개받은 원장이 그것을 허락했다. 어떤 미용실은 낮에 전화를 해 뒀다가 일이 끝나고 밤에 찾아가기도 했다. 늘 해 온 것처럼 그 도시의 모든 미장원을 다 뒤졌다 싶으면 다른 도시로 옮겨 갔다. 그리고 다시 같이 일하던 미용사에게서 다른 도시의 미장원을 소개

받았다. 새로운 도시에서도 같은 일을 반복했다. 되풀이를 통해 습관이 만들어지면 의식이 근육을 움직이는 것이 아니라 근육 스스로 알아서 움직이는 일이 가능해진다. 익숙해진 어떤 움직임은 어떻게는 물론 왜인지도 묻지 않고 저절로 이뤄진다. 알아서 그 길로 가고 자기도 모르게 그 말을 하고 제물로 그 일을 한다.

후는 연희를 찾아내지 못했다. 그러나 그는 크게 실망하거나 낙담하지 않았다. 그 일은 그의 과제였지만, 그가 평생을 들여서 해야 하는 과제라는 점을 감안하면, 그리고 그가 그 점을 어렴풋이 예감하고 있었을 거라고 추측하면, 실망도 낙담도 하지 않는 이런 느긋함이 아주 이상하지는 않다. 평생을 들여서 해야 하는 일을 한순간에 해치워 버릴 수는 없는 법이다. 평생을 들여서 해야 할 일을 한순간에 해치워 버린 후에 남는 생의 공허를 어쩔 것인가. 평생을 들여서 해야 하는 일은 평생에 걸쳐서 해야 한다. 그 일 때문이 아니라 그 삶 때문이다. 일을 위해 삶이 있어야 하는 것이 아니라 삶을 위해 일이 있어야 한다. 일이 끝남과 동시에 삶이 끝나기도 한다. 일을 끝냈으므로 삶을 끝내야 하는 경우도 있다. 그렇다고 삶을 끝내지 않으려고 일부러 일을 끝내지 않으려 했다는 것은 아니다. 과제를 해치운 다음의 공허를 피하기 위해 그가 일부러 과제를 소홀히 하거나 미루거나 회피했다는 뜻은 아니다. 할 수 있는데도 하지 않았다는 것이 아니다. 그는 간절했지만 조급해하지는 않았다. 집중하고 최선을 다했지만 속성으로 마침표를 찍으려고 하지는 않았다. 선명하게 의식하지는 못했지만, 그는 살기 위해 그 일을 필요로 했다. 살기 위해 그 일이 그에게 있어야 했다. 그 일이 없으면 그의 삶이 위험하기라도 했단 말인가. 그렇다. 그런 뜻이다. 그러니까, 역시 선명하게 의식하지 못했고, 그편이 훨씬 나았지만, 그의 삶을 위해 그 일은 한없이 연장되어야 했다.

4

미용 기술을 배우며 여러 도시를 옮겨 다니는 가운데 후가 어떻게는 물론 왜냐고도 묻지 않고 습관적으로 행한 일이 하나 더 있었다. 그 습관을 만들어 낸 것은 3년간의 산속 생활이었다. 3년이란 시간이 짧지 않기도 하거니와 격리된 환경과 그곳의 철저한 규율을 감안하면 특정 근육 의 불수의근화를 어렵지 않게 추정할 수 있다. 그곳에서 그가 자주, 오래, 집중해서 한 일이 몸에 배었다. 성경 읽기 와 새벽 기도가 그것이었다. 그는 미장원에서 일하면서도 틈나는 대로 성경을 읽었다. 성경을 읽는다는 생각을 하지 않고 성경을 읽었다. 할 일이 없을 때는 저절로 그의 손이 성경을 찾았다. 분명히 아무것도 하지 않고 있다고 생각했 는데, 문득 성경을 읽고 있는 자신을 발견하는 일이 자주 일어났다. 그는 몸에 밴 습관에 따라 되풀이해서 성경을 읽고 읽은 것을 노트에 베껴 쓰고 묵상했다. 노트는 그가 한 도시에서 다른 도시로 옮겨 갈 때 그의 가방 속에 들어가 그와 함께 옮겨 갔다.

새벽에 눈을 뜨는 것도 몸에 밴 습관이었다. 아무리 늦게 잠들어도 새벽이면 눈이 떠졌고, 눈이 떠지면 산속에서 하던 대로 벽에 머리를 대고 기도를 했다. 기도문을 외기도 하고 명상을 하기도 했다. 암기하고 있는 성경 구절을 줄줄 풀어내기도 했다. 눈을 감고 있으면 어디서 오는지 알 수 없는 생각들이 쉼 없이 떠올랐다. 어떤 생각은 끈질기게 붙잡고 늘어지고 어떤 생각은 그냥 흘려보냈다. 그냥 흘려보내기를 바라지만 그냥 흘러가지 않는 생각들은 억지로 쫓아내기 위해 애를 써야 했다. 가끔 한숨을 쉬고 간혹 눈물을 흘렸다.

그가 눈을 뜨는 시간에 기도회를 알리는 종소리가 새벽 공기를 뚫고 들려오곤 했다. 그 종소리에 이끌려 교회에 찾아간 적이 있었다. 불을 환하게 밝힌 넓은 교회당에 사람들이 드문드문 앉아 목사의 설교를 듣고 있었다. 마이크 때문인지 스피커 때문인지 목사의 음성이 그르렁거리는 것처럼 들렸다. 몇몇 신자들이 고개를 수그리고 있었는데, 후의 눈에는 그들이 아직 잠이 덜 깬 상태로 몸만 불려 나온 것처럼 보였다. 교회당 안의 분위기는 전체적으로 썰렁

하고 을씨년스러웠다. 목사의 설교가 끝나자 바로 불이 꺼지고 여기저기서 웅얼웅얼 기도하는 소리가 들렸다. 후도 눈을 감고 기도를 해 보려고 했지만 이상하게 집중이 되지 않았다. 낯설고 어색했다. 기도 속으로 집중해 들어가기 위해 암기하고 있는 성경 구절들을 입술 위에 올렸다. 다른 때와는 달리 성경 구절들이 엉키거나 부러졌다. 얼마 있지 않아 사람들이 자리를 털고 일어나는 소리가 들렸다. 의자가 삐걱거리고 옷이 의자에 스치는 소리가 들렸다. 바로 옆으로 지나가는 발소리가 들렸다. 문을 열고 나가는 소리도 들렸다. 그들이 다른 사람에게 방해되지 않도록 조심스럽게 움직인다는 기색까지 느껴졌다. 그런 것까지 느꼈다는 것은 그가 전혀 집중하지 못했다는 뜻이다. 그는 산속의 새벽 분위기를 떠올리려고 애썼지만 마음대로 되지 않았다. 얼마 후에는 더 당황스러운 일이 일어났다. 의자가 삐걱거리고 신발이 바닥을 끄는 소리가 이번에는 더 크게 들렸다. 문이 열렸다가 닫히는 소리와 함께 사라질 거라고 기대했는데 그렇지 않았다. 의자 끄는 소리와 신발 소리가 그치지 않고 계속 들렸다. 조금 전과는 달리 조심성이 없으며 심지어 일부러 방해하려고 소리를 내는 것 같다는 생각까지 들었다. 일부러 기도를 방해할 리가 없다고 생각을 바꿔 보려 했지만, 급기야 아주 가까운 곳에서 헛기침 소리가 반복해서 들렸기 때문에 그럴 수 없었다. 누군가에게 보내는 어떤 신호라는 것이 명백했다. 후는 그 신호가 자기에게 보내는 것이 아니라고 확신할 수 없었다. 누군가가 자기에게 무슨 신호를 보낼 까닭은 없지만 누군가가 자기에게 무슨 신호를 보내지 않을 까닭 또한 없었다. 그리고 만일 띄엄띄엄 앉아 있던 사람들이 모두 자리를 떴다면 이 실내에 그 말고 그 신호를 들을 사람이 있을 리 없었다. 그는 초조하고 불안해졌다. 눈을 감고 있는데도 자기를 지켜보고 있는 누군가의 눈길이 느껴졌다. 마침내 그는 눈을 떴고, 뜨지 않을 수 없었고, 주변을 두리번거렸고, 앉아 있는 사람이 자기 말고 한 명도 없는 걸 확인했고, 엉거주춤 몸을 일으켜 뒤를 돌아보았다. 한 남자가 장의자의 줄을 맞추고 있다가 퉁명스럽게 한마디 했다. "문을 잠그고 가야 해서 말이지요." 후는 고개를 숙이며 미안하다고 말하고 빠르게 교회당을 벗어났다. 문소리가 유난히 크게 들린다고 느꼈다.

다른 날 다른 교회를 가 보았지만 어디서도 그가 원하는 수도원의 새벽 분위기를 만날 수 없었다. 어떤 교회는 너무 요란했고 어떤 교회는 너무 썰렁했다. 목사가 일방적으로 설교를 하는 형식이나 설교에 담긴 내용이 다 실망스러웠다. 목사의 설교가 지나치게 현세적이고 세속적이며 기복적인 데 놀랐다. 무엇보다 자기도 모르게 주변의 눈치를 살피게 되어 기도에 집중할 수가 없었다.

그는 새벽에 교회 찾아가는 일을 중단했다. 그는 자기만의 공간에서 혼자 기도하고 혼자 성경을 읽었다. 그럴 때 그는 설명하기 힘든 평안함을 느꼈다. 대개의 경우 자기가 무엇을 기도했는지 그 자신도 알지 못했다. 아무 기도도 하지 않았기 때문이 아니라 아무것도 하지 않는 것이 실은 그가 산속에서 터득하기를 원했던 참된 기도였기 때문이다. 수도원의 형제들은 그렇게 기도했다. 그는 아무것도 하지 않음으로써 비로소 기도를 했다. 연희를 찾아다니는 것처럼 그의 새벽 기도 역시 하나의 관성이 되어 있었다.

5

수많은 크고 작은 도시들을 거쳐 서울에 왔을 때 후는 20대 중반이었고, 미용사가 미장원에서 해야 하는 거의 모든 기술을 익힌 상태였다. 아주 훌륭하다고 할 수는 없지만 미용사로 불리기에 부끄럽지 않은 손놀림을 갖게 되었다. 기간으로만 따지면 그로 하여금 미용사로 사는 일을 긍정적으로 고려하도록 상상력을 불어넣어 주었던 이민아 미장원의 그 머리 긴 남자 미용사와 맞먹는 경력이 붙어 있었다. 그러나 그는 그 남자와는 달리 한곳에 붙박여 있지 않았고, 아직은 자기 미용실을 가질 계획도 세우고 있지 않았다. 서울은 너무 크고 넓었기 때문에 얼마나 오래 서울에 머물지 가늠하기 어려웠다.

서울은 크고 넓기만 한 것이 아니라 깊고 복잡하기도

했다. 모든 것이 집중되는 곳이었고 또 모든 것이 펼쳐지는 곳이었다. 어느 곳보다 쭉 뻗은 곳이면서 어느 곳보다 꼬불꼬불한 곳이었다. 오르는 길도 많고 내려가는 길도 많은 곳이었다. 정해진 것이 많지만 정해진 대로 되지 않는 것도 많은 곳이었다. 드러난 것이 숨겨지기도 하고 숨겨진 것이 드러나기도 하는 곳이었다. 말하자면 혼란, 혹은 유혹. 이제까지 꾸려 온 삶을 송두리째 집어삼키기도 하고 생각지 않은 삶의 골목으로 유인하기도 하는 곳. 사람들은 관성에 따라 늘 살던 것처럼 살려고 하지만 때때로 회오리가 몰아쳐 휘저으면 관성을 챙길 여유를 잃게 된다. 20대 중반의 후에게 서울은 그런 곳이었다. 처음에는 소용돌이가 심하지 않았다. 휘둘리긴 했지만 버틸 수 있을 것 같았다. 그러나 물론 버틸 수 있다는 건 희망이거나 착각이었다. 종잡을 수 없는 대도시의 우왕좌왕과 좌충우돌이 만들어 낸 새로운 관성이 그런 착각을 유도했을 것이다.

후는 그때 미스코리아를 두 명이나 배출했고 이름과 얼굴이 꽤 알려진 여자 연예인 몇 명과 이름이나 얼굴이 알려지진 않았지만 이름이나 얼굴이 알려진 연예인보다 더 나은 대우를 받는 중년 부인들이 단골로 드나드는 고급 미용실에서 일하고 있었다. 헤라 헤어 숍은 다른 곳보다 공간이 넓고 미용사의 숫자가 많았으며 실내 인테리어가 특별했다. 거울은 크고 벽지는 밝고 조명은 은은했다. 영국에서 선진 미용 기술을 배워 왔다는 30대 후반의 원장은 미용실 내부를 호텔 커피숍이나 잘사는 집 거실에 들어선 것 같은 쾌적한 느낌이 들게 꾸몄다. 헤라 헤어 숍은 단순히 머리카락을 자르고 파마를 하는 곳이 아니었다. 머리카락이 빠지거나 손상되는 것을 막기 위해 영양제를 쓰고 두피 마사지를 하는 등 이른바 두피와 모발 관리를 체계적으로 하는 곳으로 이름을 날렸다. 그런 서비스를 하는 곳은 당시로서는 그곳이 유일했다. 당연히 헤라 헤어 숍을 이용하려면 돈이 많이 들었고, 따라서 아무나 출입할 수 없었다. 아무나 출입할 수 없었는데도, 혹은 그렇기 때문에 이 미용실에 드나들려고 하는 사람이 많았다.

이곳을 유명하게 만든 요인이 하나 더 있었다. 원장이 운영하는 또 다른 업체인 피부 관리실과 병행하여 회원제로 사람을 모은 것이 그것이다. 회원제 미용실 운영 역시 헤라 헤어 숍이 처음 도입한 방식이었다. 미용실은 3층에, 피부 관리실은 4층에 있었다. 미용실의 이름은 헤라 헤어 숍, 피부 관리실의 이름은 헤라 뷰티 숍이었다. 헤라의 회원이 되면 헤라 헤어 숍과 헤라 뷰티 숍을 같이 이용할 수 있었다. 두피와 모발 관리도 그렇지만, 피부 관리라는 것은 당시로서는 아주 생소한 개념이었다. 눈썹, 여드름, 모공에 대한 관리는 물론이고 눈가 주름을 예방하고 피부 탄력을 유지하기 위해 피부 유형에 맞는 화장품을 추천하

고 전신 마사지를 하는 일련의 과정이 피부 관리에 포함
되어 있었다. 헤라 뷰티 숍에는 피부 관리사라고 불리는
이들이 꽤 여러 명 있었다. 그들 대부분은 원장이 직접 가
르친 이들이었다. 8년간의 결혼 생활을 정리하고 영국에
서 귀국한 30대 후반의 이혼녀인 원장이 익혀 왔다는 선
진 기술이 말하자면 그런 것이었다. 보통 사람에게는 피부
를 관리한다는 개념이 아직 낯설었지만, 연예인들과 일부
부유층 여자들에게는 남들의 시선을 끌 수 있는 몸을 만
들고 몸에 맞는 옷을 입고 몸에 맞는 화장을 하고 피부를
가꾸는 일이 중요한 관심거리였다. 원장은 처음부터 부유
층 여자들과 연예계 종사자들을 표적으로 삼았고 그녀의
전략은 적중했다. 문을 열자 그런 서비스를 받을 만한 능
력이 되는 사람들 사이에 소문이 퍼졌다. 그런 서비스를
제공하는 곳이 없어 그런 서비스를 받지 못하던 사람들이
소문을 듣고 찾아오고, 그들이 또 소문을 냈다. 헤라 헤어
숍에서 머리를 손본 사람들 가운데 상당수가 헤라 뷰티
숍의 손님이 되었다. 그들은 회원이 되어 얻는 경제적 이득
때문이 아니라 헤라 멤버십의 일원이라는 자부심 때문에
헤라의 회원으로 가입했다. 대부분은 아무런 경제적 혜택
을 주지 않아도, 아니, 웃돈을 붙여 주고서라도 회원이 되
려고 했다. 그런 능력이 있는 사람들, 회원에게 주어지는
몇 퍼센트 할인 같은 것에 흔들리지 않는 사람들만이 헤

라의 회원이 되었다. 할인 혜택 같은 것은 최첨단 서비스를 제공받는 극소수 회원으로 선택되었다는 자부심에 비하면 아무것도 아니었다. 누구에게나 허용된 것이 아니기 때문에 이곳을 드나드는 사람들은 특권을 누리는 자의 배타적인 우월감과 이상한 연대감 같은 것을 스카프처럼 몸에 두르고 다녔다. 그중에는 시대를 앞서간다는 어처구니없는 자부심으로 우쭐대는 치들도 없지 않았다.

어느 날 헤라 헤어 숍의 원장이 후를 불렀다. 후는 원장실의 푹신한 가죽 소파에 앉아서 조금 전까지 자기가 일하고 있던 유리 벽 너머를 보며 그 분주한 움직임들이 흡사 무성영화의 한 장면 같다고 생각했다. 유리로 칸막이를 해서 밖이 훤히 보이지만 소리는 전혀 들리지 않았다. 가위를 쥔 동료 미용사들의 능숙한 손놀림은 그 능숙함 때문에 오히려 희극적으로 보였다. 웃음소리가 들리지 않는 웃는 얼굴도 기묘하긴 마찬가지였다. 후는 언뜻 허공을 향해 눈을 들었는데, 무엇 때문인지 미용실 안의 인물들이 줄에 매달려 조종당하는 꼭두각시 같다는 생각이 문득 들었기 때문이다. 그러나 물론 그 생각은 잠깐 떠올랐다가 곧 사라졌다. 그 생각을 더 붙들고 어디서 비롯된 것인지 헤아려 볼 여유도 없었다. 원장이 곧 맞은편 의자에 앉아 뜻을 헤아리기 힘든 야릇한 눈길로 바라보더니 평소와 달리 조심스러운 목소리로 입을 열었다. "미스터 정에게 아주 큰 도움을 줄 수 있는 사람을 소개해 주려고 하는데…… 내 말 잘 들어 봐요. 그동안 충분히 느끼고 깨달았겠지만 사람 찾는 게 쉬운 일이 아니에요, 그죠? 순전히 발품으로 전국을 뒤지고 다닌다는 게 이 눈부신 20세기에 될 법이나 한 일이에요? 늙어 죽을 때까지 걸어 다니기만 할 거예요? 걸어 다니다가 길에서 죽을 거예요? 그건 아니잖아요. 그런 바보짓이 어디 있어. 전국의 모든 미용실을 다 뒤진다는 게 가능한 일이라고 생각해요? 그게 가능하다 치자고. 미스터 정의 누나가 아직도 미용실에 있다는 보장이 어디 있어? 한때 미용실에서 일했다고 영원히 하란 법이 있나? 그만두고 다른 일을 할 수도 있잖아요. 촌구석이면 몰라도 대도시에는 일거리가 얼마나 많은데. 내 말의 요지는 열의만 갖고 되지 않는 일이 있다, 이거예요. 이렇게 막무가내로 해선 안 된다, 이거예요." 원장이 틀린 말을 하는 것은 아니라고 후는 생각했다. 사실 그동안 자기 방법에 회의가 없었던 것은 아니다. 그의 방법은 비능률적이고 시대착오적이었다. 그는 자기 방법이 비능률적이고 시대착오적이라는 걸 모르지 않았다. 그러나 그는 애써 자기 방법에 대한 반성을 하지 않으려고 했다. 그것은 거의 무의식적이었는데, 반성이 행동의 제약을 이끌어 낼 수도 있다는 우려 때문이었다.

후는 원장의 말이 틀리지 않다고 생각했지만, 틀리지

않은 말을 하는 원장이 옳다고 생각하지는 않았다. 그것은 다른 문제였다. 말의 내용은 옳지만 말하는 행동은 옳다고 할 수 없는 상황이 있다. 어떤 옳은 말은 말해지는 순간, 말해졌기 때문에 옳지 않은 것이 된다. 어떤 옳은 말은 옳음을 유지하기 위해 말해지지 않아야 한다. 그렇지만 말해지지 않으면 그 말이 옳다는 걸 이해할 길이 없기 때문에 그 말이 옳다는 걸 이해시키기 위해서는 말을 하는, 옳지 않은 방법을 쓰지 않을 수 없다. 옳지 않은 행동을 통해서만 옳음이 증명된다는 것, 자신의 옳음을 증명하기 위해 옳지 않음을 실천해야 한다는 것, 옳지 않은 실천을 통해서만 그 옳음을 이해시킬 수 있다는 것은 아이러니다. 누군가의 옳지 않은 실천이 옳은 말 때문에 용납되기도 하고 누군가의 옳은 말이 옳지 않은 실천 때문에 의심스러워지기도 한다. 후는 원장을 의심했다. 무엇보다 그녀가 그런 말을 하는 동기를 추측할 수 없었다. 후는 당신 말이 옳다고도 하지 않고 당신이 그런 말을 하는 것은 옳지 않다고도 하지 않았다.

후는 그녀가 유난히 뜸을 들인다고 생각했다. 뜸을 들여 말하는 성격의 여자가 아니라는 사실을 상기하자 그녀가 무슨 말을 하려고 그러는지 걱정이 되었다. 원장이, 그러니까 내 말은, 하고 말을 이었다. "그러니까 내 말은 이 정보의 시대에 맞는 효율적인 방법을 써야 한다, 이 말이지." 그녀는 '정보의 시대'와 시대에 맞는 '효율적인 방법'을 강조했다. 그녀는 정보를 쥔 사람이 모든 것을 할 수 있다고 말했다. 그러면서 성실하게 부지런히 일하고 머리 좋은 사람이 아니라 어디로 큰길이 날지, 어디에 아파트 단지가 들어설지 하는 정보를 남들보다 먼저 알아낸 사람이 돈을 버는 시대라고 예를 들었는데, 후는 그 말은 이해했지만 그 말을 왜 하는지는 이해할 수 없었다. 전에 누가 무슨 일을 했고 지금 누가 무슨 일을 하고 있으며 나중에 누가 무슨 일을 할지 파악하고 있는 사람이 항상 칼자루를 쥐는 법이라고, 자기 비밀을 알고 있는 사람 앞에서 꼼짝할 수 없는 것이 인간이라고, 누군가의 비밀을 쥐고 있으면 일하기가 수월하다고, 설령 누군가의 비밀을 쥐고 있지 않더라도 누군가의 비밀을 쥐고 있다는 인상을 주는 것만으로도 자기가 원하는 대로 할 수 있다고, 그러니까 정보야말로 권력이라고 이어 붙여 말하는 그녀의 장황한 설명들을 다 이해했지만 그녀가 그 말들을 왜 하는지는 이해할 수 없었다. 이 나라의 모든 정보를 모으고 찾아내고 분류하고 활용하는 국가기관이 두려움과 공포를 불러일으키는 것은 너무나 당연하다고 말할 때도 마찬가지였다. 그녀가 그 무시무시한 정보기관의 높은 사람을 소개해 줄 수 있다고 했을 때에야 그 말과 함께 그 말을 하는 까닭도 이해할 수 있을 것 같았다. 내 말뜻을 알겠지, 하고 원장이 확인하듯 물었을 때에야 후는 고개를 끄덕였다. 그녀는 만족한 듯 미소를 지었다. 후는 그녀의 호의 어린 긴 설명을 잘 알아듣지 못하고 듣는 내내 의심까지 했던 일이 미안해져서 마음을 누그러뜨렸는데, 그럼으로써 이어지는 그녀의 제안을 거부감 없이 받아들일 마음 상태를 마련한 셈이었다. 물론 그는 자기 안의 그런 변화를 의식하지 못했지만, 원장은 흡족하게 미소 지었다. "저기 5번 자리에 앉은 사모님 알지……." 그녀가 턱으로 유리문 건너편을 가리켰다. 후는 고개를 돌려 원장이 가리키는 5번 의자를 확인했다. 혜라 헤어 숍의 단골손님 가운데 한 명이었다. 언제나 원장이 직접 머리를 만졌다. 중요한 손님이라는 증거였다. 듣는 사람이 있을 리 없는데도 원장은 목소리를 현저하게 낮춰, 저 사모님 남편이 안기부 요직에 있잖아, 하고 말했다. 알지, 나는 새도 떨어뜨린다는 중앙정보부 말이야, 얼마 전부터 안기부라고 바꿔 부르잖아, 하며 누가 들으면 큰일 난다는 듯 목소리를 더 낮추고 몸을 더 앞으로 구부렸는데, 그러자 기밀을 다루는 정보기관에 대한 두려움과 그 두려움으로부터 선택적으로 보호받고 있다는 안도감이 동시에 밀려왔다. 원장이 은근한 목소리로 말했다. "저 사모님, 이젠 미스터 정이 맡아." 후가 믿기지 않는다는 표정으로 바라보자 원장은 말없이 웃었다. 공모자에게 보내는 듯 은밀한 웃음이었다.

6

　원장은 엄청난 특혜를 주는 것처럼 말했고, 그것은 실제로 엄청난 특혜였다. 헤라 헤어 숍의 미용사들은 모두 원장의 처사를 의아해하고 못마땅해했다. 의아해한 것은 그런 특별한 고객을 원장이 다른 사람에게 양보한 적이 없을 뿐 아니라 그럴 위인이 아니기 때문이었고, 못마땅해한 것은 다들 그 미용실에 있는 미용사들 가운데 경력으로든 기술로든 시골 출신의 후만 못한 사람은 없다고 생각했기 때문이다. 겉으로 표를 내진 않았지만 후가 시기의 대상이 된 건 사실이다. 특별 손님을 맡는 일이 그만큼 특별했던 것이다. 경력을 충분히 쌓고 단골도 제법 많이 확보한 고참 미용사가 유독 예민하게 반응했는데, 독립해서 나갈 경우 영향력 있는 단골손님으로부터 상당한 도움을 기대할 수 있기 때문이었다. 실제로 단골 고객의 후원을 받아 자기 이름의 가게를 낸 미용사가 없지 않았다. 그러니까 혜라 헤어 숍의 모든 미용사들이 후를 부당하게 특혜 받은 사람 취급한 것은, 그 혜택을 얻기 위해 어떤 일도 하지 않은 후로서는 좀 억울할 수 있지만, 전혀 이해 못 할 일은 아니었다.

그런데, 후를 포함하여 모두가 오해한 것이 있었다. 그 특별한 손님이 후에게 맡겨진 것은 맞았다. 그러나 그가 맡은 것은 그녀의 머리카락만이 아니었다. 그는 혜라 헤어 숍만이 아니라 혜라 뷰티 숍에서도 그 사모님을 담당했다. 그녀는 헤어 숍에서 머리를 만진 다음 뷰티 숍에 들러 피부 관리를 받고 갔다. 조금 지난 후에는 4층으로 바로 오기도 했다. 그녀가 나타나면 원장은 후에게 다가와 나지막이 사모님이 왔다고 알리고, 모든 시간을 자유롭게 쓰도록 허용했다. 한나절, 심지어 하루를 통째로 주기도 했다.

처음에는 어색하던 일이 반복을 통해 습관이 되면 아무것도 아닌 일이 된다. 습관이 된다는 것은 근육이 의지의 작동을 기다리지 않고 기계적으로 움직인다는 뜻이다. 기계에 어색함이나 쑥스러움이 있을 리 없다. 후에게 나타난 변화가 그러했다. 처음에는 뷰티 숍의 밀실로 들어가는 발걸음이 어색하고 불편했지만 곧 근육에 기계가 달렸다. 어느 순간부터는 뷰티 숍을 나와 사모님의 승용차를 타고 백화점에 가서 그녀가 골라 주는 옷을 입으면서도 쑥스러워하지 않고 웃을 수 있게 되었다.

그 사모님을 후는 사모님이라고 불렀다. 그는 한 번도 그녀의 이름을 불러 보지 않았는데, 그것은 마지막까지 그녀의 이름을 알지 못했기 때문이다. 누구도 그녀의 이름을 알려 주지 않았고, 그녀 또한 알려 주지 않았고, 후도 굳이 알려고 하지 않았다. 사모님이라고 부르고 불리는 것으로 충분했기 때문이다. 부르는 사람도 충분했고 불리는 사람도 충분했다. 이름을 부를 일이 없거나 부르지 않아도 된다면, 그리고 이름 대신 부를 더 편하고 적당한 호칭이 있다면 굳이 이름을 알아야 할 필요가 없다. 이름을 알거나 알려 주는 것이 불편하거나 곤란한 사이도 있다는 것을 우리는 알고 있다. 이름을 알려 주는 것이 곤란하다면 그 곤란한 이름을 알려고 하는 것은 불편한 일이다. 이름 말고는 아무것도 모르는 사이도 있고, 뭐든 다 알지만 이름만 모르는 사이도 있다.

후에게 사모님은 어떤 사람이었을까? 이 질문은 의미가 있을까? 그럴 수도 있고 그렇지 않을 수도 있다. 확실한 것은 사모님에게 후가 어떤 사람이었는가 하는 질문이 별로 의미가 없다는 것이다. 질문을 바꿔 볼 수는 있다. 사모님은 후가 자기를 어떤 사람으로 알기를 바랐을까? 그녀는 후가 두 사람 사이를 어떻게 이해하고 받아들이기를 바랐을까? 이름을 아는 것이 불편하고 곤란한 사이? 아마 사모님은 이름을 알려 주지 않는 편이 더 낫다고 판단했을 것이다. 사모님으로 충분하고, 다만 사모님이기만을 원했다고 할 수도 있다. 그리고 후는 사모님의 그런 뜻을 육체적으로, 그러니까 자기가 아는지도 모르게 저절로 터득했다고 할 수 있지 않을까. 그가 육체적으로 터득한 그것, 사모님만으로 충분하고 다만 사모님이기만을 원한 두 사람 사이의 진실을 알게 한 것이 바로 그녀의 육체였다. 육체야말로 육체적이다. 육체가 가장 육체적이다. 그녀의 육체가 그의 육체와 맺는 관계, 그것이 그녀가 원한 것임을 그는 육체를 통해 육체적으로 터득했다.

4층의 혜라 뷰티 숍 특실에서 후는 사모님의 몸을 마사지했는데, 그녀는 그가 무슨 말인가를 하려고 하면 얼굴을 찡그리고 자기 몸에만 집중하라고 요구했다. 자기 몸을 감각 없는 무생물이나 물건 대하듯 하지 말라는 말도 했다. 몸에 익힌 기술로 몸을 만지는 전문 피부 관리사들을 기피하는 이유가 그 때문이라고 했다. 몸을 몸으로 대하라는 당연한 요구는, 그러나 남자의 손길을 받으며 침대에 누운 여자의 입에서 나올 때 당연한 것 이상의 것이 된다. 그녀는 전문 피부 관리사의 전문적인 피부 관리를 원한 것이 아니었다. 그랬다면 후를 택하지 않았을 것이다. 그녀는 후에게 자기 몸을 '의식적으로' 만지라는 요구도 했다. 기술자의 능숙함으로 하지 말고, 몸을 처음 대하는 사람처럼, 감각을 집중해서 부드럽게 터치하라고 주문했다. 후는 감각을 집중해서 사모님의 희고 매끄러운 몸을 샅샅이 만지고 부드럽게 터치했다. 발가락과 발바닥과 종아리와 허벅지와 귀뿌리와 목덜미와 젖가슴과 엉덩이를 낱낱이 만졌다. 그러다 보면 긴장으로 손끝이 떨리고 흥분으로 숨이 가빠지곤 했다. 기술자의 능숙함으로 하지 않았기 때문이다. 몸을 처음 대하는 사람처럼 감각을 집중했기 때문이다. 사모님 역시 감각을 집중했으므로 어느 순간 긴장으로 몸을 떨고 흥분으로 가쁘게 숨을 몰아쉬었다. 후 역시 감각을 집중했으므로 긴장으로 떨리는 사모님의 몸과 흥분으로 가빠지는 사모님의 숨결을 느꼈다. 사모님의 떨리는 몸과 가빠진 숨결이 후의 몸을 더 떨게 하고 더 숨 가빠지게 했다.

감각이 고조되면 사모님은 후에게 손 대신 다른 걸 사용하라고 지시했고, 후는 그 지시에 따랐다. 그 지시는 항상 그의 몸이 준비되어 있을 때 내려졌다. 그는 망설이지 않고 사모님의 몸 위로 올라갔고 사모님의 지시에 따라 몸을 움직였다. 천천히 움직이라고 하면 천천히 움직이고 빠르게 움직이라고 하면 빠르게 움직이고 움직이지 말라고 하면 움직이지 않았다. 멈추라고 하는데 멈추지 않는 것도 허용되지 않았고, 멈추라고 하지 않았는데 멈추는 것도 허용되지 않았다. 그러나 후는 대부분의 경우 잘 참지 못하고 일찍 사정을 해 버렸는데, 그것이 그녀가 원하는 시간과 맞지 않았을 때는 사정을 한 후에도 마치 사정을 하지 않은 것처럼 천천히 움직이거나 빠르게 움직이기를 계속했다. 물론 사모님은 속지 않았다. 가끔 속아 주는 척하긴 했지만 대개는 속지 않았다는 표시를 굳이 했다. 집중하라고 했잖아, 라는 짧은 말이 그녀가 내지르는 불만의 표시였다. 후는 집중할수록 통제하기 힘들다는 사실을 이해하지 못하는 그녀가 불만이었지만 쑥스러움 때문에 그 말을 하지 못했다. 시간이 많이 지난 다음에 후는 그 말을 하지 않은 것을 다행이라고 생각하게 되었는데, 집중력을 발휘할 수 있게 되어서가 아니라 오히려 반복 학습의 효과일 가능성이 높지만, 그녀의 지시에 맞춰 움직이는 것이, 그러니까 그녀의 몸의 요구에 자신의 몸을 맞추는 것이, 물론 항상 그런 것은 아니지만 어느 순간부터 웬만큼 가능해졌고, 그는 그것을 집중력의 내면화가 만들어 낸 현상으로 이해하고 싶었기 때문이다. 그리고 그 무렵부터 그녀의 승용차를 타고 백화점에 가서 옷을 고르거나 비싼 술집에서 양주를 마시는 일이 자연스러워졌다. 때때로 후는 위험을 무릅쓰고 뷰티 숍 밖으로 자기를 데리고 나가 주는 사모님에게 고마움을 느끼기까지 했다.

이상하지만, 인간의 불합리하고 복잡 미묘한 심리를 생

각하면 설명이 불가능한 현상은 아니다. 사람은 자기를 지배하는 사람이 누구보다 강하고 탁월하기를 원한다. 그다지 강하지 않은 상대에게 부림을 받는 것은 자존심이 상하는 일이지만 누구나 두려워하는 사람에게 부림을 받는 것은 우쭐하고 자랑스러운 일이기 때문이다. 이것은 운동 경기에서 자기를 이긴 상대가 모든 사람을 이기고 최강자가 되기를 바라는 심리와 무관하지 않다. 나를 이긴 상대가 누군가에게 지면 기분이 언짢아지는데 그것은 내가 충분히 강하지 않은 상대에게 졌다는 사실이 무참하기 때문이다. 자기가 이기는 것이 가장 좋지만, 그러지 못할 바에는 누구도 이길 수 없는 강한 자에게 지기를 바란다. 나를 지배하는 자가 나를 지배할 만큼 강하기를 바라는 것이다. 지배받지 않는 것이 제일 좋지만(이것은 확실하지 않다. 지배할 조건을 갖추지 못했거나 그럴 만한 위치를 차지하지 못한 사람이 누군가의 지배조차 받지 못할 때, 좀 더 정확하게 표현해서 아무도 그 사람을 지배하려고 선택하지 않을 때, 소외감을 느끼거나 불안정한 상태에 빠지기도 한다는 의견이 있다. 그렇다면 지배받지 않는 것이 제일 좋다고 단정해서 말하긴 어렵다. 그렇긴 해도, 어쨌든) 불가피하게 지배받아야 한다면, 나를 지배하는 자가 당당하고 강할수록, 심지어 잔인할수록 나를 만족시킨다고 할 수 있다. 이 당당하고 강하고 잔인한 지배자가 아주 가끔 아주 작은 친밀감을 표시하거나 아주 사소한 친절을 베풀 때 우리는 황송하고 고마워서 어쩔 줄 몰라 한다. 지배 방법이 엄할수록 이 효과는 크게 나타난다. 그러니까 엄밀하게 말하면 이 황송함과 고마움은, 그의 친밀감과 친절에 대한 것이 아니라 그의 당당함과 강함, 심지어 잔인함을 향한 것이다. 문제는 이런 반응이 거의 항상 무의식적으로 일어나기 때문에 웬만해서는 당사자가 감지하지 못한다는 것이다. 감지하는 순간이 아주 없지는 않지만 워낙 짧아서 각성에 이르지 못하거나 너무 늦어서 무의미하거나 둘 중 하나이다.

우리의 주인공 후가 처해 있는 처지가 그러했다. 그러니 사모님이 더 큰 친절을 베풀었을 때 후가 느꼈을 감격이 어 떠했을지 상상해 보라. 후는 종종 연희 누나를 찾도록 도와 달라고 부탁했는데 그때마다 사모님은 아직 때가 아니라며 묵살했다. 그래도 말을 보태면 보채지 말라고 나무랐다. 그녀의 어투는 재고의 여지가 없이 단호했으므로 후는 더 보챌 수 없었다. 사모님은 아주 작은 친절에도 감격해하도록 충분히 길들인 다음에 선물을 내밀었다. 아직 때가 아니라는 사모님의 말은 아마 그런 뜻을 내포하고 있었을 것이다. 그녀는 자기에게(만) 그의 소원을 들어줄 능력이 있다는 사실을 되풀이해서 각인시킴으로써 자기에게 계속 의지하게 했고, 그러나 그 능력을 쉽게 사용하지 않음으로써 자기가 가진 능력의 가치를 높임과 동시에 후로부터 확실한 비하와 철저한 굴종을 이끌어 냈다. 그리하여 어느 날 사모님이 연희의 주소가 적힌 흰 종이를 내밀었을 때 후는 아주 잠깐이지만 아무 말도 하지 못하고 얼떨떨한 상태에 빠지고 말았다. 그것은 전혀 예상하지 못한 시간에 선물이 주어졌기 때문이었다. 사모님을 섬겨 온 이유가 그 때문이라는 사실을 그제야 깨달았을 정도였다. 그는 부끄러움을 느꼈다. 그리고 곧이어 울음을 쏟아 냈는데, 그것은 예상하지 않은 시간에 예상하지 못한 선물을 받은 데 따른 감격의 눈물이기도 했지만, 연희 누나를 잊고 지낸 데 대한 참회의 눈물이기도 했다. 그는 자신이 세속의 쾌락에 빠져 계명을 어기고 타락한 수도승처럼 느껴졌다. 그러자 자연스럽게 사모님이 타락한 수도승을 깨우쳐 구원의 길로 이끈 은인처럼 여겨졌다. 그런 식의 굴절된 의식이 후를 걷잡을 길 없는 감정의 폭풍 속으로 이끌었다. "어떻게 사모님의 이 은혜를, 어떻게 갚아야 할지……." 후는 사모님의 품속으로 파고들며 몸을 덜덜 떨었다. 젖을 찾는 어린아이 같은 후를, 그러나 사모님은 받아 주지 않았다. 밀어내지는 않았지만 다독여 주지도 않았다.

후는 몰랐지만, 말하자면 그것은 사모님의 작별 선물이었다. 용의주도한 그녀는 끝내야 할 시간이 이르렀음을 알아차렸고, 그랬으므로 후의 손에 연희의 주소를 들려 줌으로써 그를 쫓아냈다. 그로써 그녀가 했던 말―아직 때

가 아니라는 — 의 진짜 뜻이 무엇인지 드러낸 셈이라고 해
야 할지.

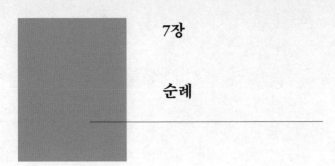

7장

순례

I

문제가 뭐냐 하면, 네가 그 꿈을 다시 꾸게 한다는 거야,
라고 연희는 말했다. 아주 오랫동안 괴로웠다고, 오랫동안
잠도 자지 못했다고 그녀는 말했다. 이제야 좀 견딜 수 있
을 것 같아졌는데, 극복해서가 아니라, 고통에 익숙해져서
겠지만, 어쨌든 겨우 그런 꿈을 꾸지 않고 잠들 수 있게 되
었는데, 그런데 네가 내 앞에 나타난 날 밤에 다시 그 꿈을
꾸게 된 거야, 하며 훌쩍였다. 아니, 네가 그 꿈을 다시 가
지고 왔다는 건 아니야, 그럴 리 없지, 그럴 리 없다는 거
알지, 그러니까 더 미치겠고, 하면서 가슴을 쳤다. 그런 말
을 하기 위해서 연희는 술에 취했다. 아니, 그런 말을 하기
위해 취한 것이 아니었다. 술을 마시지 않으면 안 될 정도
로 절망적인 기분이어서 술을 마셨고, 취할 때까지 마셨

을 뿐이다. 그러자 그런 말을 할 수 있게 되었다. 그런 말을 하기 위해서 취할 필요가 있었다는 건 맞지만 그런 말을 하기 위해서 취한 것은 아니었다. 그녀는 자기 입에서 그런 말이 나올 줄 몰랐다고 말하고 싶어 했다. 그러나 그 차이는 사실 그렇게 대단한 것이 아니다. 적어도 그녀가 믿고 싶은 만큼은 아니다. 그녀는 왜 취할 정도로 술을 마셨는가에 대해 대답해야 한다. 그녀는 그런 말을 하지 않고는 견딜 수 없는 상태를 견디기 위해 술을 마셨다. 그러니까 그녀는 그런 말을 하지 않기 위해 술을 마셨고, 그렇게 마신 술이 그런 말을 하게 한 것이다. 그런 말을 하지 않고는 견딜 수 없는 상태를 견디기 위해 그녀가 취할 수 있는 유일한 방법이 그런 말을 하는 것이었던 셈이다. 그녀는 그 역설과 모순을 이해하지 못했지만 이해하지 못한 채로 실행에 옮겼다. 그녀는 갑자기 자기 앞에 나타나 악몽 같은 현실을 떠올리게 하는 악몽을 다시 불러낸 사촌 동생에게 복잡하고 혼란스러운 감정을 느꼈고, 그 감정을 감출 수 없었다. 감출 수 없어서 술에 취했지만, 취했기 때문에 감출 수 없었다.

그녀는 박 중위가 자기 몸을 열고 들어오는 꿈을 지속적으로 꾸었다. 그녀는 몸을 오므리며 필사적으로 저항했다. 박 중위는 힘을 썼지만 그녀의 입을 열지 못했고 다리도 벌리지 못했다. 박 중위는 점점 거칠어지고 더 난폭해졌다. 땀을 뻘뻘 흘리고 욕을 하고 손찌검을 했다. 그래도 그녀의 몸은 열리지 않았다. 그러나 박 중위가 쓰고 있는 가면을 확인하는 순간 그녀의 온몸에서 힘이 쭉 빠지면서 필사적인 저항이 멈추었다. 그랬다. 박 중위는 삼촌의 가면을 쓰고 그녀의 몸속으로 들어왔다. 삼촌의 가면을 확인할 때까지는 그녀의 몸이 완강하게 버티며 밀어냈으므로 박 중위는 삼촌의 가면을 쓰지 않고는 들어갈 수 없었다. 삼촌의 가면은 그녀에게서 모든 힘을 빼앗고 손가락 하나도 움직이지 못하게 했다. 자기 몸이 자기 몸이 아닌 것 같았다. 몸이 돌덩이처럼 무거워져서 심연 속으로 가라앉는 것 같았다. 유일하게 마비되지 않은 곳이 눈물샘인지 눈물만 끊임없이 흘렀다. 때로는 삼촌이 박 중위의 가면을 쓰고 그녀의 몸속으로 들어오기도 했다. 박 중위의 가면 속에 삼촌의 가면이, 삼촌의 가면 속에 박 중위의 가면이 들어 있기도 했다. 그들은 몸을 바꾸기도 하고 얼굴을 바꾸기도 했다. 그들은 두 사람이면서 한 사람이었다.

"네가 그 꿈을 다시 가지고 왔다. 대체 내 앞에 왜 나타난 거니, 어쩌자고……." 연희의 울먹임 앞에서 후는 당황했다. 그전에 아무것도 느끼지 못한 것은 아니었다. 연희 누나를 찾아냈을 때(그녀는 천산에서 멀지 않은 소도시의 작은 미장원에서 일하고 있었다. 그 도시는 천산보다 남쪽에 있었다. 서울 쪽으로 방향을 잡은 후가 빠뜨린 곳이었다.) 그녀가 보인 반응은 뜻밖이었다. 자기를 알아본 짧은 순간 그녀의 얼굴이 딱딱하게 굳고 눈동자가 불안정하게 흔들리는 걸 후는 감지했다. 연희의 얼굴이 곧 아무렇지 않은 표정으로 바뀌었기 때문이기도 하지만 그는 그것을 뜻하지 않은 오랜만의 재회에 따른 어색함과 당황의 표시라고 해석했다. 오래 바라고 미리 준비한 자기도 아무렇지 않게 반가움을 표시하기가 힘든데 오래 바랐는지는 모르겠지만 미리 준비했을 리 없는 누나야 오죽하겠는가, 그렇게 생각했다. 연희는 거의 말을 하지 않았지만, 어렸을 때도 별로 말이 많은 편이 아니었고, 또 객지에 살면서 더 과묵한 성격이 되었기 때문이라고 이해하려 애썼다. 자기를 내버려 두고 밤마다 외출을 하고 늦게 들어와도 할 일이 있고 만날 사람이 많은 모양이라고, 최근에 데이트를 하는 남자가 생겼을지 모르는 일이라고, 만일 그렇다면 축하해 줄 일이지 투정 부릴 일이 아니라고 섭섭함을 다스렸다. 어디서 어떻게 살았는지, 어디서 어떻게 살 건지 묻지 않는 것도 동병상련과 신중한 배려심 때문일 거라고, 일부러 이야기를 꺼내서 피차 상처를 건드릴 필요가 없다고 생각하는 걸 거라고, 자연스럽게 이야기 나눌 시간을 기다리고 있을 거라고, 그것이 사려 깊은 태도라고 자위했다. 그런 식으로 그는 연희가 보여 주는 이해할 수 없는 거리감을 이해하려고 했다. 그런 식으로 그는 연희가 그를 거부하고 있으며 함께 있는 시간을 못 견뎌 한다는 납득할 수 없는 사실을 납득하려고 했다.

이해할 수 없는 것을 이해하고 납득할 수 없는 것을 납득해야 하는 순간이 왔다. 어느 날 밤, 잠을 자던 연희의 방에서 비명 소리가 들려왔다. 깜짝 놀라 깨어난 후는 그녀의 방문을 열려고 했다. 열려고 했으나 열지 못한 것은 문이 굳게 잠겨 있었기 때문이다. 누나의 방문이 잠겨 있는 건 의외였지만, 그리고 매일 밤 잠겨 있었던 것인지 그날 밤에만 잠긴 것인지, 의도적으로 잠근 것인지 우연히 잠긴 것인지 궁금했지만, 안에서 다급한 비명 소리가 그치지 않았기 때문에 후는 잠긴 문에 대한 생각을 계속 이어갈 수 없었다. 그는 나쁜 꿈을 꾸었느냐고 물으며 안으로 들어가려고 했다. 안으로 들어가려고만 하고 들어가지 못한 것은 문이 안에서 굳게 잠겨 있었기 때문이었다. 그는 문을 흔들었고, 그 때문에 덜컹거리는 소리가 심하게 났고, 그 바람에 꿈에서 깨어난 그녀가 더 격렬하고 무섭게 비명을 질렀다. 후는 왜 그래, 누나, 문을 열어 봐, 나야, 하고 소리쳤다. 연희는 밖에다 대고 악을 썼다. "하지 마. 하지 마. 안 돼. 하지 마. 제발……" 그리고 통곡이 이어졌다. 후는 그녀가 하는 말의 뜻을 알아듣지 못했지만, 말의 내용이 아니라 토해져 나오는 소리의 섬뜩한 기운에 전율이 일어 아무 말도 하지 못했다. 그날 밤 후는 자기가 그녀를 이해할 수 없었던 것은 이해하지 않으려 했기 때문이라는 걸 깨달았다. 이해하게 될까 봐 두려웠기 때문이라는 걸 깨달았다. 방 안에서 굳게 잠긴 그녀의 방문과, 그를 향한 것이 분명한 공포에 찬 비명이 움직일 수 없는 표식이었다. 연희는 그에게 거리감을 표시하고 있었고, 그를 거부하고 있었고, 그와 같이 있는 시간을 못 견뎌 하고 있었다. 그 사실을 이해하지 못한 것은 그것이 이해할 수 없는 일이어서가 아니라 이해하고 싶지 않은 일이었기 때문이었다.

연희가 술을 마시고 취해서 돌아온 것은 그다음 날 밤이었다. 그녀는 견디기 위해 취했지만 결국 취했기 때문에 견디지 못했다. 그리고 그녀가 견디지 못했기 때문에 후는 그녀가 왜 자기에게 거리를 두고 자기를 피하고 거부하는지 알게 되었다. 박 중위는 그녀를 욕보이고 나서 화대를 주고 샀다고 말함으로써 그녀를 창녀 취급했다. 박 중위가 주는 화대를 받은 사람은 아버지나 다름없는 그녀의 삼촌이었다. 아버지나 다름없는 그녀의 삼촌은 박 중위가 주는 화대를 받음으로써 그녀를 창녀 취급했다. 그녀를 오래 괴롭힌 악몽 속에서 두 사람은 구별되지 않았다. 말할 수 없는 것을 말하지 않기 위해 그녀는 취했지만 취했기 때문에 그녀는 말할 수 없는 것을 말하고 말았다. 심지어 그녀는 취하지 않았다면 결코 하지 않았을 말까지 하고 말았다. "어젯밤에는, 심지어, 네가, 네 가면을 쓴 남자가 내 몸 위로 올라와서 내 몸을 누르고, 가만있으라고 위협하며 내 몸을 열었는데, 그런데 그 목소리가 삼촌 같기도 하고, 그 군인 같기도 하고……. 나는 도저히 내 동생 후로 너를 볼 수가 없다. 너는 희미해져 가던 악몽 속의 그 남자들을 다시 불러냈다. 그러니까 너는 너무 일찍 왔다. 모르지, 언제가 적당한 시간인지, 언제가 괜찮은 시간인지. 모르지, 아무리 늦게 와도 너무 일찍 왔다고 느낄지. 내 아버지 같은 삼촌의 아들인 너는…… 왜 온 거니?"

연희는 술이 깬 다음 날 아침, 자기가 취한 상태에서 뱉어 낸 말 전부를 기억하지는 못했지만, 굳이 후가 알아야 할 필요가 없는 말을, 단지 자기가 괴롭다는 이유로 털어놓았다는 사실을 깨달았고, 누나답지 못하게 경솔했다고 자책하며 자기 얼굴을 때렸다. 그러자 그 차진 마찰음이 지난밤 후가 했던 말을 생생하게 불러냈다. "땅이 마을을 삼켰어요. 집이 없어졌어요. 아버지는 죽었어요. 어머니도." 언제 그 말을 들었는지는 분명하지 않았다. 후가 언제 그 말을 했을까. 아마 그녀가 두서없이 감정을 토로하다가 그만 걷잡을 길 없이 헝클어져 탁자에 무너지기 직전이었던 것 같은데, 확실하지는 않다. 후는 왜 그 말을 했을까. 이미 죽었으므로, 죽은 사람에게 시달리지 말라는 뜻으로 했을 수 있지만 그것도 확실하지 않다. 확실한 것은 지난밤에는 그 말에서 아무 의미도 발견하지 못했다는 것이다. 어젯밤에는 그 말을 들었다는 사실도 인지하지 못했다는 것이다. 그럴 수도 있는가. 들은 기억도 없는 말이 뒤늦게 갑자기 엄청난 무게로 생생하게 되살아나는, 그런 일이 있을 수 있는가. 그녀는 둔기로 뒷머리를 얻어맞은 것 같은 충격을 받았다. 술기운이 한꺼번에 달아나는 것 같았다. 그녀가 저주했기 때문에 그런 일이 생겼다고 믿은 것은 아니지만, 그녀의 고통이 어떤 마력으로 그런 재앙을 불러왔을 수 있다는 혼란스러운 생각이 들었고, 그 생각은 죄책감과 유사한 감정을 불러왔다. 자기가 동생인 후에게 못할 말을 해서 불필요한 감정의 분란을 일으켰다는 생각이 들어 부끄러웠지만, 자기의 부끄러움은 어떻게 보면 사소한 문제이고, 자기 말로 인해 상처를 받았을 후가 뒤늦게 걱정되었으므로 후다닥 자리를 털고 일어나 곧바로 후의 방문을 열었다. 그러나 간밤에 연희가 한 말을 통해 자기가 공연히 나타나 누나를 괴롭히고 있다는 사실을 깨달은 후는 그걸 알면서도 계속 곁에 있는 것은 고문일 뿐이라고 생각했으므로 아침이 밝기 전에 그 집을 떠났다. 연희는 후의 가방이 없어진 것을 확인하고 그가 떠났다는 걸 알았다. 헝클어진 머리를 대충 쓰다듬어 모자 속에 집어넣고 빠른 걸음으로 버스 정류장까지 가 보았지만, 후를 발견할 거라고 기대한 것은 아니었다. 후를 다시 찾기를 기대하는 마음 한편에 후를 정말로 만나면 어떡하지 하는 마음이 있었다고 해서 그녀를 비난할 수는 없다. 요컨대 그녀는 자기가 원하는 것이 무엇인지 분명히 알기가 어려웠던 것이다. 그만큼 혼란스러웠던 것이다.

2

후에게 목적지가 정해져 있었던 것은 아니다. 아침 해
가 사물들의 그림자를 길게 늘어뜨리는 거리에서 그는 막
막한 기분을 느꼈다. 그에게 목적지라고 할 만한 곳이 있
어 본 적이 없지 않느냐고, 그는 늘 길 위에 있었던 셈이 아
니냐고, 그러니 새삼스럽게 막막한 기분을 느낄 이유도 없
지 않느냐고 반문할 수 있다. 이 질문은 막무가내의 방황
과 유랑처럼 보이는 그의 길 위의 행보가 연희라는 목적지
를 가지고 있었으며, 거기에 이르러 멈출 것으로 예상되거
나 기대되었다는 사실을 간과하고 있다. 목적지에 아직 이
르지 않았을 때는 막막해도 갈 수 있다. 아직 이르지 않았
으니까. 아직 이르지 않은 자는 더 갈 수 있다. 그러나 목
적지에 이르렀는데도 그곳에 멈추지 못하는 막막한 상황

에 처한 자는 어디로도 갈 수 없다. 이미 이르렀으니까. 이미 이른 자는 더 이상 갈 곳이 없다. 더 이상 갈 곳이 없는데도 가지 않을 수 없는 사람은 어떻게 해야 하는가.

그는 자기 그림자를 길게 늘어뜨리는 햇빛을 등에 받으며 오랫동안 걸었다. 갈 곳이 정해져 있지 않았으므로 아무 데로나 걸을 수 있었다. 갈 곳이 정해진 사람도 걷지만 갈 곳이 정해지지 않은 사람도 걷는다. 갈 곳이 정해진 사람은 정해진 곳이 있으므로 걸어야 하고 갈 곳이 정해지지 않은 사람은 정해진 곳이 없으므로 걸을 수밖에 없다. 어디든 걸을 수 있지만 어디를 걷든 '아무 데'일 수밖에 없다. 길을 걷는 그의 머릿속은 텅 빈 것 같았다. 아무 생각도 하지 않으려고 한 것은 아니지만 아무 생각도 나지 않았다. 아무 생각도 하지 않고 무작정 걷기만 하겠다고 작정한 것은 아니지만 아무 생각도 하지 않고 무작정 걷게 되었다. 출근하는 남자들이 무뚝뚝한 표정으로 걸음을 빨리하고 등굣길의 아이들이 재잘거리며 뛰어갔다. 가끔 행인들이 어깨를 스치며 지나갔고 정신을 차리라는 듯 경적을 울리는 자동차도 있었지만 그는 아무것도 의식하지 못했다. 신호등이 다섯 번이나 바뀔 때까지 횡단보도 앞에 멍하니 서 있는 자신을 사람들이 이상하다는 듯 쳐다보는 걸 그는 의식하지 못했다. 그의 걸음이 어느새 도시를 벗어나 한가한 지방도를 걷고 있다는 걸 의식하지 못했고,

어쩌다 지나가는 트럭이 속도를 내며 먼지를 덮어씌우는 것도 의식하지 못했고, 전봇대처럼 길쭉하게 늘어지던 그의 그림자가 손마디만큼 짤막해진 것도 의식하지 못했다. 앞뒤로 단순히 왔다 갔다 하는 두 다리만 빼고 다른 기능은 작동하지 않는 기계 같았다. 물론 연희의 집을 나와 걷기 시작한 지 얼마나 지났는지도 의식하지 못했다.

마침내 그는 도로변 풀밭에 쓰러지듯 주저앉았다. 그는 풀밭 위에 몸을 눕혔고, 눈을 감았고, 그러자 바람이 살랑거리며 얼굴의 땀을 식혀 주었고, 자기도 모르게 잠 속으로 빠져들었다. 그러나 그는 아주 조금밖에 자지 못했다. 잠깐 눈을 붙였는가 싶었는데 금방 눈이 떠졌다. 눈을 뜨고 걸을 때는 활동을 멈췄던 의식이 눈을 감고 잠 속으로 들어가자 깨어나려고 발버둥 쳤기 때문이다.

그는 어둠 속에서 움직이는 큰 가면이 자기를 향해 다가오는 것을 보고 공포를 느꼈는데, 어느 순간 자기라고 생각했던 사람이 어떤 여자로, 어떤 여자를 향해 다가가는 큰 가면을 쓴 사람이 자기로 바뀌었으며, 그와 동시에 처음의 공포가 알 수 없는 흥분으로 전환되는 걸 느꼈다. 가면 속에 얼굴을 감춘 그는 안도감을 느꼈고, 자기 몸의 어느 부분인가가 딱딱해지는 걸 느꼈고, 몸이 이끄는 대로 여자의 몸 위에 자기 몸을 올릴 때, 집중해, 라고 주문하는 여자의 목소리를 들었고, 그것은 그가 아주 잘 아는 사모님의 목소리였으므로, 사모님의 목소리라고 생각했으므로 집중해야 했다. 그러나 여자는 비명을 질렀고, 그 비명은 쾌감이나 만족감을 표시하는 소리가 아니었고, 불만이나 아쉬움의 토로는 더욱 아니었고, 다만 끔찍한 공포에서 터져 나오는 날것의 찢김일 뿐이라는 게 너무나 생생하게 전달되었으므로 당황한 그는 얼른 몸을 떼어 내고 여자를 살폈고, 그 여자가 사모님이 아니라 연희 누나라는 걸 알았고, 당황했다기보다 당황해야 한다는 생각이 꿈속인데도 들었으므로 어떻게든 당황하려고 했고, 그런데도 그의 몸은 당황하지 않고 흥분 상태를 유지했고, 유지만 한 것이 아니라 한층 노골적인 쾌감을 과시하며 불거졌는데, 그것은 뻔뻔스럽게도 그의 얼굴이 가면 속에 숨겨져 있어서 발각될 염려가 없기 때문이라는 걸 꿈속인데도 인지하고 있었기 때문이었다. 그렇지만 여자의 비명은 여전히 그치지 않았고, 비명이 그치지 않는 건 특별한 일이 아니라고 꿈속인데도(혹은 꿈속이니까.) 생각했기 때문에 그의 몸을 제어할 수 없었다. 그러니까 비명을 덮치기 위해 달려든 그의 불거진 몸이 갑자기 놀라 쪼그라든 것은 여자의 날카로운 비명 때문이 아니라 그녀의 뜨거운 시선 때문이었다. 그녀의 눈은 두려움으로 커지고 경악으로 일그러져 있었는데, 크고 끔찍한 비명이 그 커지고 일그러진 눈에서 나온다는 사실을 어렵지 않게 깨달았고, 그녀가 그 크고 일그러진 눈으로 자기 얼굴을 보고 있다는 사실도 어렵지 않게 깨달았다. 그러니까 그녀의 비명은 그의 얼굴을 보고 커진 그녀의 눈에서 나온 것이었다. 그런데도 그는 가면을 쓰고 있었으므로 안도했다. 그의 가면이 그의 얼굴을 가렸으므로 안도했다. 도대체 그녀는 무엇을 본 것일까. 그는 불현듯 자기가 쓰고 있는 가면을 자기는 보지 못한다는 사실을 깨달았고, 가면을 쓰고 있다는 사실만으로 안도했을 뿐 무슨 가면을 쓰고 있는지 모른다는 사실을 깨달았고, 자기가 무슨 가면을 쓰고 있는지 확인하기 위해서는 쓰고 있는 가면을 벗어야 하는데, 그러면 자기 얼굴을 노출해야 하기 때문에 그럴 수 없다는 걸 깨달았고, 그렇지만 자기가 쓴 가면을 보고 놀라서 내지르는 그녀의 뜨거운 비명을 통해 자기가 어떤 가면을 쓰고 있는지 알 것 같아진 상황에서는 아무것도 모르는 것처럼 그냥 버틸 수 없었고, 그러자 근육과 피와 신경을 팽팽하게 긴장시키던 몸의 흥분이 순식간에 사라졌고, 그는 그대로 어디로든 숨고 싶어졌고, 그러나 그를 숨겨 주던 가면이 더 이상 원래의 기능을 할 수 없게 되었으므로 숨을 곳이 없었고, 가면을 쓰고 있으나 벗고 있으나 마찬가지이므로 굳이 가면을 쓰고 있을 이유가 없다는 생각이 들었으므로, 같은 이유로 굳이 가면을 벗을 이유 역시 없었음에도, 제 손으로 제 얼굴을 가리고 있던 가면을 벗겨 냈다. 그의 얼굴에서 벗겨져 그의 손에 들린 것은 그의 얼굴이었다. 그는 그의 얼굴을 그의 얼굴에 쓰고 있었다. 그러니까 그녀는 그의 얼굴이 쓰고 있는 그의 얼굴을 보고 놀라 비명을 지른 것이었다. 그의 입에서, 그녀의 입에서 나온 것보다 더 날카로운 비명이 터져 나왔다.

자기가 지른 비명에 놀라 잠에서 깨어난 그는 무릎을 꿇고 자기 머리를 땅에 짓찧었다. 머릿속에서 너무나 큰 목소리가 들렸기 때문이었다. ……누이야 와서 나와 동침하자. 누이야 와서 나와 동침하자……. 모래 알갱이들이 이마에 박히고 살이 찢겼다. 찢긴 자리에 불그죽죽하게 핏물이 배었다. 그러나 그는 머리를 짓찧는 동작을 그치지 않았다. 성경의 페이지들이 그의 머릿속에서 빠르게 넘어갔다. ……암논이 그 말을 듣지 아니하고 다말보다 힘이 세므로 억지로 동침하니라. 암논이 그 말을 듣지 아니하고 다말보다 힘이 세므로 억지로 동침하니라……. 그는 자기를 압살롬과 동일시했고, 애써 압살롬이고자 했지만, 그러나 또한, 압살롬이기 전에 암논이며, 압살롬보다 더욱 암논이라는 사실을 부정하기가 어려웠다. 그는 자기 몸이 더럽고 끔찍하게 여겨졌으므로, 그렇게 하면 더럽고 끔찍한 자기 몸이 자기에게서 떨어져 나가기라도 할 것처럼 끊임없이 자기 몸을 상하게 했다.

햇살이 하늘에서 땅을 향해 떨어지고 바람은 땅에서

하늘을 향해 불었다. 지나가던 트럭이 멈춰 서서 기이한 행동을 하는 그를 한참 지켜보다 지나갔다. 트럭 운전자는 고개를 갸우뚱했고, 내릴 것처럼 운전석 문을 조금 열었다가 도로 닫고 떠났다. 트럭이 지나가고 30분쯤 시간이 흐른 후 승용차 한 대가 멈춰 섰다. 승용차에는 중년의 남녀가 타고 있었다. 남자는 그냥 가자고 했지만 여자는 몸이 불편한 사람이 외진 데 버려져 있는 걸 보고 그냥 지나칠 수 없다고 말했다. 귀찮다는 생각이 들었지만, 그리고 환자인지 아닌지 확신할 수 없다고 생각했지만, 시간을 다툴 만한 일이 없었으므로 남자는 여자의 말을 따르기로 했다. 그들이 가까이 다가갔을 때 후는 무릎을 꿇은 자세 그대로 몸을 앞뒤로 흔들고 있었다. 그의 이마는 피멍이 들어 거무죽죽했고, 군데군데 찢긴 상처에서 피가 흘러 얼굴이 흉측했다. 머리가 땅에 닿을 때마다 쿵쿵 소리가 났다. 남자는 흡사 땅에다 대고 노크를 하는 것 같다고 생각했고, 정신이 온전한 사람일 리 없다고 판단했다. 여자는 피로 얼룩진 낯선 남자의 고통스러운 얼굴에 충격을 받고 벌린 입을 다물지 못했다. 병원에 데려다줘야 하는 게 아닐까, 하고 말하긴 했지만 여자의 말에 별로 의지가 실리지 않았음을 남자는 눈치챘다. 남자가 어깨를 끌어당겨 차에 태우자 여자는 못 이기는 척 차에 올랐다.

그들이 떠나고도 한동안 후는 그곳에 있었다. 한 시간

쯤 후 이번에는 차가 아니라 걸어서 그곳을 지나던 한 남자가 후를 발견했을 때 그의 몸은 더 이상 움직이지 않았다. 그는 몸을 공처럼 웅크리고 앉아 무슨 말인가를 끊임없이 중얼거리고 있었다. 그리고 그의 중얼거림이 행인의 발걸음을 붙잡았다. 그의 목소리가 그다지 크지 않은 데다가 몸을 둥글게 말고 있었기 때문에 집중해서 들어도 무슨 말인지 알아듣기가 어려웠다. 그러나 허름한 옷차림에 오랫동안 면도를 하지 않아 수염이 더부룩하게 난 남자는 후가 하는 말들을 알아들었다. 내용을 다 파악하지는 못했지만 무엇을 입에 올리고 있는지는 알아차렸다. 후의 입에서는 그가 암기하고 있는 성경 구절들이 끊임없이 토해져 나왔다. 그는 「시편」을 읊다가 「욥기」를 입에 올리고, 복음서의 한 부분을 외다가 바울의 서신으로 옮겨 갔다. 그러니까 웅얼웅얼하는 소리에도 불구하고 지나가던 행인이 후의 입에서 나온 말들을 알아들은 것은 그 사람이 후가 토해 내는 성경 구절들을 익히 알고 있었기 때문이었다. 외진 데 웅크리고 있는 기묘한 사람에 대한 호기심이 아니라 그 사람이 주절주절 읊어 대는 성경 구절 때문에 그 사람은 후 앞에 쭈그리고 앉았다.

3

남자는 후에게 길 위에 몸을 올려놓아 보라고 권유했
다. 길이 어딘가로 데려갈 거라고, 길이 이끄는 대로 길의
끝까지, 길의 바깥까지, 아니면 길의 안쪽 깊은 곳까지 걸
어 보라고 권했다. 후는 남자의 말을 온전히 이해하지 못
했다. 남자의 말은 난해하진 않았지만 낯설었다. 내용이
파악되지 않는 것이 아니라 자신이 파악한 내용이 전부가
아닌 듯해서 자꾸만 다른 뜻을 더듬었다. 그럴수록 내용
이 희미해지고 애초에 파악한 내용까지 사라지는 듯했다.

남자는 1년째 걸어 다니는 중이었다. 남자는 1년 전부
터 걷기 시작했고, 1년 동안 자동차나 기차나 자전거를 타
지 않고 오로지 두 발로 곳곳을 훑고 다녔다. 한곳에서 이
틀 이상 머물지 않았다. 걷기 시작할 때부터 자동차나 기

차나 자전거를 타지 않겠다거나 한곳에서 이틀 이상 머물지 않겠다고 결심한 것은 아니다. 1년 동안 전국을 돌아다니겠다고 결심한 것도 아니다. 결심하지 않았지만 저절로 그렇게 되었다. 그렇게 해야 할 것 같았고, 그렇게 하지 않으면 안 될 것 같았다. 아무도 지시하지 않았지만 그는 누군가로부터 지시를 받는 것처럼 움직였다. 처음에는 길을 걷지 않으면 안 되었으므로 걸었다. 걷는 것 말고 할 수 있는 일이 없었으므로, 무엇을 해야 할지 알지 못했으므로 걸었다. 아무것도 할 수 있는 일이 없을 때, 무엇을 해야 할지 알지 못하는 사람이 할 수 있는 유일한 일이 걷는 것이었다. 그러자 그 앞에 펼쳐진 길이 그를 이리저리 데리고 다녔다. 그에게는 정해진 길이 없었지만 길은 그 안에 길을 가지고 있었다. 길을 계속해서 걷다 보면 언젠가 길이 끝나고 세상 밖으로 나갈 수 있을 거라는 기대가 생겼다. 그것은 그의 염원이기도 했다. 그는 아무 데나 데리고 다니는 길이 그를 길 바깥으로 데려다주었으면 하고 바랐다. 조금만 더 걸으면 길의 끝, 세상의 바깥으로 나갈 수 있을 거라는 기대가 그의 몸을 길에서 벗어나지 못하게 했다. 길의 바깥으로 나가기 위해서 그는 길 위에 있어야 했다.

어느 순간부터 길은 그를 길 바깥으로 데리고 가는 대신 길의 안쪽으로 내몰았다. 길은 길의 안쪽으로 수없이 많은 길들을 냈다. 걸을수록 길은 늘어나고, 끝이 보이지 않고, 깊어지기만 했다. 그는 때때로 길이 그의 내부를 향해 깊숙이 뻗어 나가는 것을 느꼈다. 그의 내부에는 그가 모르는 수없이 많은 길들이 있었다. 걸을수록 늘어나고, 끝이 보이지 않고, 깊어지기만 하는 길들. 그는 그의 내부에서 분출되는, 규정할 수 없고 통제할 수 없는 힘에 자주 압도되었다. 인식할 수 없지만 느낄 수는 있었다. 느낄 수는 있지만 설명할 수는 없었고 거부할 수도 없었다.

그는 떠돌아다니는 자기의 행보를 순례라고 이해했다. 정해진 순례지는 따로 없었다. 아니, 길이 곧 순례지였다. 정해진 한곳이 없으므로 모든 곳이 순례지가 되었다. 모든 곳이 순례지이므로 따로 한곳을 목적지로 삼고 전진할 필요가 없었다. 길은 그를 순례자로 만들었고, 그는 모든 길을 순례지로 만들었다.

걷기 시작한 지 1년이 되었지만, 1년을 기한으로 정해 놓고 걷기 시작한 것이 아니었으므로 이제 멈추어야 하는 것은 아니었다. 그의 순례가 언제까지 이어질지 그는 알지 못했다. 그는 더 걸을 수도 있고, 그만 걸을 수도 있었다. 그러나 스스로 더 걷거나 스스로 그만 걸을 수 없다는 걸 그는 또한 알고 있었다. 그는 여전히, 그럴 수만 있다면, 길 바깥으로 나가기를 원했고, 동시에, 그럴 수만 있다면, 길을 떠나기 전의 상태로 돌아가기를 바랐다.

남자가 후에게 길을 순례지로 삼고 걸어 보라고 권유한

것은, 아무것도 할 수 없는 처지에서 그에게 허락된 유일한 일이 그것이었기 때문이다. 그랬다는 것은 그가 후에게서 그때의 자기 모습을 보고 있었다는 뜻이다. 그랬다. 남자는 후의 상태를 알아보았다. 그는 할 수 있는 일이 아무것도 없을 때, 할 수 있는 것이 아무것도 없기 때문에 걷기 시작했던 자신을 떠올렸다. 할 수 있는 일이 아무것도 없지 않았다면 그는 걷지 않았을 것이다. 할 수 있는 것이 아무것도 없는 상태에서 걸었으므로 걷는 것은 아무것도 하지 않는 것이었다. 그는 아무것도 아닌 일을 했고, 아무것도 아닌 그 일을 통해 아무것도 할 수 없는 상태를 벗어났다. 남자는 후에게 필요한 것이, 그때 그에게 그랬던 것처럼, 익숙한 것으로의 복귀가 아니라 낯선 세계를 향해 걸어 나가는 모험임을, 그것 말고는 할 수 있는 일이 없기도 하지만 그것 말고는 필요한 일도 없음을 직감으로 느꼈다. 낯선 세계가 목표여서가 아니라 그 세계를 통과해 도달할 회복을 위해 그렇게 해야 한다고 남자는 생각했다.

4

남자는 병원에 데려다주겠다고 했다. 후는 손을 내저었
다. 내젓는 손등에 피가 딱딱하게 말라붙어 있었다. 얼굴
과 옷에도 피와 흙이 엉겨 붙어 보기 흉했다. 남자는 손으
로 후의 얼굴을 받쳐 살피고 고개를 저었다. 금방 어두워
질 거요, 여기는 사람들이 지나다니는 길이 아니에요, 여
기 있으면 안 돼요, 하고 남자가 말했다. 후는 남자의 손
을 뿌리치며, 내버려 둬요, 하고 소리쳤다. 그러나 그의 목
소리는 밖으로 빠져나오지 않았고, 그의 몸은 남자의 손
에서 벗어나지 못했다. 그는 고갈되고 탈진한 상태였다. 몸
밖으로 나올 수 있는 것이 아무것도 없었다. 몸 밖으로 나
온 것이 없었지만 남자는 후가 무슨 말을 하는지 알아들
었다. 마주치지 않았다면 모르지만, 이렇게 된 이상 모른

체 그냥 갈 수가 없어요, 하며 남자는 후를 일으켜 세웠다. 후는 다시 손을 내저으며 소리쳤다. 내버려 둬요, 제발. 그러나 이번에도 그의 목소리는 밖으로 빠져나오지 않았다. 남자에게 저항하려고 했지만 되지 않았다. 그는 늘어진 채 가만히 있었다. 기운이 하나도 없었다. 그는 방전 직전의 배터리와 같았다. 겨우 눈을 떠서 남자를 보았다. 헝클어진 머리카락과 덥수룩한 수염, 깊게 팬 주름과 서늘한 눈빛을 보았다. 언뜻 어디선가 본 듯하다는 생각을 했지만, 그러나 자기 생각을 믿을 수 없다는 생각이 곧 밀려왔으며, 그러자 그 생각을 계속 이어 갈 수 없었다. 후는 남자가 자기 아버지뻘쯤 되는 것 같다고 생각했다. 그러나 이미 이 세상에 없는 아버지의 나이를 가늠하기가 어려웠고, 그러자 모든 것이 불확실해졌다. 그는 눈을 부릅뜨고 필사적으로 의식을 거머쥐려고 했다. 그러나 곧 눈이 감겼고 이내 캄캄한 평온 속에 잠겨 버렸다.

그랬으므로 후는 남자가 홑껍데기와도 같은 그의 몸을 들쳐 업고 걸음을 빨리하는 것을 의식하지 못했다. 그 사람이 걸음을 재촉하며 무슨 말인가를 중얼거리는 것이 조금 전에 후가 중얼거렸던 「로마서」의 한 부분이라는 사실을 의식하지 못했다.

후는 읍내의 작은 병원에서 깨어났다. 그의 머리에는 붕대가 둘려져 있고 그의 손목에는 링거 바늘이 꽂혀 있었

다. 간호사는 영양제를 주사하고 있다고 했다. 그가 두리
번거리자 간호사가 눈치채고 말했다. "그 어른이 밤새 병
실을 지켰어요. 물수건으로 얼굴과 몸을 다 닦고 곁을 떠
나지 않았어요. 어찌나 극진한지 가족인 줄 알았어요. 잠
깐 나갔는데, 곧 돌아올 거예요." 후는 헝클어진 머리카락
과 덥수룩한 수염, 깊게 팬 주름과 서늘한 눈빛의 남자를
떠올렸다. 따뜻하고 편안하던 등의 감촉이 떠오르고, 끊
임없이 무언가를 웅얼거리던 남자의 낮은 목소리가 떠올
랐다. 후는 눈을 감았다. 그러자 마치 줄곧 그 구절을 외고
있었던 것처럼 「로마서」의 한 부분이 입 안에서 맴돌았다.
우리가 그와 함께 영광을 받기 위하여 고난도 함께 받아
야 될 것이니라. 생각건대 현재의 고난은 장차 우리에게 나
타날 영광과 족히 비교할 수 없도다……

　보호자 연락처를 주세요, 연락해 드릴게요, 하고 간호사
가 말했지만 그는 입 안에 고인 문장들을 굴리느라 듣지
못했다. 거듭 보호자 연락처를 요구하던 간호사는 마침 병
실 문을 열고 들어오는 남자를 보고 입을 닫았다. 간호사
는 침대에서 한발 물러났고, 남자는 간호사 뒤에 엉거주
춤 섰다. 잠깐 동안의 침묵이 병실 안의 공기를 어색하게
만들었다. 간호사가 말없이 병실을 나갔다. 그러고도 한동
안 어색하게 굳은 실내의 공기는 풀리지 않았다. 후는 눈
을 감고 있었지만 대강의 사정을 감지했다. 누군가 들어왔

고 또 누군가 나갔다. 들어온 사람이 자기 앞에 서 있다는 게 느껴졌고, 그 사람이 누구인지도 짐작이 되었다. 그는 눈을 떠야 한다고 생각했다. 감긴 눈꺼풀 아래서 눈동자가 꿈틀거렸다. 그러나 눈꺼풀이 완강하게 눈동자를 눌렀고, 그는 자기가 눈동자와 눈꺼풀 가운데 어느 편을 들고 싶어 하는지 분간하기 어려웠으므로 어느 쪽도 선택하지 않았다. 오로지 그것이 자기에게 주어진 유일한 임무인 것처럼 입 안에 맴도는 문장들을 읊조렸다. 형제들아, 너희는 어둠에 있지 아니하매 그날이 도적같이 너희에게 임하지 못하리니, 너희는 다 빛의 아들이요 낮의 아들이라. 우리가 밤이나 어두움에 속하지 아니하나니……. 그러나 곧 입 안의 문장들이 구르기를 멈췄다. 그가 어느 편인가를 택했기 때문이 아니었다. 남자가 입을 열었기 때문이었다. 그는 눈꺼풀 안의 눈동자와 입 안의 혀를 잠잠하게 하고 귓속의 신경을 곤두세웠다. "나는 더 돌볼 수가 없어요. 나는 떠나야 해요. 그래서…… 서울에 연락을 했어요. 미안해요. 가방을 뒤져 혜라 헤어 숍의 연락처를 알아냈어요. 원장님께 사정을 이야기하고 여기 위치를 알려 줬어요. 곧 사람이 올 거예요." 남자는 말을 멈추었다. 후도 숨을 죽이고 가만히 있었다. 후는 눈을 뜨고 무슨 말인가 해야 한다는 요청을 내부로부터 받고 있었다. 남자가 무슨 말인가를 기다리고 있을 거라는 짐작도 들었다. 이런 경우 으레

하기 마련인 상투적인 감사의 말이 떠올랐다. 그렇지만 그런 인사를 하는 것은 이 상황만이 아니라 이 남자까지 지극히 상투적으로 만드는 일이며, 그것은 남자가 원하지 않을 뿐 아니라 몹시 싫어할 거라는 생각이 들었다. 그는 어쩔 수 없이 아무 말도 하지 않았고, 남자는 몸을 돌려세웠다. 후는 남자가 몸을 돌리는 기척을 느끼고 움찔했다. 의미 없는 한마디가 입 밖으로 빠져나오려고 했다. 그때 남자가 우뚝 멈추더니 다시 몸을 돌려 그에게 다가왔다.

"연락처를 찾다가 가방을 뒤졌는데, 거기서 여러 권의 노트들을 보았어요. 미안해요. 노트들에 옮겨 적은 성경 구절들을 보았어요. 내막은 모르겠지만, 아무것도 아닌 일은 아니라고 생각했어요. 어디서나 볼 수 있는 일도 아니고 누구에게나 나타나는 일도 아니고. 공연히 참견하는 건지 모르겠는데…… 젊은이의 노트에 적힌 저 무수하게 많은 굉장한 말씀들……." 남자는 다시 말을 멈췄다. 더 할지 말지 망설이는 것이 느껴졌다. 부질없는 짓을 하는 게 아닌가 자신에게 묻고 있는 게 느껴졌다. 후는 속으로 중얼거렸다. 하세요. 무슨 말이든 더 하세요. 그의 입속말을 듣기라도 한 듯 남자가 말을 이었다. "혹시 저 무수하게 많은 굉장한 말씀들이 젊은이의 현실에 아무 작용도 하지 않아서 마음 상해 있다면, 주제넘다 말고 내 말을 들어 봐요. 그건 이상한 일이 아니에요. 이상한 말처럼 들리겠지만 저 굉장한 말씀들은 애초에 이 세상을 이길 힘이 없어요. 세상은 크고 무섭고 힘이 세요. 언제나 그랬어요. 전에도 그랬고 앞으로도 그럴 거예요. 그에 비하면 말씀은 무력하기 짝이 없어요. 그건 말씀이 힘이 없어서가 아니라 말씀이 가진 힘이 다른 힘이기 때문이에요. 이 땅에 오신 예수님이 그랬던 것처럼 말씀은 세상에게 능욕당하고 옷 벗기고 채찍질당하고 창에 찔리고 못이 박히고 죽을 수밖에 없어요. 다른 힘이기 때문에 그래요. 하찮은 것이 자주 위대한 것을 이겨요. 예수님이 어떤 분이었는지 생각해 봐요. 그분은 땅의 법칙에 철저히 무력했어요. 예수님은 '나의 나라는 이 땅에 있지 않다.'라고 했어요. 세상 권력에 대한 철저한 무능력, 그것이 그분의 진짜 능력이었어요. 그분이 무능한 것은 그분의 능력이 땅의 법칙 저 너머에 있기 때문이었어요. 말씀들의 위대함도 땅의 법칙 너머에 있는 위대함이에요. 말씀들이 이 무자비하고 막무가내의 현실을 무너뜨리고 이기고 지배하리라고 기대하지 마요. 말씀이 굉장한 것은 현실을 이기기 때문이 아니라 현실을 넘어서기 때문이에요. 현실에서의 철저한 무능이 질적으로 완전히 다른 말씀의 능력을 역설적으로 증거하는 거예요. 엉뚱한 데에다 말씀을 들이대지 말아요. 세상은 언제나 악하고 어느 시대나 힘이 세고 어디서나 무자비해요. 그러니까 젊은이, 외람되게 충고하는데, 그 때문에 절망하거나 마음

상해하거나 넘어지지 마요."

알 수 없는 친밀감에 이끌려 후를 등에 업고 병원으로 데려오고 그 곁에서 밤을 지새우며 간호했던 나이 든 남자는 훌쩍 길을 떠나지 못하고 머뭇머뭇 이야기를 계속했다. 그는 세상을 떠나지 않은 채 세상과 상관없이 사는 일의 어려움을 잘 알고 있었다. 세상과 상관없이 살려면 세상을 떠나야 한다. 세상을 떠나지 않으려면 세상과 상관해야 한다. 세상을 떠나지 않고 세상과 상관없이 살려고 하는 자는 세상으로부터 오는 상처와 굴욕을 각오해야 한다. 각오한다고 해서 상처가 나지 않거나 굴욕스럽지 않은 것은 아니다. 상처와 굴욕을 각오해도 상처는 나고 굴욕은 견디기 힘들다. 그러나 그 상처와 굴욕이 곧 패배를 의미하는 것은 아니다. 예수는 상처 입고 굴욕을 당함으로써, 그 상처와 굴욕으로 승리했다. 그는 그것을 알고 있었고, 그가 아는 그것을 병상의 젊은이에게 전해야 한다는 사명감에 사로잡혔다. 그는 병상의 젊은이를 향해 알 수 없는 연민을 느꼈다. 그가 받고 있거나 받게 될 아픔이 느껴지는 것 같기도 했다. 그는 말을 계속했다. "도움이 될지 모르겠는데, 길 위에 몸을 올려놔 봐요. 나는 도움이 됐어요. 1년 전에 나는 막막한 상태에 버려졌어요. 내 안에 가득한 말씀은 이 세상의 무자비한 처사에 대해 아무것도 지시하지 않았어요. 어찌해야 좋을지 몰랐어요. 어찌해야 좋을

지 모르는 상태에서 길을 걸었어요. 길이 나를 여기저기로 데리고 다녔어요. 길에는 길이 아주 많았어요. 길의 안쪽으로 깊이 들어가면 세상의 작용이 아주 미미하게 느껴져요. 세상을 피하는 것이 아니라 세상을 넘어서는 것이 가능하게 느껴져요. 그리고 알게 돼요. 나는 이 세상에 있지만 이 세상에 속하지 않았다는 것을. 내 안에 여전한 말씀이 세상을 떠나지 않은 채 세상과 상관없이 사는 삶을 가능하게 한다는 것을. 세상 속에서 세상과 상관없이 살 수 있게 하는 것이 내 안에 충만한 말씀이라는 것을."

남자가 조용히 문을 열고 떠날 때까지 후는 눈을 뜨지 않았고 입을 열지 않았다. 하마터면 눈을 뜰 뻔했고 입을 열 뻔했다. 무엇 때문인지 남자가 자기 처지를 다 알고 있는 것 같았고, 그러자 속에 있는 것을 다 털어 내고 싶었다. 어디로 가야 할지 모르겠다고, 당신이 가는 곳이 어딘지 모르지만 데려가 달라고 말하고 싶었다. 그러나 그 말을 하면 눈물이 쏟아질 것 같았고, 눈물을 쏟으며 그런 말을 하는 것은 경우가 아니라는 생각이 들었으므로 그는 입술을 깨물고 참았다. 눈을 뜨면 눈물이 주체할 수 없게 쏟아질 것 같았으므로 그는 눈꺼풀에 힘을 주었다. 입술을 깨물고 눈꺼풀에 힘을 준 채 남자가 조용히 문을 열고 나가는 소리를 들었다.

5

후는 온몸의 기력이 완전히 소진된 것 같은 상태로 며칠을 보냈다. 손가락 하나도 뜻대로 움직여지지 않았다. 음식을 먹으면 먹는 대로 토했다. 위의 근육들이 꿈쩍을 하지 않는 듯했다. 내장 기관들이 작당을 하고 뇌의 지시를 거역하는 것 같았다. 아니, 뇌가 아무 지시도 내리지 않는 것 같았다. 몸의 기관들이 멈추고 사고 기능도 중단된 것 같았다. 그는 물도 마시지 못하고 겨울잠을 자는 동물처럼 며칠을 보냈다. 간호사가 들어와 링거 병을 갈아 끼우고 무슨 말인가를 했지만 그는 아무 반응도 보이지 못했다. 간호사가 병실의 전화기를 그의 귀에 가져다 댔지만 그는 아무 말도 하지 못했다. 전화기 너머의 목소리는 헤라 헤어 숍의 원장이었다. 원장은 많은 말을 했지만 그는 한

마디도 하지 않았다. 무슨 말인가를 하려고 했고, 해야 할 것 같았지만 아무 말도 나오지 않았다.

현실과의 마주침을 회피하려는 무의식적 동기가 그의 무기력을 유발했다. 그는 결단과 선택을 강요할 것이 뻔한 현실에 잘 대응할 자신이 없었다. 그는 어떤 결단이나 선택도 하고 싶지 않았다. 어떤 결단이나 선택도 할 수 있을 것 같지 않았기 때문이다. 어떤 결단이나 선택도 허용하지 않으면서 어떤 결단이나 선택을 강요하는 것이 현실의 가학성이다. 하고 싶지 않은 것은 대개 할 수 없는 것이다. 할 수 없는 것을 하지 않기 위해서는 하고 싶지 않다는 위장이 필요하다. 능력의 문제를 기호의 문제로 바꿈으로써 우리는 마땅히 해야 하는 일을 하지 않는 부담과 죄책감으로부터 달아난다. 대개의 경우 이 시도는 성공하지만, 그러나 이 성공은 현실의 실패가 전제된 명목상의 성공이다. 현실의 실패를 내장한 성공, 그러니까 이것은 기만이고 도피고 거짓 성공이다. 이 성공은 때때로 현실의 가학성에 의해 그 기만성이 폭로된다. 그는 헤라 헤어 숍 원장의 전화를 받았어야 했고, 원장이 하는 말에 주의를 기울였어야 했다.

며칠 후, 시골 읍내 병원에 검은 승용차를 타고 나타난 두 사람이 후의 병원비를 계산하고 후를 차에 태웠다. 기력이 많이 떨어져 있을 뿐 몸에 이상이 있는 것은 아니고 병원에서 특별히 치료할 것이 없기 때문에 퇴원해도 무방하다는 것이 의사의 소견이었다. 검은 양복 차림의 두 남자는 헤라 헤어 숍의 원장이 자기들을 보냈다고 했다. 후는 원장으로부터 걸려 온 전화를 어렴풋이 상기했다. 자기가 직접 가지 않고 누군가 대신 갈 거라는 말을 들은 것 같았다. 그는 아무 선택도 하지 않았지만, 아무 선택도 하지 않음으로써 원장의 선택을 수용하는 데 동의한 셈이었다. 그러니까 아무 선택도 하지 않은 것이 하나의 선택이었다.

남자들은 후가 모르는 사람들이었다. 그들은 헤라 헤어 숍의 원장이 보내서 왔다고만 했고, 후는 원장이 보내서 왔다는 사람들에게 원장과 어떤 사이냐고 묻지 않았다. 아니, 어떤 사이인지가 궁금하지 않았다. 궁금하지 않은 것을 물어볼 수는 없는 일이었다. 무엇보다 후에게는 병원을 나간 다음에 어떻게 해야겠다는 작정이 세워져 있지 않았다. 헤라 헤어 숍으로 복귀하지 않을 거라면 굳이 그들의 차에 탈 이유가 없었다. 그는 헤라 헤어 숍으로 복귀할 계획은 없었지만 복귀하지 않을 계획 역시 없었기 때문에 그들의 차에 탔다. 그가 원장으로부터 걸려 온 전화에 집중했다면 아마 차에 타지 않았을 것이다. 하지만 그는 원장의 전화에 집중하지 않았고 원장의 말을 주의 깊게 듣지 않았다.

서울로 오지 마, 미스터 정이 여기로 오는 건 좋지 않아, 하는 원장의 목소리가 떠오른 것은 승용차가 두 시간을 달려 도착한 어느 부둣가에서였다. 두 사람 가운데 한 명은 운전을 하고 다른 한 명은 뒷자리에 후와 함께 앉았다. 도착할 때까지 두 사람은 거의 말을 하지 않았다. 시간과 날씨, 교통 상황에 대해 나눈 몇 마디가 대화의 전부였다. 후에게는 말을 시키지 않았다. 후는 이상하게 생각하지 않았다. 후는 헤라 헤어 숍의 원장이 보낸 사람들이 그를 헤라 헤어 숍으로 데려다줄 거라고 막연하게 생각했다. 헤라 헤어 숍으로 돌아가야겠다고 작정하지는 않았지만 헤라 헤어 숍으로 데려다줄 거라고, 작정과 상관없이 헤라 헤어 숍에 돌아가게 될 거라고 막연하게 생각했다. 그러나 그는 잘못 생각했다. 그는 자기가 잘못 생각했다는 걸 승용차 안에서는 깨닫지 못했다. 옆자리의 남자가 그의 어깨를 잡고 승용차 밖으로 끌어내릴 때, 밖은 이미 어두워져 사물을 분간하기 어려웠고, 후는 어둠을 때리며 철썩거리는 파도 소리를 들었고, 자기가 어떤 선택을 했는지, 혹은 하지 않았는지 어렴풋이 알아차렸다. 들은 줄도 몰랐던 원장의 목소리가 기습처럼 상기된 것은 그 순간이었다. 내 말, 심각하게 들어. 서울로 오지 마. 미스터 정이 여기로 오는 건 좋지 않아. 누군가 갈 거야, 거기로. 그들이 도착하기 전에 거기서 나가. 일단 어디로든 가…….

갑자기 난폭해진 그들은 후의 팔을 한쪽씩 끼고 바다 쪽으로 끌고 갔다. 갯내와 출렁이는 파도 소리가 그곳에 바다가 있다는 걸 알렸다. 거대한 검은 구멍 같은 바다는 소스라치듯 소리를 내며 파도를 떠밀었다. 발밑에 자갈이 밟혔다. "당신들 누구예요, 누군데 이러는 거예요?" 후는 끌려가지 않으려고 발에 힘을 주며 소리쳤다. 그들 가운데 한 명이 그의 뒷머리를 주먹으로 쳤고 그러자 저절로 입이 닫혔다. 그는 계속 무슨 말인가를 했지만 밖으로 말이 되어 나오지 않았다. 목에 가시가 걸린 것처럼 캑캑거리는 소리만 났다.

아주 가까운 곳에서 파도가 철썩였다. 하늘도 바다도 깜깜했다. 하늘과 바다의 경계가 보이지 않았다. 그들은 그의 어깨를 눌러 바닥에 주저앉혔다. 무릎에 아찔한 통증이 전해졌다. 날카로운 돌 하나가 그의 무릎뼈를 찔렀다. 그는 자기도 모르게 비명을 지르며 옆으로 쓰려졌다. 그들 가운데 한 명이 그의 목덜미를 잡아 도로 무릎을 꿇리고 팔을 뒤로 꺾어 움직이지 못하게 붙잡았다. 그의 몸은 고정 틀에 붙들린 것처럼 우스꽝스러운 모습이 되었다. 후는 엄습하는 공포 속에서 이자들이 누구인지, 자기에게 왜 이러는지, 어쩌려는 것인지 생각해 내려고 했다. 그러나 머릿속이 눈앞의 바다처럼 깜깜했고 눈앞의 바다처럼 철썩이는 소리만 냈다. 그들은 그가 어떤 생각을 떠올리기 전에 행동함으로써 생각할 필요를 없애 주었다. 한 사람이 구둣발로 그의 허벅지를 차고 찌르고 짓이겼다. 말도 하지 않고 때리기만 했다. 후의 입에서는 외마디 소리가 나오고 몸이 뒤틀렸다. 그러나 외마디 소리는 바다가 삼키고, 몸은 힘센 남자의 손에 붙들려 있어서 제대로 뒤틀리지도 않았다. 그의 팔을 붙잡은 남자가 으르렁거리는 소리를 냈다. "소리 질러. 짐승처럼 소리 지르라고. 저 깜깜한 바다가 네놈 비명을 삼킬 테니까. 너를 구하러 누군가 올 거라고 기대하지 마. 그런 일은 일어나지 않아. 절대로 일어나지 않아. 왜냐하면 여기는 누구도 올 수 없는 곳이니까. 여기가 어딘지 궁금해? 여기가 어디냐면 말야, 구렁텅이야. 지옥의 구렁텅이 말이야." 그들이 누구인지, 자기에게 왜 그러는지 짐작은 되었지만 확신은 생기지 않았다. 사실은 확신하고 싶지 않은 것이 솔직한 심정이었다. 그들은 자기들이 누구인지, 왜 그러는지 굳이 밝히려고 하지 않았지만 굳이 숨기려고도 하지 않았다. 그의 허벅지를 가격하던 남자가 짜증스럽게 욕설을 내뱉으며 소리 질렀다. "좆같아, 진짜. 이런 지저분한 따까리 노릇을 언제까지 해야 돼. 아, 씨발. 그래, 싸모님 몸속에 들어가니까 기분이 째지든? 이 좆같은 새끼야." 욕이 튀어나올 때는 발길질에도 힘이 더 들어갔다. 그러다가, 어디 그 대단한 물건 어떻게 생겼는지 한번 보자, 하며 한 남자가 후의 사타구니를 그러쥐고 힘을 가했다. 뒤의 남자가 킬킬거리며 그의 몸을 일으켜 세웠고, 앞의 남자가 후의 바지를 내렸다. 후는 온 힘을 다해 저항했지만 앞뒤에서 완력으로 제압당한 그의 움직임은 꿈틀거림에 지나지 않았다. 앞의 남자가 그의 물건을 잡고 흔들며 키득키득 웃었다. 이거야, 이걸 가지고 싸모님을 뿅 가게 한 거야, 이런 걸 가지고, 이렇게 시시한 걸 가지고, 실망인데, 이건 너무 형편없잖아, 재주 좋네, 이 새끼, 진짜 재주 좋아, 하며 헛웃음을 웃고, 잡아당겼다 주물렀다 튕겼다 하며 그를 놀렸다. 죽을 것 같은 모멸감이 후의 몸을 떨게 했다. 지옥의 구렁텅이라는 그들의 말이 실감 났다. 그의 입에서 짐승의 부르짖음이 터져 나왔다. 후는 자기가 알고 있는 가장 추하고 더러운 말을 내뱉으며 그들을 저주하고 욕했다. 그러나 그의 저주의 말은 지상으로 다 쏟아지지 않았다. 한 남자의 발길이 그의 사타구니를 향해 날아왔고 팔을 붙잡고 있던 남자가 그를 팽개쳤으므로 그는 그대로 자갈밭에 쓰러졌다. 세상이 하얗게 변하고 숨이 막혔다. 신음 소리도 나오지 않았다. 철썩이던 파도 소리도 들리지 않았다. 아무 생각도 할 수 없었다.

두 사람은 그렇게 하고도 분이 풀리지 않은 듯 쓰러진 후의 몸을 발로 툭툭 찼는데, 그 모습은 그들이 지금 수행하고 있는 일이 자기들의 명예를 더럽히고 있으며, 자기들은 결코 이 자랑스럽지 않은 일을 기꺼워하지 않는다는 사실을 어떻게든 표시하고 싶어 하는 것처럼 보였다. 이어서 침을 뱉듯 내뱉은 말들 속에 그런 속내가 노골적으로 드러났다. "어떤 젊은 새끼들은 죽을 각오로 데모하고, 의식화네 정권 타도네 위장 취업이네 하며 난리 지랄인데, 이런 한심한 청춘이 다 있네. 이 좆같은 돌대가리야, 지금이 그런 좆같은 짓이나 하며 살 때냐. 너 같은 개쌍놈 하나 쥐도 새도 모르게 없애는 건 일도 아니다. 너 같은 놈 하나 없어진다고 세상이 눈 하나 깜짝할 거 같냐. 아, 씨발, 이런 데서 너 같은 개쌍놈한테 겁이나 주고 있는 내가 쪽팔린다, 진짜……."

고통과 치욕 때문에 후는 그들의 말을 다 알아듣지 못했다. 그렇지만 그들이 누군지, 자기에게 왜 그러는지 파악을 했고, 그러자 자기가 받는 고통과 수모가 부당하지 않은 것처럼 여겨졌다. 그것은 그의 고통과 수모에 불쑥 죄책감이 달라붙었기 때문이었다. 그는 자기가 그렇게도 필사적으로 억누르려고 했던 이미지, 피가 나도록 머리를 땅에 찧으면서까지 몰아내고 내쫓으려고 했던 이미지가 그 순간 고스란히 떠오르는 것을 피할 수 없었다. 헤라 뷰티 숍의 밀실에서 사모님의 몸속으로 자기 몸을 집어넣을 때 그의 입에서 나온 신음 소리가 단순한 복종과 비굴함의 표현만은 아니었다는 사실을 그는 인정했다. 그의 내부에서 들끓은 것은 쾌감이었다. 그리고 그 쾌감은 육체의 어떤 기관으로부터 온 것이 아니었다. 예컨대 성감대 자극이나 사정을 통한 감각적 흥분이 아니었다. 그는 사모님의 몸 위에서, 몸속에서 연희 누나를 떠올렸다. 그를 흥분하게 한 몸은 사모님의 몸이 아니라 연희의 몸이었다. 그는 사모님의 몸에서 연희를 느끼고 사모님의 몸속으로 들어가며 연희의 몸속으로 들어간다는 상상을 했다. 연희를 안고 있으며 연희의 몸속으로 들어간다는 상상이 그에게 쾌감을 제공했다.

이제 분명해졌다. 연희가 꿈 이야기를 하며 괴로움을 털어놓았을 때 후가 충격을 받은 것은 연희의 고통에 대한 새삼스러운 깨달음이나 공감 때문이 아니라(그것이 아주 없었다는 뜻은 아니지만) 자기의 은밀한 쾌락이 발각되고 통박되었다는 깨달음 때문이었다. 그는 그녀가 모르길 바랐고, 모를 줄 알았다. 심지어 그는 그 자신도 모르길 바랐고, 모를 줄 알았다. 그런데 그녀는 그의 쾌락을 똑바로 보게 했다. 그는 치욕과 충격의 구렁텅이로 떨어졌고 죄의식에 사로잡혔다. 쾌락은 그에게 죄였다. 그는 그녀를 볼 수 없었다. 그러니까 어떤 의미에서 그는 연희에게 쫓겨난 것이 아니라 연희로부터 달아난 것이었다.

고통과 굴욕감과 죄책감에 사로잡혀 자갈밭을 뒹굴면서 그는, 그 와중에도, 이제 바다로 던져질 것이다, 라고 생각했다. 그렇게 끝나는 것이 마땅하고 자연스럽다는 생각도 했다. 짐승처럼 울부짖어도 소용없을 것이다, 왜냐하면 아무도 듣지 못하니까, 하고 그는 고통보다는 굴욕감 때문에 몸을 떨며 생각했다. 아무도 구원하러 오지 않을 것이다, 왜냐하면 여기는 지옥의 구렁텅이니까, 하고 그는 고통이나 굴욕감보다는 죄책감 때문에 어쩔 줄 몰라 하며 생각했다. 생각을 했다기보다 생각이 밀고 들어오는 걸 견뎠다.

"서울에는 나타나지 마라. 나타나면 그날이 제삿날이 될 것이다. 연락도 하지 마라. 싸모님과 헤라 헤어 숍은 기억에서 지워라. 싸모님이 너에게 베푸는 마지막 은혜라고 생각하고 어디 처박혀서 조용히 살아라." 자갈밭에 그를 내버려 두고 떠나기 전에 침을 뱉고 옷을 털며 그들이 마지막으로 한 말이었다.

그들이 떠난 다음에도 후는 고통과 굴욕감과 죄책감 속에서 오래 그곳에 머물러 있었다. 거대한 검은 구멍과 같은 바다는 모든 것을 삼킬 것처럼, 그러나 정작 아무것도 삼키지 않고 으르렁거렸다. 바닷물이 밀려오면서 소리는 더 커졌다. 그는 그대로 바다에 삼켜지는 것도 나쁘지 않다고 생각했다. 발과 등이 바닷물에 젖을 때 그는 이렇게 사라지는 것이 자기 운명이라고 생각했다. 생각을 했다기보다 그런 생각이 밀려 들어오는 걸 막지 못했다. 그는 눈을 감고 기꺼이 이렇게 사라지겠다고 마음먹었다. 바닷물이 그의 가슴을 타고 넘을 때에도 같은 마음이었다. 마음을 바꾸지 않았으므로 자세도 바꾸지 않았다. 그러나 가슴을 타고 넘어온 바닷물이 그의 얼굴을 덮치고 콧속으로 스며들었을 때 그는 입을 열었다 닫고 눈을 떴다 도로 감고 컥컥거리고 재채기를 하며 상체를 일으켰다. 그의 입에서 물이 쏟아지고, 그리고 내장이 찢어지는 것 같은 신음이 터져 나왔다. 그는 몸속으로 들어온 물이 괴로워서가 아니라 몸속으로 들어온 물 때문에 몸을 일으키고 컥컥거린 자신이 견딜 수 없이 부끄러워서 비명을 질렀다. 그는 죽을까 봐 컥컥리며 호들갑을 떨어 대는 자신이 혐오스러워 죽을 것 같았다. 아! 그것은 외마디 짐승의 소리였다. 그 소리를 마침내 으르렁거리는 검은 바다가 삼켰다.

6

후는 걸어 다녔다. 그는 길 위에서 만났던 남자의 충고를 따라 걷기 시작했고, 자동차나 기차나 자전거를 타지 않고 오로지 두 발로 이곳저곳을 훑고 다녔다. 남자가 그런 것처럼 그도 한곳에서 이틀 이상 머물지 않았다. 그렇게 해야 할 것 같았고, 그렇게 하지 않으면 안 될 것 같았다. 남자는 말했다. "도움이 될지 모르겠는데, 길 위에 몸을 올려놔 봐요. 나는 도움이 됐어요." 남자가 그랬던 것처럼 후도 걷는 것 말고 할 수 있는 일이 없었으므로, 무엇을 해야 할지 알 수 없었으므로 걸었다. 아무것도 할 수 있는 일이 없을 때, 무엇을 해야 할지 알지 못하는 사람이 할 수 있는 유일한 일이 걷는 것이었다. 그러자 그 앞에 펼쳐진 길이 그를 이리저리 데리고 다녔다. 그에게는 정해진 길이 없었지만 길은 그 안에 길을 가지고 있었다. 걸을수록 길은 늘어났다. 그에게 길 위의 순례를 권한 남자는 길의 안쪽으로 깊이 들어가면 세상의 작용이 아주 미미하게 느껴진다고 했다. 세상을 피하는 것이 아니라 세상을 넘어서는 것이 가능하게 느껴진다고. "그리고 알게 돼요. 나는 이 세상에 있지만 이 세상에 속하지 않았다는 것을. 내 안에 여전한 말씀이 세상을 떠나지 않은 채 세상과 상관없이 사는 삶을 가능하게 한다는 것을. 세상 속에서 세상과 상관없이 살 수 있게 하는 것이 내 안에 충만한 말씀이라는 것을."

후는 그 남자의 경험이 자기의 삶에 재현되기를 진심으로 바랐다. 그러나 그렇게 되지 않았다. 길은 멀고 아득하고 지루하고, 길 위의 그는 춥고 배고프고 고통스러웠다. 길 너머에 이르거나 길의 안쪽으로 깊어지는 일은 일어나지 않았다. 다만 견디기 힘든 것을 견딜힘이 생겼을 뿐이었다. 견딜힘이 없다면 견디지 않았을 테지만 견딜힘이 생겼으므로 그는 견뎠다. 그는 곧 허기에 익숙해졌고 추위에 익숙해졌고 지루함과 고통에 익숙해졌다. 배고픔을 느끼지 않게 된 것이 아니라 배가 고픈 것을 자연스럽게 받아들이게 되었다. 추위나 지루함이나 고통을 느끼지 않은 것이 아니라 그것들을 자연스럽게 받아들이게 되었다. 그는 바위틈에 낙엽을 깔고 자기도 하고 마을 회관이나 교회당 안에 들어가 자기도 했다. 솔잎과 마른 버섯과 나무뿌리와 야생 과일은 요긴한 식량이었다. 그의 몸은 자연과 친해졌다. 자연은 그에게 때때로 친절하고 때때로 불친절했지만 그는 자연의 친절과 불친절을 자연스럽게 받아들였다.

쉽지 않았지만 사람들의 오해와 편견에도 익숙해졌다. 그는 자주 거지나 부랑자 취급을 받고 도둑으로 몰리고 검문 때마다 신분 확인을 요청받았다. 동해안 어느 마을에서는 간첩으로 신고되어 조사를 받았다. 사람들은 그를 나무라거나 동정하거나 비난하거나 무시했다. 어느 것도 그가 바라는 것은 아니었다. 때때로 그는 자기가 무슨 짓을 하고 다니는지 한심했다. 사람들이 그를 나무라거나 동정하거나 비난하거나 무시할 때 그도 자기를 나무라고 동정하고 비난하고 무시했다. 하고 싶은 것도 없고 되고 싶은 것도 없었다. 심지어 죽고 싶지도 않았다. 남자의 충고를 따르고 있는 것은 그것이 그가 하고 싶은 일이어서가 아니라 하고 싶은 일이 달리 없기 때문이었다. 심지어 죽고 싶은 마음조차 들지 않기 때문이었다.

그런 식의 도로무익의 시간은 강도 상해 혐의로 수배 중인 피의자와 닮았다는 이유로 경찰서에 잡혀 들어가 고초를 당하고 나올 때까지 지속되었다. 그는 시골 역 대합실에 누워 있다가 신고를 받고 출동한 경찰에게 붙잡혔다. 공교롭게도 그는 수배 전단지가 붙어 있는 벽과 가장 가까운 기둥 아래 비스듬히 쓰러져 잠들어 있었다. 경찰은 용의자의 얼굴 사진이 박힌 수배 전단지를 그의 앞으로 들이밀었는데, 그도 분간하기 힘들 정도로 닮은 얼굴이었다. 나이도 비슷했다. 물론 후는 주민등록증을 가지고 있었으므로 일이 잘못될 거라는 걱정은 하지 않았다. 후는 자기가 소지하고 있는 주민등록증이 수배자가 아니라는 확실한 증거 자료라고 믿었지만 경찰은 그렇게 생각하지 않았다. 경찰은, 대합실 같은 데서 배짱 좋게 자는 걸 보면, 그 정도 대비야 하고 다니겠지, 하며 혼잣말처럼 중얼거린 다음 주민등록증의 사진과 전단지의 사진과 후의 얼굴을 번갈아 살폈다. 그래도 후는 걱정하지 않았다.

나이가 좀 들어 보이는 형사가 저 자식, 면도 좀 시켜, 하고 말했다. 못마땅하다는 듯, 히피야, 뭐야, 요즘 젊은것들, 하여튼, 어쩌고 투덜거리는 소리가 들렸다. 후는 수갑을 찬 채 제복 차림의 순경으로부터 면도를 받았다. 오랫동안 손대지 않아서 수염은 더부룩하고 까칠했다. 면도날이 잘 들지 않는 데다가 젊은 순경이 한 번도 해 보지 않은 궂은일을 맡은 것이 못내 불만인 듯 거칠게 칼을 다뤘기 때문에 칼이 지나가는 자리가 따끔거리고 턱 밑에서 피도 났다. 후는 조심해서 하라고 말하고 싶었지만 자기 신분에 맞지 않는 일을 맡은 데 대한 불만을 그런 식으로 표현하고 있는 순경에게 그러면 안 될 것 같아 가만히 있었다. 몇

떳한데도 불구하고, 그리고 곧 결백이 밝혀질 것이 분명한
데도 불구하고, 손목에 채워진 수갑이 그에게 어떤 신분
을 부여하고 그에 어울리는 태도를 요구하고 있었다. 그는
자기도 모르게 부여된 신분에 맞게 행동했다. 이윽고 말
끔히 면도를 하고 나타난 후를 보며, 감쪽같네, 보라고, 정
말 똑같지 않아, 하고 소리친 사람은 수염을 깎으라고 지시
한 형사였다. 다른 경찰들이 모두 동의했다. 빙글거리는 표
정들이 불안감을 불러일으켰다. 후는 주민등록증이 자기
것이라고 다시 말했다. 그러게, 감쪽같다니까, 하고 형사가
웃으며 받았다. 형사들은 주민등록증의 사진이 후의 얼굴
과 닮은 것은 무시하고, 그의 얼굴이 수배 전단의 용의자
얼굴과 닮은 것만 중요하게 다뤘다. 후의 얼굴과 닮은 주
민등록증의 사진은 그의 것이기 때문에 마땅히 닮은 것이
아니라 수배자인 그가 위조한 가짜 주민등록증에 자기 사
진을 옮겨 붙였기 때문에 마땅하지 않게 닮은 것으로 해
석되었다. 자연스러운 것이 무시되고 부자연스러운 것이
고려되었다. 수염을 기르고 다닌 것 역시 자기 신분을 숨
기기 위한 위장술로 이해되었다. 거처 없이 떠돌아다니는
그의 순례는 도피 행각으로 받아들여졌다. 한군데 머물지
않고 여기저기 떠돌아다니는 이유를 묻는 질문에 후는 그
들을 만족시킬 대답을 하지 못했고,(할 수 없었고) 형사들
은 그럴 줄 알았다는 듯 의기양양했다. 범행이 일어난 날

의 알리바이를 대지도 못했고,(댈 수 없었고) 형사들은 그
것 보라며 강도 상해범으로 단정했다. 아무 증거도 내놓
지 못한 채 그저 결백하다는 말만 되풀이하는 후의 주장
은 비웃음거리가 되었다. 결백의 가장 확실한 증거물이며
자기를 증명하는 결정적인 자료여야 할 주민등록증이 오
히려 의혹과 불신의 증거물이 되고 신분을 의심하게 만드
는 결정적인 자료로 간주되는 현실 앞에서 후는 헛웃음을
지었다. 그러나 현실은 더 냉혹하고 무자비했다. 후의 헛웃
음은 흉악한 범죄를 저지르고 남을 정도로 대단한 담력의
증거이면서 동시에 그것을 감추려는 교활함의 표현으로
받아들여졌다. 어처구니없는 상황에 대한 후의 무의식적
인 반응이 형사들의 비위를 상하게 했던 것이다. 형사들은
후가 범인이라는 걸 확신할 뿐 아니라 그를 경멸하고 증오
하기까지 했다. 그들의 경멸과 증오는 예컨대 설령 후가 범
인이 아니라도, 어떻게 해서든 기어코 범인으로 만들고 말
겠다는 터무니없는 열정을 만들어 냈다.

형사들은 취조실에 후를 가두고 진술을 강요했다. 강요
한다고 해서 없는 일을 만들어 낼 수는 없었으므로 후는
진술할 수 없었고, 형사들은 진술할 것이 없어서 진술하
지 않는다고 생각하지 않았으므로 어떻게든 진술을 끄집
어내려 했다. 어떻게든 진술을 끄집어내기 위해 그들은 거
칠어졌다. 말이 거칠어지고 행동이 거칠어졌다. 위협과 회

유를 반복하고 욕을 섞어 다그치고 주먹으로 책상을 치고 발로 가슴을 걷어차고 잠을 자지 못하게 했다. 어떨 때는 코를 비틀고 어떨 때는 머리통을 책상에 찧고 어떨 때는 약 올리듯 찰싹찰싹 뺨을 때렸다. 저항은 무의미했다. 범행을 자백하는 것 말고 어떤 말도 허용되지 않았다. 변명도 통하지 않고 항의는 더욱 통하지 않았다. 그들은 오로지 그가 강도 상해범이기만을 바랐다. 그는 항의하고 설명하고 변명하기 위해 입을 열었지만 항의나 설명이나 변명은 그들이 듣기를 원하는 내용이 아니었으므로 거부당했다. 항의나 설명이나 변명을 늘어놓으면 그들은 항의나 설명이나 변명을 늘어놓는다며 화를 냈고, 듣기 싫어 했고, 듣지 않았고, 폭력으로 응대했다. 폭력도 견디기 힘들고 모욕도 견디기 힘들고 잠을 못 자게 하는 것도 견디기 힘들었다. 그는 차라리 그들이 원하는 대답을 해 주고 취조실을 벗어나고 싶다는 생각을 했다. 어떤 험한 감옥도 취조실보다 험하지 않을 거라는 생각을 했다. 그러나 그렇게 할 수도 없는 것이 그는 형사들이 자기가 저질렀다고 윽박지르는 범죄의 상세한 내용에 대해 아는 것이 없었고, 따라서 재현이 불가능했다. 형사들은 후가 상세한 내용을 모르기 때문에 재현하지 못하는 것이라고 생각하는 대신, 재현하지 않으려고 상세한 내용을 모르는 척한다고 판단했다. 그들은 끈질기고 완고했다. 후는 끈질기고 완고할 수밖에 없었다.

일이 그렇게까지 헝클어진 데에는 후가 자신의 신분을 적극적으로 증명하지 못한 탓도 있었다. 예컨대 그가 누구인지를 증언해 줄 사람을 한 명도 부르지 않았던 것이다. 그런 기회가 전혀 없었던 것은 아니다. 취조를 받는 중에 보호자에게 연락을 해서 네가 범인이 아니라는 사실을 밝히라는 요구를 받았다. 그때만 해도 후는 자기가 범인이 아니라는 걸 밝힐 필요가 있다고 생각하지 않았다. 후는 자기가 다른 사람이 아니라는 사실을 밝혀야 하는 것이 아니라 자기가 자기라는 사실을 밝히는 것으로 충분하다고 생각했다. 자기가 자기라는 것을 밝히는 것은 자기가 다른 사람이 아니라는 것을 밝히는 방법이기도 하다고 그는 생각했다. 그 생각이 순진하고 어리석기 짝이 없다는 사실을 뒤늦게 깨닫고 그를 구해 줄 사람을 더듬어 보긴 했다. 그때 그의 머릿속에 떠오른 사람은 연희 누나와 헤라 헤어 숍의 원장과 사모님이었다. 그 세 사람 말고는 떠오르는 사람이 없었다. 연희 누나나 원장은 몰라도 사모님을 떠올린 것은 좀 의아스러운 일이라고 할 수 있을까? 그러나 마지막까지 그의 마음에 남은 사람은 그녀였다. 무엇 때문인지 모르지만 사모님이 그를 가장 잘 보호해 줄 것 같았다. 그녀가 보낸 사람들로부터 그런 수모를 겪고 났는데도 그랬다. 만일 누군가에게 꼭 연락을 해야 했다면 그는 사모님에게 했을 것이다. 그러나 물론 누구에게도 연락하지 않았다. 그들은 그가 떠올릴 수는 있지만 연락할수는 없는 사람들이었다. 떠오르지 않은 사람은 떠오르지 않았기 때문에 연락할 수 없고, 떠오른 세 사람은, 떠올랐음에도, 혹은 떠올랐기 때문에 연락할 수 없었다. 대개의 사정이 그렇다. 연락하는 데 거리낄 이유가 없는 사람은 잘 떠오르지 않는다. 떠오를 이유가 없기 때문에 떠오르지 않는다. 연락하는 데 거리낌이 있거나 아예 연락조차할 수 없는 사람이 떠오른다. 연락할 수 없기 때문에 떠오르고, 떠올랐기 때문에 연락할 수 없다. 후는 연희와 원장과 사모님을 떠올렸고, 세 사람은 그가 연락할 수 없는 사람들이었다. 그러므로 그는 자기가 누구인지 증언해 줄 수있는 사람을 부르지 못했다.

후는 결국 두 건의 강도 상해 혐의로 기소되었다. 그의기소장에는 범행 일체를 자백하는 진술서에 자필 서명이첨부되어 있었다. 후는 서명을 한 기억이 없었다. 그가 서명을 하지 않았다는 뜻은 아니다. 그는 서명을 하지 않은기억도 없었다. 그는 아무것도 확신할 수 없었다. 그는 자기보다 한 살 많은, 눈썹이 짙고 키가 호리호리한 김덕만이라는 자의 이름으로 기소되었다.

7

후는 한 달 반 동안 갇혀 있었다. 그가 풀려난 것은 그의 주장이나 항의가 받아들여져서가 아니었다. 강도 상해 용의자가 된 것이 어이없었던 것처럼 강도 상해 용의자의 혐의를 벗은 것도 어이없었다. 강도 상해 용의자가 될 때 아무것도 하지 않았던 것처럼 강도 상해 용의자의 혐의를 벗을 때 역시 그는 아무것도 하지 않았다. 그는 어느 날 갑자기 용의자가 된 것처럼 어느 날 갑자기 용의자에서 벗어났다. 그의 신상과 관련된 모든 일이 그가 배제된 채 이루어졌다. 그가 아무 발언도 하지 않은 것은 아니지만, 그가 한 발언들은 그의 운명을 결정하는 데 아무 역할도 하지 않았다.

그의 운명을 결정한 것은 그와 얼굴이 닮은 지명수배자

김덕만이었다. 그는 김덕만에 의해 용의자가 되고 김덕만에 의해 용의자의 신분에서 벗어났다. 물론 김덕만은 그를 용의자로 만들기 위해 어떤 노력도 하지 않은 것처럼 그를 용의자에서 벗어나게 하기 위해 어떤 노력도 하지 않았다. 후의 노력의 결과가 아닌 것처럼 김덕만의 노력의 결과도 아니었다. 누군가의 어떤 행위는 행위의 성격이나 행위자의 의도와 상관없이, 때로는 그것들을 위반해서 영향을 미친다. 정해진 것이 드물거니와 정해진 것도 정해진 대로 되는 일이 많지 않다. 진짜 범인인 김덕만이 다시 강도 짓을 하다가 잡혔다. 그가 다시 강도 짓을 하다 잡히지 않았다면 후는 계속 김덕만이어야 했을 것이다. 물론 김덕만이 후의 신분을 되찾아 주기 위해 강도 짓을 다시 한 것은 아니다. 김덕만은 머리를 노랗게 물들이고 선글라스를 끼었지만 수염을 기르지 않았고, 가짜 주민등록증도 만들지 않았다. 그는 순순히 자기가 김덕만임을 밝혔고 이전에 저지른 두 건의 범행도 시인했다.

재판을 나흘 앞두고 붙잡힌 진범으로 인해 후는 재판 하루 전 날 풀려났다. 구치소에서 나가게 되었다는 말을 들었을 때 그는 잠깐 멍해 있었는데, 그 순간 기쁨이나 고마움이 아니라, 그처럼 단순하고 뻔한 감정이 아니라, 좀 더 복잡하고 난해하고 야릇한, 그러나 무어라고 단정해서 표현하기는 쉽지 않은 감정들이 그의 머릿속에서 회오리

쳤기 때문이었다. 요컨대 그는 그렇게 단순하고 뻔하고 명쾌할 순 없다고, 심지어 그래선 안 된다고 생각했다. 복합적인 감정들의 회오리를 뚫고 정체불명의 상실감이 흐릿한 모습을 드러냈을 때 그는 조금 놀랐지만, 곧 자기 안의 역설적 욕구와 대면했다. 겉으로 표현된 모습이 어떠했든 그는 못 견딜 곤란과 부당한 고통으로부터 어떻게든 벗어나려고 최선을 다한 것이 아니었다. 오히려 견딜 만한 곤란이고 마땅한 고통이라고 받아들이며 어떻게든 벗어나지 않으려는 마음이 그의 내부에서 자라고 있었다는 사실을 그는 인정했다. 역설이지만 사실이었다. 그의 육체가 아픔을 호소하며 신음할 때 내부의 그 마음은 은밀히 안도하고 있었던 것이다. 학대받음으로써 얻게 될 구원에 대한 도착된 소망이 그의 내부에서 커 가고 있었다고 해야 할까. 그는 의식하지 못했거나 의식하지 않으려 했지만, 길거리의 허기와 추위, 사람들의 냉대와 오해, 무자비하게 가해지는 취조실의 폭력 앞에서 그가 특정한 주제의 성경 구절을 반복해서 상기하고 읊조린 것은 이를 뒷받침하는 증거라고 할 만하다. 그는 선교 현장에서 모진 박해를 견디며 미래에 얻게 될 영광에 대한 소망을 강렬한 어조로 피력했던 바울과 베드로의 편지들을 자주 암송했다. ……우리가 그와 함께 영광을 받기 위하여 고난도 함께 받아야 될 것이니라. 생각건대 현재의 고난은 장차 우리에게 나타날 영

광과 족히 비교할 수 없도다.(「로마서」 8장 17~18절) 오직
너희가 그리스도의 고난에 참예하는 것으로 즐거워하라.
이는 그의 영광을 나타내실 때에 너희로 즐거워하고 기뻐
하게 하려 함이라.(「베드로전서」 4장 13절) 물론 문맥에 대
한 고려 없이 잘못 인용한 것이다. 그러나 그는 그 사실을
인식하지 못했다.

그렇다. 그는 자기 고난이 아직 충분하지 않다고, 적어
도 영광에 이를 만큼은 아니라고 생각했다. 그는 더럽고,
아직 더럽고, 여전히 더러웠다. 그는 자기가 얼마나 더 치
욕을 겪고 고통을 받아야 깨끗해질 수 있는지 알지 못했
다. 치욕과 고통은 더러움을 씻어 주었지만 충분히 깨끗해
지지는 않았다. 치욕과 고통으로부터 그가 부단히 확인한
것은 그의 더러움이었다. 큰 치욕은 큰 더러움을 불러냈다.
많은 고통은 많은 더러움을 상기시켰다. 그는 깨끗해지기
위해 큰 치욕과 많은 고통을 필요로 했지만, 그러나 큰 치
욕과 많은 고통은 그의 크고 많은 더러움을 호출할 뿐이
었다. 치욕과 고통은 그의 더러움을 씻지만, 그럼으로써 그
의 더러움을 확인시켰다. 그는 안절부절못했다. 석방되기
전날 서성거리고 밥을 반 이상 남기고 벽에 머리를 댄 채
눈을 감고 밤을 새운 것은 그 때문이었다.

그랬다. 그는 구치소에서의 마지막 밤을 벽에 머리를 대
고 눈을 감은 채 보냈다. 옅은 잠 속으로 들어갔다 빠져나

왔다를 반복하던 어느 순간 그는 눈앞에 나타난 큰 문을 보았다. 문은 크고 웅장했고, 굳게 잠겨 있었고, 무엇보다 또렷했다. 그는 굳게 잠긴 문고리를 잡고 흔들었다. 흔들리지 않았다. 문고리에는 뭉툭하고 튼튼하고 녹슨 자물쇠가 달려 있었다. 녹슨 자물쇠는 완강하고 고집 센 보초처럼 보였고, 자물쇠가 지키고 있는 문은 키 큰 사람처럼 보였다. 그러자 그 형상이 무엇인가를 불러일으키려 했고, 그는 심상치 않은 예감에 퍼뜩 놀라 눈을 떴다. 눈앞에는 구치소의 하얀 벽이 가로막고 있을 뿐 크고 웅장하고 굳게 잠긴 문은 없었다. 그 문은 눈을 감았을 때 나타났다. 그는 그 문을 다시 보기 위해 눈을 감았다가 짧은 감탄사를 토해 내며 곧 눈을 떴다.

밤길을 걸어 천산에 올랐던 날 밤, 헤브론성의 나무 기둥에 기대어 꾸었던 꿈속 장면이 떠올랐다. 그의 손에 피가 묻어 있었다. 그는 피 묻은 손을 바지에 문질렀다. 바지에는 피가 묻어났지만 그의 손의 피는 없어지지 않았다. 그는 오른손을 왼쪽 소매에, 왼손을 오른쪽 소매에 문질렀다. 소매에 피가 묻어났지만 손의 피는 사라지지 않았다. 그는 가슴과 배에 손바닥과 손등을 여러 번 문질렀다. 셔츠에 피가 묻어났지만 손바닥과 손등의 피는 없어지지 않았다. 온몸에 손을 문질러 피를 닦아 냈지만 피는 없어지지 않고, 그 대신 온몸이 피로 덮였다. 피는 닦아도 나왔다. 닦을수록 나왔다. 닦으면 기다렸다는 듯 나오는 것 같았다. 그는 손을 들어 피를 보았다. 그는 손을 보았지만 그의 눈에는 피만 보였다. 손바닥 모양의 피. 그는 손바닥 모양의 피를 보지 않기 위해 피 모양의 손바닥을 얼굴에 가져갔다. 손바닥 모양의 피가 얼굴에 덮였다. 그는 얼굴을 가린 채 그 자리에 주저앉았다. 무릎이 바닥에 닿으며 쿵 소리를 냈다. 그의, 피의 무게가 땅에 균열을 만드는 것이라고 그는 생각했다. 그의 몸에서 나온 피가 벌어진 틈을 타고 땅속으로 스며든다고 그는 생각했다. 그는 손으로 벌어진 틈을 막으려 했다. 그러나 그의 의도와는 달리 그의 손의 피가 벌어진 틈을 타고 땅속으로 스며들었다. 그는 땅속으로 피가 스며들면 안 된다고 생각했고, 어쩔 줄 몰라 허둥거렸고, 울먹였고, 마침내 틈을 메우기 위해 옷을 찢었다. 당연히 틈은 메워지지 않았고, 그는 더욱 허둥거렸고, 더욱 울먹였고, 마침내 비명을 질렀다. 이 피를 지워 줘요……. 그의 목소리는 땅속으로 스며들었다. 나를 구해 줘요, 제발……. 그의 부르짖음은 점점 커졌고 간절해졌다. 그리고 어느 순간 그의 들먹이는 어깨에 큰 손이 닿는 게 느껴졌다. 누군가의 큰 손의 온기가 그의 혈관을 타고 온몸으로 퍼져 나간다고 느끼는 순간 갑자기 그의 몸이 공중에 들렸다. 키 큰 사람이 몸을 굽히듯 크고 웅장하고 완강하게 닫혀 있던 문이 살며시 몸을 수그려 그의 몸을 안

아 들었다…….

오래전의 꿈, 헤브론성으로 들어가던 첫날 꾸었던 그 꿈이 선명하게 되살아났다. 더 정확하게 말하자면, 그가 헤브론성으로 들어가던 날, 그 문 앞에서 그런 꿈을 꾸었다는 사실이 되살아났다. 그러자 새로운 인식의 창이 하나 열리는 듯했다. 그는 실제로 자기 몸이 공중에 들리기라도 한 것처럼 가벼워지는 것을 느꼈다. 그는 실제로 키 큰 사람의 어깨에 올려진 것 같은 느낌을 받았다. 그는 엉겁결에 허공에 둥둥 떠 있는 듯한 몸짓을 해 보았다.

그는 왜 천산을 잊고 있었을까? 후는 마침내 기피해 오던 질문과 부딪쳤다. 그는 왜 애써 천산을 떠올리지 않으려 했을까? 마음이 천산으로 기울려 하면 서둘러 다른 생각을 불러냈다. 길을 따라 세상을 샅샅이 헤집고 다니면서도 천산으로 가는 길을 외면한 것은 무엇 때문이었을까? 질문들이 쏟아졌다. 적어도 연희를 찾기 전까지는 연희를 찾아야 하고, 찾으면 되기 때문에 천산을 돌아보지 않아도 되었다. 그러나 연희에게서 달아난 다음에는? 그때 그는 더 이상 목적지로 삼고 갈 곳이 없었으므로 절망했다. 비로소 그는 고아가 된 것 같은 상태에 빠졌다. 그런 상황에서도 천산을 떠올리지 않은 것은 어째서였을까? 길 위에 자기 운명을 던져야 할 상황에서도 왜? 차마 떠올릴 수 없었기 때문에? 그렇다면 무엇이 차마 떠올릴 수 없게 했을까? 왜 할 수만 있다면 천산에 가지 않으려고 했을까? 가지 않고 이겨 보려고 했을까? 무엇으로? 고통과 치욕으로? 그것이 가능하다고 여겼을까? 그 길이 너무 당연하고 불가피하고 선택의 여지가 없는 길로 여겨졌기 때문에 미루려고 했을까? 주어진 길, 당연하고 불가피하고 선택의 여지가 없는 길이 아니어야 한다고 생각했을까? 왜 그랬을까? 질문들이 폭포처럼 그의 머리 위에 부어졌다.

그는 마침내, 막다른 골목에 이르러, 어쩔 수 없다는 듯, 거듭되는 제안을 마지못해 받아들이는 포즈를 취하며, 의지가 아니라 숙명이라는 식으로, 당연하고 불가피하고 선택의 여지가 없는 선택을 했다.

8장

체메테리움

I

한국 교회사 연구 재단과 한 기독교 신문사의 지원을
받아 폐허가 된 수도원 발굴에 나선 교회사 강사 차동연
은 퇴역 군인 장에게 들은 이야기의 사실 여부를 확인하
기 위해 몇 명의 대학원생들과 함께 천산에 다시 올랐다.
장은 놀라운 이야기를 했다. 종파라고도 할 것 없는 소규
모의 극단적인 신앙 공동체였던 혜브론성은 권력을 잡은
군인들에 의해 비극적인 최후를 맞았다. 비극을 막지 못했
어, 새벽에 군인들이 들이닥쳤지, 하고 장은 말했다. 젊은
군인들은 자기들이 무슨 일을 하는지, 무엇을 위해 무슨
일을 하는지 모른 채, 알려고도 하지 않은 채 엄청난 일을
했어, 하고 장은 회고했다. 그들은 수도사들을 지하실의
한 방에 몰아넣었다. 수도사들의 숫자가 줄어들긴 했지만

그래도 그들이 다 들어가기에는 너무 좁은 방이었다. 한꺼번에 서 있기도 힘들었지, 라고 장은 회고했다. 그럴 수밖에 없는 것이 그 방은 살아 있는 여러 사람을 위한 공간이 아니라 죽은 한 사람만을 위한 공간이었기 때문이라고 했다. 군인들은 그들을 한방에 몰아넣고 문을 만들어 달고, 잠그고, 그것도 모자라 지하로 들어가는 입구를 시멘트로 봉해 버렸다. 군인들은 그곳이 원래 그들의 묘지라는 사실을 알지 못한 채 수도사들을 매장했던 거야, 하고 장은 말했다.

믿기 힘든 이야기였다. 믿기 힘들 뿐 아니라 믿고 싶지 않았다. 차동연은 천산 공동체를 세상에 알린 강영호의 여행기 『당신이 가 보지 않은, 가 볼 만한』을 다시 꼼꼼히 읽고 장의 진술과 비교했다. 강영호는 이 수도원이 적어도 1970년대 초반까지는 건재했다고 썼다. 물론 그는 이 공동체의 몰락에 대해 믿을 만한 자료를 가지고 있지 않았다. 그는 1992년의 시한부 종말론 소동 이후 대거 이탈자가 생겼을 가능성을 제시하고, 시대의 변화를 고려하지 않은 근본주의적인 교리와 고루한 생활 방식이 사람들을 산에서 떠나게 했을 거라든지 지도자의 사망 후 내분에 휩싸였을 수도 있다는 식의 추측을 했다. 시기에 대해서는 확언하지 못했지만 어쨌든 그는 이 공동체의 종말을 야기한 것이 거부할 수 없는 외부의 힘이 아니라 내부 사정이라고 추측했던 것 같다. 장의 진술과 판이하게 다른 부분이다. 물론 그는 정확한 내막은 알 수 없다고 썼다. 그럼에도 불구하고 강영호는 이 공동체에 대해 많은 부분 꽤 정확하고 유익한 정보를 제공했다. 그가 아니라면 세상은 천산 공동체를, 어쨌든 아직까지 모르고 있을 것이다. 그는 누구였고, 천산을 어떻게 알았고, 무엇을 알고 무엇을 몰랐을까. 차동연은 강영호를 만나야 했지만, 강영호는 이미 세상에 없었다. 책을 완성한 그의 동생을 비롯해서 가족들은 그에 대해 들려줄 것이 없었다.

책을 다시 읽다가 차동연은 문득 한 문장에서 멈췄다. 그것은 천산 공동체가 "1970년대 초반까지는 건재한 것이 확실하다."는 문장이었다. 그 문장은 천산 공동체의 몰락 이유에 대해 추측으로 일관하고 있는 다른 진술과 선명하게 대비되었다. 그는 그 사실을 '확실히' 알고 있었다. 무엇이 그에게 그렇게 확신에 찬 문장을 쓰게 했을까. 그 문장은 이어지는 다른 한 문장 — "정확한 내막은 알 수 없다." — 을 다르게 해석하게 했다. "정확한 내막은 알 수 없다."라는 여행기 저자의 문장이야말로 가장 정확한 진술이라는 생각이 들었다. 그 생각은 다른 많은 생각들을 거느리고 떠올랐다. 정확한 내막을 알아낼 수 없는 일이 있고, 정확한 내막을 알아내는 것이 적절하지 않거나 무의미한 경우가 있고, 정확한 내막을 알아낼 수 없는 처지에 있는 사람이 있고, 정확한 내막은 알 수 없다고 말해야 하는 입장에 있는 사람이 있다. 그는 정확한 내막은 알 수 없다고 썼고, 그것은 어느 쪽인가의 진실을 대변할 것이다. 그러자 다시금 강영호가 초소에 대해 아무 말도 하지 않았다는 사실이 떠올랐고, 그가 언급한 1970년대 초는 초소가 세워진 시기라는 데 생각이 미쳤고, 그러자 뜻밖에 그가 초소에 대해 아주 잘 알지 모른다는 생각이 들었다. 만일 초소에 대해 아주 잘 알면서도 아무 말도 하지 않았다면 그것은 자연스러운 일이 아니었다. 그가 그것에 대해 아무 언급도 하지 않은 것이야말로 그것에 대해 잘 알고 있다는 역설적인 증거일 수 있다는 생각이 뒤따랐다. 생각은 초소에 대해 말하는 것이 천산 공동체의 성격을 왜곡할 거라고 우려해서거나, 초소에 대해 말하려면 훨씬 복잡하고 더 심각한 이야기들을 하지 않을 수 없는데 그것은 무슨 이유로든 몹시 거리끼는 일이라고 판단해서 아예 언급을 하지 않았을 가능성이 있다는 쪽으로 이어졌다. 물론 책의 성격상 그런 걸 밝히는 것이 무의미하다고 판단했을 수도 있다.

그는 천산 파견 부대 책임자로 있을 때 데리고 있던 사병 가운데 강영호가 있었는지 알아보기 위해 곧바로 장을 찾아갔다. 그러나 장은 이미 이 세상 사람이 아니었다. 재생 요양원 원장은 그가 혼신의 힘을 들여 속에 감추고 있던 이야기를 털어놓은 다음 날부터 입을 완전히 닫아 버렸다고, 음식도 섭취하지 않고 몸도 움직이지 않았다고, 죽기로 작정한 사람처럼 꼼짝하지 않았다고, 그리고 곧 숨을 거뒀다고 알려 줬다.

차동연은 강영호의 병무 기록을 확인하기 위해 병무청에 문의했지만 본인 이외에는 기록 열람이 불가하다는 말만 들었다. 사실을 확인해 준 사람은 강영호의 동생이었다. 강상호는 그곳이 어디인지 몰랐는데, 이제 생각해 보니 거기인 것 같다며, 형이 서해 바다 가까운 초소에서 근무하다 전역했다고 기억해 냈다. "어머님과 함께 면회 갔을 거예요. 근무지 가까운 소읍에서 외출 나온 형과 탕수육을 먹었어요. 생각해 보니까 거기가 거기였네요."

차동연은 진실을 찾아내는 과제가 자기에게 떠넘겨졌음을 깨달았다. 그 과제는 죽은 자들로부터 주어졌기 때문에 거부할 수 없었다. 장과 강영호는 죽음으로써, 죽은 채로 그를 재촉했다. 믿을 수 없고 믿고 싶지 않았지만 장이 해 준 이야기로부터 실마리를 풀어 나가는 것 말고 다른 방법이 없었기 때문에 차동연은 그 믿기 힘든 이야기에 의지하기로 했다. 그는 죽음을 예감하고 이 세상의 삶을 정리하고자 했던 퇴역 군인의 진정을 이해하면서도 장이 기억하고 있는 것들이 실제 일어난 일이 아니기를 바랐다. 기억은 부서지고 해지고 엷어지고 그러다가 다른 모습으로 바뀌기도 하니까. 그는 발굴을 통해 부서지고 해지고 엷어지고 그러다가 다른 모습으로 바뀌기도 하는 기억의 믿을 수 없는 속성을 확인하게 되기를 바랐다. 그러니까 그는 장의 술회, 그에게 발굴의 동기를 제공한 정보들의 타당함을 입증하기 위해서가 아니라 그것들을 부정할 자료를 찾기 위해 발굴에 나섰다. 천산 발굴지에 이르러 지하로 들어가는 입구가 시멘트로 봉해져 있지 않은 것을 확인했을 때, 그것이 장의 진술과 일치하지 않음에도 불구하고, 묘하게 안도감을 느낀 것은 그 때문이었다. 그는 천산의 벽서를 『켈스의 책』과 같은 관점에서 바라본 그의 최초의 추론을 계속 유지하고자 했다. 신앙과 예술의 혼연일체, 성과 미의 오묘한 얽힘, 절대자를 향한 헌신과 믿음의 표현 방식이면서 지고한 아름다움을 향한 인간 본연의 발현이기도 하다는 생각에 미련이 많았다. 성소를 짓밟은 정치권력의 추악한 군홧발과 연관된 상상은 그의 마음을 불편하게 했다. 그는 (자기 관념 속의) 천산 공동체를 지키고 싶었다. 그러나 물론 과거를 만들어 낼 수는 없었다. 불러낼 수는 있어도 창작할 수는 없었다. 그는 신학자였고 또 역사학자였다. 과거의 지층에 숨겨진 진실 앞에서 그는 늘 겸손했다.

지하로 들어가는 입구는 시멘트로 막혀 있어야 했다. 그러나 수도원 건물 지하는 강영호의 여행기를 처음 읽고 답사했을 때와 마찬가지로 열려 있었다. 그때 열려 있던 입

구가 갑자기 막혀 있다면 그것이야말로 황당한 일이라고
해야 할 것이다. 지난번 답사 때 천산의 벽서를 발견한 곳
이 그 건물의 지하방들이었다. 그는 그때 수십 개의 방들
을 둘러봤고, 벽에 적힌 성경 구절들을 카메라에 담았었
다. 입구를 봉쇄했던 흔적은 눈에 띄지 않았다. 그는 주변
에 시멘트 조각이 있는지 찾아보라고 시켰다. 수도원 건물
은 시멘트를 쓰지 않고 돌과 흙, 그리고 통나무만으로 지
어졌다. 그러므로 해발 890미터 높이의 천산 정상에서 시
멘트 조각이 발견된다면 장의 진술을 신빙성이 없다고 내
칠 수 없게 된다. 차동연은 장의 진술을 신빙성 없는 것으
로 내칠 수 있게 되기를 바랐다. 끔찍한 살육의 괴담 대신
신성하고 숭고한 미담을 재구성할 수 있게 되기를 기대했
다. 그는 건물 지하의 벽서에 심취했고, 천산 공동체를 천
산의 벽서로만 알리고 싶었다.

한 대학원생이 계단 밑에서 발견한 소량의 분말이 석회
가루로 추측된다고 보고할 때까지만 해도 그는 기왕의 기
대를 버리지 않았다. 자세히 분석해 보라고 지시하면서도
한 줌도 안 되는 시커먼 가루가 석회일 가능성에 무게를
두지 않았다. 그것은 차라리 세월의 때가 덕지덕지 달라붙
은 검은 먼지 뭉치로 보였다. 그러나 어떤 구조물에서 떼
어 낸 것이 분명한 한 더미의 시멘트 조각들을 건물 뒤편
헛간에서 찾아낸 다음에는 더 이상 무리한 기대를 이어

갈 수 없었다. 그는 한사코 부정하려고 했던 일이 현실이 되어 눈앞에 나타나자 아찔한 현기증을 느꼈다.

그는 긴 세월 지하에서 숨죽이고 있던 역사가 기지개를 켜며 일어나는 상상을 했다. 그는 그의 눈앞에 불쑥 모습을 드러낼 진실이 두려웠다. 그는 긴 세월 지하에서 숨죽이고 있던 역사를 계속 숨죽이고 있도록 내버려 두어야 하는 게 아닐까 생각했다. 그럴 수 있다면 그냥 조용히 숨죽이며 스쳐 지나가고 싶었다. 그러나 그는 이미 지하실의 뚜껑을 찾았고, 열었고, 숨죽인 역사가 내쉬기 시작한 숨소리를 들은 터였다. 생각과 상관없이 그의 발걸음은 저절로 지하실 어둠 속으로 들어갔다.

2

산길은 꾸불꾸불하고 가파르고 미끄러웠다. 비에 젖어 축축한 숲이 풍기는 솔잎 냄새를 맡다가 후는 오래전 그 산길을 걸어 올라가던 때를 떠올렸다. 깊은 밤이었다. 어둠이 장막처럼 드리워진 숲으로 비가 후두둑 소리를 내며 떨어졌다. 후는 아버지의 손을 잡고, 아니, 아버지의 손에 잡혀 그 비 오는 밤 산길을 걸었다. 아버지는 정상에 도달할 때까지 아무 말도 하지 않았다. 후는 몇 번 넘어질 뻔했고 실제로 두 번은 미끄러졌다. 아버지는 말없이 일으켜 주기만 했다. 후 역시 아무 말도 하지 않고 걷기만 했다. 후는 속으로 너무 많은 생각을 하고 있었기 때문에 아무것도 제대로 생각할 수 없었다. 그때는 제대로 짐작하지 못했지만 아버지 또한, 아니, 아버지야말로 너무 많은 생각을 하고 있었기 때문에 제대로 생각할 수 없었을 것이다. 산길을 오르는 내내 아무 말도 하지 않은 것은 그 때문이었을 것이다. 그는 그날 자기 머릿속을 떠돌던 너무 많은 생각들이 무엇이었는지 굳이 파내고 싶지 않았다. 마찬가지로 아버지의 머릿속에 맴돌았을 생각들이 무엇이었을지도 굳이 헤아리고 싶지 않았다.

기억들은 왜 규칙도 예고도 없이 제멋대로 출몰하는 것일까. 사라졌다가 돌아오고 죽었다가 되살아나는 기억들. 언제 어디서 나타날지 모르기 때문에 대비할 수 없고, 대비할 수 없기 때문에 이길 수 없다. 나타나면 감당해야 하고, 사라질 때까지 내버려 두어야 한다. 물고 늘어질 수는 있지만 그렇다고 기억이 지쳐 나가떨어지지는 않는다. 지쳐 나가떨어지는 쪽은 기억이 아니라 그것을 물고 늘어지느라 에너지를 소비하는 우리의 육체다. 다른 생각으로 피신하는 방법이 있지만 전적으로 안전하다고 할 수 없다. 지렁이를 피하려다 뱀을 만나는 격이 될 수 있으므로 조심해야 한다. 갑자기 떠오른 그날의 기억을 털어 내기 위해 후는 머리를 흔들었다. 물론 그런다고 털어져 나갈 리 없다는 걸 모르지 않았다. 알면서도 그렇게 하게 된다. 일종의 습관이다.

그의 머릿속을 휘젓고 다니던 과거의 기억들은 초소가 세워져 있던 자리에 이르러 저 스스로 사라졌다. 초소는 볼품없이 허물어져 있었다. 그곳을 떠날 때 그렇게 견고하던 초소가 흉물스럽게 주저앉아 있는 모습을 보자 비로소 그의 시간은 과거에서 현재로 회귀했다. 지붕에 얹은 억새풀이 부식되어 거무스름하고, 군데군데 푹 꺼진 곳이 있었다. 건물을 받치고 있는 나무 기둥 하나가 삐딱하게 기울어 불안정했다. 바람에 몰려온 듯 문 앞에 마른 나뭇잎과 플라스틱 병, 비닐봉지 같은 쓰레기들이 쌓여 있었다. 관리되지 않고 있다는 걸 한눈에 알아볼 수 있었다. 그래도 혹시, 하고 조심스럽게 안을 들여다보았다. 총을 든 군인이 튀어나올지도 모르는 일이었다. 그는, 안에 누구 있어요, 하고 나지막하게 소리를 냈다. 그러나 안에서는 아무 소리도 나지 않았다. 초소 안은 과거처럼 어둡고 조용했다.

초소 옆에 만들어 놓은 낮은 지붕의 숙소 안도 어둡고 조용했다. 나무 침대와 의자는 그대로였지만 먼지가 자욱했다. 밥그릇과 냄비 몇 개도 먼지를 뒤집어쓴 채 바닥에 떨어져 있었다. 오래 방치되어 있었다는 걸 쉽게 짐작할 수 있었다. 더 생각할 것 없었다. 초소는 폐쇄된 상태였다. 원인은 알 수 없지만, 군인들은 꽤 오래전에 산을 내려가고 없었다. 더 이상 헤브론성을 감시하는 사람은 없다……. 속에서 울컥하고 뜨거운 것이 올라왔다. 그는 헤브론성의 형제들이 말하는 모습을 상상하며, 스스로를 향해 부드럽게 말했다. "잘 왔어, 형제. 늦었지만 잘 왔어." 눈물이 쏟아지려고 했다. 그는 빠른 걸음으로 올라갔다. 마음이 급한 나머지 앞만 보고 갔으므로 그는 입구의 나무 기둥 한쪽에 붙은 '헤브론성'이라는 패가 사라진 사실을 발견하지 못했다. 헤브론성이 더 이상 존재하지 않는다는 사실을 간파하지 못했다. 그랬으므로 풀이 우거진 길을 지나고 가꿔지지 않은 텃밭과 잔디밭을 지나면서도, 인기척이 느껴지지 않는 마당을 가로지르면서도, 빈집에서 울리는 스산하고 공허한 바람 소리를 들으면서도 후는 그를 반겨 줄 형제들이 없으리라는 상상을 하지 못했다. 아니, 그것은 사실이 아니다. 그는 거의 뛰다시피 올라가면서 불길한 상상이 움트려는 것을 필사적으로 억눌렀다. 풀이 우거진 길도 텃밭도 잔디밭도 마당도 바람 소리에도 주의하지 않고 앞만 보고 달린 것은 필사적인 억누름의 방법이었다. 너무 세게 이를 악물어서 턱이 뻐근했지만 그는 그것조차 의식하지 못했다.

그러나 언제까지 억누를 수는 없는 노릇이었다. 그는 텅 빈 공간에 감도는 을씨년스러운 정적을 몸으로 받으며 여기저기를 돌아다녔다. 아무 데서도 아무도 만날 수 없었다. 문들마다 쉽게 열렸지만 열린 문들 안에는 정적과 공허가 자리 잡고 있을 뿐이었다. 수도원은 초소만큼이나, 아니, 초소보다 더 쇠락해 있었다. 이윽고 지하로 통하는 계단을 내려디뎠다. 그는 입구에 붙어 있는 시멘트 흔적들을 보았고, 그것이 지하로 가는 길을 봉쇄했던 구조물의 잔해처럼 보인다고 생각했고, 전에는 그런 것이 없었다는 사실을 기억해 냈지만, 그 당장은 더 따지지 않고 지하실의 어둠 속으로 들어갔다.

3

젊은 교회사 강사 차동연이 이끄는 천산 공동체 발굴 팀은 여러 날에 걸쳐 수도원 건물 지하방을 조사했다. 복도를 따라 양쪽에 만들어진 방은 모두 일흔두 개였다. 모양과 크기는 일정했다. 한쪽 면이 2.5미터, 다른 쪽 면이 3.9미터 내외로 세 평 정도였다. 방에는 벽면의 글씨 외에 어떤 장식도 없었다. 이미 소개된 대로 성경을 옮겨 적은 글씨들은 반듯하고 꼼꼼했으며 심혈을 기울여 쓴 표시가 또렷했다. 대개 먹을 썼지만 군데군데 채색이 되어 있었고, 그것들은 야생식물에서 채취한 천연염료를 이용한 것으로 분석되었다. 크기와 색깔이 적절히 섞여 조화를 이룬 글씨들은 거리를 두고 보면 미술품처럼 보이기도 했다. 일흔두 개의 방에 적힌 글들의 필적을 분석한 발굴 팀은 잠정적으로 한 사람의 필적만은 아니라고, 최소한 두 사람 이상이 필사에 참여했을 거라고 추정했다.

장의 진술에 기초해 조사를 재개했으므로, 그리고 장의 진술을 부정할 근거가 없어졌으므로 발굴 팀으로서는 수도사들을 한꺼번에 몰아넣었다는 방을 찾아내는 것이 중요했다. 한 구의 시신을 매장하기 위해 만들어진 방에 수십 명의 수도사들을 몰아넣고 문을 잠갔다고 했다. 그들은 질식해 죽거나 굶어 죽었을 것이다. 편히 몸을 누이고 죽지도 못했을 것이다. 쭈그리고 죽거나 심지어 선 채로 죽어 갔을 것이다. 그렇게 죽어 가면서도 그들은 찬송을 불렀을까. 그렇게 죽어 가면서도 그들은 성경을 외고 기도했을까. 그렇게 죽어 가면서도 그들은 하나님이 예비해 둔 새로운 세상에 대한 소망을 버리지 않았을까. 이런 고난은 그들이 받을 영광과 비교할 수 없으며 큰 영광을 받기 위해 작은 고난을 받는 것이 마땅하다는 믿음을 견지했을까. 차동연은 숙연해졌고, 숙연해질 수밖에 없었고, 그 점은 발굴에 참여한 대학원생들도 마찬가지였다. 그 방을 찾아내고 그 방의 영혼들을 만나는 일이 첫 번째 과제였다. 그것은 두렵고 떨리는 일이었다. 그러나 그 일을 위해 천산에 불려 온 것 같은 생각이 들기도 했다. 그 방에 들어가면 그때 그 사람들이 내는 영혼의 소리를 들을 수 있을 것 같았다. 차동연은 그것이 신음이든 기도든 원망이든 찬송이든 듣고 싶었다. 듣고 싶지 않았다. 그는 기대하고 동시에 긴장했다. 듣게 되기를 기대하고 듣게 될까 봐 긴장했다.

그러나 물론 그 방을 찾을 수 있는 단서는 없었다. 수십 구의 시체가 포개져 있는 방이 그때까지 보존되어 있었다면 좋겠지만 그런 방은 없었다. 그런 방이 있다면 당연히 지난번 답사 때 발견되었을 것이다. 도대체 그 사람들은 어떻게 되었을까. 그들이 한꺼번에 하늘로 올라간 게 아니라면 누군가 찾아와서 유골을 수습하고 처리한 게 분명했다. 누가? 그런 일을 누가 했단 말인가.

퇴역 군인은 지하의 한 방이라고 했을 뿐 일흔두 개나 되는 방 가운데 어떤 방인지 설명하지 않았다. 방들은 모두 크기와 모양이 같았고 벽에 적힌 글씨들 외에 특별한 장식도 없었다. 방들은 구별되지 않았다. 문이 잠겨 아직 공개되지 않은 방이 혹시 있는지 샅샅이 뒤졌지만 헛수고였다. 열 수 없는 방은 없었다. 모든 방은 열렸고, 모든 방은 똑같았다.

차동연은 그것들이 죽은 수도사들을 위한 무덤이라는 사실을 장에게 들어 알고 있었으므로 조심스럽게 방바닥을 파게 했다. 장이 말한 대로 방에는 한 구씩 시체가 묻혀 있었다. 지난번 답사 때 발견하지 못한 것은 방바닥이 평평해서 그 안에 무언가 묻혀 있을 거라고 추측할 수 없었기 때문이었다. 무덤에는 봉분이 없었다. 발굴 팀은 무작위로 열 개의 방을 팠고, 그 모든 방에서 한 구씩의 시신을 찾아냈다. 시신이 모습을 드러낼 때마다 발굴에 참여한 사람들은 숙연하고 엄숙한 기분에 빠져들었다. 무겁고 서늘한 공기가 그들의 가슴을 눌렀다. 아무도 말하지 못했다. 심지어 숨도 쉬지 못했다. 숨을 쉬는 것조차 불경하게 여겨져서 숨을 참았다. 참고 있다가 남들이 눈치채지 못하게 아주 조금씩 들이쉬고 내쉬었다.

누구였을까, 입구를 봉한 시멘트 막을 뜯어내고 지하로 들어가 한곳에 방치되어 있던 시신들을 찾아내 수습하고, 수도원의 전통대로 한 방에 한 구씩 매장한 사람은? 군인들이 그런 일을 했다고 생각할 수는 없었다. 한 사람이 하기에는 벅찬 일이었다. 여럿이 하더라도 쉽지는 않았을 것이다. 그, 혹은 그들이 누구든 수도원 건물 지하가 어떤 (의미를 가진) 공간인지 잘 아는 사람이라고 가정해야 한다. 그런데 수도원 공동체의 일원이 아니고는 그것을 알기 어렵다. 수도원 공동체의 일원이었던 누군가가 그 일을 했을 가능성이 자연스럽게 유추되었다.

맨 끝 방에서 두개골이 흙 밖으로 나온 채 묻힌 한 구의 시신을 발견했을 때 차동연은 약간 흥분했다. 특별한 사정이 없는 한 머리만 내놓고 매장한다는 것은 상상하기 힘든 일이었다. 상식적이지 않을 뿐 아니라 다른 방의 매장 패턴과도 맞지 않았다. 그 방의 시신이 머리를 밖으로 내놓은 모양으로 매장되었다는 것은 특별한 사정이 있었음을 암시한다. 어떤 사정? 자기 손으로 자기를 매장했을 가능성이 떠올랐다. 매장해 줄 타인이 없을 때는 스스로를 매장해야 한다. 그런데 죽은 자는 자기든 남이든 매장할 수 없으므로 그 사람은 살아 있어야 한다. 살아 있는 그는 아직 살아 있는 자기를 매장해야 했고, 그래서 머리를 밖으로 내놓은 채 묻힌 것이 아닐까……. 차동연은 그 마지막 방의 주인을 천산 공동체의 재난을 수습한 최후의 인물로 추정했다. 세 평밖에 되지 않은 방에 강제로 밀어 넣어져 비극적으로 죽음을 맞이한 형제들의 시신을 모두 수습해서 공동체의 규례에 따라 각 방에 매장하고 벽에 성경을 필사했을 한 사람, 헤브론성의 마지막 수도사. 차동연의 머리에 당연하다는 듯 한 사람의 이름이 떠올랐다. 천산 공동체에 몰아친 그 끔찍한 재난의 핵이었던 인물. 수도원에 폭풍이 몰아친 것은 한정효 때문이었다. 그 때문에 시작되었고 그로 인해 끝났다. 그는 수도원의 형제들을 위해 스스로 천산을 떠났지만 그 이후의 행적이 묘연한 상태였다. 그가 어느 시점에 다시 천산으로 돌아왔으리라는 가정은 부자연스럽지 않았다. 그때가 언제였든 그가 본 것은 형제들의 주검이었을 것이다. 그 처참한 현장을 두 눈으로 목도한 순간 그가 받았을 충격을 제대로 상상하기는 어렵다. 그는 분노와 죄의식에 사로잡혔을 것이고, 마음을 찢듯 옷을 찢었을 것이고, 통곡했을 것이다. 그것이 자연스러운 반응이지만, 그러나 확신할 수는 없다. 모든 것은 깊은 어둠 속에 묻혀 있다. 다만 이런 추측은 가능하다. 한정효는 주의 강림을 보지 못하고 먼저 세상을 떠난 형제들이 쉴 방을 만들고 꾸미는 것이 자기 일이라고 말한 적이 있었다. 벽에 성경을 필사하는 것. 죽은 형제들의 방인 무덤을 꾸미기 위해 그는, 늘 해 온 대로, 그러나 그 어느 때보다 간절하게 공을 들여 그 일을 했을 것이다.

4

지하로 내려간 후는 30년 후에 젊은 교회사 강사가 이끄는 발굴 팀이 목도하게 될 장면을 보았다. ㄹ 자 건물 모양을 따라 이어진 통로와 그 양옆으로 줄을 지어 만들어진 일흔두 개의, 모양이 일정한 작은 방들. 그 방들에 가득 적힌 글씨들. 그러나 발굴 팀이 본 그대로는 아니었다. 발굴 팀이 30년 후에 보게 될 어떤 것을 그는 보지 못했다. 없는 것을 볼 수는 없는 일이었다. 발굴 팀이 30년 후에 보게 될 어떤 것들은 그에 의해 만들어질 것들이었다. 방들은 아직 미완성이었다. 완성된 방도 있지만 완성되지 않은 방이 더 많았다. 30년 후에 그곳을 찾아온 사람들은 완성된 카타콤을 보았고, 30년 전에 그곳을 찾아온 후는 완성되지 않은 카타콤을 보았다. 그러나 30년 후의 그들이 보지 못한 것, 볼 수 없었던 것을 후는 또한 보았다.

한 방에 한 남자가 쓰러져 있었다. 몸이 야위었고 열이 심했으며 맥이 약하게 뛰고 있었다. 실내가 어둡기도 했지만 온몸이 흙투성이여서 식별이 어려웠다. 처음에는 사람인지 아닌지 구별이 어려웠고, 사람이라는 걸 알아본 다음에는 살았는지 죽었는지 파악이 어려웠다. 들쳐 업고 밖으로 나와 밝은 곳에 눕힌 다음에야 후는 그 사람을 알아보았다. 그 남자였다. 몇 달 전 길바닥에 쓰러져 있는 후를 업고 병원으로 데리고 가 밤새 간호를 해 줬던 사람. 덥수룩한 수염과 검게 탄 얼굴에도 유난히 눈빛이 형형했던 사람. 후가 아버지뻘 될 것 같다고 추측했던 사람. 후의 가슴속의 아픔을 들여다보고 길 위에 몸을 올려놓아 보라고, 길이 인도하는 대로 한번 걸어 다녀 보라고 권유했던 사람. 말씀이 현실을 이기지 못한다는 이유로 절망해선 안 된다고 충고했던 사람…… . 반가움과 놀라움이 함께 밀려왔다. 이 사람이 누구인가. 이 사람이 여기서 무얼 하고 있는가.

그는, 알아보겠어요, 저를? 하고 물었다가 어떻게 된 일이에요, 여기에? 하고 묻고, 안 되겠어요, 병원에 가야겠어요, 하며 허둥댔다. 남자는 힘들게 눈꺼풀을 들어 올리며 희미하게 웃었다. 마치 그가 그곳에 올 줄 알고 있었던 것 같은 얼굴이었다. 그가 서둘러 업으려 하자 남자가 눈을 가늘게 뜨고 고개를 저었다. 남자의 의사를 무시하고 등을 내밀자 손을 뻗어 그를 밀쳤다. 표정이 완강했다.

그는 남자를 방에 눕히고 불을 피워 물을 끓였다. 요기를 할 만한 것이 하나도 없었다. 남자가 음식을 해 먹은 흔적은 보이지 않았다. 후는 길을 떠도는 동안 허기질 때 했던 대로 산속으로 들어가 솔잎과 칡뿌리와 구기자 잎과 제비꽃을 채취했다. 구기자 잎과 제비꽃을 끓여 우리고 솔잎과 칡뿌리를 찧어 즙을 냈다. 열을 떨어뜨리기 위해 수건에 물을 묻혀 이마에 올려놓고 즙과 물을 입에 흘려 넣었다. 남자는 가끔 숨을 내쉴 뿐 거의 움직이지 않았다. 후는 그 사람이 자기에게 했던 것처럼 밤새 곁에 머물면서 간호했다. 처음 수도원에 들어왔을 때 열이 펄펄 끓던 그를 돌보던 형제들이 생각났다. 그는 형제들의 정성스러운 간호 덕분에 건강을 회복할 수 있었다. 형제들이 그랬던 것처럼, 자기도 남자를 회복시키고 싶었다. 그래야 할 것 같았고, 그럴 수 있을 것 같았다.

그러나 남자는 그 밤을 넘기지 못했다. 아직 동이 트기 전인데 남자가 귀를 입에 바짝 갖다 대야 겨우 들릴 듯한 목소리로 자기를 지하로 데려다 달라고 했다. 후가 알아듣지 못하고 고개를 갸우뚱하자 눈과 턱을 아래로 떨어뜨려 의사 표시를 분명히 했다. 후는 망설였지만 거역할 수 없다는 걸 알았다. 아무 예감도 들지 않았다고 할 수는 없다.

그러나 예감에 맞서 무슨 일인가를 해낼 용기는 생기지 않았다. 오히려 그 남자의 마지막을 돕기 위해 그곳에 왔는지 모른다는 생각이 어렴풋이 들었다.

후는 남자를 업고 지하 계단을 내려갔다. 등에 업힌 남자가 무슨 말인가를 했다. 그러나 목소리가 너무 작은 데다가 말을 끄집어내는 게 힘에 부친 듯 자주 멈추고 거친 숨소리를 냈기 때문에 잘 알아들을 수 없었다. 후는 귀를 곤추세웠고, 힘들게 포착한 몇 마디로 내용을 이해했다. 남자는 성경 구절을 암송하고 있었다. 그는, 지금, 근심, 다시, 기쁨, 이라는 단어를 듣고, "지금은 너희가 근심하나 내가 다시 너희를 보리니 너희 마음이 기쁠 것이요, 너희 기쁨을 빼앗을 자가 없느니라."라는 문장을 완성했다. 그것은 「요한복음」 16장에 나오는 예수의 말이었다. 후는 또, 주 예수, 강림, 거룩함, 흠 같은 단어를 조합해서 「데살로니가전서」 3장 13절을 불러냈다. "우리 주 예수께서 그의 모든 성도와 함께 강림하실 때에 하나님 우리 아버지 앞에서 거룩함에 흠이 없게 하시기를 원하노라." 그런 식으로 그는 「시편」과 「마가복음」과 「야고보서」에 있는 구절들을 상기했고, 암송했다.

주여, 내가 무엇을 바라리오. 나의 소망은 주께 있나이다……. 하나님 나라의 비밀을 너희에게는 주었으나 외인에게는 모든 것을 비유로 하나니……. 그러므로 형제들아,

주께서 강림하시기까지 길이 참으라. 보라, 농부가 땅에서
나는 귀한 열매를 바라고 길이 참아 이른 비와 늦은 비를
기다리나니······.

등에 업힌 남자가 신호를 보내면 후가 즉각적으로 성경
을 불러내는 형국이었다. 후가 가만가만 성경을 암송하면
등에 업힌 남자는 숨죽이고 들었다. 흡사 낭독회를 하는
것 같았다. 남자가 어떤 방 앞에서 멈추라는 신호를 보낼
때까지 그 기이한 낭독회는 이어졌다. 후는 그가 가리키
는 방으로 들어갔다. 남자가 후의 어깨를 건드렸다. "이 바
닥에요?" 후가 물었다. 남자가 다시 어깨를 건드렸다. 후는
그의 몸을 바닥에 내려놓았다. 남자는 누운 채 가만히 있
었다. 후는 어떻게 해야 할지 몰랐고, 어떻게 해야 할지 몰
랐으므로 아무것도 하지 않았다. 남자는 다시금 무슨 말
인가를 하려는 듯 입술을 달싹였지만 아무 소리도 밖으
로 새어 나오지 않았다. 어떤 신호인가를 보내고 있는 것
은 분명했으나 후는 그가 어떤 신호를 보내는지 알 수 없
었으므로 신호에 응할 수 없었다. 후는 그 곁에 바짝 붙어
앉아 신호를 놓치지 않으려고 온 신경을 모았다. 남자는
숨을 가쁘게 몰아쉬기만 했다. 이번에는 신호가 후의 내부
로부터 왔다. 그는 내부의 신호에 따라 움직였다. "생각건
대 현재의 고난은 장차 우리에게 나타날 영광과 비교할 수
없도다." 그것은 오래전에 남자가 그를 등에 업고 병원으

로 달려가면서 중얼거리던 문장이었다. 그는 그 구절을 반복적으로 천천히 암송했다. 남자는 눈을 감고 가만히 들었다. 후는 입가에 번지는 흐릿한 미소를 보고 남자가 흡족해한다는 걸 알았다. 이윽고 남자가 다시 입을 달싹였다. 무슨 말인가를 하려는 것이 분명했지만 무슨 말도 그의 입 밖으로 나오지 않았다. 후는 그의 얼굴 가까이 귀를 가져갔다. 가쁜 숨소리 사이로 숨소리와 거의 구별되지 않는 흐릿한 한마디가 터져 나오고, 이내 잠잠해졌다.

후는 두려움 때문에 한동안 몸을 일으키지 못했다. 그러나 그는 무슨 일이 일어났는지 똑바로 인식했다. 무슨 일이 일어났는지 인식했으므로 몸을 웅크린 채 일어나지 못했다. 줄곧 예감했으면서도 애써 의식하지 않으려 했던 바로 그 일이 일어났다. 예감에 맞서 무슨 일을 할 수 없었던 것처럼 예감이 실현된 순간에도 무슨 일을 할 수 없었다. 숨소리와 구별되지 않게 숨소리에 섞어 내뱉은 남자의 지상에서의 마지막 말은 '형제들'이었다. 그 단어를 가지고 완성할 수 있는 문장은 수없이 많았다. 그러나 후는 어떤 문장도 만들지 않았다. 그는 그저 몸을 웅크린 채 오랫동안 가만히 있었다.

그 말밖에 하지 않았지만 후는 형제가 하지 않은 많은 말들을 들었다. 그의 귀에 형제의 음성이 계속해서 들렸다. 그러나 그가 들은 형제의 음성은 문자로 고정할 수 있는 것이 아니었다. 붙잡으려고 다가가면 형태를 허물고 사라져 버리는 안개처럼 선명하지만 붙잡을 수는 없었다. 또렷하지만 문자로 표기할 수는 없었다. 문자로 표기하려고 하는 순간 달아나 버리는 그런 말이었다. 그 때문에 그는 형제의 몸에서 섣불리 떨어질 수 없었다. 마침내 형제가 자기를 기다리고 있었다는 사실이 분명하게 깨달아졌다. 자기가 나타날 때까지 형제가 숨을 멈추지 않고 살아 있었다는 사실이 깨달아졌다. 그 이유가 무엇인지도. 형제는 자기가 최후의 순간까지 하고 있던 일을 부탁하기 위해 그를 기다렸다. 이제 그 일이 그의 일이 되었다는 것이 깨달아졌다.

마지막 순간에 형제가 '형제'라고 하지 않고 '형제들'이라고 불렀다는 사실을 후는 의미심장하게 받아들였다. 그를 부르지 않은 것이 아니라 그만 부른 것이 아니라는 사실을 알게 되었기 때문이다. 형제는 형제가 아니라 형제들을 불렀다. 형제로서 그는 형제들과 같이 있었다. 형제로서 그는 형제들과 같이 있어야 했다. 형제들이 그 때문에 그를 그곳으로 불렀다는 사실을 의심할 수 없었다.

천산 공동체 지하 건물의 마지막 방에서 발견된, 두개골이 밖으로 나온 채 매장된 한 구의 시신이 한정효일 거라고 교회사 강사는 추측했다. 그 공동체에 재난을 몰고 온 인물이기도 한 한정효가 다시 천산으로 돌아와 비극적인 최후를 맞은 동료들의 시신을 수습하고 벽서를 완성했을 거라고, 그가 천산 공동체의 마지막 수도사였을 거라고. 그의 여러 가정들은 상당 부분 사실과 부합하지만, 그러나 그 두개골의 주인인 마지막 수도사는 한정효가 아니었다.

후는 형제를 그 방에 매장하고, 형제가 마지막까지 해 온 대로 방들을 완성했다. 그는 형제들이 쉬고 있는 방 벽에 형제가 해 온 대로 성경들을 이어서 썼다. 많은 시간이 필요했다. 벽에 쓴 거룩한 '말씀'들이 새로운 세상으로 옮겨질 때까지 형제들의 편안한 휴식을 보장해 줄 거라고 그는 믿었다.

마지막 방에도 성경을 써넣었다. 그곳은 그가 쉴 방이었다. 세상은 더 이상 그들의 믿음과 소망을 간섭하지 않았다.

5

경기도 부천의 한 신학대학에서 교회사를 강의하는 젊은 강사인 차동연은 그의 발굴 활동에 얼마간의 자금을 지원한 기독교 신문에 기고한 세 번째 글에서 천산의 벽서에 대해 처음 제기한 자신의 주장을 수정했다.『켈스의 책』과 연관 지어 인간 본성의 두 원천, 신앙과 예술, 성스러움에 대한 이끌림과 아름다움에 대한 추구를 일치시키려는 그의 애초의 시도는 수도원 터에서 발견된 실증 자료들에 의해 수정될 수밖에 없었다고 그는 밝혔다. 그는 성경 본문이 필사된 지하방들에서 나온 유골들을 근거로 그곳이 수도사들의 무덤이라고 단정했다. 벽에 쓰인 성경 본문들은 이 무덤들에서 발견된 매우 소박하고 특이한 장식이라고 할 수 있으며, 죽은 자들이 생전에 간직해 온 철저한 믿음이 사후에도 유지되기를 기원하는 뜻이 담겨 있을 것으로 풀이했다. 주의 재림과 부활, 그리고 하늘나라에 대한 소망이 그 믿음의 내용이었다. 시신이 누운 방의 사면 벽을 가득 채운 신성한 문장들은 잠든 수도사들의 영혼을 지켜 주는 등불처럼 보였다고 그는 썼다.

이번에 『켈스의 책』 대신 그가 인용한 것은 초기 기독교 공동체 신자들의 지하 무덤인 카타콤이었다. 미로와 같은 지하 통로, 통로 양옆의 묘혈들, 그리고 기독교 신앙의 상징들을 형상화한 벽화들(물고기 배 속의 요나, 세례 받는 예수, 오병이어, 비둘기, 어깨에 양을 얹은 목자 같은)과 천국에서의 안식을 염원하는 기원문들로 채워진 카타콤 내부를 천산 공동체의 지하 공간과 비교하고 그 유사점을 언급했다. 그는 천산 공동체 벽서의 제작 동기가 카타콤 벽화의 그것과 다르지 않다는 주장을 했다. 이 세상에 대한 강한 부정과 곧 맞이할 새로운 세상에 대한 놀라울 만큼 강렬한 소망. 그들은 순수하고 철저했다. 초기 기독교 공동체는 지하 공동묘지인 카타콤을 '쉬는 곳'이라는 뜻을 가진 '체메테리움(Coemeterium)'이라고 불렀는데, 그것은 그들이 무덤을 잠시 쉬는 곳으로 생각했기 때문이다. 그것은 당시 로마인들이 불렀던, '죽은 자들의 장소'라는 뜻을 가진 '네크로폴리(Necropoli)'에 대한 부정의 의미가 있었다. 차동연은 체메테리움이라는 단어를 소개하면서, 그들은 육체에 갇혀 살아야 하는 이 세상이야말로 카타콤에 다름 아니며, 카타콤에 들어와 누움으로써 비로소 참된 쉼에 이를 수 있다는 믿음을 가지고 있었을 것이고, 그 점은 천산 공동체의 형제들 또한 마찬가지였다고 증언했다. 그는 이 공동체 사람들의 그러한 믿음과 소망의 근거를 추측하면서 바울의 서신 한 대목을 인용했다. "이와 같이 예수 안에서 자는 자들도 하나님이 그와 함께 데리고 오시리라. 우리가 주의 말씀으로 너희에게 이것을 말하노니, 주께서 강림하실 때까지 우리 살아남아 있는 자도 자는 자보다 결코 앞서지 못하리라. 주께서 호령과 천사장의 소리와 하나님의 나팔 소리로 친히 하늘로부터 강림하시리니 그리스도 안에서 죽은 자들이 먼저 일어나고, 그 후에 우리 살아남은 자들도 그들과 함께 구름 속으로 끌어 올려 공중에서 주를 영접하게 하시리니, 그리하여 우리가 항상 주와 함께 있으리라."(「데살로니가전서」 4장 14~17절) 무덤 벽에 성경을 필사하는 소박하고 독창적인 장식은 고난을 넘어 마침내 얻게 될 영광에 대한 그들의 투철하고 간절한 믿음과 소망의 표현이었다.

세 평 남짓한 방에 엉겨 있는 수십 구의 유골들이 발굴되었다면 역사적 사건이 되었을 것이고, 되어야 했을 것이다. 어쩌면 역사적 사건으로만 이해되었을 수도 있다. 그러나 일흔두 개의 방에 나뉘어 누운 채 발견됨으로써 천산 공동체의 형제들은 역사의 지평 너머 다른 차원으로 후대 사람들의 시선의 방향을 돌렸다.

차동연의 마지막 문장은 다음과 같았다. "세상의 권력은 그들의 구별된 공간인 천산을 침범하고 파괴하여 카타콤으로 만들었다. 그러나 그들은 침범하고 파괴하는 권력이 행사되는 이 세상이야말로 카타콤에 다름 아님을 그들의 구별된 삶과 특별한 죽음으로 증거했다." 그들은 세상으로부터 부정되었지만, 그 전에 세상은 그들에 의해 부정되었다. 세상은 그들을 버렸지만, 그 전에 그들은 세상을 버렸다. 어떤 의미에서는 버려지는 것이 그들이 세상을 버리는 방법이었다. 세상은 더 이상 그들의 믿음과 소망을 간섭하지 않았다.

이 소설은 2011년 봄부터 2012년 봄까지《세계의 문학》
에 다섯 번에 걸쳐 연재되었습니다. 대강의 얼개는 2년 전
에 짰습니다. 그러나 소설의 고갱이라고 할 수 있는 모티프
는 십수 년 전에 잡혔습니다. '지상의 노래'라는 제목도 오
래전에 지어졌습니다. 소설을 다 써 놓고 제목을 고심하느
라 원고를 넘기지 못한 경험이 많은 나로서는 이례적인 일
입니다. 십수 년 전에 지금은 없어진 어떤 잡지에 이러이
러한 소설을 쓰겠다고 말한 기억이 납니다. '이곳'의 부당
함이 어쩔 수 없이 불러내는 '저곳'의 이미지에 대해 언급
했던 게 떠오릅니다. 그때의 구상과 똑같지는 않지만 아주
많이 다르지도 않습니다. 개인의 삶에 끼어들어 작동하는
욕망과 정치와 초월이라는 기제들은 그때나 지금이나 엄

존하고, 그것들을 한 두름으로 엮어 보려는 시도는 그때나 지금이나 벅찬 것이 사실입니다. 생각해 보면, 쓰고자 하는 마음을 동하게 하는 것들은 다 벅찬 것들입니다. 작가들은 대개 벅찬 것들만이 쓸 만한 것들이라고 스스로를 구슬리고 타이르며 벅찬 것들을 씁니다. 바느질 자국이 없는 글을 읽을 때 마음이 그저 편하지만은 않은 까닭이 아마 그 때문일 겁니다. 나는 내 수고와 안간힘의 흔적인 바느질 자국을 부끄러워하지 않을 작정입니다.

한때 독자들은 내게 실체가 없는 추상이었습니다. 나는 오로지 나를 향해 소설을 쓴다고, 내가 유일한 내 독자라고 오만하게 말한 적도 있습니다. 잘못했습니다. 요즘은 내 책을 읽는 누군가의 얼굴을 때때로 그려 봅니다. 내 책을 읽다니, 읽어 주다니! 그 사람이 참 귀하고 소중하게 여겨집니다. 무슨 조화인지 모르겠습니다. 늙어서 그런 건가, 하고 거울을 보기도 합니다. 외로움이 무서워졌나, 아니면 외로움과 싸우기가 귀찮아졌나 하고 스스로에게 물어보기도 합니다. 무서움이든 귀찮음이든 내가 원하는 바가 아닙니다. 그런데 가만히 들여다보면 그 독자는 나와 아주 닮은 얼굴을 하고 있습니다. 독자가 나 같습니다. 결국 같은 유전자밖에 끌어들이지 못한 셈이니 섭섭하다고 할 수도 있겠으나, 그렇지 않습니다. 다행이라는 생각이 듭니다.

나를 닮은, 나와 같은 독자와 함께 이 벅찬 세상을 계속 잘 읽어 나가고 싶습니다. 두루두루 고맙습니다.

2012년 여름

이승우

지상에서 '이어 쓰기'

이지은(문학평론가)

이승우의 『지상의 노래』는 천산 수도원 벽서(壁書)의 정체를 추적하는 이야기다. 천산 수도원은 여행 작가 강영호의 유고가 출간되면서 세상에 알려졌고, 이를 본 교회사 강사 차동연이 발굴에 나서면서 그 실체가 드러나게 되었다. 그러나 소설은 이처럼 간단하게 독자를 천산 수도원의 지하로 안내하지 않는다. 강영호는 자신의 원고를 마무리하지 못한 채 죽었고, 그의 유고를 수습하여 출간한 이는 동생 강상호였다. 한편, 차동연은 퇴역 군인 장의 증언으로 천산 수도원이 정치권력의 폭력에 의해 파멸했음을 알게 되었는데, 장은 증언을 끝낸 후 곧바로 사망하였기에 차동연 또한 강상호가 그랬던 것처럼 죽은 자의 말을 이어받아 천산 수도원의 진실에 접근해 갔다. 요컨대, 천산 수도원의 벽서에 얽힌 진실은 '(강영호) → 강상호 → 차동연 → (장) → 차동연'과 같이 죽은 자로부터 산 자에게로 이어지며 서서히 드러나고, 이들의 '이어 쓰기'가 거듭되는 동안 소설은 추리소설적 형식을 갖춘다.

그런데 서사의 흐름을 좇아 천산 수도원의 내부로 접근해 가면 벽서 또한 죽은 자로부터 산 자에게로 위임되어 완성된 것임을 알게 된다. 벽서를 쓴 이들은 사촌 누이의 원수를 갚고 도피해 온 후와 군부정권의 최고 권력자에 의해 감금된 한정효다.『지상의 노래』는 서사를 구성하는 형식적 측면과 '천산 수도원 벽서의 진실'이라는 내용적 측면이 모두 '이어 쓰기'라는 방식으로 조응하고 있다. 그렇다면 수도원 벽서와 '이어 쓰기'의 의미는 무엇이며, 이를 완성한 이들로 왜 후와 한정효가 선택된 것일까. 의문을 길잡이 삼아 천산 수도원 벽서의 진실에 접근해 보자.

죄의 두 가지 페르소나

세상과 분리된 천산 수도원의 수도사들은 평등한 신앙 공동체를 이루고 있었다. 이들은 "각자는 하나님 앞에서 단독자이지만, 서로는 서로에 대해 동등한 형제였다."(114쪽) 그들은 서로를 오직 '형제'라 불렀고 그것으로 충분했다.

후와 안정효는 이곳에 속세의 죄를 몰고 온 이들이자, 형제들 중 유일하게 이름이 밝혀진 인물이다. 개별자로서 후와 한정효는 매우 구체적인 자기서사를 지니고 있으며, 그렇기 때문에 수도원으로 도피해 온 이유도 명확하다. 이들을 지상의 부당함을 상징하는 인물로 볼 수 있을까. 작가의 말을 참고하자.

십수 년 전에 지금은 없어진 어떤 잡지에 이러이러한 소설을 쓰겠다고 말한 기억이 납니다. '이곳'의 부당함이 어쩔 수 없이 불러내는 '저곳'의 이미지에 대해 언급했던 게 떠오릅니다. 그때의 구상과 똑같지는 않지만 아주 많이 다르지도 않습니다. 개인의 삶에 끼어들어 작동하는 욕망과 정치와 초월이라는 기제들은 그때나 지금이나 엄존하고, 그것들을 한 두름으로 엮어 보려는 시도는 그때나 지금이나 벅찬 것이 사실입니다.(「작가의 말」, 409~410쪽)

작가는 소설을 구상하며 '이곳'의 부당함과 그로 인해 요청되는 '저곳'을 함께 다루고자 했던 것 같다. 이승우 소설에서 삶이란 자신의 죄를 마주하는 과정이기에, '작가의 말'은 독자에게 새로운 긴장을 예고한다기보다 그의 오랜 문학적 주제를 환기해 주는 것이라 해야겠다. 다만, 작가는 『지상의 노래』에서 '이곳의 부당함'으로 "욕망과 정치" 두 가지를 염두에 두었음을 확인할 수 있다. 사촌 누이에 대한 감정을 오랜 시간이 지난 뒤에야 깨달은 후가 '욕망'의 페르소나라고 한다면, 군부정권 최고 권력의 그림자였던 한정효는 '정치'의 페르소나인 셈이다. 따라서 이들이 "이곳의 부당함"을 벗고 "저곳"으로 "초월"하는 과정이 『지상의 노래』인 것이다.

먼저, 후가 자신의 욕망을 직시하는 과정을 살펴보자. 후는 사촌 누이 연희를 매정하게 버린 박중위를 칼로 찌르고 수도원으로 도망 왔다. '헤브론성'이라는 수도원의 이름은 "우발적인 살인과 같은 심각한 죄를 지은 사람들이 피의 복수를 피해 들어가도록 허락받은 일종의 피난처"(134쪽)를 의미한다. 후는 자신의 죄로부터 도피하여 헤브론성에 당도하지만, 역설적이게도 이곳에서 자기 욕망의 실재에 접근하게 된다. 후의 욕망을 되비춘 것은 성경의 압살롬이었다. 다윗의 아들 압살롬은 암논의 이복형제이자, 아름다운 다말의 오라비였다. 암논은 아버지의 권위를 빌려 다말을 유인한 뒤 겁탈하였고, 이에 압살롬은 이복형 암논을 살해했다. 후는 '암논-다말-압살롬'의 이야기에서 '박중위-연희-후'의 관계를 읽어 낸다. 그런데 성경을 읽을수록 후는 다말에 대한 압살롬의 "사랑의 색깔"(128쪽)에 의구심을 가진다. 물론 이 질문은 연희 누나에 대한 자신의 감정을 심문하는 것과 다르지 않다.

한편, 한정효는 1961년 '나라를 구한다'는 대의를 앞세워 군복을 벗고 정치인이 되었으며, 10년이 넘도록 장군을 보필했다. 장군은 삼선개헌을 통해 장기집권을 누린 것도 모자라 이젠 계엄령을 선포하려 한다. 한정효는 더 이상은 안 된다고 여겼고 그래서 장군의 뜻을 거슬렀다. 한정효를 멈추게 한 데에는 아내의 죽음이 중요한 계기가 되었다. 아내가 죽은 뒤 무기력에 시달리던 한정효는 우연히 성경책을 읽기 시작했고, "그러자 그동안 한 번도 볼 기회가 없었던 어두운 늪과 같은 자신의 내부가 들여다보였고, 그 늪 속에서 일그러지고 부서진 자신의 얼굴을 보았다."(220쪽) 후가 그랬듯 한정효 또한 성경을 거울 삼아 자신을 들여다본 것이다. 그러나 장군은 한정효의 변화를 용납하지 않았다. 군인들은 울타리를 만들고 초소를 세워 수도원을 감옥으로 만들었고, 이곳에 한정효를 감금하고 감시했다. 이때 한정효와 그를 감시하는 군인들의 태도는 비교해 볼 만하다. 한정효가 자신이 가담하고 있는 일에 대해 판단하고 스스로 멈추었다면, 군인들은 "자기들이 지키는 것이 무엇인지 알지 못했고, 자기들이 막아야 하는 것이 무엇인지 알려고 하지 않았다."(176~177쪽) 이것이 바로 거울에 제 모습을 비추어 본 자와 그렇지 않은 자의 차이다.

그런데 후와 한정효가 "이곳의 부당함"을 대변하는 두 페르소나라면 그들이 거울을 통해 본 것은 과연 그들의 얼굴이었을까. 거울은 가면 뒤에 숨겨진 진실한 얼굴까지 비출 수 있을까. 후는 수도원에서 쫓겨난 뒤 고생 끝에 연희를 찾아내지만, 그녀로부터 자신의 아버지가 박중위의 성폭력을 도왔다는 사실을 알게 된다. 뿐만 아니라 연희의 꿈속에선 자신이 저들과 다르지 않다는 것을 알게 된다. 오랫동안 은폐된 진실은 의식의 수면 아래인 '꿈'의 이미지로 제시되는데, 꿈에서 후는 "어떤 여자를 향해 다가가는 큰 가면을 쓴"(328쪽) 자신의 모습을 본다. 여자는 사모님이었다가 곧 연희 누나로 바뀌었는데, 후는 "당황하지 않고 흥분 상태를 유지했고, 유지만 한 것이 아니라 한층 노골적인 쾌감을 과시"했다.(329쪽) 연희는 일그러진 눈으로 비명을 질렀으나 그는 "가면을 쓰고 있었으므로 안도했다."(330쪽) 후는 자신을 '욕망'을 연기하는 페르소나로 여겼고, 그 가면 뒤에서 쾌감을 느끼고 동시에 안도했다. 그러다 문득 후는 자신의 가면이 궁금해졌다. 연희가 일그러진 눈으로 바라보고 있는 추악한 욕망의 가면은 어떤 모습을 하고 있을까. 후는 가면을 확인한다.

그의 얼굴에서 벗겨져 그의 손에 들린 것은 그의 얼굴이었다. 그는 그의 얼굴을 그의 얼굴에 쓰고 있었다. 그러니까 그녀는 그의 얼굴이 쓰고 있는 그의 얼굴을 보고 놀라 비명을 지른 것이었다. 그의 입에서, 그녀의 입에서 나온 것보다 더 날카로운 비명이 터져 나왔다.(330~331쪽)

후가 쓰고 있던 '욕망'이라는 가면은 그의 얼굴을 하고 있었다. 인용한 대목은 후가 지금껏 부정해 왔던 연희에 대한 자신의 내밀한 감정을 확인하는 장면이다. 작가는 세 페이지에 걸쳐 아주 긴 호흡의 문장으로 후가 자기기만을 위해 두르고 있던 차폐막을 벗겨 낸다. 마침내 후는 가면이 곧 자신의 얼굴임을, 다시 말해 '욕망'이라는 죄가 자기 본래의 얼굴임을 확인한다. 이로써 그는 한 번도 의심해 본 적 없는 결론에 도달한다. "그는 자기를 압살롬과 동일시했고, 애써 압살롬이고자 했지만, 그러나 또한, 압살롬이기 전에 암논이며, 압살롬보다 더욱 암논이라는 사실을 부정하기가 어려웠다."(331쪽) 후는 지금껏 다말에 대한 압살롬의 감정, 다시 말해 사촌 누이 연희에 대한 자신의 감정을 심문해 왔으나 자신이 압살롬이라는 것에는 의심을 하지 않았다. 그러나 후는 자신을 섹스 상대로 이용했던 사모님과의 관계에서 연희를 상상했으며, 연희를 상상함으로써 쾌감을 느꼈다. 그는 스스로를 압살롬이라 여겼지만 그 역시 암논이었던 것이다.

후가 죄를 가리기 위해 쓴 가면에서 자기 얼굴을 발견하였다면, 한정효는 타인을 속이고자 쓴 선글라스가 결국 자신을 속이는 도구였음을 깨닫는다. 한정효는 1961년 군인들이 정권을 장악하던 밤 처음 선글라스를 쓰기 시작했고, 선글라스를 쓰자 "눈빛을 감추는 것이 가능할 뿐 아니라 눈빛을 감추면 거리낄 것이 없어진다는 사실을"(192쪽) 깨달았다. 한정효는 정치권력의 핵심부에 머무르는 동안 "선글라스 속에 자기를 더 감췄"고, "선글라스를 쓰지 않고는 아무 일도 할 수 없었다."(195쪽) 그가 장군의 뜻을 거스르기까지 "선글라스는 몸의 일부"였다.(195쪽) 한정효는 정치적 격랑을 통과하며 선글라스 뒤에 숨었고, 스스로 그 사실을 인지하고 있었다. 그가 선글라스 뒤에 숨어 있는 동안 너무 많은 불법과 폭력이 자행되었다. 이제 한정효는 "자기 기억을 없애고 싶"어졌고, 이를 위해서는 "세상이 자기를 기억하지 않"아야 된다고 생각했다.(186쪽)

그러니까 그가 세상이 기억하지 않기를 바란 것은 그의 기억이었다. 그의 기억 속의 그였다. 그의 기억 속의 어떤 그? 그가 자기를 지우려는 시도를 선글라스를 벗는 행동으로 시작했다는 것이 이 문제를 풀 수 있는 힌트가 될 것 같다.(186쪽)

한정효가 "자기를 지우려는 시도를 선글라스를 벗는 행동으로 시작"했다고 하는 것으로 보아 그는 선글라스를 끼고 지내던 시절의 기억을 삭제하고자 한다. 그 기억이 사람들에게서도 잊히길 바란다. 선글라스를 낀다는 것은 그에게 어떤 의미였을까? 한정효가 선글라스를 처음 끼던 날을 복기해 보자. 군인들이 정변을 모의한 밤, 한정효는 "아내의 눈을 피했다."(190쪽) 그러나 선글라스를 끼자 그는 "이상한 안도감"을 느꼈고, "비로소 눈을 들어 아내의 얼굴을 똑바로 쳐다보았다."(192쪽) 비슷한 장면은 한정효가 천산 수도원에 감금되던 날 반복된다. 이번엔 한정효의 부하였던 윤부장이 선글라스 너머에서 그를 바라봤다. "한때 상관이었던 한정효를 똑바로 쳐다볼 수 없었기 때문에 그는 선글라스를 썼다."(229쪽) 선글라스를 낀 사람은 자신의 눈빛을 숨기고 있다고 여기지만, 두 장면에서 공통적으로 전해지는 것은 선글라스를 낀 자가 느끼는 양심의 가책이다. 그러니까 "눈빛을 감추면 거리낄 것이 없어"지는 게 아니라 "거리낌"을 감출 수 있을 뿐이다. 따라서 선글라스의 주된 기능은 거리낄 게 없다고 '자신을 믿게 만드는 것'이다. 한정효가 선글라스를 끼고 있는 동안 줄곧 속은 이는 누구보다 한정효 자신이었으며, 따라서 그가 지우고자 하는 것은 자기기만의 기억이다.

'텍스트'라는 거울

한정효의 선글라스가 누군가를 속이는 것이 아니라 속이고 있다고 '자신을 믿게 만드는 것'이었다면, 이는 후의 가면과 다르지 않아 보인다. 후 또한 가면 뒤에 숨어서 누군가를 속이고 있다고 믿었으나, 제 얼굴을 한 가면에 속은 이는 오직 자신뿐이었으니 말이다. 요컨대 『지상의 노래』는 얼굴을 가린 것이 가면이든 선글라스든, 배후에 도사린 것이 욕망이든 정치든, 얼굴을 숨긴 자가 속이고 있는 이는 자기 자신이라고 말한다. 물론 이때 간과하지 말아야 할 것은 이들의 얼굴을 비춰 준 거울이 바로 성경이라는 점이다. 이는 이승우 문학세계의 근간을 이루는 신학적 주제를 다시금 확인해 준다. 죄를 직시하려는 자의 최후의 질문은 언제나 자신에게로 향해야 하며, 답은 궁구하는 자 내부에서 발견되어야 한다는 것이다. 신의 말씀은 인간의 질문에 대신 답하지 않는다. 질문하는 자의 얼굴을 비추어 줄 뿐이다. 거울은 들여다볼수록 표면에 비친 이미지 너머 감추어진 내부를 보여 준다. 바로 이 지점에서 이승우의 신학은 지상의 윤리와 만난다. 죄를 직시하는 것이 제 얼굴을 들여다보는 것이라 할 때, 인간의 시선은 성경이라는 텍스트를 경유하여 자기 내부로 돌아오기 때문이다.

신학과 윤리가 겹쳐지고, 이승우의 세계가 문학의 보편적 가치와과 접속하는 이 자리에서, 두 개의 가면으로 갈라졌던 '욕망과 정치'가 만나는 장면을 살펴보자. 후는 자신이 암논이라는 사실을 깨달은 직후 한정효를 처음 만났다. 후가 길바닥에 머리를 마구 찧어 대던 순간, 사람들은 기이한 행동을 하는 후를 지나쳤지만, 한정효만은 "후의 상태를 알아보았다."(337쪽) 한정효가 선글라스를 벗고 맨얼굴로 수도원에 당도했다면, 후는 수도원에서 나가 연희를 만난 다음에야 자기 얼굴을 확인했다. 수도원에서 어긋났던 두 사람의 만남은 둘 모두 자기 얼굴을 직면한 후에야 성사된 것이다. 한정효는 수도원에서 나온 뒤 정처 없이 걸어 다녔다. 뚜렷한 이유가 있었던 것도 아니고 누가 강요한 것도 아니었다. 한정효는 후에게 길 위에 몸을 올려놓으라고, 그러면 길이 그를 안내할 것이라고 말한다. 이들이 택한 '길 위의 삶'은 자기 죄를 인식하는 고행의 과정, 곧 순례다. 흥미로운 것은 세상 가장 깊숙한 곳의 길들이 이들의 순례지라는 점이다. 후가 사모님의 섹스파트너가 되고, 자기도 모르게 사모님에게 연희를 투사하며 죄를 짓던 시절, 그 대목을 서술한 챕터의 이름은 '카타콤(무덤)'이었다. 그런데 후가 자신의 추악한 욕망을 깨닫고 스스로를 혹사하며 죄의식을 감내하자 세상은 '순례지'가 된다. 이는 '이곳'의 부당함으로부터 '저곳'으로, 세상의 죄로부터 자기 본연의 진실로 '초월'해 가는 과정이라 할 수 있다. 그렇다면 이 순례 끝은 어디일까.

제 각기 다른 길을 헤매었으나 순례자들은 천산 수도원 지하에서 재회한다. 후가 천산 수도원에 도착했을 때, 한정효는 마치 기다렸다는 듯 마지막 숨을 붙들고 있었다. 한정효는 군인에 의해 몰살당한 형제들의 시신을 각방에 묻은 뒤 벽서를 쓰다 쓰러져 있었다. 후가 수도원에 당도한 뒤 한정효는 겨우 하룻밤을 버티고 죽었으나, 후는 한정효의 죽음의 의미를 정확하게 이해하였다. "형제는 자기가 최후의 순간까지 하고 있던 일을 부탁하기 위해 그를 기다렸다. 이제 그 일이 그의 일이 되었다는 것이 깨달아졌다."(402쪽) 후는 죽은 자가 남긴 과업을 위임받음으로써, 다시 말해 형제들의 영혼을 지켜줄 벽서의 '이어 쓰기'를 수락함으로써 "형제로서 그는 형제들과 같이 있"게 된다.

마지막 순간에 형제가 '형제'라고 하지 않고 '형제들'이라고 불렀다는 사실을 후는 의미심장하게 받아들였다. 그를 부르지 않은 것이 아니라 그만 부른 것이 아니라는 사실을 알게 되었기 때문이다. 형제는 형제가 아니라 형제들을 불렀다. 형제로서 그는 형제들과 같이 있었다. 형제로서 그는 형제들과 같이 있어야 했다. 형제들이 그 때문에 그를 그곳으로 불렀다는 사실을 의심할 수 없었다.(402쪽)

이글의 처음에 언급했듯, 한정효와 후는 수도원 형제들 가운데 유일하게 이름을 가진 인물이다. 그런데 소설의 결말에서 이들은 '형제'로서 무명(無名)이 된다. '형제로서 형제들과 같이 있다'는 것은 지극히 구체적인 후와 한정효의 삶의 실체 속에서 형제들과 공유하고 있는 공통의 속성을 발견했다는 뜻이다. 수도사들의 공통성이란 그들 안에 내재하는 신이자 신에 대한 믿음일 것이다. 한정효와 후는 성경이라는 텍스트를 경유하여 자기 얼굴을 확인하였고, 순례를 통해 그것이 자기 안에 숨겨져 있었던 죄의 얼굴이라는 것을 깨달았다. 그리고 순례의 마지막에 자기 안에서 신을 닮은 형제들의 얼굴을 발견한 것이다. 이는 갑작스런 비약이 아니다. 애초 이들이 성경이라는 텍스트를 통해서, 그 안에 무수한 삶의 모습 속에서 자신을 발견할 수 있었던 것은 텍스트가 보편적 진리를 담지하고 있었기 때문이다. 그리고 그 진리는 역설적이게도 죄 많고 나약한 한 인간이 그 속에서 자기 모습을 발견함으로써 보증된다. 성경은 모든 인간의 삶과 가장 구체적인 인간의 삶에 공통적으로 내재하는 보편성을 담고 있었기에 텍스트 앞에 선자가 그 누구든 그의 얼굴을 보여줄 수 있었던 것이다.

이는 '이어 쓰기'라는 『지상의 노래』의 서사 구성 양식과도 상통한다. 천산 수도원 벽서의 실체가 강상호, 강영호, 차동연, 장의 이야기가 모여서 이루어진 것이라면, 거

꾸로 이들 각자는 모두 다른 이유로 천산 수도원 벽서의
진실에서 제 삶의 일부를 목격하는 것이 된다. 즉, '이어 쓰
기'는 보편성을 담지하기 위한 지상의 불완전한 형식이라
할 수 있다. 그렇다면 수도원의 벽서는 지상의 불완전한
'이어 쓰기'가 신앙 공동체의 믿음에 근거하여 달성된 완전
한 '이어 쓰기'라고 할 수 있지 않을까. 벽서는 형제가 형제
로부터 위임받아 완수되었고, 이때 형제들은 "각자가 혼자
이면서 전체가 하나"(113쪽)이다. 따라서 벽서는 수도원의
형제들 모두의 '이어 쓰기'가 될 수 있었으며, 그렇기 때문
에 벽서는 형제들 모두의 기원을 담아 '무덤(카타콤)'을 '안
식처(체메테리움)'로 만들어준다.

거울 앞에 선 자, 후(who)

　삶을 비추는 거울로서 텍스트는 소설 일반으로 확장해
도 무방할 것이다. 소설은 언제나 결코 나와 같을 수 없는
인물을 통해서 나의 삶을 보여 주기 때문이다. 그러니 『지
상의 노래』 또한 우리의 삶을 비추는 거울인 셈이다. 먼 길
을 돌아 우리가 『지상의 노래』를 거울삼아 마주섰다면, 이
제 소설이 남겨 놓은 마지막 비밀에 대해 이야기할 차례
다. 앞서 언급했듯 소설은 '(강영호) → 강상호 → 차동연

→(장)→차동연'으로 이어지며 천산 수도원의 벽서를 추적했다. 강영호는 1970년대 천산 수도원의 초소에서 근무한 것으로 추정되며, 장은 한정효를 감시하는 책임자였다. 둘 다 한정효로 인해 수도원으로 불려온 군인들인 것이다. 따라서 이들은 한정효가 수도원에 오기 직전 쫓겨난 후를 만난 적이 없다. 차동연은 강영호와 장이 남긴 기록과 증언에 의지해 천산 수도원을 발굴하였으므로, 그 역시 후의 존재를 알지 못한다. 『지상의 노래』에는 후에 관한 이야기가 주를 이루는데, 소설의 구성을 살펴보면 그에 관해 서술하는 이는 밝혀져 있지 않다. 물론 이는 전지적 작가라고 쉽게 이해할 수도 있고, '후의 이야기를 차동연이 쓴 소설로 읽어 볼 것을 제안'(정영훈)할 수도 있겠다.

소설에서 그 누구도 천산 수도원의 벽서와 관련하여 후를 목격하지 못했다. 그럼에도 그는 벽서의 완성을 위임받은 자, '이어 쓰기'를 최후로 완성한 자로 나타난다. 성경이 우리의 삶을 비춘다고 할 때, 성경은 무엇으로 완성되는가. 죽은 자로부터 성경의 완수를 위임받는 자는 누구인가. 성경으로부터 위임되는 '이어 쓰기'가 있다면, 그것은 성경을 통해 자기 죄를 발견하고 자기 서사를 이어나가는 지상의 인간의 몫이 아닐까. 마찬가지로 소설이 타인의 이야기에서 나의 삶을 발견하는 것이라면, 후는 '천산 수도원 벽서의 비밀'에서 제 얼굴을 발견한 누군가(who)로 보아야 하지 않을까. 그러니『지상의 노래』는 후로 인하여 완성된 이야기이자, 동시에 후를 통해 제 삶을 발견할 누군가(who)를 기다리는 미완의 '이어 쓰기'이다. 물론 이는 모든 소설의 운명이다. 여기서 다시 한 번 주인공 후는 지상의 모든 인간으로,『지상의 노래』는 소설의 보편적 가치를 향해 초월을 꿈꾼다.

오늘의 작가 총서 31

지상의 노래

이승우 장편소설

1판 1쇄 펴냄	2012년 8월 29일
2판 1쇄 펴냄	2020년 5월 19일
2판 2쇄 펴냄	2023년 9월 26일

지은이	이승우
발행인	박근섭·박상준
펴낸곳	(주)민음사

출판등록	1966. 5. 19 제16-490호
주소	서울시 강남구 도산대로1길 62(신사동)
	강남출판문화센터 5층(06027)
대표전화	02-515-2000
팩시밀리	02-515-2007
홈페이지	www.minumsa.com

ISBN 978-89-374-2052-8 (04810)
ISBN 978-89-374-2050-4 (세트)

* 잘못 만들어진 책은 구입처에서 교환해 드립니다.